Für Emil & Erwin, die beiden neuen Wichtel in unserer Familie, auf das ihnen niemals die Fantasy ausgehen möge.

Elisabeth Schieferdecker

Inhalt

1	Die Überraschungsgäste	**6**
2	Feen, Elfen und schlechte Neuigkeiten	**19**
3	Eine traumhafte Hochzeit	**30**
4	Ein Wiedersehen mit Abschied	**39**
5	Zack sorgt für Ärger	**45**
6	Die Tafelrunde	**50**
7	Der Bewahrer	**56**
8	Ein Mogelzauber	**65**
9	Die Sache ist geritzt	**72**
10	Ulion, der Dieb	**79**
11	Der Weltenbaum	**85**
12	Ilea und die Gebrüder Eisenbeiß	**89**
13	Farzanah und die gefiederte Schlange	**96**
14	Meldiriels Ankunft	**102**
15	Arayns Rückkehr	**111**
16	Ein fröhliches Wiedersehen	**121**
17	Der Nebelzauber	**124**
18	Nachrichten aus Arwarah	**131**
19	Das Meisterstück	**134**
20	Mirlas und Tucks Geständnis	**142**

21	Der heilige Wald	**149**
22	Die Vertreibung der Orks	**153**
23	Der magische See	**159**
24	Der Mondlichtzauber	**165**
25	Dunkelelfen und Orks	**168**
26	Die Kunst des magischen Flötenspiels	**178**
27	Das alte Fotoalbum	**184**
28	Norweis, der Taurih	**197**
29	Ulions Geschenk	**204**
30	Ein nächtlicher Erkundungsflug	**212**
31	Eins, Zwei und Drei	**217**
32	Familiengeheimnisse	**223**
33	Das Gewölbe der Kostbarkeiten	**229**
34	Eine Anzahl magischer Knobelaufgaben	**236**
35	Die Zentauren	**248**
36	Die Rune am See	**252**
37	Eine waghalsige Aktion	**258**
38	Das Dreieinige Zepter	**264**

I
Die Überraschungsgäste

Flora hüpfte die Sonneberger Straße hinauf. Sie trällerte ein Liedchen, und ihr neuer Ranzen wippte im Takt dazu.

„Wenn wir zu Hause sind, hat sie die dreifache Strecke zurückgelegt", sagte Oma Gertrude lachend, die mit Floras Eltern hinter der Kleinen lief.

Sie kamen von der Einschulungsfeier in der Geschwister-Scholl-Schule in Saalfeld. Ihr Vater trug die Zuckertüte, die, wie bei allen Erstklässlern, riesig ausgefallen war.

„Was hast du nur in diese Tüte getan, Lucie?", fragte Philipp seine Frau schmunzelnd. „Das Ding wiegt beinahe eine Tonne."

Lucie schüttelte erstaunt den Kopf. „So schlimm kann es doch gar nicht sein. Ich habe sie doch auch getragen."

„War nur Spaß, mein Schatz", antwortete Philipp. „In Wirklichkeit wiegt sie nur eine halbe Tonne." Grinsend drückte er seiner Frau die Zuckertüte in die Arme.

„Du hast recht", sagte sie nachdenklich. „Sie ist wirklich schwerer als ich dachte."

Mittlerweile waren sie zu Hause angekommen, wo der Rest der Familie schon ungeduldig auf sie wartete. Floras ältere Geschwister Lilly und Oskar sowie ihr Cousin Till, der erst seit einem knappen Jahr bei ihnen lebte, mussten zuhause bleiben, weil in der Schulaula nicht genügend Platz für alle war.

Sie hatten inzwischen das Haus lustig mit kleinen Zuckertüten und Luftballons dekoriert und den Tisch in der gemütlichen Wohnküche festlich gedeckt. Es roch lecker nach Kaffee, Kakao und Gertrudes gefülltem Streuselkuchen.

„Ich habe die Zuckertüte auf dein Bett gelegt, mein neues Schulkind", erklärte Papa lächelnd und ließ sich neben Flora an der Kaffeetafel nieder. „Nun muss ich dringend ein Stück Streuselkuchen essen, damit ich wieder zu Kräften komme."

„Nur keine Schwäche zeigen, Paps!", witzelte Oskar, der Älteste.

„Ich schlage vor, dass ihr alle kräftig zugreift und dann gemeinsam herausfindet, weshalb die Tüte so schwer ist", meinte Oma Gertrude und ging sofort mit gutem Beispiel voran.

Ruckzuck war alles verputzt, und sämtliche Sprösslinge polterten zu Floras Zimmer in der ersten Etage hinauf.

Gespannt warteten die Großen, während die Kleine die bunte Schleife löste. Lilly, Oskar und Till waren nicht so neugierig, wie sie es vorgaben, sondern taten es Flora zuliebe. Auf einmal begann es im Inneren laut zu rascheln.

„Grundgütiger!", rief Lilly erstaunt. „Haben die Oldies etwa ein kleines Tier da drin versteckt?"

„Nee, so etwas würden die nie machen", beruhigte Till seine Cousine, während er auf die Tüte starrte.

„Ha, ha! Nee, nee! Kein Tierchen!", wisperte und kicherte es fröhlich aus dem Inneren heraus.

„Spinn ich? Ich glaub, ich hör Stimmen?", knurrte Oskar und schüttelte den Kopf, als könnte er es dadurch abstellen.

Aber das Kichern wurde noch lauter, und auf einmal, als würden Murmeln aus einem Beutel kullern, purzelten Tibanas Wichtelkinder aus der Tüte auf Floras Bett!

„Die Wichtel!", jauchzte Flora und setzte sich so, dass die kleinen Kerle auf ihr herumklettern konnten. Sie kicherten, knuddelten und pufften sich gegenseitig, bis ihnen die Luft ausging.

„Was macht ihr denn hier? Und wie kommt ihr hierher?", fragten Till und Lilly überrascht, während Oskar schlichtweg die Spucke wegblieb.

„Alter, was ist das?", fragte er Till.

„Das sind Tibanas Wichtelkinder! Sie kommen aus Arwarah."

„Was zur Hölle meinst du mit Wichtelkinder und wo liegt Arwarah?"

Als die Kleinen das hörten, ließen sie von Flora ab und wandten sich kichernd Oskar zu.

„Was zur Hölle sind Wichtel?", äfften sie ihn mit ihren piepsigen Stimmchen nach. „Siehst du doch! Wir sind Wichtel! Manche nennen uns auch Kobolde oder Hausmännchen, du großer Bruder von Flora. Und Arwarah ist unser Zuhause."

„Alter Schwede! Was für hochwertiges mechanisches Spielzeug es gibt. Da haben sich die Oldies echt selbst übertroffen!", staunte Oskar und runzelte die Stirn.

„Spielzeug? Die sind echt! Nun stell dich bloß nicht so an", forderte Lilly kopfschüttelnd und vergaß vor Aufregung, dass Oskar, genau wie die Eltern, nichts von ihren Abenteuern im Elfenreich wusste.

„What? Wie echt? Was meinst du damit?"

„Ach Mann, Oskar! Ich erklär's dir später. Okay? Wir haben jetzt keine Zeit dafür!"

„Was gibt's da zu erklären?", maulte der Große. „Ihr fallt auf irgendeinen Bluff herein, und Papa sitzt unten und grinst."

„Nein! Lass bloß die Eltern da raus. Die haben nichts damit zu tun", forderte Lilly nervös. „Du kannst es nicht wissen, aber die Wichtel sind echt. Sie wohnen eigentlich in Arwarah, bei der Herrin vom See. Sprich mit Omi, wenn du es uns nicht glaubst."

„Ihr habt doch alle 'ne Meise!", knurrte Oskar leise und blickte hilfesuchend zu Till. „Alter, sag du doch mal was!"

„Die sind wirklich echt. Mach dir keinen Kopf und akzeptier einfach, dass es Dinge zwischen Himmel und Erde gibt, von denen du bisher nichts weißt."

„Genauso ist das", bestätigten die Wichtel und sprangen auf Oskars Schultern. Sie tippelten umher und zupften mit ihren kleinen Händen an seinen langen Haaren.

„Sieht er nicht hübsch und stattlich wie ein Elfenritter aus?", wisperte einer. Da hatte Oskar eindeutig genug. Er schüttelte sich so, dass die Wichtel wie Wassertropfen davonflogen und sich grade noch mittels ein paar gewagter Salti aufs Bett retten konnten.

„Mir reicht's! Elfenritter! Ihr guckt eindeutig zu viel Fernsehen. Macht euren Blödsinn allein", schimpfte er und schlug, auf dem Weg in sein Zimmer, die Tür hinter sich zu.

„Der wird uns doch nicht an Gertrude verraten?", wollten die Wichtel wissen.

„Nein, Oskar ist okay. Wir hätten ihn nur längst über Arwarah einweihen sollen. Aber sagt mal, wieso ist es so wichtig, dass er Omi nichts sagt?", fragte Lilly, hellhörig geworden.

„Weil ... weil wir von zuhause abgehauen sind", gab einer der Wichtel kleinlaut zu. „Wir wollten unbedingt wissen, wie das ist, wenn ein Menschenkind in die Schule kommt."

„Und da habt ihr euch in der Zuckertüte versteckt", fügte Till lachend hinzu. „Ganz schön frech. Aber ich glaube, ihr müsst euch keine Sorgen machen. Oskar denkt ohnehin, dass ihr Spielzeuge seid."

„Und mechmisch? Was ist das?"

„Mechanisch! Nicht so wichtig, das ist Technik. Bei euch gibt's dafür Zauberei."

„Stimmt", meinten die Wichtel stolz und ließen zum Beweis feine, bunte Sterne zwischen ihren winzigen Händen entstehen, die zur Zimmerdecke aufstiegen und dort ein paar Minuten lang regenbogenfarbig schillerten, bevor sie erloschen. Flora war begeistert.

„Dankeschön! So ein tolles Feuerwerk hat sonst keiner bekommen."

„Bitte! Aber jetzt müssen wir heim. Wir sind schon lange weg und es wird

Schimpfe geben! Aber das war's wert."

Lilly nickte. „Ja, eure Eltern und Tibana sind bestimmt besorgt, aber könntet ihr trotzdem noch so lange bleiben, bis ich einen kurzen Brief an Alrick geschrieben habe?"

„Verliebt, verliebt, verliebt ...", sangen die Wichtel und Flora gemeinsam, aber das machte Lilly nichts aus. Sie setzte sich lächelnd an Floras neuen Schreibtisch und schrieb eilig ein paar Zeilen an ihren Elfen. Leider hatten sie sich in den Sommerferien nicht so oft gesehen, wie sie es wollten, und damit es künftig besser würde, hatte Lilly einen Plan. Nach dem Abi würde sie für mindestens ein Semester an die Universität von Zaâmendra gehen, um dort mit Alrick zu studieren. Sie wusste, dass König Arindal dabei war, alle Schäden, die durch Farzanahs grausame Machenschaften entstanden waren, zu beseitigen.

König Arindal war ein gütiger und gerechter Elf, der großen Wert auf Bildung, Wirtschaft und Kultur in seinem Land legte. Er hoffte, irgendwann wieder so innigen Kontakt mit der Menschenwelt zu pflegen, wie es in den Chroniken Arwarahs geschrieben stand. Die alte Universität wiederzubeleben, war einer der ersten Schritte dafür.

Als sie fertig war, gab sie den Wichteln ihren Brief und alle verabschiedeten sich herzlich. Flora wollte gar nicht aufhören, die kleinen Kerle an sich zu drücken.

„Nicht traurig sein! Wir kommen sowieso bald wieder", versprachen die Wichtel. „Wir wollen nämlich alles lernen, was Flora lernt, und das machen wir am besten zusammen." Sie winkten noch einmal und verschwanden holterdiepolter zum Fenster hinaus.

Während sich Flora nun dem nicht lebendigen Inhalt ihrer Zuckertüte zuwandte, gingen Lilly und Till, um nach Oskar zu sehen. Sie fühlten sich schuldig und fanden, dass es an der Zeit war, ihm einiges zu erklären.

Aus Oskars Zimmer schallte laute Musik, und da sie wussten, dass er beim Musikhören und Schlagzeugüben nicht gestört werden wollte, zögerten sie, bevor sie laut anklopften.

„Wer will jetzt schon wieder was?", rief Oskar und streckte seinen Kopf aus der Tür.

Im selben Moment hörten sie Flora rufen. „Lilly, Till! Bitte, bitte, kommt schnell her!"

Die beiden schauten sich verwundert an und liefen, von Oskar gefolgt, in Floras Zimmer zurück. „Was ist denn los?", fragte Lilly.
Flora zeigte stumm auf ihren Schreibtisch, auf dem vier schluchzende Wichtelkinder standen. „Wir können nicht nach Arwarah zurück. Huhuhuuuuu! Überhaupt gar nicht", heulten sie um die Wette. „Die Tore sind ganz und gar zuuhuuu. Wir haben alles versuuuucht. Was machen wir denn jetzt?"

Als Oskar die Wichtel sah, machte er auf dem Absatz kehrt und ging kopfschüttelnd in sein Zimmer zurück. Er setzte sich an sein Schlagzeug und fing an, harte und schnelle Rhythmen zu trommeln, bis ihm der Schweiß ausbrach. Er konzentrierte sich auf die Musik, und versuchte alle anderen Gedanken zu vertreiben. ‚Heulende Wichtel! Alter Schwede! Nein, das kann nicht real sein!'
Er war ganz vertieft, als sich die Zimmertür einen Spalt weit öffnete, und ein großes Glas Himbeerlimonade hereingehalten wurde.
Infolge seines fortgeschrittenen Alters von knapp achtzehn Jahren würde er es natürlich niemals zugeben, aber Omas selbstgemachte Himbeerlimonade war sein absolutes Lieblingsgetränk. „Komm schon rein", forderte er das Glas Limonade auf und grinste, als Gertrude vor ihm stand.
„Was ist denn los? Du haust ja auf die Pauke, als müsstest du eine Horde Unholde verjagen! Mein Wackelpudding für morgen tanzt Samba in der Küche!"
„Unholde, Ömchen? Sind Kobolde oder Wichtel Unholde?"
„Nein, ich wünschte, wir hätten einen! Von allen fabelhaften Wesen sind Wichtel die liebenswertesten. Fleißige und sehr hilfsbereite kleine Gesellen. Ich dachte, das hätte ich euch früher schon erklärt."
„Ach, Omi, sei doch nicht gleich so ernst! Klar hast du uns früher alle möglichen Märchen erzählt. Aber das war Kinderkram. Aus dem Alter, das zu glauben, bin ich raus."
Gertrude schaute ihn liebevoll an und lächelte ihr geheimnisvolles Großmutterlächeln. „Aber ich nicht!", erwiderte sie weiterhin ernst. „Ich glaube fest an Elfen, Feen und auch an Wichtel."
„Das nehm ich dir nicht ab, Ömchen. Du veräppelst mich nur."
„Das solltest du aber, mein Großer. Kreative Menschen wie du haben sicher genügend Vorstellungskraft, um zu ahnen, dass es magische Dinge zwischen Himmel und Erde gibt."
„So magisch wie deine Limo, Omi!", grinste er und trank einen großen

Schluck davon, bevor er weiter Schlagzeug spielte und Gertrude aus dem Zimmer floh.

Nachdenklich nahm sie ihr Tablett mit drei weiteren Limogläsern, das sie auf dem kleinen Tisch im Flur abgestellt hatte. Es tat ihr leid, dass sie gerade etwas barsch zu Oskar gewesen war. Schließlich hatte man in seinem Alter wirklich viel um die Ohren. Das Abitur, die Musik, Freunde und Mädchen natürlich. Dazwischen hatten Feen und Wichtel vermutlich keinen Platz. In der modernen Welt gab es Zauberwesen leider nur noch in Büchern, Filmen und Computerspielen.

Sie runzelte die Stirn und wollte in Floras Zimmer gehen, als sie von drinnen aufgeregte Stimmen vernahm. Sie hörte Lilly, Flora und Till, aber dazwischen sprachen definitiv noch andere! Andere, deren piepsige Stimmchen, sie schon lange nicht gehört hatte, und sie klangen äußerst erregt. Sie hörte Wörter wie ‚Mist', ‚unglaublich' und ‚blöd'.

„Von daher weht also der Wichtelwind", murmelte sie erstaunt. „Ich glaube, da muss ich etwas unternehmen."

Sie klopfte höflich an, trat dann aber sofort ein, weil sie ihren gewitzten Enkeln keine Gelegenheit zum Vertuschen der Tatsachen geben wollte. Richtig! Sie konnte beim Eintreten tatsächlich gerade noch das Zipfelchen einer winzigen, bunten Jacke in der Zuckertüte verschwinden sehen.

Vor ihr standen drei erschrockene Enkel, die wie gebannt auf die Zuckertüte starrten. Sie gab Lilly das Tablett, nahm die Zuckertüte und schüttelte sie sanft hin und her. Ihre Taktik funktionierte. Aus dem Inneren ertönten vier zaghafte Stimmchen, die ein sofortiges Ende des Erbebens verlangten.

Gertrude legte die Tüte ab und ließ die Wichtel frei, die sich, einer neben dem anderen, aufstellten und sehr verlegen waren. Sie sagte nichts, sondern stand mit in die Hüfte gestützten Armen da und wartete auf eine Erklärung.

„Es ist nicht so, wie du denkst, Oma", setzte Till zu einer mageren Erklärung an.

„Was denkt ihr denn, was ich denke?" Gertrude schmunzelte innerlich.

„Dass wir schuld sind, dass die Wichtel hier sind, aber das stimmt nicht!"

„Nein, Großmutter!", zwitscherten die Wichtel im Chor. „Das stimmt nicht!"

„Na schön! Puck, Nelly, Tissy und Zack! Heraus mit der Sprache! Was tut ihr hier? Hat Tibana euch geschickt?"

„Nö! Wir sind heute in die Schule gekommen", antwortete der vorlaute Zack, und die drei anderen nickten wie Wackeldackel im Auto dazu.

„So, in die Schule seid ihr gekommen. Hier und heute? Wissen eure Eltern davon?"

„Na ganz eigentlich ist Flora in die Schule gekommen. Aber wir waren dabei. Das gehört sich so, weil sie unsere allerliebste Freundin ist."
„Das ehrt euch, aber ich hoffe, dass ihr das nicht heimlich getan habt."
„Überraschung!", kam es übereinstimmend aus vier Wichtelkehlen und diesmal nickten Till, Lilly und Flora wie Wackeldackel. „Wir haben etwas Feenstaub gemopst und waren ruckzuck hier!"
„Das war aber ungezogen von euch. Tibana und eure Eltern werden sich große Sorgen machen", sagte Gertrude streng.
„Nicht böse sein, meine allerliebste Oma", bat Flora und legte ihr die Ärmchen um den Hals. „Sie haben es für mich gemacht, und ich habe mich gaaaaanz doll gefreut. Aber nun können sie nicht nach Hause zurück. Ganz und gar nicht."
„Wie meinst du das, sie können nicht zurück?"
„Das wissen wir selbst nicht genau", antwortete Lilly. „Sie waren schon auf dem Heimweg und sind jetzt wieder hier, weil sich die Pforte am kleinen Teich angeblich nicht mehr öffnen ließ. Und für die Gralsburg bräuchten sie ja Alricks Flöte!"
„Als du hereinkamst, haben wir gerade überlegt, was passiert sein könnte", fügte Till hinzu.
Gertrude nickte. Nun hatte sie verstanden. Die Wichtelkinder waren ausgebüxt, um an Floras Festtag dabei zu sein, und konnten nun, warum auch immer, nicht wieder nach Arwarah zurück.
„Das ist ja ein schöner Schlamassel!" Gertrude schüttelte nachdenklich den Kopf.
„Ja, besonders, weil Oskar sie gesehen hat. Er denkt, sie sind Spielzeuge. Als wir es ihm erklären wollten, war er richtig sauer", gestand Lilly. „Und das ist wirklich unsere Schuld. Wir hätten ihm längst alles über Arwarah erzählen sollen."
„Ach, darum hat er mich nach Wichteln gefragt", sagte Gertrude. „Dann kommt mal alle mit. Wir werden der Sache auf den Grund gehen, bevor wir in Panik verfallen."
„Ja, auf den Grund gehen!", murmelten die Wichtel, sprangen den Kindern auf die Schultern und hielten sich an ihren Haaren fest. Sie liefen den Flur zu Gertrudes Zimmer entlang und diskutierten dabei so laut, dass Oskar, der gerade eine Pause machte, neugierig den Kopf zur Tür raus steckte.
‚Was ist jetzt schon wieder los? Warum gehen die denn alle mit in Omis Zimmer?', dachte er und schloss sich ihnen einfach an.

Als Till vor einem Jahr zu den Rudloffs gekommen war, hatte Gertrude ihm ihr Nähzimmer überlassen und sich selbst mit einem kleineren Wohnzimmer begnügt, das behaglich mit ihren alten Möbeln eingerichtet war. Dazu gehörte der riesige Ohrensessel, in dem sie oft saß und las oder strickte, und eine wunderschöne Frisierkommode mit einem großen, silbrig schimmernden Spiegel.

Gertrude setzte sich auf den halbrunden Stuhl, der seinen Platz vor der Kommode hatte, und ihre Enkel scharten sich erwartungsvoll um sie herum.

„Gut, dass du auch da bist, Oskar! Hab etwas Geduld, wenn du nicht gleich alles verstehst, aber ich werde euch jetzt ein Geheimnis verraten", sagte sie ernst und schaute dabei fast feierlich in die Gesichter. „Ihr wisst, was das Besondere an Geheimnissen ist?"

„Klar!", rief der kleine Wichtel Zack, vorlaut wie immer. „Sie sind geheim!"

„Genau! Und ich zähle auf euch, dass es vorerst so bleibt", forderte Gertrude, während sie die oberste Schublade der Kommode öffnete und ein hellblau-weiß schimmerndes Seidentuch herausnahm. Es sah so aus, als ob sich bei jeder Bewegung winzige Sterne von seiner Oberfläche lösten und wieder darauf zurückfielen.

„Was für ein schönes Tuch", flüsterte Lilly hingerissen. „Wie gut man in einem solchen Kleid beim Tanzen aussehen würde!"

Till grinste, weil er wusste, mit wem Lilly tanzen wollte, während Oskar nur die Augen verdrehte.

‚Nanu?', dachte er. ‚Seit wann findet Lilly Klamotten gut, die nicht schwarz sind?'

„Ist das wundervolle Tuch aus Arwarah, Omi?", fragte Flora und strich mit ihrer kleinen Hand darüber.

„Sieht man doch! Natürlich ist es von zu Hause!", antwortete Zack, und die anderen Wichtel echoten: „Ja, von zu Hause, von daheim!"

„Richtig, ich habe es vor langer Zeit geschenkt bekommen, aber nun seid bitte still", mahnte Gertrude. „Sonst klappt mein Zauber vielleicht nicht."

Zauber? Oskar riss die Augen auf. Hatte er richtig gehört? Wie war es nur möglich, dass sich seine coole Omi, die so fest mit beiden Beinen im Leben stand, zu solchem Hokuspokus hinreißen ließ? Wurden denn alle langsam verrückt? Da spürte er plötzlich eine kleine Hand in seiner, und Flora flüsterte ihm aufgeregt zu: „Sieh nur, Oskar! Omi zaubert! Das ist so toll!"

Gertrude nahm das Tuch und strich damit sanft über das Spiegelglas, wobei

sie dreimal sehr bestimmt „*Myrium aâpare sunt* – Spiegel öffne dich!" sagte.
Die jungen Leute blickten Gertrude und den Spiegel sprachlos an.
Träumten sie, oder gehorchte er wirklich ihren Worten? Die glänzende Oberfläche begann sich tatsächlich zu kräuseln. Das Silber löste sich auf, und nach und nach manifestierte sich ein Bild vor ihren Augen. Zuerst sahen sie eine kleine Felsformation, die so spitz und knorrig aus dem Wald hervorragte wie Huckeduûster Grindelwarz' Nase aus dem Gestrüpp seines Bartes. Zu Füßen der Steine sprudelte eine Quelle und nährte den glasklaren See, der in der Mittagssonne einladend glänzte.
„Das ist Tibanas See!", rief Till lauter als beabsichtigt. Er würde ihn unter Tausenden wiedererkennen, weil er dort sein Amulett *Metâbor* von der Herrin der Quellen bekommen hatte.
Das Spiegelglas bewegte sich wieder, und anstelle des Sees erschien nun Tibanas gütiges Gesicht. Die alte Fee saß im Lehnstuhl vor ihrem reetgedeckten Häuschen und ließ sich eine Pfeife schmecken.
„*Mae govannen*, liebste Freundin!", begrüßte sie Gertrude mit ihrer tiefen, wohlklingenden Stimme. „Ich freue mich, euch wiederzusehen, auch wenn ich insgeheim schon damit gerechnet habe."
„Sei auch du gegrüßt! Ja, es ist viel Zeit vergangen, seit die Kinder bei dir waren und wir miteinander sprachen", antwortete Gertrude, während Flora knickste. Till und Lilly deuteten eine höfliche Verbeugung an, um Tibana ihren Respekt auszudrücken.
Oskar blickte sprachlos von einem zum anderen, während die Wichtelkinder schnell ihre Kappen nach hinten drehten und sich unsichtbar machten. Das war natürlich sinnlos, denn sie waren ja der Grund, weshalb Gertrude den Spiegel geöffnet hatte. Und während Oskar noch an interaktives Fernsehen glaubte, wurden die Wichtel prompt erwischt.
„Und ihr kleinen Nichtsnutze, Puck, Nelly, Tissy, Zack! Unsichtbar machen hilft euch nichts! Was tut ihr in der Menschenwelt? Wisst ihr nicht, dass man euch seit Stunden sucht und eure Eltern krank vor Sorge sind? Zeigt euch, und heraus mit der Sprache!"
Einer nach dem anderen tauchten die Wichtel auf und zappelten verlegen unter dem strengen Blick der Fee auf den Schultern der Kinder herum. Und wie immer war es Zack, der sich ein Herz fasste, und sprach: „Aber wir haben doch nichts Böses getan. Unsere Flora ist in die Schule gekommen, und wir wollten gratulieren und sehen, wie eine Menschenschule in echt ist. Wie soll man ahnen, dass so was Dummes passiert?" Verlegen biss er sich auf seine Unterlippe und senkte den Blick.

„Das verstehe ich, aber wenn ihr eure Eltern davor gefragt hättet, würdet ihr jetzt nicht in diesem Dilemma stecken! Man stiehlt nicht einfach Feenstaub und verschwindet, und das sogar noch über Nacht. Das macht den anderen große Angst!"
„Das sagen Mama, Papa und Oma auch immer", bestätigte Flora. „Sogar Oskar will, dass ich ihm sage, wohin ich spielen gehe. Damit er mich findet."
„Oskar ist sowieso blöd!", versuchte Zack geschickt von den Wichteln abzulenken. „Der sagt nämlich, dass wir mechmisches Spielzeug sind. Jawohl!"
„Mechanisches Spielzeug? Na so was! Und wo ist dieser Oskar jetzt?", schmunzelte die alte Fee schon halb ausgesöhnt.
„Na hier, unser großer Bruder!", rief Flora aufgeregt und schob Oskar ins Bild. „Wir haben dir doch von ihm erzählt. Er war ja nicht mit bei dir und kennt auch die ganze Geschichte nicht!"
„*Mae govannen*, Oskar! Ich freue mich, dich kennenzulernen."
„Er ist mein ältester Enkelsohn", antwortete Gertrude hörbar stolz. „Und es ist höchste Zeit, dass ihr euch kennenlernt!"
„Hi, ja ich bin Oskar", antwortete der fast schroff, obwohl er die alte Frau im Spiegel sehr nett fand. „Und ich gehe jetzt. Sorry, Omi, aber ich versteh nichts von dem ganzen Feenkram und das geht mir gehörig auf die Nerven."
Er drehte sich um und wollte gehen, da forderte Tibana ihn mit fester Stimme zum Bleiben auf. Und da er nicht unhöflich sein wollte, blieb er mit hochgezogenen Brauen stehen und blickte skeptisch auf den Kommoden-Bildschirm.
„Ich verstehe, dass dir das alles fragwürdig erscheint", sagte Tibana ernst. „Aber zu unserem Schutz war es bisher wichtig, dass nicht allzu viele Menschen vom Feenland wussten. Es war vorherbestimmt, dass Till Alrick erlösen und danach mit Flora und Lilly das Elfenlicht retten würde. Danach glaubten wir, dass das Böse in Arwarah besiegt sei, aber wir haben uns geirrt! Es hat nur seine Krallen geschärft, um wieder zuzuschlagen. Aus diesem Grund möchten wir unser Bündnis erneuern, und du sollst fortan auch daran beteiligt sein."
„Okay", sagte Oskar gedehnt, da er nicht wusste, was er sonst sagen sollte.
„Und da wir keine Zeit haben, dir alles Stück für Stück zu erklären, werde ich dir jetzt ein Update geben, wie du es nennen würdest", lachte sie. „Dann weißt du über die Abenteuer deiner Geschwister in Arwarah Bescheid. Schau in meine Augen und habe keine Angst. Telepathie ist kein Hexenwerk."
Ihre Worte überraschten Oskar so, dass er sich vermutlich auch auf den Kopf gestellt hätte, wenn die Fee es von ihm verlangt hätte. Also versenkte er seinen Blick in ihre Augen, die so klar und blau waren wie das Wasser ihres Sees. Im

Zimmer war es mucksmäuschenstill. Alle starrten auf Tibanas Gesicht, um das sich feine Lichtpunkte bildeten, die plötzlich aus dem Spiegel sprühten und Oskars Kopf mit einem zarten Schein umhüllten. Sie setzten sich auf sein Haar, verblassten allmählich und verschwanden dann in seinem Kopf.
Das sah so schön aus, dass Flora in die Hände klatschte und so sehr zappelte, dass Tissy beinahe von ihrer Schulter fiel.
Das Licht um Tibana verschwand ebenfalls und der Zauber war vorbei. Lilly atmete hörbar aus. Vor lauter Aufregung hatte sie die Luft angehalten.
„Was für eine krasse Vorstellung!", rief Till begeistert. „Und, großer Cousin? Hat das Update geklappt? Wie fühlst du dich jetzt?"
„Auch nicht anders", behauptete Oskar, obwohl das nicht stimmte. Sein Kopf war voll und schwer. Er spürte, dass er jetzt über Wissen verfügte, welches er vorher nicht gehabt hatte. Er konnte es augenblicklich aber nicht abrufen, es war einfach zu viel. Aber er hatte verstanden, dass Arwarah existierte, dass seine Schwestern und Till wirklich schon einmal dort waren und dass seine Oma Gertrude auf eine besondere Weise mit der Fee verbunden war.
Seine Zweifel waren spätestens dann gründlich ausgemerzt, als ihn Tibana aus Spaß 15 Zentimeter über dem Erdboden schweben ließ. Till bemerkte es als Erster und klopfte ihm mit der Hand freundschaftlich zwischen die Schultern.
„Alter, du schwebst!", meinte er trocken. „Da tun sich völlig neue Möglichkeiten auf."
„Cool!" Oskar erinnerte sich sofort an eine Szene mit einem sehr berühmten Film-Elf, der sich scheinbar schwerelos an einem Kampfelefanten emporhangelte und über seinen Rücken wieder zu Boden glitt.
„Ja, Herr Tolkien wusste über uns Bescheid", sagte Tibana und lächelte weise. „Er hat sogar unsere Sprachen für euch aufgeschrieben."
Die anderen sahen sich verwundert an. Wie kam Tibana denn jetzt auf Tolkien?
„Es scheint, dass du ihn sehr gut telepathisch erreichen kannst", sagte Gertrude erstaunt.
„Ja, ganz wunderbar! Er wird schnell dazulernen und könnte später einmal ein Elfenritter sein."
„Wir hatten recht! Ha, ha! Er wird ein Elfenritter!", jubelten die Wichtel und klatschten in ihre kleinen Hände.
‚Elfenritter', dachte Oskar und schüttelte unwillkürlich den Kopf. Durch Tibanas Update wusste er jetzt, dass Elfenritter mutig und ehrbar sind, aber er wollte trotzdem keiner sein.
‚Aha! Oskar ist also telepathisch begabt', dachte Lilly neidisch.

Was für eine Verschwendung, denn offensichtlich wollte er diese Gabe ja nicht. Ihr hätte sie viel bedeutet, denn dann hätte sie ganz unbemerkt an jedem beliebigen Ort mit Alrick sprechen können. Unglücklich grummelte sie in sich hinein.

Dagegen war Till recht angenehm überrascht. Nicht nur, weil Oskar nun endlich über Arwarah Bescheid wusste, sondern, weil Gertrude sie in ihr Geheimnis eingeweiht hatte. Nun gab es sogar zwei neue Möglichkeiten, Kontakt zu ihren Freunden im Elfenreich aufzunehmen. Schließlich hatte er die Elfenritter Rinal, Lindriel, Alarion und Emetiel nicht vergessen.

Und die Wichtelkinder? Die waren einfach froh, mit einer kurzen Standpauke davon gekommen zu sein.

„Ihr Lieben, wir müssen unser Gespräch vorerst beenden", sagte Tibana und bereitete der eigenartig mystischen Situation ein abruptes Ende. „Eure Eltern rufen euch zu Tisch und ich muss Einiges in Erfahrung bringen. Wir treffen uns heute zu fortgeschrittener Stunde wieder. Gertrude, bitte sorge dafür! Es ist enorm wichtig!"

Nachdem Gertrude zugesagt hatte, verdichtete sich der Spiegel allmählich, bis er wieder ganz silbern war. Die Kinder regten sich und brauchten einen Augenblick, um sich zu sammeln. Da hörten sie tatsächlich ihre Mutter rufen.

„Woher hat sie gewusst, dass Mama ruft?", fragte Oskar erstaunt. „Ich hab bis eben nichts gehört."

„Gewöhn dich dran, Alter. Feen und Elfen hören zigmal besser als wir. Und das ist nicht das Einzige, was sie besser können."

Sie stürmten alle in die Küche und wurden dort von Lucie lachend in den Garten geschickt. Die Sonne meinte es heute wirklich gut mit ihnen. Kein Wunder, dass Philipp zum Schuleinführungsfest den Grill angezündet hatte. Draußen war praktisch schon alles fertig, sodass sich jeder auf seinen angestammten Platz am Tisch setzte. Die Wichtel hatten ihre Kappen auf „unsichtbar" gedreht und machten es sich auf der Hollywoodschaukel bequem. Sie stibitzten ab und zu etwas vom leckeren Grillgut, dem Kartoffelsalat und dem Obst und schaukelten ein wenig. Glücklicherweise fiel niemandem auf, dass die Schaukel heute stärker im sanften Abendwind schwang als sonst.

Nur Kater Moritz schmollte und rollte sich beleidigt auf der Fußmatte zusammen. Etwas, das nicht mal größer war als er selbst, hatte ihm seinen Lieblingsplatz auf der Schaukel geraubt. Da konnte man schon eingeschnappt sein.

Gertrude saß in ihrem Korbstuhl und lächelte glücklich. All ihre Lieben zusammen zu haben, gab ihr ein warmes Gefühl. Einen Moment lang dachte sie an Tills Eltern, die ihm schmerzlich fehlten, aber ein Blick in sein entspanntes Gesicht half ihr über den traurigen Gedanken hinweg. Wie gut er sich in seine neue Familie eingefügt hatte!
Und Flora? Die war völlig aus dem Häuschen, nun da sie wieder uneingeschränkter Mittelpunkt des Tages war.

Flora

2
Feen, Elfen und schlechte Neuigkeiten

Nach und nach wurde es dunkler und kühler. Zeit, die Fackeln und den Feuerkorb anzuzünden. Eine Aufgabe, die die Jungs übernahmen, während Philipp den Grill beiseiteräumte.
Als die Stühle rund um das knisternde Feuer standen, schnappte Philipp Flora an den Händen und begann mit ihr einen Freudentanz. Er sang dabei ein lustiges Lied, dass sich ungefähr so anhörte: „Wenn Flora in die Schule geht und Rechnen auf dem Plane steht, dann wird sie ganz schnell superschlau und alle freuen sich wie Sau."
Lilly und die Jungs kriegten sich vor Lachen nicht mehr ein, während Lucie seinen Auftritt grinsend mit „Reim dich oder ich schlag dich!" kommentierte.
„Ich brauche eine Pause, Papa. Du tanzt so toll, dass ich erst mal etwas trinken muss." Flora lachte und plumpste erschöpft auf ihren Stuhl. Sie nahm einen großen Schluck von Omas Megahimbeerlimonade, wischte sich den roten Mund ab und hatte schon wieder eine neue Idee.
„Meine allerliebste Omi, kannst du uns jetzt beim Lagerfeuer was über die Elfen und Feen erzählen? Das wäre wunderschön. Und ihr Großen braucht gar nicht meckern, denn heute ist mein Wünsch dir alleine was-*Tag*", fügte sie an ihre Geschwister und Till gewandt hinzu.
„Kein Ding, du kleine Nervensäge!", sagte Oskar herzlich. „Wir wissen doch, dass Märchen mit Feen und Elfen dein Lieblingsthema sind."
Phillip und Lucie zwinkerten sich zufrieden zu. Sie wussten, dass sich ihre Sprösslinge, Till mit eingeschlossen, lieb hatten und kleine Streitereien meistens schnell vergessen waren. Heute waren alle relaxed und glücklich, nur Lilly trommelte angespannt einen leisen Rhythmus auf die Armlehne ihres Gartenstuhls. Sie hatte Liebeskummer und wollte jetzt nicht fröhlich sein.
„Also gut!", willigte Gertrude ein, nachdem sie sich kurz besonnen hatte. „Feen und Elfen gibt es schon seit der Zeit, als das Wünschen noch half", begann sie zu erzählen, während alle Augen erwartungsvoll auf sie gerichtet waren. Keiner machte einen Mucks. Selbst die Hollywoodschaukel hörte zu schwingen auf, weil die unsichtbaren Wichtel ganz stillsaßen. Eine Geschichte von einer richtigen Großmutter erzählt, dass hatten sie noch nicht erlebt.

„Damals lebten die Feen und Elfen gleichberechtigt unter den Menschen, obwohl sie ihre Siedlungen fernab von deren Städten und Dörfern in die unberührte Natur gebaut hatten. So lebten sie viele hundert Jahre, denn ihre Geschichte ist genauso alt wie unsere."

„Und sind Feen und Elfen das Gleiche, Omi?", unterbrach Flora sie interessiert.

„Nein, mein Schatz, aber sie sind eng miteinander verwandt. Wie alle Lichtwesen sind sie sehr begabt und verfügen über magische Kräfte. Es heißt, dass die Feen und Feër sehr eng mit den menschlichen Schicksalen verbunden sind."

„Es gibt auch Feër? Davon höre ich zum ersten Mal, Omi."

„Aber natürlich gibt es sie. Ohne Feër würden die Feen ja aussterben. Als ich klein war, habe ich viele Geschichten über einen schönen, ehrenvollen und mächtigen Feenfürsten namens Arayn gehört. Egal, ihr wisst bestimmt, dass Feen dafür bekannt sind, Glück zu bringen. Darum hat man sie gern zur Patin oder zum Paten eines neugeborenen Kindes gemacht."

„So wie bei Dornröschen! Jede Fee hat dem Kind etwas Gutes gewünscht, bis auf die eine, die nicht eingeladen wurde, weil der König nicht genug goldene Teller hatte. Sie hat was ganz Böses gesagt, was keiner wieder zurücknehmen konnte."

„Richtig!" Gertrude schmunzelte über Floras kindliche Begeisterung. „Einmal ausgesprochen, ist es sehr schwer, den Zauber einer Fee oder eines Feërs ungeschehen zu machen. Da seht ihr es: Märchen sind der beste Beweis für den Einfluss der Feen auf unser menschliches Leben, nicht wahr?"

„Wem sagst du das?! Und sie scheuen sich nicht, es einem einzutrichtern", fügte Oskar grinsend hinzu, wofür er sofort einen Puff von Lilly erhielt.

„Und die Elfen, Omi? Die sind ganz besonders lieb. Die haben …"

„Ja!", unterbrach Gertrude die Kleine, die drauf und dran war etwas zu verraten. „Die Elfen sind ein naturliebendes Volk, das sich gern auf bunten Blumenwiesen, duftenden Heidelandschaften, an Seen und Waldquellen aufhält. Sie sind empfindsame Wesen, die Musik und Tanz lieben und keine Falschheit kennen."

„Und warum sind sie weggegangen? Es wäre sooo schön, wenn sie wieder mit uns zusammenleben würden."

„Ich weiß nur, dass alle gestritten haben. Jeder mit jedem! Menschen mit Feen und Elfen und die auch untereinander. Und wie so oft im Leben, ging es um Reichtum und um Macht! Aber", Gertrude zwinkerte den Kindern fröhlich zu, „ich glaube nicht, dass sie für immer gegangen sind! Sie haben sich nur an besonders schönen Plätzen versteckt. Alte Burgen und Schlösser, geheimnisvolle Wälder mit silbernen Bächen, Seen und Grotten. Aber wer ehrlich ist und Gutes will, darf ihr Reich vielleicht durch eines ihrer Tore betreten", sagte sie schmunzelnd in die Runde blickend, und lehnte sich zurück. „Aber das wisst ihr ja schon."

„Omi, du bist sooo schlau und du kannst sooo gut erzählen", schwärmte Flora hingerissen.

„Danke, mein Schatz. Damit kann ich leben. Besser, als wenn du gesagt hättest: Großmutter, was hast du für große Zähne und Pranken!" Sie zog eine lustige Grimasse, und alle mussten lachen.

„Und jetzt sag mir noch mal, wer außer den Feen und Elfen noch in der Anderswelt lebt! Ich habe die schweren Namen vergessen", bettelte Flora, die überhaupt noch nicht müde war.

„Die Geister der Natur zum Beispiel. Sie wurden einst dazu bestimmt, den Menschen zur Hand zu gehen. Da sind die lustigen Kobolde, die Zwerge, die in dunklen Gängen leben, die mächtigen Drachen und Zentauren, oder die schönen Blumenelfen und Dryaden, die auch Baumgeister genannt werden. Es gibt so viele verschiedene, und nicht alle sind immer nur gut!"

Gedankenversunken strich sich Gertrude eine Haarsträhne aus der Stirn.

„In meinem Almanach habe ich etwas über die Zwerge gelesen", mischte sich Lilly jetzt interessiert ein. „Da werden viele als Kunsthandwerker beschrieben. Sie verarbeiten Gold und Silber, sind aber auch für ihre hervorragenden Waffenschmiedearbeiten bekannt. Die sind nicht niedlich wie die komischen Gartenzwerge dort. Sie sind stark und kampferprobt."

‚Ja, oder garstig, hinterlistig und verlogen wie Huckeduûster Grindelwarz', dachte Till schaudernd bei der Erinnerung an ihr gemeinsames Abenteuer. Ein wirklich boshafter Vertreter seiner Art, der durch Farzanahs Einfluss zum skrupellosen Dieb und Verräter geworden war.

„Und was ist mit Wichteln, Omi? Weißt du auch was über sie?", platzte Floras Frage in seine Gedanken hinein.

Unwillkürlich blickten die Kinder zur Hollywoodschaukel, wo im selben Augenblick die neugierigen Wichtel, Tick-Tick-Tick-Tick, einer nach dem anderen sichtbar wurden. Geistesgegenwärtig trat Oskar sofort gegen den Schaukelständer, worauf sie Tack-Tack-Tack-Tack, wieder verschwanden. Was für ein Glück, dass die Eltern es nicht gesehen hatten.

„Wichtel sind liebenswerte, fleißige Wesen. Wenn sie wollen, leben sie eng mit den Menschen zusammen. Manche sind so sehr mit einem Haushalt verknüpft, dass sie über Generationen dortbleiben und den Menschen freiwillig dienen. Denkt nur an die Heinzelmännchen", erinnerte Gertrude ihre Zuhörer.

‚Heinzelmännchen! Ja, die wären echt nützlich gewesen', dachte Oskar und musste bei der Vorstellung, wie sie sein Zimmer aufräumten oder seine Hausaufgaben machten, grinsen. ‚Aber nö, wir bekommen klitzekleine Wichtelkinder, die nur Unsinn im Kopf haben.'

„Oder die Wichtel vom Weihnachtsmann!", fügte Flora noch hinzu.

„Ja, der sogenannte Santa Claus hat auch Wichtel in seiner Werkstatt, aber die gehören nicht zu denen, die wir meinen", erklärte Gertrude geduldig.

„Ich weiß schon, dass der Weihnachtsmann erfunden ist, Omi. Aber die Geschichten darüber sind sooo schön, auch wenn ich jetzt schon ein großes Schulkind bin."

Ausgelassen schwatzten sie über dies und jenes, während die Sterne funkelnd den Himmel eroberten. Als das Feuer beinahe niedergebrannt war, stand Philipp auf und reichte Lucie die Hand.

„Kommst du mit ins Bad, bevor es zum allgemeinen Andrang kommt?", fragte er grinsend. „Ich brauche meinen Schlaf, schließlich musste ich eine tonnenschwere Zuckertüte den ganzen Berg hinaufschleppen."

„Gern, mein Schatz. Mir ist frisch", antwortete Lucie lächelnd. „Macht nicht mehr so lange und kümmert euch um Omi und Flora! Die Sachen könnt ihr stehen lassen. Morgen ist ja, Gott sei Dank, erst Sonntag." Sie winkten allen fröhlich zu und gingen Arm in Arm ins Haus.

„Wir müssen uns beeilen, Omi. Tibana wartet schon!", drängelte Lilly, als die Eltern gegangen waren.

„Weiß ich doch, mein Schatz. Und auch, dass du hoffst, Alrick zu sehen. Macht hier klar Schiff und löscht die Glut gut aus, während ich oben alles vorbereite."

Lilly und Flora setzten fix die Kappen auf die Fackeln, während Till eine Kanne Wasser auf das Feuer goss. Zischend erstarben die letzten Flammen und der Garten wurde in sanfte Dunkelheit gehüllt. Oskar hatte die Stühle zusammengeklappt und wollte sie gerade in den Schuppen tragen, als sie plötzlich von allein hineinschwebten. Verdutzt sah er sich um, und blickte in vier kichernde Wichtelgesichter. Die Kerlchen machten ein paar zierliche Bewegungen mit ihren Händen, und schon flog alles genau dorthin, wo es hingehörte. Gläser, Teller und Besteck auf das Tablett, der Feuerkorb auf die Terrasse, der Müll in die Tonne und die Kissen in die Truhe, die sie vor Nässe schützte. Das ging so fix, dass ein paar Wimpernschläge später schon alles fertig war.

„Hey! Ihr seid ja doch ganz nützlich", lobte Oskar die Wichtel trocken.
„Stimmt, aber du bist immer noch doof!", konterte der vorwitzige Zack, und Puck, Nelly und Tissy nickten dazu.
„Schon gut, ihr Pumuckel! Ich hab's ja nicht böse gemeint", lenkte Oskar grinsend ein, um die Wogen zu glätten.
„Pumuckels, Pumuckels!", äffte Puck ihn nach. „Wir sind keine Pumuckels nicht. Der ist nämlich nur gezeichnet, aber wir sind ganz und gar echt."
Oskar zuckte mit den Schultern. Offensichtlich waren die Kleinen überempfindlich, wenn es um sie selber ging. Er würde lieber nichts mehr dazu sagen.
Theatralisch ließen die Wichtel das Tablett mit dem Geschirr in die Küche schweben. Dort wuschen sie ab und räumten es auf, während sich die Menschen bettfertig machten.

So war weniger als eine halbe Stunde vergangen, als sie wieder in Gertrudes Zimmer kamen.
„Da seid ihr ja schon, meine Lieben!", sagte Oma und zeigte auf vier Sitzkissen, die sie um ihren Stuhl herum auf dem Boden ausgebreitet hatte. „Ich hoffe, ihr könnt alles sehen." Sie deutete auf den großen Spiegel, in dem bereits Tibanas gütiges Gesicht zu sehen war.
„Ich bin sicher, dass du ein schönes Fest zu deinem Ehrentag hattest, Flora", sagte sie.
„Ja, wir haben gegrillt und am Feuer gesessen und vom Elfenland erzählt! Aber es wäre noch schöner gewesen, wenn du und Alrick auch dabei gewesen wärt."
„Danke! Das hätte uns gefallen! Und weil ich dich so mag, werde ich dir nun einen Schulzauber schenken", sagte sie liebevoll und winkte Flora an den Spiegel heran.
„Einen Zauber? Geht das denn auch, wenn ich keine Prinzessin bin?", fragte Flora und stellte sich erwartungsvoll vor Tibana auf.
„Selbstverständlich geht das! Und wer weiß, vielleicht steckt mehr von einer Prinzessin in dir, als du glaubst." Sie hob ihre Hände, in denen sie einen Strauß blauer Lilien hielt, zum Himmel und sprach in der alten Zaubersprache: *„Netrach amach allwaâl us jeet.* Möge deine Schulzeit glücklich und erfolgreich sein, Flora Rudloff. *Nai uvi domiel waâdu Meldaris et!* Du wirst leicht lernen und viele gute Freunde finden!" Sie hielt die Blumen vor ihr Gesicht und blies darauf, sodass sich die Blüten sanft vom Stängel lösten und durch den Spiegel

hindurch auf Floras Kopf schwebten, wo sie einen hübschen Blumenkranz bildeten.

„Dankeschön!", flüsterte Flora entzückt und setzte sich wieder zu den anderen.

„Keine Ursache, dafür sind gute Feen schließlich da. Und ich habe noch eine Überraschung für euch. Eine, die besonders Lilly freuen wird."

Lilly horchte auf und ihr Herz fing sofort an wild zu schlagen. ‚Kommt er?', dachte sie aufgeregt, als Alrick schon anmutig lächelnd im Spiegel erschien. Ein weiß schimmerndes Licht ging von ihm aus, welches seine Andersartigkeit bezaubernd unterstrich.

„*Mae govannen, mellyn nín!*", begrüßte der junge Elf seine Freunde mit einer leichten Verbeugung und legte dabei die rechte Hand auf sein Herz. Eine Geste, die Oskar bei jedem anderen albern gefunden hätte, sie bei Alrick aber als ehrlich und passend empfand. „Beim allmächtigen Feenzauber! Es sind alle da, und Lilly, meine Liebste, du bist so schön wie eine milde Sommernacht!"

„*Mae govannen, mellon nín!*", antworteten Till, Lilly und Flora, die sich sofort an den uralten Gruß der Elfen erinnerten.

Dann wandte sich Alrik an Oskar. „Schön, dich kennenzulernen. Ich bin Alrick Flötenspieler, der Torwächter, und ich bin gekommen, um euch eine Botschaft von König Arindal zu überbringen."

„Hi, ich bin Oskar, der Drummer, und wenn Lilly dich mag, dann ist es okay, dich kennenzulernen", antwortete Oskar, während er Alrick musterte und fand, dass er cool aussah. Er war groß und schlank. Sein Gesicht fein, aber nicht mädchenhaft. Seine Nase war kühn und gerade, die Augenbrauen fein geschwungen, und ab und an konnte man seine spitzen Ohren durch die langen goldbraunen Haare lugen sehen. Er trug ein dunkelgrünes Hemd, über das er ein samtblaues Wams gezogen hatte, das ihm fast bis an die Kniekehlen reichte. In seinem Gürtel steckte ein Messer, und seine Füße waren mit kniehohen Stiefeln aus feinem Leder bekleidet.

„Wie kommt es eigentlich, dass ihr unsere Sprache sprecht?"

„Elfen und Feen sprechen doch alle wie wir", antwortete Flora ihrem Bruder naseweis.

„Das stimmt nicht ganz, kleine Flora", antwortete Alrick freundlich. „Wir sprechen für gewöhnlich die Sprache der Menschen, in deren Nähe wir leben. Die Bewohner anderer Gebiete sprechen andere Sprachen, genau wie bei euch. Zum Beispiel die Feen von Avalon. Sie sprechen Englisch, wenn sie mit Menschen kommunizieren. Aber wir haben auch unsere eigene Sprache, *mellon nín*. Tibana hat sie für deinen Schulzauber benutzt. Doch nun zu den wichtigen Dingen. Wir sind ja leider nicht hier, um zu plaudern. Zweitrangig geht es um vier kleine Tunichtgute, die mit ihrer Ungehorsamkeit sogar König Arindal auf sich aufmerksam gemacht haben. Zeigt euch, Zack, Puck, Nelly und Tissy!", befahl Alrick streng.

Die Luft auf Omis Kommode flimmerte und eins, zwei, drei, vier, wurden die Wichtelkinder sichtbar. Sie hielten sich an ihren kleinen Händen und blickten schuldbewusst zu Boden.

„Eure Eltern werden euch bestrafen", sagte der Elf. „Ich konnte sie kaum abhalten, euch gleich jetzt und hier eine Standpauke zu halten. Sie sorgen sich noch immer, und ihr solltet überlegen, wie ihr euren Ungehorsam wiedergutmachen wollt. Es war nicht einfach für sie, König Arindal zu bitten, euch eine Passage nach Hause zu gewähren."

„Auweia, das wird was werden, wenn wir zurück sind", meinte Puck, und Nelly und Tissy seufzten laut.

„Ach was! So schlimm wird's schon nicht werden", erwiderte Zack vorlaut. „Wir kriegen eine laaange Strafpredigt, eine Weile nix Süßes und müssen mehr im Haushalt helfen. Aber im Grunde sind alle einfach froh, wenn wir wieder da sind."

„Schon möglich! Ihr werdet es ja erleben", antwortete Alrick lächelnd. „In erster Linie müssen wir jetzt über etwas viel Wichtigeres sprechen", fuhr Alrick unbeirrt fort. „Wie ihr euch denken könnt, hat der König die Tore nicht ohne Grund geschlossen. Wir haben ein gewaltiges Problem, bei dem wir dringend eure Hilfe brauchen."

„Okay, dann schieß mal los", forderte Till seinen Elfenfreund auf. „Wir haben eh zu lange nichts von euch gehört."

„Dazu muss ich etwas weiter ausholen, damit ihr wisst, was sich seit eurer Abreise bei uns getan hat", erklärte Alrick und setzte sich im Schneidersitz vor Tibanas Stuhl auf die Wiese. „Ihr erinnert euch an die Siegesfeier anlässlich der Befreiung meines Bruders Arindal? Sie war das Letzte, das wir gemeinsam erlebten."

„Natürlich! Wie könnte man das je vergessen?", antwortete Lilly und sah sich in Gedanken wieder in Alricks Armen am bunten Reigen der Tänzer teilnehmen. „Es war wunderbar!"

Damals hatten viele aus dem Geheimen Volk Abordnungen auf die Burg geschickt, um ihrem König erneut die Treue zu schwören. Da waren die Stämme aus den Bergen von Sinbughwar, die Clans der Zentauren, die Drachen, die Dryaden und die Schmetterlingsmenschen mit ihren bunt gemusterten Flügeln, die Bergelfen und die Gnome.

„In jenen Tagen überwog zwischen uns das überwältigende Gefühl der Versöhnung und Verbrüderung", fuhr Alrick fort. „Alle waren voller Hoffnung und schmiedeten Zukunftspläne. Aber das wisst ihr ja selbst, denn es ist noch nicht lange her."

„Ja, ein knappes Jahr", bestätigen alle und auch Oskar nickte dazu. Er hatte das unerklärliche Gefühl, sich ebenfalls zu erinnern, auch wenn es vage und verschwommen war, wie ein Traum nach dem Erwachen.

„Nach eurer Abreise lud König Arindal zu einer großen Ratsversammlung ein. Er wollte mit allen zusammen einen Plan entwerfen, der Arwarah wieder zu dem machen würde, was es vor Farzanahs zerstörerischem Einfluss gewesen war. Manches davon hätte man auch ausschließlich mit Zauberkraft schnell neu erschaffen können, aber das wollte er nicht. Sein Ziel war, dass sich alle auf ihre ureigenen Kräfte besinnen und Arwarahs Glanz durch Schöpferkraft, Einfallsreichtum und Handwerkskunst wieder hergestellt werden würde. Dann könnte das Leben im Land wieder wachsen, und Glück und Wohlstand würden gedeihen.

Genau genommen rannte er damit offene Türen ein, denn nach dem Sieg wollten alle das Gleiche wie er. Die Ratsmitglieder kehrten nach der Abstimmung mit fertigen Plänen und der Gewissheit um Arindals Unterstützung hoffnungsvoll nach Hause zurück. Sie gingen eifrig ans Werk und erzielten in kurzer Zeit Großartiges. Schaut es euch an!", forderte Alrick und malte ein magisches Zeichen in die Luft. Die Spiegeloberfläche flackerte und plötzlich erschien eine Taurih-Siedlung vor ihren staunenden Augen.

„Seht doch nur! Da ist das Dorf der Waldelfen! Wie schön es jetzt ist!", staunte Lilly, während Flora vor Begeisterung auf ihrem Kissen hin und her rutschte. Die Veränderung war unglaublich! Unglaublich schön! Ehemals verwahrloste Baumhäuser waren instandgesetzt worden und mit geschwungenen Brücken untereinander verbunden. Die Wege waren gepflegt, das Wasser des Baches glitzerte sauber, und in den Sümpfen gab es hölzerne Stege, auf denen man wandeln und die herrliche Blütenpracht seltener Pflanzen bewundern konnte. Das Volk der Taurih hatte sich auf seine Kunstfertigkeit besonnen und gute Arbeit geleistet. Sogar ihre Kleidung leuchtete in ihrem typischen, ganz besonderen Glanz.

Eine Gruppe Waldelfen hatte sich auf dem Dorfplatz versammelt. Sie lauschten dem Gespräch, das einer von ihnen respektvoll mit einem majestätisch aussehenden Elfen führte.

„Wer ist das?", fragte Oskar, der von dessen Erscheinung schwer beeindruckt war.

„König Arindal", flüsterte Lilly ehrfürchtig, als sich das Bild plötzlich änderte und die Universität von Zaâmendra erschien.
Einige Gebäude der uralten Universitätsstadt waren noch immer zerstört, aber alles in allem bot sich ihnen kein Bild des Jammers mehr. Überall wurde aus Leibeskräften und mit viel technischem Verstand gebaut. Sie sahen Chrysius, den alten Gelehrten, der offensichtlich die Bauleitung übernommen hatte. Er thronte wie ein Feldherr hinter einem riesigen Tisch mit Bauzeichnungen. Seine Miene strahlte Zuversicht und Stolz über die glückliche Wendung in seinem Land aus.
Hinter ihm erblickten sie ein großes Metallgerüst mit einer kupfernen Kuppel, welches die Schmiede des Zwergenreichs errichtet hatten und das zweifelsfrei das Kernstück eines Planetariums war. Lilly war hin und weg.
„Seht doch nur, wie gigantisch!", rief sie begeistert. „Ich muss unbedingt zum Studium dorthin. Ich muss, ich muss, ich muss!"
„Habt ihr gesehen, wie die großen Steine von ganz allein an ihre Plätze geflogen sind?", jauchzte Flora und klatschte in die Hände.
„Ja!", nickte Till versonnen, denn er hatte gerade ins Auge gefasst, in Arwarah Architektur zu studieren. Nirgendwo sonst auf der Welt würde er lernen, so fantastische Bauwerke zu errichten wie dort.
„Danke, dass du uns das gezeigt hast", sagte Gertrude, als der ‚Film' abbrach und Alrick wieder im Spiegel erschien. „Wir freuen uns über jeden Fortschritt, aber nun müssen wir erfahren, wo der Haken ist. Ohne triftigen Grund hätte der König doch die Tore nicht schließen lassen."
„So ist es, liebste Gertrude", antworteten Alrick und Tibana fast gleichzeitig, und der Elf fuhr auf ein Zeichen der alten Fee fort.
„Was ich euch bisher schilderte, war die glänzende Seite der Medaille. Warum Arindal die Tore schließen ließ, ist die andere. Niemand wird sich besser an Farzanahs dunkle Kräfte und unbändige Machtgier erinnern als ihr."
„Natürlich!", sagte Gertrude.
„Klar, gar keine Frage!", rief Tim.
Alrick sah sie ernst an. „König Arindal und seine Vertrauten haben Grund zu der Annahme, dass ihr Ehrgeiz, das Elfenreich zu regieren, ungebrochen besteht."
„Was? Wie kommt er darauf? Ich denke, sie ist verschwunden?", fragte Lilly.
„Verschwunden ja, aber ist sie deshalb auch geläutert und ungefährlich? Hat sie ihre Niederlage akzeptiert, oder wird sie jetzt von einer noch stärkeren Kraft getrieben?"
„Und was sollte das sein?", fragte Lilly und drückte vor Aufregung Tills Arm.

„Der Wunsch nach Rache!", flüsterte Alrick.

„Gütiger Himmel!", seufzte Gertrude. „Hass ist ein mächtiger Antrieb!"

„Wie kommt ihr darauf?", fragte Oskar, der sich zu seiner Verwunderung genauso sehr um Arwarah sorgte wie die anderen.

„Arindal lässt nicht nur die Elfenritter regelmäßig nach ihr suchen. Er hat auch Tibana damit beauftragt, Ausschau nach ihrer magischen Spur zu halten."

„Und das wäre was?", forschte Oskar weiter.

„Wenn ein starker Zauber gewirkt wird, hinterlässt er bisweilen eine Art Spur an dem Ort, wo er durchgeführt wurde", erklärte Tibana. „So, wie man jemanden an seiner ganz persönlichen Handschrift erkennen kann, erkennt eine kundige Fee wie ich den Magier an seinem Zauber."

„Wow! Das ist echt krass!", rief Till.

„Ein magischer Fingerabdruck!", ergänzte Oskar.

„Gut erkannt! Und nun kurz gesagt: Für Arindals Entscheidung die Tore zu schließen, gibt es zwei Gründe. Der schwerwiegendere war, dass ich herausfand, dass sich Farzanah in der Nähe der Tore aufhielt und die Pforte am kleinen Weiher mindestens einmal benutzt hat. Uns ist nicht genau bekannt, wann, und schon gar nicht warum, aber wir haben Angst um euch. Der zweite Grund sind die Dunkelelfenkrieger. Wie ihr wisst, waren Arindals Bemühungen gescheitert, sie zum Treueeid ihm und der Gemeinschaft Arwarahs gegenüber zu bewegen. Nun haben wir kürzlich herausgefunden, dass sich die verbliebenen Krieger mit ihren Familien in den Niederungen der Drachenberge zusammenziehen. Das mag nichts heißen, könnte aber andererseits auch bedeuten, dass die dunkle Fee neue Pläne hat und ihre Niederlage mit deren Hilfe rächen will! Der Friede Arwarahs ist erneut bedroht."

„Das ist heftig! Wie sollen wir uns nun verhalten?", wollte Till wissen.

„Ganz normal, nur etwas vorsichtiger, *mellyn*!"

„Na bravo! Geht's nicht einen Tick genauer?", forderte Oskar ungehalten.

„Erst mal nicht, mein Freund. Aber wir halten euch auf dem Laufenden."

„Und ihr seid sicher, dass sie nicht mehr in die Menschenwelt und zu uns kommen kann?", fragte Lilly besorgt. „Ich glaube nämlich nicht, dass sie besonders gut auf uns zu sprechen ist."

„Sei unbesorgt, meine liebste Lilly!", versicherte Alrick lächelnd. „Das Tor hinter der Gralsburg ist versiegelt, und für die Pforte am Weiher benötigt man von nun an einen magischen Schlüssel. Mein Bruder, der König, wird einen Weg finden, die dunkle Fee ein für alle Mal zu besiegen."

Trotz des Ernstes der Lage wollte Oskar gerade über das ‚meine liebste Lilly'

lästern, als er plötzlich Alricks Stimme in seinem Kopf vernahm. ‚Verkneif dir das Lästern und pass so auf sie auf, wie es sich für einen Bruder geziemt! Ich liebe sie nämlich und wenn ich es könnte, würde ich es gern selbst tun!'
Das kam so herzlich und ehrlich rüber, dass Oskar sich jeden Sarkasmus verkniff. Er sah Alrick an, nickte zustimmend und nahm sich vor, die Sache mit der Telepathie noch einmal zu überdenken. Aber Alricks fröhliche Stimme fegte seine Bedenken fort. ‚Beim allmächtigen Feenzauber, das hat ja super geklappt. Du hast mich glasklar verstanden, Oskar, oder nicht?'
Als Oskar erneut nickte, zog Tibana an ihrem Pfeifchen und sah in Anbetracht der neuen Möglichkeit dabei recht zufrieden aus.
„Um die Sache auf den Punkt zu bringen", sagte Tibana abschließend, „ihr müsst nichts weiter tun, als die Wichtelkinder morgen Nachmittag, etwa gegen vier Uhr, zum Weiher am Wald zu bringen. Alrick wird sie dort abholen. Und nun geht schlafen, meine lieben Freunde! Seid gewiss, dass wir euch über alles Neue in Kenntnis setzen werden. Seid beschützt!"
„Danke sehr! Das gilt auch für euch!", erwiderte Gertrude für alle.
Das Bild von Alrick und Tibana verblasste, und der Spiegel bekam seine silberne Oberfläche zurück. Einen Augenblick lang waren alle still. Dann forderte Gertrude ihre Enkel auf, schlafen zu gehen.
„Aber wir haben noch so viele Fragen an dich!"
„Dazu ist in den nächsten Tagen auch noch Zeit! Und nehmt bloß diese vorwitzigen Wichtel mit."

Zack

3
Eine traumhafte Hochzeit

Lilly und Till schliefen trotz aller Aufregung recht schnell ein. Schließlich waren die Abenteuer, die sie in Arwarah erlebt hatten, viel aufregender gewesen, als der vergangene Tag. Lilly lächelte sogar im Schlaf, denn Alrick hatte ihr einen wunderbaren Traum geschickt.
Obwohl Flora die Müdeste war, brauchte sie etwas länger. Sie spielte heimlich mit den Wichteln noch Puppenmama und musste kuschlige Schlafstellen für sie bauen. Aber mit dem Puppenwagen und ihrem Kopfkissen gelang ihr das gut. Die Wichtel stellten ihre Kappen auf unsichtbar, lauschten auf Floras Schlaflieder und plötzlich waren alle fünf eingeschlafen.
Der Einzige, der keine Ruhe fand, war Oskar. Er lag im Bett, hatte die Arme unter dem Kopf verschränkt und starrte an die Decke. Unbekannte Bilder tauchten vor seinem geistigen Auge auf und verunsicherten ihn.
Er sah Till und Lilly in den Feengrotten mit einem bösartigen Zwerg namens Huckeduûster Grindelwarz, Tibana und eine andere Fee, die Herrin der Quellen genannt wurde. Er sah Flora mit Alrick auf einem riesigen grauen Nebelvogel fliegen und folgte Lilly und Till in die große Halle einer Festung, in der das von Farzanah verzauberte Elfenlicht sein schwarzes, unheilbringendes Licht aussandte.
Eine unbekannte Bedrohung legte sich auf seine Brust und ließ sein Herz schneller schlagen. Er schüttelte den Kopf und atmete tief ein und aus, um die Bilder und die Angst zu vertreiben.
‚Was ist los mit mir? Bis vorhin bin ich einfach nur Oskar gewesen! Halbwegs intelligent, musikalisch, ganz ansehnlich und zu Späßen aufgelegt … Und nun? Nun bekomme ich schwitzende Hände, wenn ich an eine Märchenfee namens Farzanah denke, und kann Realität und Traum nicht mehr voneinander trennen. Was heute passiert ist, war doch real, oder nicht? Soll ich Oma wecken? Nö, sie und die anderen waren ja Teil dieses eigenartigen ‚Updates' aus Bildern und Neuigkeiten. So ein elender Mist! Bin ich jetzt verrückt?', dachte er.
„Das bist du nicht", hörte er plötzlich Tibanas sanfte Stimme hinter seiner Stirn. „Ängstige dich nicht! Der Wirbel in deinem Kopf wird sich bald legen!"
„Geh weg! Ich bin schon verwirrt genug, ich will nicht auch noch Stimmen hören!"

„Ich bin nur gekommen, um nach dir zu sehen und dir Zuversicht, Gelassenheit und einen schönen Traum zu bringen. Er wird dir zukünftig helfen, alles zu verstehen. Schlaf wohl!", flüsterte sie, und Oskar spürte, wie sich sein Herzschlag beruhigte.

Er fühlte ein angenehmes Kribbeln auf seiner Haut und plötzlich umhüllte ihn ein wohliges Gefühl von Zuversicht und Geborgenheit. Er schloss die Augen, und da die Bilder ausblieben, zweifelte er nicht mehr. Scheinbar hatte doch alles seine Ordnung. Eine Ordnung, die er erst kennenlernen musste.

„Morgen wieder", murmelte er und fiel in einen tiefen Schlaf. Und dann träumte er …

Es war ein herrlicher Sommertag. Der Himmel war azurblau, die Vögel tirilierten und die Blumen versprühten honigsüße Düfte. Oskar stand inmitten einer fröhlichen Hochzeitsgesellschaft am Fuß einer Treppe und blickte erwartungsvoll auf das Portal eines prunkvollen Palastes.

Plötzlich wurden die Gespräche und das Lachen ringsum durch das Schmettern der Fanfaren unterbrochen, deren Träger rechts und links neben dem Eingang Aufstellung genommen hatten. Zwei Feër in leuchtend roten Gewändern öffneten die Flügel des Portals, aus dem vier liebliche Elfenmädchen traten. Sie trugen bunte Kränze im Haar und hatten Füllhörner umgehängt, aus denen sie Rosenblätter auf den Boden streuten. Hinter ihnen erschien das Hochzeitspaar, dem Eltern und Verwandte folgten. Einen Moment lang blieb das Brautpaar stehen und winkte der wartenden Gesellschaft zu. Sie sahen verliebt und glücklich aus.

Der Bräutigam, hochgewachsen und von stattlicher Figur, hatte ein ebenmäßiges, schönes Gesicht. Sein Wesen strahlte Mut und Erhabenheit aus, sodass man ihn zweifelsfrei als Feenfürst erkannte. Er war in eine Tunika gekleidet, die bei jeder Bewegung in mannigfachen Blautönen schillerte, wie das Wasser eines Ozeans. Als Zeichen seines Standes trug er einen silbernen Stirnreif mit tiefblauen Edelsteinen in seinem langen, dunklen Haar und ein ledernes Wehrgehänge mit einem prunkvoll verzierten Schwert um die Taille. Ein Paar Stiefel aus geschmeidigem Leder vervollständigten seine Gewänder.

Seine Braut war zweifellos eine junge, schöne Menschenfrau. Sie hatte ihr honigfarbenes Haar kunstvoll nach oben gesteckt und mit weißen Taurih-Orchideen geschmückt. Sie trug ein weißes, schulterfreies Brautkleid aus feiner Seide, das eine lange Schleppe hatte, die von vier eilig tippelnden Wichteln getragen wurde. Der Ausschnitt und die Ärmel wurden von zartblauen Stickereien gesäumt. Als Brautschmuck trug sie ein zartes, silbernes Collier und tropfenförmige Ohrringe, besetzt mit den gleichen blauen Edelsteinen, die den Stirnreif ihres Mannes schmückten. Das Glamouröseste war aber eine runde Silberbrosche, die ihre Stola zusammenhielt. Sie hatte einen auffallend großen blauen Edelstein in der Mitte, dessen Fassung eine filigrane Blattranke war, die außen herum von feinen, spitzen Blütenblättern geziert wurde. Eine meisterliche Arbeit und so eigentümlich geformt, als wäre die Brosche ein Teil von etwas Größerem.

Die Stola selbst war aus hellblau-weiß schimmernder Seide, und es sah aus, als ob sich bei jeder Bewegung der Braut winzige Sterne von ihrer Oberfläche lösten und wieder darauf zurückfielen.

Doch nicht nur das Brautpaar, auch die Gäste waren ein Augenschmaus. Sie hatten ihre festlichsten Gewänder angelegt, die, je nachdem, zu welchem Volk sie gehörten, ganz unterschiedlich waren.

Die graziösen Waldelfen bevorzugten Stoffe in grünen und braunen Farbtönen und trugen feinstes Lederzeug dazu. Die Nymphen und Wasserelfen erschienen in blauen Gewändern aus fließender Seide, und die Lichtelfenkleider erstrahlten in reinem Weiß und Gelb. Ihrer zarten Art entsprechend, trugen sie herrlich gewundene Blumenkränze und Bänder in ihrem langen Haar.

Die Feen, ein edles und vornehmes Geschlecht, waren elegant und betörend anzusehen. Sie trugen prächtige mit Gold- oder Silberfäden durchwirkte Gewänder und die Feër hatten zu Ehren des Tages die Paradewaffen angelegt. Neben ihnen standen die alles überragenden, muskulösen Zentauren. Sie hatten ihre praktischen Fellwesten gegen purpurne Gehröcke getauscht, was ihre edle Herkunft hervorragend unterstrich.

Selbst eine Abordnung der Zwerge war erschienen. Ihrem Stande entsprechend, trugen sie lederne Tuniken oder Westen über den Hemden, die mit zahlreichen Verzierungen aus Metall veredelt waren. Sie hatten Bärte, die bis zum Gürtel reichten, und trugen ihr Haar, egal ob Mann oder Frau, zu den unterschiedlichsten Zöpfen geflochten. Stolz lag auf ihren Gesichtern und sie erzählten jedem, der es wissen wollte, dass sowohl das Schwert und der Stirnreif des Bräutigams, als auch das Collier und die Ohrringe der Braut, aus ihren Werkstätten stammten.

Natürlich waren auch Menschen geladen. Die Familie und die Freunde der Braut. Ihre Kleidung entsprach der Mode der zwanziger Jahre und wirkte ausgesprochen schick. Die Damen erschienen in knielangen Charleston-Kleidern aus schillerndem Chiffon, mit Perlenvolants oder aufwändig mit Pailletten bestickt. Dazu trugen sie Hüte oder Stirnbänder mit Federn und Strass. Die Herren waren in seidenen Gehröcken erschienen und trugen hohe Zylinder dazu.

Egal, woher die Gäste kamen, welcher Art ihre Herkunft, ihre Abstammung war, sie waren voller Hoffnung, glücklich und zufrieden. Und der träumende Oskar fühlte genauso wie sie.

Als das Brautpaar die Treppe hinabgestiegen war, bedankte sich der Feenfürst für das Kommen aller, für die Geschenke, Blumen und Glückwünsche, und lud die ganze Gesellschaft zum Hochzeitsschmaus ein.

Die jubelnde Menge bildete eine Gasse, durch die das Paar allen voran bis zu einem kleinen Weiher unterhalb des Waldes lief. Dort hatten die Lichtelfen mit Magie und Mondlichtkristallen eine offene Säulenhalle errichtet, die in der Dämmerung wie frisch gefallener Schnee leuchtete und funkelte. Im Zentrum der Halle stand eine lange Tafel, die von den unermüdlichen Wichteln Arwarahs aufs Edelste geschmückt und gedeckt worden war. Herrliche Blumenarrangements, Tischspringbrunnen und Leuchter mit magischem Licht waren geschmackvoll platziert. Dazwischen standen geschliffene Gläser und Karaffen mit kühlen Getränken und hauchzartes Porzellan aus der Menschenwelt, Schalen voll duftender Früchte und Nüsse aller Art, dazu frisches Elfenbrot, das auf geheimnisvolle Weise für jeden anders schmeckt, gerade so, wie er es sich wünscht. So konnte es sein, dass der erste Bissen nach einer wunderbaren Hochzeitssuppe schmeckte, der zweite nach delikatem Gänsebraten, Fisch oder Wild.

Nach dem Essen überbrachte jede Fee dem jungen Paar einen guten Wunsch, so wie es der uralte Brauch wollte. Sie wünschten ihnen Klugheit, Gesundheit, Fruchtbarkeit und Geduld, aber auch Reichtum, Güte, Wahrheitsliebe und Mut.

Nachdem sie geendet hatten, spielte ein zauberhaftes Orchester zum Tanz auf, und die Hochzeitsgäste eroberten das grüne Parkett.

Gegen Mitternacht gab es noch ein Feuerwerk aus magischem Drachenlicht. Ein Geschenk von Sefnaår, dem Drachen, der wegen seines Alters nicht zum Fest gekommen war. Wie in einem Kaleidoskop erhellten glitzernde Bilder und Ornamente den nächtlichen Himmel und zerfielen in Funken, um sich dann aufs Neue zu anderen Bildern und Farben zu formieren.

Es war ein rauschendes Fest, und obwohl die Zeit in Arwarah einem anderen Rhythmus folgt, kam der Augenblick, wo man sich verabschieden musste. Aber es war ein fröhlicher Abschied, mit guten Gedanken und voller Hoffnung auf ein baldiges Wiedersehen.

Am nächsten Morgen öffnete Oskar blinzelnd die Augen und reckte sich zufrieden. Die Sonne schien hell ins Zimmer hinein, und es sah so aus, als würde der letzte Feriensonntag ein strahlend schöner Tag werden. Er hatte fabelhaft geschlafen und war hungrig wie ein Bär. Gut gelaunt stand er auf, warf rasch ein T-Shirt über und schlüpfte in seine heiß geliebte alte Jeans. Er öffnete die Zimmertür und lauschte ins Haus. Alles still!

‚Wenn die noch schlafen, mach ich heute mal das Frühstück', dachte er und schlich auf Socken die Treppe hinab. Erstaunt bemerkte er, dass es dort schon nach frischem Kaffee und heißer Schokolade duftete. Der beste Geruch überhaupt ...

‚Oma Gertrude', dachte er liebevoll und öffnete die Küchentür, aber sie war nirgends zu sehen. Stattdessen schwebte eine Zuckerdose auf mysteriöse Weise vom Küchenbord auf den Tisch und machte das Menü aus ofenwarmen Brötchen, Marmelade, Orangensaft, Rührei und Obst komplett. Alles war aufs Feinste angerichtet.

„Danke! Das ist echt nett von euch", lobte er die Wichtel aufrichtig. Sie waren manchmal ein bisschen frech, aber auch sehr fleißig.

„Guten Morgen!", antworteten sie, als er sich auf seinen Platz setzte. Die Luft über dem Tisch vibrierte und vier stolze Wichtel wurden sichtbar. Sie standen um seinen Teller herum und grinsten froh.

„Haben wir gut gemacht, nicht wahr?", wollte Nelly wissen.

„Das kann man wohl sagen", bestätigte Oskar. „Mindestens genauso gut wie Omi, und das will was heißen!"

In diesem Moment hörte man leichte Schritte im Treppenhaus. Das konnte nur Gertrude sein. Die anderen veranstalteten viel mehr Holterdiepolter!

„Guten Morgen, ihr fünf!", grüßte sie beim Eintreten fröhlich.

„Guten Morgen, Omi!", antworteten die Angesprochenen wie im Chor, und dass die Wichtel sie ebenfalls Omi nannten, zauberte Lachgrübchen in Gertrudes Gesicht.

„Danke für eure Mühe. Es ist super, dass ich mich auch mal an einen gedeckten Tisch setzen kann", lobte sie, und Oskar senkte schuldbewusst den Kopf, denn es war fast immer Oma Gertrude, die sonntags das Frühstück für alle machte.

In diesem Augenblick flog die Küchentür auf und der gesamte Rest der Familie stürmte gutgelaunt herein. Die Wichtel schalteten auf unsichtbar und waren verschwunden, als die anderen sich setzten. Hungrig und voll Dankbarkeit machten sie sich ohne Fragen über das Frühstück her, sodass Gertrude und Oskar wegen der fleißigen Helfer nicht schwindeln mussten.

Wie es sich für einen gemütlichen Sonntagmorgen gehört, dauerte das Frühstück fast bis Mittag. Schließlich mussten Brötchen, Rührei und Co. ja gebührend gewürdigt werden.

„Also, wenn ihr mich fragt, können wir das Mittagessen heute getrost auslassen", stöhnte Philipp satt und zufrieden. „Sei nicht böse, Schwiegermama, ich liebe deinen Sonntagsbraten, aber ich bin picke-packe satt."

Gertrude lächelte. „Du brauchst dich nicht zu entschuldigen, Philipp. Ich glaube, es geht uns allen so. Und mein guter Rinderbraten schmeckt morgen auch noch."

Lucie nickte zufrieden. „Dann hätten wir ja jetzt mal Zeit für einen schönen Familienausflug. Immerhin ist heute euer letzter Ferientag."

Die Kinder sahen sich entsetzt an, während die Wichtel unsichtbare Freudenhopser machten. Natürlich hatten sie sich da zu früh gefreut. An ihrer Heimreise führte kein Weg vorbei!

Lilly fasste sich als Erste. „Also ich für meinen Teil muss leider ablehnen, so schön der Gedanke auch ist. Ich muss mich vorbereiten. Bücher zusammensuchen, noch mal nachlesen et cetera, et cetera. Ich nehme mal an, den anderen geht's genauso. Selbst Flora muss ja morgen in die Schule gehen."

„Ja, und ich will mich ganz doll vorbereiten", ahmte sie ihre große Schwester nach.

„Na, dann bereitet euch mal vor, ihr kleinen Streber", neckte Philipp seinen Nachwuchs. „Ich für meinen Teil schnappe mir meine Lucie und unsere Großmama und fahre mit ihnen auf die Leuchtenburg. Du kommst doch mit, Schwiegermama?"

Gertrude schaute unsicher zu ihren Enkeln. „Ist es nicht besser, wenn ich hierbleibe und auf sie aufpasse?"

„Nö, die sind alt genug, und wer auf kostenloses Eis verzichtet, ist selber schuld!"

Man sah es den Kindern an, dass sie gern mitgegangen wären, aber die Wichtel und Alrick waren einfach wichtiger.

„Hast Recht, Paps", stimmte Oskar seinem Vater zu. „Macht euch keinen Kopf! Ich verspreche, auf die Bande aufzupassen."

Till und Lilly sahen ihn entrüstet an und verpassten ihm fast gleichzeitig einen kräftigen Puff auf den Arm.

„Na dann fröhliches Vorbereiten!" Philipp und Lucie lachten, nahmen Gertrude in die Mitte und verschwanden nur wenige Minuten später mit dem Auto in den hellen Mittag.

Lillys Vorbereitungen erstreckten sich lediglich darauf, die bereitgelegten Hefter und Bücher in ihren Schulrucksack zu stecken. Dann verabredete sie sich mit ihrer besten Freundin Sophie für den Schulweg am kommenden Tag und ging zu Flora, um ihr beim Packen des Ranzens zu helfen.

Tills und Oskars Vorbereitungen waren noch spartanischer. Till verabredete sich mit seinem Freund Carl per WhatsApp. Sie entschieden kurz, wer welches Buch für den Unterricht mitschleppen würde und nannten das Optimierung.

Oskar hatte es am leichtesten. Er fand immer jemanden, bei dem er mit ins Buch schauen konnte. Ansonsten war er ein Verfechter von ‚losen Blättern', die er im Unterricht beschrieb und zuhause in den jeweiligen Ordner heftete. Also schmiss er einfach einen neuen Collegeblock in seine Tasche und steckte sein Tablet dazu.

Die Eltern setzten auf Vertrauen und Selbständigkeit ihren Sprösslingen gegenüber, und da deren Noten gut und sehr gut waren, lief der Schulalltag meistens stressfrei ab.

Als Lilly in Floras Zimmer kam, saß sie neben ihren Büchern auf dem Boden und weinte, während die Wichtel aufgeregt um sie herum tippelten. Das Ranzen Packen war auf der Stelle vergessen, stattdessen alarmierte Lilly die Jungs.

„Was ist denn los, Schwesterlein?", fragte Oskar besorgt und ließ sich im Schneidersitz neben Flora nieder.

„Die Wichtel sollen hierbleiben! Sie sind meine allerliebsten Freunde. Niemand sonst spielt so schön mit mir", jammerte sie, und dicke Tränen kullerten über ihr Gesicht.

Den Wichtelkindern ging es nicht viel anders. Sie waren auch traurig und hätten am liebsten mitgeheult, aber Flora zuliebe versuchten sie, tapfer zu sein.

„Sei nicht so doll traurig", tröstete Puck und wischte sich mit dem Ärmel über die Augen. „Wir gehen ja nicht für immer fort. Nächste Woche, wenn die Tore wieder auf sind, können wir andauernd hin- und herspazieren."

„Nun übertreib mal nicht so", brummte Till gutmütig. „Keiner weiß, was als nächstes geschieht und wie lange die Schließung dauert, aber vielleicht muss Omi ab und zu den Spiegel benutzen und dann könnt ihr euch sehen und plappern, bis ihr schwarz werdet."

„Das ist aber nicht das Gleiche", maulte Flora, nur wenig getröstet. „Reden ist nicht spielen und überhaupt …"

„Ich weiß", sagte Lilly tröstend. „Ich darf Alrick ja auch nicht sehen. Aber wenn alle auf den König und Tibana hören, dann geht die Gefahr schnell vorbei. Dann wird alles gut und wir feiern bald wieder gemeinsam ein Fest."
„Ja, das machen wir!", schluchzte Flora ein letztes Mal und hörte zu weinen auf. „Dann ziehe ich mein schönes neues Kleid vom Schulanfang an, und die Wichtel werden gebadet und auch schick gemacht."
Bei diesen Worten wollte Zack lautstark protestieren, aber Till hob ihn einfach hoch und zwinkerte ihm verschwörerisch zu. In Wirklichkeit ahnten sie alle, dass es wohl nicht so einfach werden würde.
„Erzählst du uns noch eine Geschichte, bevor wir gehen müssen, Lilly. Bitteee!", flehten vier piepsende Wichtel und ließen die vorbereiteten Bücher, Hefte und die Federmappe in Floras Ranzen schweben.
„Okay!" Lilly war einverstanden, weil sie so die Zeit bis zu ihrem Treffen mit Alrick verkürzen konnte. „Was wollt ihr denn hören?"
„Eine Geschichte mit Wichteln selbstverständlich!"
„Hm, das ist gar nicht so einfach. Aber wenn man weiß, dass Wichtel hierzulande auch Heinzelmännchen genannt werden, dann weiß ich eine."
Die Wichtel sahen sich unsicher an. Heinzelmännchen? Das klang irgendwie nach komischen, alten Männern, die alle Heinz hießen.
„Aber wir heißen doch nicht Heinz!", protestierte Zack lautstark. „Jeder Wichtel hat doch seinen eigenen Namen."
Till warf sich vor Lachen rückwärts auf Floras Bett, während Oskar tat, als ob er husten musste.
„Woher der Name Heinzelmännchen kommt, weiß ich auch nicht genau, aber ich könnte mir vorstellen, dass es von ‚heimlich' kommt", erklärte Lilly schmunzelnd. „Heinzelmännchen sind kleine Gesellen, die den Menschen ihn ihrem Zuhause heimlich hilfreich zur Hand gehen."
„Nützlich sind wir auch, jawohl. Wir könnten eigentlich auch Nützlichmännchen heißen."
„Wollt ihr die Geschichte ‚Des kleinen Volkes Hochzeitsfest' nun hören, oder nicht?", fragte Lilly schnell, als sie merkte, dass die Jungs schon wieder eine Lachsalve abfeuern wollten.
„Jaaaaaaa!" Flora und die Wichtelkinder nickten.
„Die Geschichte spielt auf der Eilenburg, in der Nähe von Leipzig. Also gar nicht so weit weg. Dort hat man zur Erinnerung an die Heinzelmännchen sogar einen Brunnen gebaut. Ich habe die Geschichte in einem Märchenbuch der Brüder Grimm gefunden. Sie ist nicht sehr lang, aber wir haben ja auch nicht mehr allzu viel Zeit."

Also setzten sich alle bequem hin und lauschten der Geschichte, die davon erzählt, welches Glück es für die Menschen ist, die Heinzelmännchen im Haus zu haben und was geschieht, wenn man sie betrügt.

„Da habt ihr es gehört", sagte Puck aufgeregt, als Lilly geendet hatte. „Man darf die Heinzelmännchen nicht belügen."

„Und uns auch nicht. Wir können schließlich auch zaubern", behauptete Zack. „Aber eigentlich kann das Märchen überhaupt nicht stimmen. Die sind doch alle durch ein Mauseloch gekrochen. Stimmt's?"

„Ja!"

„Da passt doch niemand durch!"

„Naja, entweder waren die Heinzelmännchen früher kleiner oder die Mäuse größer", meinte Oskar grinsend, während er Zack schnappte und auf seine Schulter setzte. „Wir müssen jedenfalls jetzt los."

„Ja, auf geht's", bestätigte Lilly froh.

Dann polterten sie gemeinsam die Treppe hinab. Als sie die Haustür öffnen wollten, stand plötzlich ein gefüllter Picknickkorb davor und die große Decke lag zusammengerollt daneben.

„Wie machen die das nur immer?", fragte Till, ohne wirklich eine Antwort zu erwarten.

„Weil wir nützlich sind!", quietschten die Wichtel und hielten sich ihre winzigen Bäuche vor Lachen, bevor sie selbst in den Korb hineinschlüpften.

Die Luft war seidenweich und roch nach Sommer. Oskar und Till liefen mit Korb und Decke voran. Sie machten lange Schritte und mussten immer wieder mal stehen bleiben, um auf die Mädchen zu warten. Insgeheim waren alle aufgeregt, jeder aus seinem eigenen Grund. Oskar, weil er einen echten Elfen treffen würde, der noch dazu in seine Schwester verknallt war. Till, weil er ein Abenteuer roch. Und Lilly und Flora freuten sich auf Alrick, auch wenn dies für unbestimmte Zeit das letzte Treffen war.

4
Ein Wiedersehen mit Abschied

Hinter den Feengrotten verließen die Kinder die Straße und wanderten auf dem schmalen Pfad weiter, der zur Wiese mit dem Weiher führte. Oskar blieb stehen und atmete den harzigen Duft des Waldes ein. Im Gegensatz zu den anderen, die öfter mit Gertrude Beeren sammeln gingen, war er lange nicht hier gewesen.

„Da hab' ich voriges Jahr das Feenhaar gefunden! Wisst ihr das noch?", rief Flora und hüpfte ins kniehohe Gras, in dem Margeriten, Glocken- und Butterblumen blühten. Einer hinter dem anderen marschierten sie querfeldein zum Weiher hinauf. Dort war es noch genauso schön, wie bei ihrem letzten Besuch. Frösche, Libellen, Bienen und Käfer tummelten sich in der hellen Augustsonne. Das Schilf am Ufer raschelte und die Vögel tirilierten, was ihre kleinen Kehlen hergaben.

„Müssen wir irgendwas vorbereiten?", fragte Oskar unsicher. „Wie kommt Alrick eigentlich her? Steigt er aus dem Weiher oder was?"

„Nein, ruhig Blut, Cousin. Breiten wir die Decke aus. Alles andere wird von Arwarah aus geregelt", antwortete Till und tat recht cool, während Flora Blumen pflückte und dabei das alte Lied vom Huckeduûster Grindelwarz sang.

„Grindelwarz? Das war doch dieser böse Zwerg, der den Schlüssel zu Alricks silberner Dose hatte!", sagte Oskar und freute sich, dass er die fremde Erinnerung auf einmal einordnen konnte. ‚Tibana hat Recht gehabt', dachte er und streckte sich zufrieden auf der Decke aus. Der Nebel in seinem Kopf löste sich auf.

„Jupp, aber mit Tibanas Hilfe haben wir ihn erledigt", prahlte Lilly grinsend, worauf Oskar anerkennend den Daumen hob.

„Wann kommt denn Alrick endlich?", quengelte Flora. „Ich habe Hunger!"

Als die Wichtel das hörten, klatschten sie in ihre kleinen Hände. Die Deckel des Picknickkorbs sprangen auf und die eingepackten Leckereien platzierten sich von selbst auf der Decke. Pappteller und Trinkbecher kamen auf die gleiche Weise zum Vorschein.

„Oh, ihr seid die Allerallerliebsten. Meine Tissy, meine Nelly, mein Puck und mein Zack!" Flora sprang zu den Winzlingen und nahm sie alle vier in die Arme. Sie drückten und knuddelten sich, dass den anderen schon beim Zuschauen die Luft wegblieb.

Obwohl die Picknicktafel gut gedeckt war, griffen die Großen nur zögerlich zu, weil sie einfach zu aufgeregt waren. Tick, tick, tick, konnte man hören, wie die Zeit verging, oder war sie stehen geblieben? Tick, tick, tick …
Da erhob sich plötzlich ein sanfter Wind über der Wiese, der wundersame Töne mit sich brachte.
„Horcht! Er kommt!", flüsterte Flora.
„Ja, endlich!", antwortete Lilly ebenso leise und fieberte ihrem Liebsten entgegen.
Auf einmal schien es, als wäre der Weiher der Mittelpunkt der Erde und alle anderen Gefilde bedeutungslos. Till und Oskar sprangen auf, um besser zu sehen. Mit jedem Ton und jedem Windhauch löste sich ein silbergrauer Nebelflügel aus dem Nichts und tanzte wundersam über die Wiese. Erst langsam und lautlos, dann schneller und wilder, mit lautem Schlagen, und schließlich manifestierten sich die Umrisse eines gewaltigen Vogels aus dem silbrig, grauen Reigen. Eine Nebelkrähe König Arindals!
Mae govannen, mellyn nín!", grüßte Alrick herzlich und schwang sich vom Rücken des Riesenvogels, der einen leisen glucksenden Ton von sich gab und freundlich seinen Kopf neigte.
Mae govannen, mellon nín!", antworteten die Wartenden erleichtert.
„Beim allmächtigen Feenzauber, wie es scheint, habt ihr meinetwegen ja ordentlich aufgetafelt!", stellte Alrick fröhlich fest und setzte sich mit untergeschlagenen Beinen neben Lilly auf die Decke. Er legte seinen Arm um ihre Schultern und gab ihr einen zärtlichen Kuss. „Du glaubst nicht, wie sehr ich dich vermisst habe."
„Sicher genauso wie ich dich!", sagte Lilly mit hochrotem Gesicht.
„Es ist schön, dich kennenzulernen, Oskar, und euch alle wiederzusehen! Sogar euch vorwitzige Wichtel. Macht euch sichtbar und lasst uns tafeln!", forderte er grinsend und langte sogleich herzhaft zu. „Ich mag euer Essen. Und ich habe nicht oft genug Gelegenheit, es zu kosten."
Auf einmal war der Bann gebrochen und alle langten kräftig zu. Sogar die Wichtel verdrückten noch das ein oder andere Stück Schulanfangskuchen.
„Gibt's schon was Neues zu berichten?", fragte Till ungeduldig.
„Nein, mein Freund", antwortete Alrick mit vollem Mund. „Aber ich habe einen Schutzzauber für euch und euer Haus mitgebracht. Tibana hat ihn extra vorbereitet."
„Feenkram? Weiter nix? Na danke sehr! Wäre es nicht besser, einen Plan zu haben?", kritisierte Oskar, obwohl er von Alrick, den er von Kopf bis Fuß musterte, regelrecht fasziniert war.

„Keine Angst, so übel ist dieser Feenkram gar nicht", erwiderte Alrick mit einem Seitenblick auf Lilly. „Wir sind einfach nur um euch besorgt!"
„Verstehe!"
„Und deswegen will Arindal, dass jemand von uns auf euch aufpasst, solange wir Farzanah nicht gefangen haben oder mit Bestimmtheit wissen, dass sie nicht in der Menschenwelt ist. Er kommt wahrscheinlich schon in der nächsten Woche."
„Verstärkung? Das ist spitze! Wer kommt denn? Lindriel, Alarion oder Emetiel?", unterbrach ihn Till in der Hoffnung, dass es einer der Elfenritter sein würde, die er sehr bewunderte.
„Sorry", antwortete Alrick und hörte sich dabei sehr menschlich an. „Von ihnen können wir derzeit keinen entbehren. Sie müssen sich um die Verteidigung Arwarahs kümmern. Ich wollte ja selbst kommen, aber mein Bruder besteht darauf, dass es jemand sein muss, den Farzanah nicht kennt. Tut mir leid, Lilly", sagte er traurig, aber sie drückte verständnisvoll seine Hand. König Arindal hatte Recht, egal wie traumhaft es wäre, Alrick bei sich zu haben.
„Also wer?", bohrte Till weiter und fuhr sich vor Aufregung andauernd mit den Fingern durch die Haare.
„Jetzt drängele den lieben Alrick doch nicht so!", schimpfte Flora und lehnte sich an den Elfen, der ihr liebevoll den anderen Arm um die Schultern legte.
„Keine Sorge, kleine Freundin. Ich fühle mich nicht gedrängt. Sein Name ist Meldiriel. Ihr kennt ihn nicht, weil er zurzeit eures Besuches noch beim Verborgenen Volk in Island lebte. Er hat seine Studien dort kürzlich beendet und ist nach Arwarah zurückgekehrt. Er wird euch in jeder erdenklichen Weise unterstützen."
„Meldiriel ist ein schöner Name! Kann er mit mir spielen, wenn die Wichtel weg sind?", fragte Flora hoffnungsvoll.
„Ab und zu bestimmt. Er ist in meinem Alter und kennt sich in der Menschenwelt gut aus, weil die Isländer sehr viel enger mit uns zusammenleben, als es hier gebräuchlich ist. Ich weiß nur noch nicht, wie wir es ohne Zauber machen können, dass er bei euch wohnt."
„Ups! Das könnte schwierig sein, obwohl Omi ja auf unserer Seite ist", warf Lilly nachdenklich ein. „Platz haben wir genug! Wir brauchen lediglich einen guten Grund."
„Einen unabweisbaren Grund!", steigerte Till den Anspruch noch. „Was könnte das wohl sein?"
„Ist doch easy! Ein Austauschschüler!", meinte Oskar lässig grinsend. „Neues Schuljahr, neuer Austauschschüler aus Island. Ma und Pa werden sich

selbstverständlich seiner annehmen, wenn sie erfahren, dass seine geplante Unterbringung wegen eines unverzeihlichen Buchungsfehlers nicht zustande gekommen ist."

„Du alter Fuchs!", rief Till und klopfte seinem Cousin auf die Schulter, während Lilly und Alrick anerkennend nickten.

„Kann er nicht an meine Schule kommen? Dann könnte ich sagen, dass er mein Freund ist", meinte Flora freudig.

„Er kann doch nicht in die Grundschule gehen!" Lilly lachte. „Soll er denn überhaupt mit in den Unterricht?"

„Na, wenn es glaubhaft sein soll, kann er kaum den ganzen Tag zuhause hocken", meinte Oskar schulterzuckend. „Aber bis nächste Woche fällt uns dazu schon noch was ein."

„Sicher?" Alrick blickte skeptisch. „Wenn nicht, müssen wir notfalls doch etwas zaubern."

Obwohl sie sich im Grunde einig waren, sprachen auf einmal alle durcheinander.

„Schon gut, schon gut, *mellon nín!*", unterbrach sie Alrick, von ihrem Eifer gerührt. „Nehmt euch Zeit, zu planen! Ihr wisst, dass ihr immer auf Arindal, Tibana und mich zählen könnt. Und nun werde ich euch den Zauber übergeben. Stellt euch dafür bitte am Ufer auf", bat Alrick und erhob sich ebenfalls.

Er öffnete seine Gürteltasche und holte vier Lederarmbänder heraus, die mit magischen Zeichen und einem blauen Edelstein kunstvoll verziert waren. Die Steine erinnerten Oskar sofort an den merkwürdigen Traum mit der Hochzeit, den er nicht vergessen hatte.

Alrick ging von einem zum anderen und flüsterte wohlklingende Worte in der uralten Sprache der Naturgeister, während er sie um ihre Handgelenke legte.

„*Pydan teita, henget, tekemaân testa!* Ich bitte euch Geister, macht diesen Zauber stark!"

Dann nahm er seine silberne Flöte und tauchte sie mit der Spitze in den Weiher, der auf einmal geheimnisvoll zu leuchten begann. Als er sie wieder herauszog, hing das Wasser wie ein silberner Faden von ihrer Spitze herab.

Alrick legte sie an seine Lippen und begann, eine sanfte Melodie zu spielen. Mit jedem Ton breitete sich der silberne Faden weiter und weiter aus, bis er zu einem hauchdünnen Schleier wurde, der hoch über ihren Köpfen schwebte und sich dann in vier Regenbögen teilte, deren schillerndes Licht von den blauen Steinen an ihren Armbändern aufgenommen wurde.

Die Schutzbefohlenen wagten kaum zu atmen, und Till und Lilly erinnerten sich, dass sie einen ähnlichen Zauber schon einmal erlebt hatten.

Alrick setzte die Flöte ab und grinste charmant. „Wir sind fertig, und ihr könnt eure Münder wieder schließen", sagte er trocken, legte einen Arm um Lilly und einen um Till und kehrte mit ihnen zur Decke zurück. „Meine lieben Freunde, so leid es mir tut, aber die Wichtel und ich müssen jetzt gehen. Oskar, Till und Flora, könntet ihr bitte dafür sorgen, dass die Kleinen sicher in den Seitentaschen meiner Nebelkrähe untergebracht sind? Ich möchte mich noch von meiner Lilly verabschieden!"

Ohne ihre Antwort abzuwarten, fasste er Lilly bei der Hand und lief mit ihr um den Weiher herum, bis sie vor den Augen der anderen verborgen waren. Er strich ihr liebkosend übers Haar, umarmte sie und gab ihr einen zärtlichen Kuss.

„Sei nicht so traurig, mein Stern! Es wird nicht allzu lange dauern, bis wir Farzanahs dunkle Pläne erneut durchkreuzt und die königliche Macht meines Bruders gefestigt haben. Dann werden wir unsere Zukunftspläne wahr werden lassen. Wir werden studieren und Arwarah bereisen, und später, wenn du es willst, dann sollst du meine Frau werden! Ich liebe dich sehr", flüsterte er und steckte ihr dabei einen silbernen Ring mit eingravierten Elfensymbolen auf den linken Ringfinger. Lilly war außerstande zu antworten, aber der junge Elf las ihre Liebe und ihr Einverständnis in ihren Augen, die wie Diamanten strahlten.

„Dieser Ring soll dich an mein Versprechen erinnern", sagte er feierlich. Dann gingen sie Hand in Hand zur Nebelkrähe, wo die anderen schon warteten.

Die Wichtel lugten paarweise rechts und links aus den Satteltaschen heraus, und schickten alles, was vom Picknick übrig war, in den Korb zurück. Sogar die Decke wurde durch Zauberhand zusammengerollt.

„*Adhaweé, mellyn nín!*", grüßte Alrick und reichte allen zum Abschied die Hand, bevor er aufstieg.

„*Adhaweé*, Alrick!", erwiderten die Zurückbleibenden traurig. „Pass auf dich auf und grüß alle von uns!"

Während sein Blick noch an Lillys Gesicht hing, legte Alrick die Flöte an die Lippen. Er spielte und sofort breitete der mächtige Vogel seine Schwingen aus. Mit einem leisen „Krah, Krah" umkreiste er den Weiher und verschwand dann wie ein Nebelschwaden im Nichts, während Lilly regungslos ausharrte, bis auch der letzte Ton von Alricks Melodie verklungen war. Dann machten sie sich in Gedanken versunken auf den Heimweg.

„Leute, falls die Eltern schon zurück sind, dürfen wir uns nichts anmerken lassen", sagte Oskar, kurz bevor sie zu Hause ankamen. „Sie stellen sonst Fragen, die wir nicht beantworten können. Setzt einfach ein Grinsen auf und sagt, dass wir zum Wald hoch sind, nachdem wir fertig waren. Mit Omi sprechen wir dann später. Klar?"

„Klar! Was sonst?!", willigten die anderen ein und versuchten, etwas glücklicher auszusehen.

Die Ausflügler waren tatsächlich schon zurück. Man hörte sie im Garten fröhlich lachen. Oskar stellte den Picknickkorb in die Küche, dann gingen sie ebenfalls hinaus. Was sie dort erblickten, verschlug ihnen fast die Sprache. Der Garten war überall mit bunten Lampions geschmückt. Auf dem Tisch wartete ein kleines Buffet darauf, ausgepackt zu werden und, oh Wunder, der Fernseher war auf der Terrasse aufgebaut. Paps hatte ein Freilichtkino geschaffen.

„Ah, unsere fleißigen Schülerinnen und Schüler kehren von ihren Vorbereitungen zurück!", lachte er. „Habt's wohl doch nicht zu Hause ausgehalten?"

„Wir haben alles fertig gemacht und waren dann spazieren", erklärte Flora eifrig und gewann ihre kindliche gute Laune sekundenschnell wieder.

„Was gibt's denn im Kino Royal, Onkel Phil?", fragte Till und setzte sich entspannt auf einen der Stühle.

„Der Abend ist noch jung, also haben wir an einen langen Film gedacht", verkündete dieser und hielt den ersten Teil von „Der Herr der Ringe" hoch. Aber der Beifall, auf den er gehofft hatte, blieb aus. „Na ich dachte, weil Flora gestern so nach Elfen und Feen gefr..."

Weiter kam er nicht, sondern wurde von allen Seiten lachend mit Einwürfen bombardiert.

„Nee, das ist echt zu viel, Paps."

„Heute keine Feen und Elfen mehr."

„Lass gut sein!"

Philipp schüttelte grinsend den Kopf. „Da verstehe einer diese Jugend." Aber es wurde trotzdem ein sehr schöner letzter Ferienabend, nachdem man sich auf eine Teenagerkomödie geeinigt hatte.

5
Zack sorgt für Ärger

Alrick flog. Es war ein unbeschreiblich schönes Gefühl, so frei durch die Luft zu segeln. Er genoss jeden kostbaren Augenblick, denn für gewöhnlich waren die Nebelkrähen ausschließlich für König Arindals Reisen bestimmt. Dies war eine der wenigen Ausnahmen, und Alrick wusste das zu schätzen.
Der kluge Vogel folgte dem Lauf des kleinen Flusses, der das dunkelgrüne Kleid des Waldes malerisch teilte. Alrick legte die Hand schützend über die Augen, und spähte in die Ferne. Dort leuchteten die schneebedeckten Gipfel der Berge von Sinbughwar, und weiter rechts, auf deren niedrig gelegen Ausläufern, konnte er deutlich die Umrisse der Festung des Elfenkönigs erkennen.
‚Nicht mehr lange und ich bin da', dachte er. ‚Schade eigentlich. Es ist einfach herrlich.'
Nur wenige Flügelschläge später erblickte er die kleine, spitze Felsformation, die hinter Tibanas silbern glänzendem See aus dem dichten Wald in die Abendsonne ragte. Der kluge Vogel flog eine Schleife und landete sanft auf der Wiese vor Tibanas Haus.
Alrick war noch nicht mal abgestiegen, da flog die Haustür auf, die Wichtelelter kamen heraus und rannten aufgeregt plappernd auf ihn zu. Tibana legte ihr Pfeifchen weg und folgte ihnen erleichtert schmunzelnd.
„*Mae govannen*, Alrick!", grüßte sie ihren Patensohn herzlich. „War dein Flug schön?"
„*Mae govannen*, Tibana! Großartig! Einfach großartig! Und Puck, Nelly, Tissy und Zack waren sehr brav."
Alrick wollte den Wichteln helfen, aber die waren längst aus den Taschen geklettert.
Plötzlich verwandelte sich das fröhliche Begrüßungsgeplapper in arges Gezeter. „Na, na, alles ist gut", wollte Tibana die Wichtelelter beschwichtigen, als sie sah, dass lediglich drei Wichtelkinder auf der Wiese standen. Von Zack fehlte jede Spur.
„Abgestürzt, heruntergefallen, weg!", schluchzten Mirla und Tuck völlig aufgelöst.
„Unmöglich!", widersprach Alrick mit pochendem Herzen. „Till und Oskar haben sie gut und sicher in die Taschen gesteckt."

Er schaute Puck, Nelly und Tissy so ernst und betroffen in die kleinen Gesichter, dass sie ihren Blick schuldbewusst zu Boden senkten und Alrick Lunte roch.

„Nasen hoch, ihr Kleinen! Seht mich an und sagt uns die Wahrheit! Ist Zack überhaupt mitgeflogen, oder heimlich in Saalfeld wieder abgestiegen?"

„Ja, abgestiegen! Wir mussten ihm beim Wichtelehrenwort versprechen, nichts zu sagen", heulten sie und waren sich plötzlich ihrer Schuld bewusst.

„Beim allmächtigen Feenzauber! Das war sehr böse von euch", schimpfte Alrick, auch wütend auf sich selbst, und schaute Tibana hilfesuchend an.

„Ab ins Haus! Alle miteinander!", befahl die Fee mit fester Stimme, der alle gehorchten.

Drinnen bot sie Alrick einen Platz an und setzte sich dann selbst in ihren Sessel, vor dem sich die Wichtelfamilie erwartungsvoll aufstellte.

„Ich werde versuchen, Oskar telepathisch zu erreichen", sagte sie. „Das ist die schnellste und unauffälligste Methode ohne Zauber!"

Als Alrick mit hochgezogenen Schultern nickte, zog sie mehrere Male nachdenklich an ihrer Pfeife. Sie gebot allen ruhig zu sein und schloss ihre Augen in höchster Konzentration.

Nach dem schönen Abend im Garten lag Oskar auf seinem Bett und hörte leise Musik. Er wollte noch chillen und den letzten Ferienabend ausklingen lassen, ohne andauernd an Arwarah und Alrick zu denken. Er legte die Arme unter den Kopf und wäre beinahe eingenickt, als er hinter seiner Stirn plötzlich seinen Namen hörte.

‚Verflixt! Was ist jetzt schon wieder?', dachte er überrascht und erntete ein kurzes Lachen dafür.

‚*Mae govannen*, Oskar!', begrüßte ihn die Fee freundlich.

‚Hallo, Frau Tibana!', antwortete er und versuchte, ebenso freundlich zu sein. ‚Du hast mich nur erschreckt!'

‚Entschuldige, aber es ist wichtig. Alrick ist gut bei mir angekommen, nur leider war Zack nicht bei ihm! Ist er immer noch bei euch?'

‚Waaas? Ich hab ihn doch selbst mit Puck zusammen in die Tasche gesteckt. Ich schau mal nach. Bleib bitte dran!', dachte er versehentlich, so als hätte er Tibana am anderen Ende eines Telefons. Er stand auf und ging zur Tür. ‚Wenn er hier ist, dann jedenfalls bei Flora, aber die schläft schon. Dieser freche kleine Knirps. Wie kann ich ihn denn sehen, wenn er unsichtbar ist?', mur-

melte er zu sich selbst und dachte nicht daran, dass Tibana seine Gedanken hören konnte.
‚Gar nicht! Schau einfach nach, ob in ihrem Zimmer etwas ungewöhnlich ist. Vielleicht hat Flora ihm ein Bettchen gebaut.'
‚Okay.' Oskar öffnete leise Floras Zimmertür. Und er hatte Glück. Flora schlief fest, aber auf ihrem Puppenbett unter dem Fenster lag ein großes Bilderbuch, das seine Seiten ganz von allein umblätterte. Und da Bilderbücher das normalerweise nicht tun, konnte das nur Zack sein. Oskar sagte nichts, sondern schloss die Tür und erzählte es Tibana auf dem Rückweg in sein Zimmer.
„Dem Himmel sei Dank! Genau wie dir, für deine Hilfe! Jetzt kann ich alle hier beruhigen. Allerdings könnte es sein, dass er nun für eine Weile bei euch bleiben muss. Wir werden sehen! Bis später einmal und sei beschützt!"
Oskar spürte, wie der Kontakt sanft abbrach. Es war tatsächlich so, als ob Tibana aufgelegt hätte.
„Das war echt abgefahren!", flüsterte er. „Aber andererseits?" Grinsend dachte er an die unverhofften Möglichkeiten, die ihm durch diese Fähigkeit vielleicht in den Schoß fallen würden.
Im selben Augenblick schlug die Uhr in Omis Zimmer zehn. Ihr Gong erinnerte Oskar daran, dass es gut wäre, Gertrude von Alrick zu erzählen und nun auch noch von Zack. Also machte er kehrt und klopfte leise an ihre Tür.
„Ich bin's. Oskar!"
„Ja! Komm doch rein!" Gertrude saß in ihrem Sessel und hielt ein Fotoalbum in ihrer Hand. „Ich warte schon die ganze Zeit. Erzähl doch mal, wie es war."
„Gut war es. Nein, unglaublich! Alrick ist ein krasser Typ. Er kam auf einem riesigen Vogel angeflogen, wie aus dem Nichts!"
„Ah, auf einer von Arindals Nebelkrähen! Und dann?"
„Dann haben wir erzählt und gegessen und Lilly und er haben ... nicht wichtig. Dann hat er uns diese Armbänder gegeben und einen Schutzzauber für uns und für das Haus. Ich kann gar nicht glauben, dass ich das sage! Na, jedenfalls musste er dann aufbrechen, und während er sich von Lilly verabschiedete, haben Till und ich die Wichtel in gemütliche Seitentaschen am Zaumzeug der Krähe gesteckt. Alles war okay, bis Tibana mich vorhin angerufen hat und sagte, dass von vier Wichteln nur drei angekommen sind. Zack, das kleine Schlitzohr, hat sich unsichtbar gemacht und ist wieder abgestiegen. Er sitzt quietschvergnügt in Floras Zimmer und schaut sich Bilderbücher an."
„Du lieber Himmel, das war sicher eine große Aufregung!" Gertrude schüttelte schmunzelnd den Kopf. „Hier macht man was mit! Und wird er nun noch abgeholt? Was hat Tibana denn gesagt?"

„Nein, den haben wir wahrscheinlich vorerst an der Backe! Aber da ist noch etwas", fuhr Oskar fort und erzählte Gertrude von Meldiriel und ihrem Plan, ihn als Austauschschüler unterzubringen.
„Na das kann ja heiter werden!", seufzte sie. „Aber wo ein Wille ist, ist auch ein Weg! Ich danke dir jedenfalls, mein lieber Enkelsohn. Das war sehr viel für dich und du hast es trotzdem gut gemacht!"
„Danke, Ömchen! Ja, war krass!"
„Dann geh jetzt schlafen. Du musst morgen ausgeruht sein. Ich pass schon auf, dass dieser kleine Schlaumeier Zack nicht mit Flora in die Schule geht."
„Jupp! Du sagst es. Gute Nacht, mein Ömchen!"
„Gute Nacht!"

Tibana öffnete ihre Augen wieder. „Es ist alles gut! Er ist noch dort! Oskar hat Zack in Floras Zimmer entdeckt."
„Danke für die gute Nachricht", schluchzte Mutter Mirla erleichtert, und auch Tuck atmete hörbar aus. „Aber wie kommt er nun nach Hause?"
„Es tut mir leid, aber ich glaube, er muss eine Weile dortbleiben. Alricks magischer Schlüssel funktionierte nur für diesen einen Besuch. Wir müssten einen neuen von Arindal erbitten, aber ehrlich gesagt, möchte ich das nicht."
„Nein, das verstehen wir!", stimmte Vater Tuck streng zu. „Etwas Strafe muss sein. Er bleibt, wo er ist, und wird eine Zeitlang in einem Menschenhaushalt dienen, so wie es schon vor Urzeiten war."
„Strafe? Es ist doch soooo schön im Menschenhaus." Tissy, Nelly und Puck schwärmten geradezu. „Der Garten ist übervoll mit Blumen, Sträuchern und Bäumen, und es gibt eine große Schaukel für uns alle vier. In Floras Zimmer gibt es sogar extra für uns passende Möbel und ganz hübsches Geschirr."
„Ich bin sicher, meine Freundin Gertrude und die anderen haben ihn lieb und werden gut auf ihn achten", bestätigte die Fee, und Alrick pflichtete ihr nach Kräften bei.
So trösteten sich die Wichtel gegenseitig, während Alrick notgedrungen zum Rückflug aufbrach. Er wusste, dass Arindal schon auf ihn wartete.
„Seid beschützt, ihr Bewohner vom See", verabschiedete er sich herzlich.
„So wie du, tapferer Alrick. Wenn du Meldiriel bringst, sehen wir uns wieder."
Die Nebelkrähe beugte ihren Kopf und schaute Alrick aus klugen Augen an. Sie wusste, dass es nun heimwärts ging. Der Elf streichelte ihr liebkosend über das weiche Gefieder, saß auf und spielte zum Abschied eine wunderbare

Melodie. Klare, helle Töne erschallten, ein Lied, wie aus Tau und nach Blüten duftendem Wind gemacht. Ton um Ton erklang, und er verschwand, immer leiser werdend, in die Nacht.

Alrick und die Nebelkrähe

6
Die Tafelrunde

Alrick versuchte, das berauschende Fluggefühl wiederzufinden, aber es gelang ihm nicht. Er fing an zu grübeln, und je näher er der Festung kam, umso verkrampfter wurde er. Alle hatten geglaubt, Farzanah sei besiegt. Und nun? Nun war sie wieder da, diese mächtige, dunkle Fee. Was hatte sie dieses Mal vor? Würde es der Gemeinschaft Arwarahs gelingen, sie aufzuspüren und wenn ja, wäre ein Kampf dann unausweichlich?
Fragen über Fragen schwirrten durch seinen Kopf und bildeten ein wirres Gedankenknäuel, bis er endlich die magischen Lichter der Festung vor sich sah. Er betrachtete die neu errichtete Wehranlange, die gepflegten Parks und die weitläufigen Felder und Wälder davor.
„Lande, mein gutes Federtier", befahl er der Nebelkrähe und sog den frischen, würzigen Geruch von harzigen Bäumen und Wiesenblumen tief ein. „Wir sind zu Hause." Als er gelandet war, übergab Alrick die Krähe einem Elfenjungen, der sich um ihr Wohl sorgen würde. Dann überquerte er den Burghof und bemerkte zu seiner Erleichterung, dass König Arindal Wachen auf den äußeren Burgmauern patrouillieren ließ. Außerdem waren die Zufahrten zur Burg verbreitert und die Tore verstärkt worden.
„Mae govannen!", grüßte Alrick einige Burgbewohner, und machte sich eiligst zum Herrenhaus auf, um seine Rückkehr zu melden.
Auf der großen Treppe, die in den ersten Stock zu den Gesellschaftsräumen führte, kam ihm ein junger Elf im Laufschritt entgegen. Er blickte sich mehrmals prüfend um und rempelte Alrick auf seinem Weg nach unten so unsanft an, dass er beinahe das Gleichgewicht verloren hätte.
„Beim allmächtigen Feenzauber! Pass doch auf! Hast du keine Augen im Kopf?", fluchte Alrick ärgerlich und streckte den Arm nach dem anderen aus. Aber der schüttelte ihn grob ab und lief so schnell weiter, dass Alrick, ihm nachblickend, verwundert den Kopf schüttelte.
„Wer war denn das?", brummte er fassungslos und setzte seinen Weg fort. „Sein Gesicht kam mir irgendwie bekannt vor, aber das muss wohl eine Täuschung sein."

Während Alrick den oberen Flur entlanglief, hörte er Musik und Gesang aus den Räumen, die vorwiegend von den Elfenmädchen genutzt wurden. Sie übten dort gemeinsam ihre kunstfertigen Arbeiten aus, oder lernten etwas über Natur, Tanz und Musik. Es war ein Genuss, zu hören und zu sehen, dass die Burg wieder ihrem gesellschaftlichen Zweck diente und dass von Farzanahs dunkler Macht hier keine Narben geblieben waren.

Zu einer anderen Zeit hätte Alrick hier und da durch die Türen gespäht, um sich an den Liedern und Tänzen der Schönen zu freuen, aber jetzt stand ihm der Sinn nicht danach.

Er lief zum kleinen Rittersaal, wo er seinen Bruder vermutete, weil er sich dort regelmäßig mit den Elfenrittern beriet. Dabei legte er sich innerlich die Worte für seinen Bericht zurecht.

Vor der Tür zum Saal stand ein diensthabender Elf, aber Alrick winkte lächelnd ab, als er ihn anmelden wollte. Er klopfte selbst und trat ohne Aufforderung ein.

Der kleine Rittersaal war solide gebaut und doch war es den Erbauern gelungen, ihn behaglich und hell wirken zu lassen. Vier naturgetreu nachgebildete Eichenbäume ragten als Säulen zum Deckengewölbe auf, welches sie auf ihren weit ausladenden Ästen und Zweigen trugen. Dort hatten die Architekten in altbewährter Tradition zahlreiche edle Steine verbaut, die jeglichen Lichtstrahl einfingen und hundertfach verstärkten und reflektierten.

Alrick blickte ernst, als er auf die ovale Tafel zuschritt, an der sein Bruder mit sechs seiner Elfenritter saß.

„Mae govannen!", grüßte er und verneigte sich leicht, wobei er die rechte Hand auf sein Herz legte.

„Mae govannen, mein Bruder!", antwortete Arindal warm und über Alricks glückliche Rückkehr erleichtert. „War deine Mission erfolgreich? Sind die Wichtelkinder wieder zu Hause?"

„Im Großen und Ganzen ja", begann Alrick seinen Bericht und erzählte kurz und knapp von seinem Wiedersehen mit Till, Lilly und Flora, von Oskar als neuem Gefolgsmann und von Großmutter Gertrude und dem vorwitzigen Zack, der sich heimlich wieder zu den Menschen zurück geschlichen hatte.

„Das mit dem Kleinen tut mir leid", sagte Arindal schmunzelnd, anstatt zu tadeln. „Da können wir augenblicklich nichts tun, aber seine Eltern brauchen sich nicht zu sorgen. Ich habe Tibanas Freundin Gertrude einst kennengelernt und bin sicher, dass sie gut auf ihn achtet."

„Zweifelsohne", antwortete Alrick und folgte der auffordernden Handbewegung seines Bruders, sich neben ihn zu setzen.

„Das ist Meldiriel, der aus Island zu uns zurückgekehrt ist", sagte der König zu Alrick. „Wir haben uns gerade erst zusammengesetzt und ich wollte ihm meine getreuen Elfenritter vorstellen! Das sind Alarion, Lindriel, Rinal, Imion und Emetiel."

„Ich freue mich, euch zu treffen und Teil dieser Tafelrunde zu sein", erwidert Meldiriel und neigte anmutig seinen Kopf.

„Willkommen in Arwarah!", sagte Alrick erfreut. „Ich habe meinen Freunden schon von dir erzählt."

„Das ist gut, aber ihr habt später noch genügend Zeit, euch miteinander bekannt zu machen. Jetzt müssen wir uns dringend über unser weiteres Vorgehen beraten. Ihr wisst sicher schon, dass Tibana mich vor einer neuen Bedrohung gewarnt hat", erklärte Arindal ernst. „Farzanah treibt sich noch immer umher und es ist ihr gelungen, die Dunkelelfen wieder auf ihre Seite zu bringen. Wie es scheint, sind sie trotz ihrer Niederlage bereit, ihr ein weiteres Mal in den Krieg um die Krone Arwarahs zu folgen. Die Zentauren haben mir berichtet, dass sie sich sammeln und rüsten."

„Rüsten hin oder her", brummte der brave Alarion. „Wir alle wissen, dass die Dunkelelfen gerne mit den Säbeln rasseln. Trotzdem werden sie auch skeptisch sein. Die Dunkle hatte ihnen viel versprochen und nichts davon gehalten."

„Das ist wahr, dennoch sollten wir mit dem Schlimmsten rechnen", stimmte Rinal zu. „Unser Volk ist von Natur aus friedliebend. Der Krieg und der Umgang mit Waffen ist den meisten nach wie vor fremd."

„Du hast wahr gesprochen!", ergriff Alarion wieder das Wort. „Und egal, wie sehr wir uns anstrengen, um die Wehrhaftigkeit im Land zu verbessern, brauchen wir viel mehr Zeit."

„So ist es! Auch wenn wir durch den Treuebund jetzt mehr sind, einer Schlacht würden wir nur schwer standhalten. Wir würden viele der Unseren verlieren", seufzte Arindal ernst. „Es gibt nur einen Weg: Wir müssen Farzanah ausschalten und einem Angriff zuvorzukommen."

„Weise gesprochen, mein König. Und alle guten Kräfte Arwarahs sind gewillt, das zu tun. Die große Frage ist nur, wie?"

„Was ist mit Magie?", warf Imion ein. „Gibt es keinen Zauber, der uns in eine günstigere Position bringt? Einen, mit dem wir sie fangen und auf ewig des Landes verweisen können?"

„Das ist in ihrem Fall keineswegs ausreichend!", sprach Arindal scharf. „Dieses Mal müssen wir sie für den Rest ihres Daseins unschädlich machen!"

„Was den Zauber betrifft, stimme ich Imion zu!", bekräftigte Rinal euphorisch.

„Aber anstatt Farzanah zu vertreiben, belegen wir sie mit einem unauflösbaren Bann, der sie all ihrer magischen Kräfte beraubt."
„Ja, einfach so", spottete Emetiel und schnipste mit Daumen und Zeigefinger.
„Und womit sollen wir das tun, du Spaßvogel?"
„Mit dem einzigen Gegenstand der dazu in der Lage ist: dem Dreieinigen Zepter."
„Dreieiniges Zepter?", wiederholten die anderen skeptisch.
„Doch! Glaubt es mir, ich meine es ernst", bekräftigte Rinal seine Worte mit Nachdruck.
„Also, ich kann nicht behaupten, jemals etwas davon gehört zu haben", gab Imion zu, und auch die anderen schüttelten den Kopf zum Zeichen ihrer Unwissenheit.
„Hört zu: Ich weiß nicht, ob ihr wisst, dass es unter meinen Ahnen auch Gelehrte gab. Mein Urgroßvater war einer. Er wirkte sein ganzes Leben lang an der Universität von Zaâmendra, was wiederum der Grund war, weshalb mein Vater dort aufwuchs. Und er hat mir von dem Zepter erzählt. Es ist eines der größten magischen Wunder der Welt. Den Uralten ist es gelungen, das gesamte Wissen der Zeit darin zu speichern. Und dieses Wissen ist es, was dem Zepter seine unglaubliche Kraft verleiht. Wer es in seinen Händen hält, ist jedem anderen überlegen. Im Guten, genau wie im Bösen." Rinal machte eine Pause, um die Erinnerung aufleben zu lassen. „Mein König, Ihr müsst doch davon wissen!"
„Du hast Recht, meine Lehrer haben mir von seinen fantastischen Kräften erzählt. Aber sie sagten auch, dass es vor langer Zeit verloren ging und nur noch ein Mythos ist."
„Verzeiht, mein König, aber das glaube ich nicht. Diese Behauptung dient lediglich der Sicherheit des Zepters. Man will damit verhindern, dass die falschen Leute mit den falschen Zielen danach trachten."
„Wenn das stimmt, wollen wir hoffen, dass Farzanah nichts davon weiß, denn in ihren Händen würde es nicht nur den Untergang Arwarahs bedeuten", seufzte Arindal schwer und legte für einen Augenblick müde den Kopf in seine Hände.
„Mein König, genau davon können wir nicht ausgehen. Farzanah ist nicht nur böse und durchtrieben. Sie entstammt auch einer alten Feendynastie und ist sehr gebildet. Sie könnte also durchaus vom Dreieinigen Zepter gehört haben. Was sie allerdings nicht weiß, ist, dass wir es zuerst finden und gegen sie einsetzen werden. Und damit das gelingt, dürfen wir kein Sterbenswörtchen darüber verlieren, sondern müssen umgehend handeln und das Zepter in unsere

Hände bringen!", forderte Rinal enthusiastisch.

„Dabei hast du eins vergessen!", warf Emetiel ein. „Wir müssen nicht nur das Zepter finden, sondern auch die dunkle Fee!"

„Richtig, und darum bitte ich euch, Lindriel und Imion, die Suche mit euren Getreuen wieder auszuweiten. Reitet auch zur Burg Darwylaân und den Niederungen der Drachenberge. Schaut nach, ob sie sich dort, oder in der Nähe der Dunkelelfen niedergelassen hat", forderte der König.

„Sehr wohl!"

„Meine treuen Freunde, damit ist für heute alles gesagt!", ergriff Arindal abschließend das Wort. Er stand auf, stützte sich auf seine Hände und sah jeden seiner Mitstreiter eindringlich an. „Wenn es das Zepter gibt, werden wir Rinals Vorschlag befolgen und umgehend mit der Suche danach beginnen. Doch zuvor sprechen wir mit Chrysius, denn wenn uns überhaupt jemand Auskunft darüber geben kann, dann der Bewahrer der Universität von Zaâmendra. Unser weiteres Vorgehen richtet sich nach dem, was wir bei ihm herausfinden werden. Alrick, Meldiriel, Rinal und Alarion, ihr begleitet mich. Und nun lasst uns die heutige Beratung mit einem guten Mahl beenden. Auf, meine Freunde, es wird eine lange Nacht!"

Mit ihrem Plan ansatzweise zufrieden, ging der König mit seinen Getreuen zur großen Halle und betrat sie durch das silberbeschlagene Tor.

Wie es seit jeher Brauch war, hatten sich die Burgbewohner dort in fröhlicher Runde zum allabendlichen Tafeln versammelt. Leise Musik erklang, ein Feuer knisterte und die magischen Lichter im Raum wetteiferten mit dem Mondlicht, das durch die großen Fenster hereinschien. Aber keines davon leuchtete heller als das Elfenlicht von Arwarah, das seit seiner Erlösung aus Farzanahs Bann nun wieder, vom Kaminsims mit den steinernen Drachen aus, in die Herzen aller Lichtelfen strahlte.

Die Burgbewohner saßen an einer großen, T-förmigen Tafel mit schmackhaften Speisen und unterhielten sich leise. Als der König eintrat, erhoben sich alle und setzten sich erst wieder, als er mit Alrick und seinen Rittern an der Stirnseite der Tafel Platz genommen hatte.

Die meisten der Anwesenden kannten einander, da sie ständig an Arindals Hof lebten. Meldiriel gesellte sich am heutigen Abend erstmals dazu, und Alrick registrierte schmunzelnd, dass ihn einige Elfenmädchen neugierig musterten.

Alrick musste neidlos anerkennen, dass Meldiriel sehr gutaussehend war. Er war groß und breitschultrig. Sein hüftlanges Haar war dicht und dunkel. Einen Teil davon hatte er nach hinten geflochten, sodass man seine spitzen

Ohren sah. Seine Augen unter den kühn geschwungenen Brauen blickten sanft und waren gletscherblau wie die aller, die vom Clan der Wasserelfen abstammten. Die Linien seines Mundes waren perfekt geschwungen und bildeten zwei verführerische Grübchen auf den Wangen, wenn er lachte.

Da er sich nach seiner Ankunft sofort zu Arindal begeben hatte, trug er noch immer sein Reisekleid, das von so unglaublichem Weiß war, wie man es nur auf Island in Eis gebleicht herzustellen vermochte. Zarte Stickereien in Silber zierten die Säume. Gürtel, Stiefel und die langen Unterarmschienen waren aus hellgrauem Leder gefertigt. Sein einziger Schmuck war ein rundes Amulett aus Silber, das auf seinem linken Armstulpen befestigt war, und das Alrick für einen Schutzzauber hielt.

Obwohl sie herzhaft zulangten, fand keiner von ihnen die Ruhe, das Essen zu genießen. Ihre Gedanken weilten schon bei der jeweiligen Mission, die es zu erfüllen galt.

Alrick und Meldiriel hatten nur ein paar Worte gewechselt, als Arindal sie schon zum Aufbruch mahnte.

„Meine Herren, es wird Zeit", sprach er und erhob sich. „Ihr anderen tafelt, solange es euch gefällt. Unsere Abwesenheit wird nicht lange dauern. Emetiel hat währenddessen das Sagen!"

„Mein König, gebt mir ein paar Minuten mich dunkler zu kleiden", bat Meldiriel, dessen Tunika auch im Dunkeln leuchtete.

„Ein paar Minuten für jeden von euch. Wir treffen uns am Krähenhorst."

Meldiriel

7
Der Bewahrer

Als sie wieder zusammenkamen, hatte ein junger Elf bereits fünf von Arindals Nebelkrähen auf den Burghof geführt. Meldiriel hatte die magischen Geschöpfe niemals zuvor gesehen und betrachtete sie mit großem Respekt.
„Seid ihr bereit?", fragte der König, worauf sich einer nach dem anderen auf den Rücken seiner Krähe schwang.
„Ja! Ich werde das Lied für sie spielen", bot Alrick beflissen an und griff in seine Gürteltasche, um die silberne Flöte herauszuholen, aber er fand – Nichts! „Moment!", sagte er verlegen und suchte tiefer, obwohl er sicher war, dass sie gleich obenauf liegen musste. Er nahm die Tasche ab und kippte sie um, aber die Flöte war nicht da. Auch nicht in seiner Tunika oder im Stiefelschaft, in den er sie von Zeit zu Zeit steckte.
„Sie ist weg!", stieß er keuchend hervor. „Bei Tibana hatte ich sie doch noch."
„Du wirst sie schon finden", beruhigte Meldiriel ihn. „Vielleicht hast du sie in deinem Zimmer herausgenommen. Sie kann ja nicht einfach verschwinden."
„In meinem Zimmer war ich aber gar nicht. Und es scheint mir unmöglich, dass sie aus der Tasche gefallen ist", beteuerte Alrick und senkte betroffen den Kopf.
„Dann müsst Ihr die Krähen befehligen, Herr", drängte Alarion. „Es ist spät! Wir müssen los!"
Arindal schloss die Augen und richtete sich mit ausgebreiteten Armen im Sattel auf. Ringsum erstarb jedes Geräusch und ein bläulich fluoreszierender Schimmer erschien auf den Handflächen des Elfenkönigs. „Steigt in die Lüfte, ihr dienstbaren Krähen und tragt uns auf den Schwingen des Nebels mit dem Wind zu unserem Ziel!", sprach er mit kräftiger Stimme und zeichnete dabei ein leuchtendes Zeichen in die Nacht. *„Nouree ilmin lentâ."*
Bei seinen Worten erhob sich der säuselnde Nachtwind und verbreitete den lockenden Duft der Ferne. Die Blätter an den Bäumen raschelten leise, und die Nebelkrähen breiteten ihre gewaltigen Schwingen aus. Sie erhoben sich mit lautem „Krah, Krah" und flogen höher und höher hinauf, während Alrick verzweifelt an seine magische Flöte dachte.
‚Bin ich nicht mal mehr in der Lage, auf meine Sachen zu achten? Was für eine Schande! Wenn wir zurückkommen, muss ich sie unbedingt wiederfinden.'

Der Flug durch die sternenklare Nacht lenkte ihn von seinen trüben Gedanken ab. Der Mond schien hell, die Luft war mild, und das gleichmäßig sanfte Schlagen der Flügel wirkte beruhigend.
Die Landschaft unter ihnen wechselte ständig. Er sah weite saftige Grasflächen und undurchdringliche Wälder, Felder und Flüsse, deren Wasser im Mondlicht glitzerte. Ein Flug über altehrwürdiges Land, etwas, dass außer Arindal und Alrick noch keiner der anderen erlebt hatte.
„Was ist das?", rief Meldiriel Alrick zu und zeigte in die Ferne, wo sich die dunkle Silhouette der Berge vor strahlenden Lichtformationen abhob, die von feurigem Orange bis zu schrillem Grün reichten.
„Das ist Sefnaâr, der Drache, der mit seinem Feuerstrahl solche bizarren Lichter erschaffen kann!", rief Alrick erklärend zurück.
„Erstaunlich!"
Kilometer um Kilometer flogen sie dahin, bis sie die sternenförmig angeordneten Straßen erblickten, in deren Zentrum das beeindruckende, historische Universitätsgebäude lag. Hier setzen die Krähen zur Landung an und ließen sich sanft auf dem Campus nieder.
Die Männer stiegen ab und liefen an der kunstvollen Bogenfassade entlang zur Rückseite des Gebäudes, wo sich eine kleine Pforte mit Glocke befand. Ihr heller Ton war kaum verklungen, da hörte man schon die schlurfenden Schritte eines alten Mannes, und kurz darauf wurde das kleine Fenster in der Tür geöffnet. Chrysius' runzliges Gesicht erschien. Als er den König sah, riss er seine klugen Äuglein unter den buschigen weißen Brauen erstaunt auf, und entriegelte die Tür.
„*Mae govannen*, mein König, meine edlen Herren Ritter! Und Alrick, mein lieber junger Freund! Tretet ein und seid mir auf das herzlichste willkommen!", rief Chrysius, der im langen weißen Gewand der Gelehrten vor ihnen stand und sich tief verbeugte.
„Ich danke dir, Chrysius, doch bin ich es, der sich verneigen sollte", erwiderte Arindal respektvoll. „Vor der Weisheit und der Treue eines aufrichtigen Freundes. Bitte entschuldige, dass wir deine Nachtruhe stören!"
„In meinem Alter flieht einen der Schlaf, mein Herr! Doch bitte, folgt mir hinein, damit ihr mir euer Anliegen nennen könnt", sagte Chrysius. „Ist es wieder ein Rätsel so wie damals, als ihr mit eurer liebreizenden Lilly hier wart, junger Alrick? Ich erwarte sie noch an der Universität."
„Nein! Wir benötigen eine Auskunft", stammelte Alrick und wurde rot bis unter die Haarwurzeln. „Aber Lilly geht es gut, und sie will in zwei Jahren immer noch kommen, aber nun, da die Tore geschlossen sind …?"

„Nichts dauert ewig, junger Alrick. Auch die geschlossenen Tore nicht." Chrysius legte ihm lächelnd die Hand auf die Schulter.
„Wir wollen in die Bibliothek und hoffen, dort etwas über ein magisches Artefakt zu erfahren", unterbrach Arindal das Gespräch.
Chrysius nickte. „Natürlich, mein König. Doch scheint mir Euer Anliegen von solcher Wichtigkeit zu sein, dass die Antwort vielleicht nicht in der öffentlich zugänglichen Bibliothek zu finden ist. Ist es möglich, mir mehr zu sagen?"
„Selbstverständlich, mein treuer Freund! Wir müssen alles über das Dreieinige Zepter wissen. Mehr als nur Märchen und Legenden."
„Ahhh!" Chrysius fuhr sich nachdenklich über seinen ellenlangen Bart. „Dann folgt mir bitte hier entlang. Wissenswertes darüber kann nur im alten Gewölbe sein."
Er lief schlurfend weiter voraus, wobei er ab und zu in die Hände klatschte, um die magischen Lampen einzuschalten. Sie erreichten eine Treppe und stiegen so weit hinab, bis sie vor einem eisenbeschlagenen Holztor standen, das reich mit Elfensymbolen verziert war.
„Bist du schon einmal hier gewesen?", fragte Meldiriel Alrick leise. „Wände und Tor scheinen mir eintausend Jahre alt zu sein! Und siehst du? Es hat weder Klinke noch Schloss!"
„Nein, ich sehe es auch zum ersten Mal", flüsterte Alrick und staunte über die gute Beobachtungsgabe seines neuen Freundes. „Dann wird es wohl nur mit Magie zu öffnen sein!"
Richtig! Chrysius legte seine Hände auf das Tor und flüsterte etwas, das keiner verstand. Es waren mächtige Worte in der uralten Sprache, die nur der jeweilige Wächter des Tores kennt, und die er, zu gegebener Zeit, an den nächsten Auserwählten weitergeben würde.
Er hatte sie kaum gesprochen, da sprangen die unsichtbaren Riegel auf. Das Tor öffnete sich wie von Geisterhand und gab den Blick auf einen gemauerten Korridor frei, von dem aus verwinkelte Gänge zu einzelnen Gewölben und Kammern führten.
Im Schein der magischen Lampen sah man, dass diese hunderte von Jahren alt waren. Trotzdem waren sie weder feucht noch schmutzig. Nicht eine Spinnwebe hing von der Decke herab, und man sah Chrysius an, wie stolz er auf diesen Teil seiner Universität war.
„Willkommen in den geheimen Gewölben Arwarahs, mein König", sagte er und forderte die Männer mit einer Handbewegung auf, ihm zu folgen. „Dieser Teil der Universität ist für Studierende nicht frei zugänglich", erklärte der Alte, der das Staunen in den Gesichtern seiner Gäste sah. „Außer mir, ist es nur

wenigen erlaubt hier einzutreten, aber Ihr, mein König, und Eure Vertrauten gehören natürlich dazu. In diesen Kammern hier bewahren wir Kostbarkeiten rein natürlicher Art, wie Samen von Heilkräutern, Mineralien und vieles mehr auf. Darüber hinaus befinden sich hier die beiden geheimen Gewölbe. Eines für erlesene magische Gegenstände und eines für die geschützte Bibliothek. Es mag Euch unrecht erscheinen, Dinge zu verbergen, aber es gibt sowohl Gegenstände als auch Wissen, das vor unbefugtem Zugriff bewahrt werden muss."

„Dann befindet sich das Dreieinige Zepter wohl im Gewölbe für die magischen Gegenstände! Was für ein Glück!", jubelte Alrick erfreut.

„Nicht so voreilig, junger Elf", dämpfte Chrysius seine Euphorie. „Wir haben königliche Schwerter, wie Excalibur oder Balmung, magische Fäden, die binden, was sonst keiner zu binden vermag, Schilde, die vor Gluthitze schützen, geheimnisvolle Rüstungen, Schmuck mit mystischen Fähigkeiten, Irrlichter und vieles, vieles mehr. Aber das Dreieinige Zepter, das haben wir leider nicht."

„Aber du hast davon gehört?", wollte der Elfenritter Rinal wissen.

„Das haben alle, die sich mit Arwarahs Geschichte befassten", stimmte der Alte sachlich zu. „Das heißt aber nicht, dass sie wissen, wo es ist, wie es aussieht oder wie man sich seiner bedient."

Währenddessen waren sie zur Tür der geschützten Bibliothek gekommen, die, zum Erstaunen aller, wie ein überdimensionales Uhrwerk aussah. Man sah große und kleine Zahnräder, Hebel und Federn, die so angeordnet waren, dass sie ein beeindruckendes Türschloss ergaben. Und wo ein solches Schloss an der Tür war, gab es mächtige Geheimnisse zu bewahren.

Chrysius öffnete die Tür mit einem Schlüssel, den er unter seinem Gewand trug und der genauso ungewöhnlich war wie das Schloss. Er war reich verziert und hatte mehrere komplizierte Bärte, die man unmöglich nachmachen konnte.

Als sie eintraten, staunte Alrick, weil die geheime Bibliothek der allgemein öffentlichen fast genau glich. Das Einzige, das fehlte, war die herrliche gläserne Kuppel. Darüber hinaus gab es auch hier deckenhohe Regale mit dicken Leder- und Pergamentbänden und verschiebbare Leitern, die es möglich machten, an den Regalen entlangzugleiten, um Bücher herauszunehmen oder wieder zurückzustellen.

Sich neugierig umschauend, gingen die Elfen zur Mitte des Raumes, wo zwischen den Lesepulten ein großer Tisch mit vielen Stühlen stand. Sie nahmen müde und etwas resigniert Platz, denn insgeheim hatten alle gehofft, dass das

Dreieinige Zepter im magischen Gewölbe aufbewahrt würde. Wie sollten sie nun, in dieser Fülle von Büchern, die so dringend gebrauchte Information finden? Das würde Wochen dauern!

„Seid nicht verzagt", tröstete Chrysius, während er mit einer Handbewegung sechs Gläser und eine Karaffe aus einer Vitrine herbeizauberte. „Ihr seid müde und von Sorgen gedrückt, aber dieser besondere Saft wird euch stärken." Er zeigte mit dem Finger auf die Karaffe, die daraufhin von Glas zu Glas schwebte und sie mit purpurnem Saft füllte. „Trinkt und erzählt mir dann mehr von dem, was ihr zu wissen begehrt", forderte er sie freundlich auf.

Und siehe da, schon nach ein paar Schlucken fühlten sie sich auf wunderbare Weise wach und gestärkt.

Kurz und präzise informierte Arindal Chrysius nun über Farzanahs neueste Machenschaften und über ihren eigenen Plan, sie mit dem Dreieinigen Zepter für immer zu entmachten.

„Das ist ein ausgezeichneter Plan", lobte Chrysius, der sich alles in Ruhe angehört hatte. Er schaute in seinem Register nach und entschied sich dann für ein dickes Buch, das er mittels eines Winks auf den Tisch fliegen ließ. Es war ein prachtvoller Pergamentband mit kostbaren Eckbeschlägen und einer Schließe aus Metall, die den wertvollen Inhalt sichern sollte.

„Dies ist unser ältestes Grimoire, eine Enzyklopädie des magischen Wissens. Wertvoll und gefährlich zugleich", sagte er ehrfurchtsvoll. „Wenn wir darin nichts finden, dann weiß ich nicht, wo wir sonst noch suchen könnten."

Chrysius legte das Buch sanft auf ein Lesepult und öffnete die Schließe.

„*Aâpare sunt* Dreieiniges Zepter! – Öffne dich beim Dreieinigen Zepter!" sprach er, worauf sich die Seiten des Buches selbständig umblätterten, bis sie an die gewünschte Stelle kamen.

Sofort standen alle auf, um sich über die Seite zu beugen, aber der Alte stoppte sie.

„Das geht einfacher!", sagte er, während er einen klaren Kristall aus den unergründlichen Falten seines Gewandes zog und ihn vorsichtig auf das Pergament legte. „Ich weiß, ihr habt große Eile, trotzdem müssen wir gründlich sein. Mit diesem Prisma können wir die Seite alle gleichzeitig sehen. Es ist ein unverzichtbares Hilfsmittel für meine alten Augen", fügte er schmunzelnd hinzu.

Er hatte es kaum gesagt, da fing das Prisma in allen Farben zu leuchten an, und schon formatierte sich eine vergrößerte Ablichtung der Buchseite über der Mitte des Tisches. Sie zeigte eine Zeichnung des Dreieinigen Zepters mit dem dazugehörigen Text.

„Wie wunderbar es ist!", staunte Arindal über die vortreffliche Handarbeit, und die anderen stimmten ihm anerkennend zu.
„Prächtig und geradezu erlesen!"
Dann begann Alarion vorzulesen, was da über das Zepter geschrieben stand:

Dreieiniges Zepter:

- ◬ Werkzeug zum Weben unauflöslicher Zauber. Zum Durchführen von Ritualen und Beschwörungen. Zum Brauen von Heiltränken und Giften. Zum Besprechen von Fetischen und Talismanen. Zum Erwecken von Gefühlen wie Liebe oder Hass. Alles im Guten, wie im Bösen, ganz wie sein Meister es will. Allein mit seiner Hilfe kann man den Bann aussprechen, mit dem Elfen, Feen und andere, die Magie besitzen, für immer ihrer Kraft beraubet werden.

- ◬ Es enthält das allumfassende Wissen dreier Welten, aus dem es seine Kraft beziehet: das der Menschenwelt, der Feenwelt und das der oberen und unteren Elfenwelt.
  Darum ward es auch aus drei Teilen gemacht: Ein Teil gearbeitet von Menschenhand, eins hergestellt von den Feen und ein Teil gefertigt von den Elfen.

- ◬ Wegen seiner unbändigen Macht erweckte es die Gier böser Zauberer und Hexen und ward darum von den Alten in seine drei Teile zerlegt. Dieselben wurden einzeln verborgen, sodass keiner das Versteck der anderen kennt, auf das niemand das Wissen unbefugt und grundlos nutzen kann. Sollte es dennoch gelingen, selbige Teile zu gewinnen, so kann doch allein eine mächtige Dreieinigkeit über das Wissen und die unbändige Magie bestimmen.

Als Alarion geendet hatte, sagte zunächst keiner ein Wort. Enttäuschung stand in ihren Gesichtern geschrieben. Sie hatten sich eindeutig mehr erhofft. Nun war man zwar etwas schlauer, aber dem Ziel deshalb noch lange nicht näher.

„Immerhin wissen wir nun, dass das Zepter das richtige Werkzeug ist, auch wenn seine Anwendung weitere Fragen aufwirft", brach Arindal das Schweigen. „Sollte Farzanah tatsächlich davon wissen, geht es ihr sicher ebenso. Verlieren wir also nicht den Mut! Wir haben gemeinsam schon so manches Übel beseitigt, warum sollte es uns da nicht gelingen, diese drei Teile zu finden? Nun, da wir wissen, wie sie aussehen."

„Das kann doch gar nicht so schwer sein!", meinte Meldiriel locker. „Da wir das Erste schon haben, suchen wir doch nur noch zwei!"

„Was sagst du da?"

„Wo soll es denn sein?", fragten alle durcheinander.

„Ich glaube, ihr seid schläfrig, sonst hättet ihr es selbst erkannt, denn meiner Meinung nach ist der obere Teil des Zepters nichts anderes als das Elfenlicht von Arwarah, das auf dem Kaminsims in eurer großen Halle steht. Seht genau hin: Das ist die Schale aus den beiden emporgestreckten Händen, die den Elfenkristall halten."

„Tatsächlich!" Alarion war so abrupt aufgesprungen, dass der Stuhl hinter ihm umkippte. „Es war die ganze Zeit vor unseren Augen, aber wir haben es nicht erkannt!"

„Ja, wir waren blind!", rief Arindal plötzlich außer sich vor Zorn. „Aber jetzt sehe ich klar, und Farzanahs gesamter Plan erscheint mir in einem neuen Licht! Vielleicht wusste sie damals schon von der Existenz des Dreieinigen Zepters! Vielleicht hatte sie das Elfenlicht deshalb an sich gebracht. Indem wir es zurückholten, haben wir sie nicht gestoppt, sondern ihrer eigenen Suche nach dem Zepter lediglich einen Rückschlag verpasst!"

„Beim allmächtigen Feenzauber!", flüsterte Alrick mit blutleeren Lippen.

„Bruder verzeih', aber du wirst gleich noch viel zorniger sein. Zornig auf mich!"

„Auf dich? Wieso?", fragte Arindal strenger, als er beabsichtigt hatte und Alrick senkte verlegen den Blick.

„Weil das zweite Teil, das in der Mitte …!", stotterte er vor Aufregung.

„Nun sprich doch! Was ist damit?"

„Ihr habt es nicht so oft in den Händen gehalten wie ich, und darum kommt ihr nicht darauf, dass es zweifellos meine Flöte ist!"

„Deine Flöte? Dann haben wir ja sogar schon zwei von drei Teilen", jubelte

Meldiriel und klopfte Alrick freundschaftlich auf die Schulter.

„Eben nicht", widersprach Alrick traurig. „Ich habe euch doch vorhin schon gesagt, dass sie weg ist. Keine Ahnung wie das geschehen konnte. Was für eine Schmach! Ich habe einen Teil des Dreieinigen Zepters verloren!"

Alrick war so verzweifelt, dass ihm die Tränen in die Augen stiegen.

„Gräme dich nicht, junger Freund!", tröstete Chrysius. „Selbst diese Misere hilft uns weiter, denn aus allem, was du sagst, ergeben sich drei neue Schlussfolgerungen für mich. Erstens: Da du sicher nicht sorglos warst, liegt der Gedanke nahe, dass du sie gar nicht verloren hast. Es macht viel mehr Sinn zu glauben, dass dich einer von Farzanahs Handlangern bestohlen hat!"

„Jeder weiß, dass ich sie immer bei mir trage! Ich kenne niemanden, der ihr Handlanger sein könnte. Und überhaupt, wo sollte ich ihm denn begegnet sein?", zweifelte Alrick aufgeregt.

„Nimm dir Zeit und denke in Ruhe nach. Es wird dir sicher wieder einfallen."

„Und zweitens?", fragte Arindal den Alten. „Was ist deine zweite Schlussfolgerung?"

„Zweitens wissen wir nun, dass Farzanah nach dem Besitz des Zepters trachtet, so wie Ihr es vorhin richtig gesagt habt, mein König."

„Ja! Nicht auszudenken was geschieht, wenn ihr das gelingt!"

„Und drittens", fuhr Chrysius fort, der alle Augen auf sich gerichtet sah. „Drittens ist nicht sicher, aber es könnte sein, dass wir nun wissen, warum Farzanah in der Menschenwelt war, als Tibana ihre magische Spur am Tor entdeckte. Vermutlich hat sie dort nach dem dritten Teil des Zepters gesucht."

„Na dann können wir nur hoffen, dass dieses Miststück es nicht gefunden hat!", schimpfte Alarion und schlug mit der Hand auf den Tisch.

„Danke, Chrysius! Du bist fürwahr ein großer Gelehrter und hast Ordnung in unsere Köpfe gebracht!", sagte der König bewegt. „Wir haben einen Teil des Rätsels gelöst und sind auf dem richtigen Weg. Daraus ergeben sich nun einige Aufgaben, die vorrangig zu erfüllen sind", fuhr er sachlich fort. „Die Sicherheit des Elfenlichtes hat dabei die oberste Priorität. Es muss sofort gut verborgen werden, und dies werde ich selbst mit Alarion tun."

„Jawohl, mein König!" Alarion nickte stolz, da er vom König auserwählt worden war.

„Alrick, du musst deine Flöte wiederbeschaffen! Da die Tore zum Zeitpunkt des Diebstahls bereits geschlossen waren, muss sie noch in Arwarah sein. Solltest du dabei Hilfe brauchen, werden Imion oder Rinal dir zur Seite stehen. Allerdings dürfen sie auch die Sicherheit der Burg nicht außer Acht lassen."

„Beim allmächtigen Feenzauber, Bruder! Ich werde sie wiederbeschaffen, egal wie sehr ich mir den Kopf darüber zerbrechen muss", versprach Alrick und war froh, ohne Tadel davongekommen zu sein.
„Meldiriel, du beschützt wie geplant unsere Freunde in der Menschenwelt. Suche dort mit ihrer Hilfe nach dem dritten Zepterteil. Wenn es noch dort ist, müssen wir es finden. Präge dir das Bild genau ein. Ich werde dafür sorgen, dass du das Tor passieren kannst. Solltest du Hilfe benötigen, kannst du über Gertrudes Spiegel Kontakt zu Tibana aufnehmen. Und nun zu dir, Chrysius: Ich bitte dich, zu ergründen, wie der Bannspruch lautet, und was es mit der Dreieinigkeit auf sich hat, die das Zepter allein benutzen kann."
„Sehr wohl, mein König!"
Arindals Gesicht erhellte sich trotz des Ernsts der Lage. Er verspürte das gute Gefühl, ein Stück vorangekommen zu sein. Einen Plan zu haben, auch wenn er schwer ausführbar war, war immerhin besser, als ratlos zu sein.
Nein, sie würden nicht aufgeben und Farzanah das Feld überlassen! Sie würden versuchen, diesen magischen Weg zu gehen und das Leben des Geheimen Volkes nicht in einer blutigen Schlacht gefährden.
„Damit ist momentan alles gesagt. Wir fliegen zurück!", unterbrach Arindal seine Gedanken. „Noch einmal meinen Dank für deine Hilfe, Chrysius."
„Nicht dafür, Herr! Ich werde Euch über die Suche auf dem Laufenden halten. Kehrt gut heim", wünschte der Alte allen und füllte die Gläser der müden Männer noch einmal mit dem muntermachenden Trank, bevor sie den Heimflug antraten.

8
Ein Mogelzauber

Lilly erwachte, weil die Sonne sie an der Nasenspitze kitzelte. Sie streckte sich und gähnte herzhaft. Heute war der erste Schultag nach den großen Ferien. Als sie die Haustür ins Schloss fallen hörte, wusste sie, dass sie noch ein bisschen liegen bleiben konnte. Ihr Vater war immer der Erste, der das Haus verließ. Genüsslich schloss sie die Augen wieder und beschwor noch einmal die Bilder ihres Traums herauf.

‚Mit der Schule kommt die Zeit der kleinen Geheimnisse wieder', dachte sie bekümmert. Sie war so verliebt und voller Sehnsucht nach Alrick und konnte niemandem davon erzählen, nicht mal ihrer besten Freundin Sophie. ‚Das ist echt übel', fluchte sie in Gedanken und überlegte kurz, ob sie einen imaginären Sommerflirt erfinden sollte. „Nö", sagte sie entschieden. „Das wäre blöd und kommt mir wie ein Verrat an Alrick vor. Egal! Jetzt müssen wir erst mal die Sache mit Meldiriel durchziehen."

Beim Gedanken an Meldiriel zuckte sie zusammen und sprang nun doch aus dem Bett. „Wie konnte ich nur so dumm sein?", schimpfte sie laut, weil sie versäumt hatte, sich mit den Jungs auf eine plausible Geschichte zu einigen, um den Besuch des Elfen zu erklären. Schließlich musste bei dieser Story alles haargenau passen und jeder das Gleiche erzählen. Auch Flora, die oft recht redselig war und auf eine andere Schule ging.

Sie nahm eine Jeans und ein T-Shirt aus dem Schrank und ging ins Bad. Im Flur hörte sie ihre Großmutter schon in der Küche werkeln und hoffte, dass Till und Oskar auch früher als gewöhnlich zum Frühstück kommen würden.

Lilly brauchte nie lange im Bad. Schon nach einer Viertelstunde trat sie, dem leckeren Kaffeeduft folgend, in die Küche ein. Auf den ersten Blick schien alles wie immer, aber dann entdeckte sie Zack, der neben Floras Teller saß. Er hatte die kurzen Beine übereinandergeschlagen, seine Kappe keck auf das linke Ohr gesetzt und grinste Lilly breit an.

„Himmel! Zack, was tust du denn hier? Sind die anderen auch wieder da? Hat Alrick euch nicht durch das Tor gebracht? Wo ist er?", fragte Lilly aufgeregt und sah sich suchend um, während der freche Wichtel nicht zu grinsen aufhörte.

„Nur ich bin hier, die anderen sind wieder zu Hause. Bin abgehauen! Ich will mit Flora in die Schule gehen."

„Nichts wirst du, du vorwitziger Kerl!", schimpfte Gertrude, die mit zwei Gläsern Marmelade aus der Speisekammer kam. Sie packte Zack flink am Schlafittchen, bevor er Zeit hatte, sich unsichtbar zu machen.
„Du wirst schön bei mir bleiben. Flora hat heute ihren ersten Schultag und kann sich nicht um dich kümmern!"
Der Kleine zappelte wie wild, aber Großmutter ließ nicht los.
„Falsch!", protestierte er lautstark. „Ich will mich ja um sie kümmern."
„Keine Widerrede! Du gehorchst, oder ich sperre dich in Kater Moritz' Transportkiste und rufe nach Tibana. Der wird schon einfallen, was wir mit dir machen!"
Der Wichtel zog eine Schnute und war still. Im selben Moment kamen Oskar, Till und Flora mit einem lauten „Guten Morgen" zur Tür herein. Flora jauchzte vor Freude, als sie Zack sah, während Till große Augen bekam.
„Fragt lieber nicht! Wieder ausgebüxt!", sagte Oskar abwinkend und wandte sich dem Frühstück zu.
Und die anderen fragten nicht. Schließlich gab es Wichtigeres zu besprechen.
„Jungs, wir brauchen eine überzeugende Geschichte, Meldiriels Anwesenheit betreffend!", forderte Lilly sofort. „Etwas, was wir in der Schule, den Eltern und den Freunden erzählen können, ohne gefährliche Fragen aufzuwerfen. Wir haben noch nichts Genaues ausgemacht."
„Aber darüber nachgedacht!", konterte Till grinsend. „Soll ich mal?"
„Na klar!"
„Leg los!"
„Also: Sein Name ist Mel Álfarson", begann Till und fuhr fort, als die anderen nickten. „Mel aus Island, der später mal in Jena studieren will und dafür seine guten Deutschkenntnisse als Gastschüler am Böll erweitern möchte. Ich wette, kein Schwein merkt, dass er einen elfischen und keinen isländischen Akzent hat."
„Ja, aber ein Gastschüler? Gibt's sowas überhaupt? Ich weiß nur was von Austauschschülern", warf Lilly skeptisch ein.
„Doch! Nach dem Tod meiner Eltern war ich selbst an zwei verschiedenen Schulen, bis ich zu euch gekommen bin. Schulen dürfen die Aufnahme von Gastschülern bis zu einem Vierteljahr selbst entscheiden. Zirkuskinder und Leute, die sich kurz mal woanders aufhalten, fallen in diese Kategorie. Wenn er ein Austauschschüler wäre, müsste man ja einen anderen dafür nach Island schicken!"
„Jupp, sowas gibt's!", warf Oskar ein, während er sich ein zweites Brötchen angelte. „Hatten mal einen Typen aus Irland da. Weiß aber nicht mehr, warum."

„Also, Mel ist der Sohn guter Freunde meiner verstorbenen Eltern. Das ist sicher, weil es keiner mehr überprüfen kann. Er war schon früher bei uns in Hamburg. Bla, bla, bla."
„Okay, das ginge für die Schule, aber was erzählen wir den Oldies hier zu Hause?"
„Das Gleiche, eben nur andersherum. Er ist ein armer verlassener Gastschüler, der kein Zuhause hat! Blabla ..."
„... bla!", unterbrachen die anderen Till lachend.
„Und was ist, wenn die Schule oder die Eltern nicht mitmachen? Wenn jemand hier anruft und nachfragt?", erkundigte sich Lilly unsicher. „Dann fliegen wir auf. Ich lüge nicht besonders gut."
„Ehrlich gesagt mache ich mir um die Oldies nicht so viele Sorgen, wie um die Leute in der Schule", warf Oskar ein. „Was sagst du denn dazu, Ömchen?"
„Dass ihr euch keine Sorgen machen sollt. Wir kriegen das hin. Ich halte euch den Rücken frei", antwortete Gertrude, die, mit ihrer großen Kaffeetasse in der Hand, bisher still dagesessen und gespannt zugehört hatte.
„Ja!", stimmte Oskar zu. „Und solange wir in der Schule keinen Bockmist bauen, ruft hier auch keiner an."
„Philipp und Lucie werden beruhigt sein", fuhr Gertrude zuversichtlich fort, „wenn wir ihnen sagen, dass wir uns selbst um alles kümmern, was Mel Àlfarson angeht. Ihr wisst doch, wie hilfsbereit und weltoffen sie sind! Sie werden sich freuen, dass ihr ihnen nacheifert. Bringt nur heute die Anmeldeformulare aus der Schule mit. Ich denke, ich kann etwas tun, damit sie akzeptiert werden. Es muss einfach gelingen! Es steht zu viel auf dem Spiel", betonte sie und nahm nachdenklich einen großen Schluck aus ihrer Tasse.
„Gut! Bleibt nur noch eins zu klären", meinte Till mit einem Seitenblick zu Flora, die sich ganz einträchtig mit Zack einen Teller teilte, von dem sie gemeinsam große und ganz kleine Stücken Toastbrot mit Himbeermarmelade in sich hineinschaufelten. „Florachen!", schmeichelte er, „Ich weiß, dass du Geheimnisse bewahren kannst. Das hast du schon bewiesen. Du darfst in der Schule nichts von Zack erzählen und von Mel nur, dass wir Besuch aus Island bekommen. Und zu Mama und Papa sagst du am besten erst mal gar nichts. Kapiert?"
Flora nickte und sah dabei ganz schön beleidigt aus. Lediglich der Himbeermarmeladentoast hinderte sie an einer patzigen Antwort.
„Sie wird schon alles richtig machen", beteuerte Gertrude, um einen Streit unter den Geschwistern vorzubeugen. „Überlegt lieber noch, was ihr euren Freunden sagen wollt. Sie könnten beleidigt sein, weil ihr bis jetzt nichts von

Meldiriel erzählt habt."

„Ach, wir sagen einfach, dass wir die Info auch erst kürzlich aufs Auge gedrückt bekommen haben."

„Gut, aber das sind trotzdem drei Versionen einer Geschichte und ihr müsst aufpassen, wem ihr was erzählt. Wenn Meldiriel erst mal da ist, wird es wahrscheinlich einfacher."

„Möglich, dann werden ihn die anderen über Island ausquetschen", warf Oskar ein. „Aber immer eins nach dem anderen!"

„Apropos Anmeldeformulare!", unterbrach Gertrude sie plötzlich. „Da fällt mir ein: Könnt ihr die vielleicht auch im Internet finden? Dann könnten wir sie doch gleich ausfüllen?"

„Ömchen, du bist die Beste!", rief Oskar und stapfte sofort die Treppe hinauf, wo man ihn in seinem Zimmer rumoren hörte, bis er kurz darauf mit ein paar Ausdrucken wieder herunter kam.

„Tataaaa! Ich sage nur Schulcloud."

„Gut, dass mir das noch eingefallen ist. Lilly, du hast die akkurateste Schrift. Kannst du sie bitte ausfüllen, während ich schnell was von oben hole", bat die Großmutter. „Ich unterschreibe dann auch, das hat ja seine Richtigkeit. Ist ja auch mein Haus."

„So", sagte sie, als sie kurz darauf wieder ins Zimmer trat und ihre Unterschrift unter den Antrag gesetzt hatte. „Was ich jetzt tue, habe ich eine Ewigkeit nicht mehr getan, und es bleibt bitte, genau wie alles andere, unser Geheimnis!"

Sie zog ein kleines, verziertes Gefäß aus der Tasche und streute etwas von seinem glitzernden Inhalt auf das Papier, wobei sie ganz leise:

Gertrude

„*Mahyr ethros ras posi*", sprach.

„Was ist das?", fragten Lilly, Till und Oskar wie aus einem Mund, während Flora nichts gesehen hatte, da sie Zack gerade einen riesigen Klecks Himbeermarmelade von der Hose wischte.

„Das ist ein kleines bisschen Feenstaub, den ich vor Urzeiten mal von Tibana bekam, und wenn wir Glück haben, wird die Schule dem Antrag nun ohne weiteres zustimmen."

„Verrückt!", grinste Lilly. „Und was hast du gesagt?"

„Bewirke, dass es wahr wird!"

„Lol!" Till und Oskar gaben Omi ein High Five. „Wir sind eine krasse Sippe."

„Ja, aber nun müsst ihr los, sonst kommt ihr gleich am ersten Tag zu spät!", mahnte Gertrude.

„Stimmt. Ich schlag vor, wir treffen uns in der ersten großen Pause vor dem Sekretariat. Wir drei, quasi die geballte Ladung. Dann können wir uns gegenseitig unterstützen und jeder weiß über alles Bescheid, wenn wir die Eltern heute Abend zutexten müssen."

„Okay, Oskar. Alles klar. Dann lasst uns mal abhauen!"

Die Großen schnappten ihre Rucksäcke und halfen Flora mit dem Ranzen, während Gertrude Zack im Auge behielt. Kurz darauf sah man die vier paarweise die Sonneberger Straße hinunter Richtung Heinrich-Böll-Gymnasium gehen.

Auf halber Strecke trafen sie wie verabredet ihre besten Freunde, die wie immer an der Ecke auf sie warteten.

Hannes gesellte sich zu Oskar, Carl zu Till und Sophie, die ihren kleinen Bruder Jannis an der Hand hielt, ging mit Lilly weiter. Sie unterhielten sich, bis die beiden Kleinen nach links zur Geschwister-Scholl-Schule abbiegen mussten. Jannis, der schon in die zweite Klasse ging, hatte versprochen, sich um Flora zu kümmern, trotzdem warteten die sechs Großen, bis sie ins Schulhaus hineingegangen waren.

Jetzt oder nie, dachte Lilly spontan und fiel gleich mit der Tür ins Haus.

„Stellt euch mal vor", verkündete sie beim Weitergehen, „wir bekommen Besuch aus Island! Irgend so ein Mel Àlfarson. Er ist der Sohn einer Freundin von Tills Eltern, die vor Urzeiten nach Island ausgewandert ist und dort geheiratet hat. Der soll Deutsch lernen, weil er später mal hier studieren will. Damit kommen unsere Oldies gestern so mir nichts dir nichts rüber. Und wir sollen den in der Schule anmelden und uns um ihn kümmern. Als hätten wir nichts Besseres zu tun."

Till und Oskar staunten über Lillys gut gespielte Entrüstung. Ihre Masche war super, und ihr Plan ging auf. Statt blöder Fragen bekamen sie bedauerndes Schulterklopfen und gute Ratschläge.

„Das wird kein Problem sein", sagte Hannes. „Am H-B-G gab's doch schon öfter Gastschüler. Ein Ire war mal da und davor zwei Franzosen aus unserer Partnerstadt. Wieso also kein Isländer?", meinte er trocken und damit war das Thema vom Tisch.

‚Das lief ja wie geschmiert', dachte Lilly zufrieden und lenkte ab, indem sie Sophie nach Neuigkeiten fragte, und sie hatte Glück. Sophie hatte sich kürzlich unsterblich verliebt und platzte fast vor Mitteilungsdrang. Sie plapperte und plapperte und alles lief darauf hinaus, Lilly zu verklickern, dass sie künftig nicht mehr so viel Zeit für sie haben würde.

„Sei nicht sauer, Lilly, aber ich bin sooo gern mit ihm zusammen. Er ist einfach toll. Das verstehst du doch, oder? Du musst einfach, du bist doch meine allerbeste Freundin."

„Ja, klar! Ich würde es genauso machen, wenn ich einen Freund hätte", sagte sie ehrlich und war froh darüber, Freizeit ohne Sophie und ohne lästige Erklärungen zu bekommen. ‚Sorry, Alrick, ich liebe dich, aber ich muss dich unterschlagen. Das ist nun mal besser so', fügte sie in Gedanken für sich selbst hinzu und war ganz zufrieden, dass der Anfang zu ihrem Abenteuer gemacht war. Und gar nicht mal so schlecht, wie sie fand.

Die ersten Unterrichtsstunden vergingen wie im Flug. Es gab viel Organisatorisches zu besprechen und aufzuschreiben. Als es dann zur großen Pause klingelte, trafen sich die drei wie verabredet vor dem Sekretariat.

„Oskar redet, wir nicken!", schlug Till vor und klopfte kräftig an die Tür.

„Herein!"

Die Sekretärin war freundlich und sehr beschäftigt und fragte, ohne aufzublicken, nach ihrem Begehr, das Oskar ihr kurz und bündig erklärte.

„Und das fällt euch auf dem letzten Drücker ein? Das kann ich ohne den Schulrat keinesfalls entscheiden! Dabei sind so viele Dinge zu beachten, seine Aufenthaltsgenehmigung, die Haftpflichtversicherung und so weiter", lehnte sie streng ab. „Außerdem brauche ich die Formulare und die Einwilligung eurer Eltern dafür. Tut mir leid, aber das geht nicht so auf …"

„Auf die Schnelle", hatte sie sagen wollen, da hielt ihr Oskar die Formulare vors Gesicht. Er hustete ein bisschen und schon wirbelte etwas Feenstaub durch die Luft. Die Sekretärin stutzte verwundert und sah endlich von ihrer Arbeit auf.
„Ach, ihr habt ja alles schon vorbereitet, dann geht das auch in Ordnung", sagte sie verträumt lächelnd, drückte einen „genehmigt"-Stempel auf den Antrag und reichte Oskar eine Kopie. „Du musst es aber noch deinem Klassenlehrer sagen."
„Mach ich", grinste Oskar zufrieden.
„Kommt einfach vorbei, wenn ihr noch Fragen habt oder Hilfe braucht."
„Alles klar! Danke!", echoten die drei, von der Wirkung des Feenstaubs beeindruckt, und machten sich unverzüglich auf und davon.

Sophie, Carl und Hannes warteten auf dem Schulhof, und Oskar wedelte schon von weitem mit dem Formular.
„Sieg auf der ganzen Linie! Hannes, du hattest mal wieder recht. Es war total easy. Der Isländer kann kommen."
„Wie der wohl aussieht?", rätselte Sophie schwärmerisch. „Ob er wohl groß und blond ist? Und blaue Augen hat? Lilly, vielleicht gefällt er dir ja, und dann können wir immer was zu viert machen. Wäre das nicht fabelhaft?"
Die Jungen grinsten, und Lilly erbleichte. An diese Nummer hatte sie gar nicht gedacht. Sophie, diese Kupplerin!
„Aber, aber, Sophie!", warf Hannes sarkastisch ein. „Es ist wahrscheinlicher, dass er grün ist, lila Zotteln und Glubschaugen hat und nur für Unterwasserfußball taugt."
„Idiot!", zischte Sophie. „Du bist ja nur selbst scharf auf Lilly."
Hannes lachte und gab Lilly einen herzhaften Kuss auf die Wange, dann hakte er sie unter und ging kichernd mit ihr in die Schule zurück.
Es stimmte, er mochte Lilly sehr und er hatte es ihr gestanden. Sie hatten darüber geredet und sich dann auf Freundschaft geeinigt. Nun lief es zwischen ihnen kameradschaftlich ab, und das war Hannes allemal lieber, als gar nichts mehr mit der hübschen, klugen und manchmal sehr ernsten Lilly zu tun zu haben.
‚Tja, neugierige Sophie', dachte er zufrieden. ‚Alles weißt du eben auch nicht.'

9
Die Sache ist geritzt

Als die Kinder weg waren, lehnte sich Gertrude zurück. Sie war eine sehr fleißige Frau, aber die Arbeit hatte keine Beine und lief nicht davon. Genussvoll trank sie eine zweite Tasse guten Kaffee und begann eine Unterhaltung mit Zack.

„Weißt du, Zack, wenn du mir ein wenig zur Hand gehst, dann sind wir schnell mit allem fertig und könnten Flora zusammen von der Schule abholen. Was meinst du dazu?"

„Fabelhaft, Großmutter! Ich helfe gerne und kann das auch wirklich erstklassig."

Gertrude lächelte, weil Zack sie wieder Großmutter genannt hatte. Der Wichteljunge hatte sie ganz offensichtlich adoptiert und in sein Herz geschlossen.

„Oh! Ich weiß, wie hervorragend eure Hilfe funktioniert und bin wirklich froh, dich im Haus zu haben."

„Und das sagst du nicht nur so?"

„Nein, mein lieber Zack. Das meine ich ernst. Du hast ja gehört, dass wir bald Besuch aus Arwarah bekommen, und dann sind wir wieder einer mehr im Haus. Die anderen werden viel für die Schule machen müssen, da haben sie kaum Zeit, um mir im Haushalt zu helfen."

„Haushalt ist mein Spezialgebiet!", prahlte Zack und tippte dabei mit dem winzigen Finger an seine Mütze. „Ich kann sogar Suppe kochen!"

„Prima! Davon brauchen wir öfter mal einen Eimer voll, wenn Hannes, Carl und Sophie beim Essen wie gewöhnlich mit von der Partie sind. Ich habe das Gefühl, du wirst mir sehr von Nutzen sein."

Großmutter hatte Zack dabei so lobend angesehen, dass er auf der Stelle drei Zentimeter wuchs. „Dann fange ich sofort an", sagte er eifrig und es fiel Gertrude nicht ein, ihn auszubremsen. Sie ließ ihn schalten und walten, bis die Küche blitzeblank war. Sie freute sich und dachte daran, wie es vor langer Zeit gewesen sein musste, als die dienstbaren Wichtelleute noch in vielen Haushalten gewohnt hatten. ‚Schade, dass man das verdorben hat', dachte sie mit Bedauern, als sich Zack zufrieden vor ihr auf den Tisch stellte und nach mehr Arbeit fragte.

„Großer Gott, Zack, du bist ja so schnell wie die Feuerwehr. Da kann ich ja gar nicht mithalten. Kochen müssen wir noch und die Wäsche machen. Dann

können wir feinen Saft trinken und anschließend zu Flora fahren. Du weißt ja, ich laufe nicht mehr ganz so schnell."
Das war Zack egal, er war einfach Feuer und Flamme, dass er einmal etwas ohne seine Geschwister leisten konnte.
„Kochen, kochen, kochen", sang er leise vor sich hin.
„Was hältst du von einem frischen Gemüseeintopf, mein fröhlicher kleiner Helfer? Und dazu nehmen wir vorsichtshalber den ganz großen Topf. Ich habe das Gefühl, wir werden heute jede Menge junge Leute zu bewirten haben."
Das war ganz nach Zacks Geschmack. Je größer der Topf, umso besser. Er zeigte mit seinem winzigen Fingerchen auf den riesigen Kessel, den Oskar immer Hexenkessel nannte, ließ ihn einen filmreifen Purzelbaum schlagen und setzte ihn sacht auf der Arbeitsplatte ab. Dann machte er eine Verbeugung wie ein Zirkusdirektor und drehte sich wieder zu Gertrude um.
„Gibt es auch Puffing? Ich mag Puffing!"
„Oh, es heißt Pudding. Und natürlich gibt es welchen. Was wäre denn ein Eintopf ohne Pudding danach? Und dazu servieren wir ein paar frische Brombeeren. Auf geht's, lass uns Gemüse schnippeln."
Das Kochen ging so schnell und kinderleicht, dass Gertrude nicht aus dem Staunen herauskam. Ehe sie sich versah, war alles aufs Feinste zubereitet.
„Ach Zack, du bist wirklich ein Hauptgewinn für mich. Was bin ich froh, dass du bei mir bist und nicht in der Schule. Allein wäre ich noch lange nicht fertig. Ich werde dich bei Tibana loben, dann verzeiht sie dir sicher, dass du einfach hiergeblieben bist."
„Au fein! Dann bleibe ich auch morgen und übermorgen bei dir und wir holen Flora immer ab. Das ist sogar besser, als unsichtbar in der Klasse zu hocken. Und Flora zeigt mir dann später, was sie gelernt hat."
Gertrude lächelte. „Genauso machen wir das!"
Als nächstes saß Zack fröhlich auf Gertrudes Schulter und ließ den großen Wäschekorb in den Garten schweben. Sein neues Leben gefiel ihm so gut, dass er meinte, er könnte das einhundert Menschenjahre lang aushalten.
„Lass mich die Wäsche aufhängen, Zack."
„Aber wieso denn Großmutter?"
„Weil ich denke, dass wir eine Menge Ärger bekommen würden, wenn die Nachbarn die Wäsche allein auf die Leine fliegen sehen."
„Die sind aber blöd. Kennen die keine Wichtel?"
„Du weißt doch längst, dass die meisten Menschen nicht mehr an die Existenz von Wichteln, Feen und Elfen glauben! Sie wurden in dieser Welt einfach

vergessen. Schade, nicht wahr?"
Zack antwortete nicht, sondern saß, unter Kater Moritz' Missbilligung, auf der Hollywoodschaukel und grübelte.
„Glaubt man dann, du wärst eine Hexe, Großmutter, wenn deine Wäsche allein auf die Leine flutscht?"
„So etwas Ähnliches bestimmt", lächelte die Großmutter. „Die sind sowieso schon immer neidisch auf meine extra großen Früchte und Blüten."
„Und wieso sind die so groß?"
„Weil du nicht mein einziger Helfer aus Arwarah bist. Die Dryaden gehen mir manchmal heimlich zur Hand. Die kennen sich mit Pflanzen wirklich gut aus und lassen alles prächtig wachsen und gedeihen."
Zack schaukelte etwas heftiger, sodass Moritz wutentbrannt von der Schaukel sprang.
„Die Menschen sind blöd, Großmutter. Die wissen gar nicht, wie toll es wäre, wenn sich alle gut kennen und vertragen würden, nicht wahr?"
Gertrude setzte sich auf die Schaukel und nahm Zack auf den Schoß. „Da hast du recht, Zack, sehr sogar! Und wir müssen unbedingt dafür sorgen, dass es nicht noch schlimmer wird. Farzanah ist böse. Sie weiß es auszunutzen, wenn alle uneins sind, sich bekämpfen und alles kaputt machen. So, wie es zuletzt in Arwarah war. Furchtbar!"
„Und die Menschen? Sind die auch manchmal böse miteinander und machen Häuser und Dinge kaputt?"
„Leider ja, und zwar viel zu oft. Man nennt es Krieg. Es ist noch nicht einmal einhundert Jahre her, da gab es einen großen Krieg, den die Menschen den 2. Weltkrieg nennen. Der war schrecklich! So etwas darf nicht noch einmal passieren. Weder hier noch in Arwarah."
Bei diesen Worten drückte Gertrude Zack fest an sich, und der kleine Kerl begriff, wie wichtig das für sie war. Aber dann lachte sie wieder und rief: „Zeig, was du kannst, und lass uns bitte etwas Limonade herbeifliegen. Zitrone, wenn ich bitten darf!"
Sie schaukelten noch eine Weile, tranken Limonade und ließen sich die Sonne ins Gesicht scheinen. So verging die Zeit recht schnell und bald schon mussten sie sich mit Gertrudes kleinem Auto auf den Weg zur Schule machen.

Flora freute sich wie verrückt, als sie nach dem letzten Klingeln auf den Schulhof stürmte und dort ihre Oma sah. Sie übergab ihr den Ranzen und

wollte gerade losprudeln und alles erzählen, als sie am Ohr gekitzelt wurde.
„Zack!", flüsterte sie. „Du bist auch hier? Das ist aber schön!"
„Ich war brav, da hat Großmutter mich mitgenommen. Zeig mir die Schule, Flora, bitte, bitte!"
Als Großmutter nickte, kehrten sie gemeinsam in das große, kühle Schulhaus zurück, über dessen Eingangstüren noch aus alter Zeit „Knaben" und „Mädchen" geschrieben stand.
Zack, der klugerweise unsichtbar blieb, war ganz ergriffen. Dieses Schulhaus war echt zu riesig für einen einzelnen Wichtel, und plötzlich hatte er Mitleid mit Flora, die gar nicht so viel größer war als er selbst.
„Arme Flora! In diesem riesigen Haus würde ich mich alleine fürchten, wirklich."
„Und heute früh wolltest du mich noch beschützen!", lachte Flora. „Hier ist es eigentlich schön und von den vielen Kindern kenne ich einige schon aus dem Kindergarten."
„Da bin ich aber froh!", wisperte Zack erleichtert, als sie den Gang zum Klassenzimmer entlangliefen und plötzlich auf die Lehrerin trafen.
„Na, was machst du denn noch hier?", fragte sie freundlich. „Hast du etwas vergessen?"
„Nein, ich bin mit meiner Omi hier!", antwortete Flora schüchtern.
„Guten Tag! Ich bin Gertrude Herrmann, Floras Großmutter. Ich werde sie meistens von der Schule abholen, und heute wollte ich gern sehen, wo mein Enkelchen die Schulbank drückt. Sind Sie die Klassenlehrerin?"
Die Lehrerin nickte und reichte ihr lächelnd die Hand. Sie war von Gertrudes Interesse geschmeichelt. Es kam nicht oft vor, dass sich sogar die Großeltern in der Schule sehen ließen. „Von mir aus darfst du deiner Omi das Klassenzimmer gern zeigen, wenn du die Tür danach wieder richtig zumachst", sagte sie freundlich. „Ich muss leider weiter! Hat mich gefreut! Bis morgen dann!"
„Bis morgen!", erwiderte Flora und fühlte sich wichtig, als sie die Tür zum Klassenraum öffnete, der hell und freundlich war. Zur Begrüßung der Neulinge waren seine großen Fenster mit Wimpeln und kleinen Zuckertüten geschmückt.
„Was ist denn das für ein riesiges grünes Ding da?", fragte Zack und hüpfte über die Tische nach vorn.
„Das ist die Tafel. Die Lehrerin schreibt mit Kreide darauf."
„Wieso schreibt sie denn darauf, wenn du doch überhaupt noch nicht lesen kannst?"
„Sie bringt es uns bei. Erst nur Striche und dann ganze Buchstaben. Wirst

sehen, bald kann ich ganz alleine lesen!"

Zack guckte skeptisch. „Gut!", sagte er dann, nachdem er eine Weile nachgedacht hatte. „Du machst es mit mir zu Hause genauso! Erst Striche, und dann ganze Buchstaben. Dann kann ich bald genauso schnell lesen und schreiben wie du!"

‚Na, das kann ja lustig werden', dachte Gertrude amüsiert und wandte sich zum Gehen.

Als sie die Tür erreichten, drehte Zack sich noch einmal um. Er hob seine Händchen und plötzlich prangten herrlich bunte Kreideblumen, Schmetterlinge und kleine Vögel auf der gesamten Tafelfläche.

‚Sieht gleich viel besser aus als dieses öde Grün', dachte er zufrieden und ritt unsichtbar auf Floras Schulter zum Auto hinaus.

Als sie zu Hause ankamen, trafen Oskar, Till und Lilly auch schon ein und wie es Gertrude vorausgesehen hatte, waren Hannes, Carl und Sophie auch dabei. Es kam schließlich nicht in Frage, sich am ersten Tag nach den Ferien so schnell wieder zu trennen. Außerdem hatten alle Hunger, und Gertrudes Essen war legendär.

„Gut, dass ihr auch schon kommt, Ömchen. Uns hängt der Magen in den Kniekehlen!", begrüßte Oskar sie lachend und nahm ihr Floras Ranzen ab.

„Oh, das ist schlecht, mein Großer. Ans Essen kochen habe ich heute noch gar nicht gedacht. Vielleicht könntet ihr euch selbst mal was …"

Sie hatte den Scherz noch nicht ausgesprochen, da bekam sie von Till einen Kuss auf die Wange.

„Netter Versuch, Omi, aber wir haben den Hexenkessel und den großen Kübel Pudding schon längst entdeckt."

„Dann machen wir der Sache doch ein schnelles Ende!", antwortete Gertrude zufrieden lächelnd und beeilte sich, zwei Portionen für Philipp und Lucie zu sichern.

Danach nahm sie am großen Tisch Platz und staunte, wie schnell die Suppe in den hungrigen Bäuchen der sieben jungen Leute verschwunden war. Zack saß unsichtbar bei Flora und aß mit von ihrem Teller, wobei er leise „Puffing, Puffing, Puffing" sang, was aber im allgemeinen Stimmengewirr nur Flora hörte.

Nach dem Essen scheuchte Oma die Bande in den Garten hinaus, wo sie ihre Stühle rund um Floras kleines Bassin stellten. Sie hängten die Beine ins Wasser und ließen sich mit geschlossenen Augen die Sonne auf den Bauch scheinen. Herrlich!
Als Gertrude und Zack mit der Küche fertig waren, ging Flora mit ihm zum „Striche üben" in ihr Zimmer hinauf, und Gertrude beschloss, ein Nickerchen zu machen. Das Haus war sauber, die Wäsche zusammengelegt und ein nicht unbeträchtlicher Teil der Menschheit gesättigt. Da waren ein paar Schnarcher ja wohl erlaubt.

Die Dauergäste, auch beste Freunde genannt, machten sich erst auf den Weg, als die Eltern kamen.
„Es sieht so aus", sagte Philipp grinsend zu Gertrude, die gerade die Treppe herunterkam, „als hättest du die Hungersnot in diesem Teil Thüringens erfolgreich getilgt!"
„Jawohl. Aber du behauptest ja immer, dass die Jugend unsere Zukunft ist, und darum halte ich das für eine sinnvolle Investition. Allerdings habe ich vorher für dich und Lucie Essen zur Seite gestellt. Das war mir genauso wichtig!"
„Kluge Entscheidung, Schwiegermama", sagte Philipp, hakte sie unter und ging mit ihr in die Küche hinein.
Als sie gegessen hatten, nahm sich jeder eine große Tasse Nachmittagskaffee und ging damit in den Garten hinaus. Die Eltern setzten sich entspannt zu Moritz auf die Hollywoodschaukel.
„Es ist einfach herrlich hier!", sagte Lucie und streichelte über das samtweiche Katerfell. „Wie gut dir das immer gelingt, Mutter! Ich finde, unser Garten ist weit und breit der prächtigste."
„Danke!", sagte Gertrude und dachte für sich: ‚Ich werde es den Dryaden ausrichten, wenn ich sie wieder sehe.'
„Und weil es bei uns so schön ist, haben wir gedacht, dass wir das alles hier für kurze Zeit mit jemandem teilen könnten", platzte Till in die Idylle hinein.
„Großer Gott, Till, du willst doch nicht etwa sagen, dass Carl, die Fressraupe, hier einzieht – oder hast du vor zu heiraten?", fragte Philipp halb scherzhaft, halb ernst.
„Nahe dran, Dad!", meinte Oskar, der seinen Stuhl inzwischen herangerückt hatte.
„Hannes etwa?"
„Nein, wir wollen jemandem helfen, den ihr nicht kennt. Einem Gastschüler

aus Island. Und bevor ihr nein sagen könnt, müsst ihr wissen: Ich habe in der Schule schon zugesagt."
„Alter Schwede! Das nenne ich Nägel mit Köpfen machen! Fragen müsst ihr wohl gar nicht mehr?", mischte sich Lucie entrüstet ein.
„Es war ein bisschen peinlich, Paps. Seine Unterbringung ist in letzter Minute geplatzt. Die haben in der ganzen Schule gefragt, und niemand wollte ihn aufnehmen. Da haben wir Oma angerufen, und weil sie sagte, dass es ihr nichts ausmacht, haben wir zugesagt."
Lilly schwindelte so aalglatt, dass den anderen fast die Spucke wegblieb und Gertrude sich vor Verlegenheit auf die Unterlippe biss. Sie fühlte sich schuldig, weil sie es ihr Lebtag nicht fertiggebracht hatte, Philipp und Lucie von Arwarah zu überzeugen.
„Und Island ist so spannend. Vielleicht können wir ihn später mal zu Hause besuchen. Bitte, bitte!"
Lilly sah ihre Eltern flehentlich an, während Till und Oskar versuchten, recht unschuldig auszusehen.
„Tja, Lucie, offensichtlich wird unsere Meinung hin und wieder nicht mehr gebraucht."
„Das ist doch gut, mein Schatz, da haben wir mehr Zeit für uns. Vielleicht werden sie dann auch in Kürze ihr Essen selbst kochen und ihre Klamotten einkaufen."
„Ach bitte, ihr sagt immer, dass man hilfsbereit sein soll, und wir finden es richtig!", bettelte Lilly weiter, während Oskar das bestätigte Anmeldeformular holte. Er ging zur Schaukel und hielt es den Eltern so ruckartig unter die Nase, dass der restliche Feenstaub aufwirbelte und damit war die Sache perfekt.
„Schon gut, ihr großen und mittelgroßen Quälgeister, aber ihr bereitet alles selbst vor und kümmert euch um ihn. Er soll sich wie zu Hause fühlen. Versprochen?"
„Versprochen, und ihr seid die Besten!", rief Lilly hocherfreut und ließ sich mit ausgebreiteten Armen auf ihre Eltern fallen, während Oskar und Till es vorzogen, sich cool und sachlich zu bedanken.

10
Ulion, der Dieb

Es war noch früh am Morgen, als Alrick zum Luftschnappen auf den Burghof ging. Er hatte kaum geschlafen, weil ihm der Verlust seiner Flöte Höllenqualen bereitete.
‚Man nennt mich Hüter des Tores und Alrick Flötenspieler, dabei sollte man mich lieber dümmster Elf Arwarahs rufen', schimpfte er mit sich selbst und war vor Müdigkeit und Selbstzweifel nicht in der Lage, logisch zu denken. Meldiriel, der ebenfalls früh wach war, fand ihn im Zustand völliger Selbstzermürbung, auf der Treppe sitzend. *„Mae govannen,* Alrick!"
„Hm!", knurrte der nur, da ihm nicht nach Reden zu Mute war, aber Meldiriel ließ sich nicht abschrecken, sondern setzte sich zu ihm. „Ich weiß, worüber du nachdenkst."
„Ach, ja?", antwortete Alrick unwirsch.
„Du denkst an deine Flöte", sagte Meldiriel verständnisvoll.
Alrick zog die Brauen hoch. „Ja, aber spar dir die Kritik. Die kann ich gerade nicht ertragen."
„Kritik? Die steht mir doch gar nicht zu! Ich wollte mit dir über Saalfeld reden."
„Ach so, aber mach's kurz, ich muss nachdenken!"
„Ja, aber der Auftrag ist mir wichtig! Wenn du mir sagst, was ich über das Haus und die Leute wissen muss, dann helfe ich dir, deine Flöte zu suchen. Einverstanden?"
„Entschuldige!", sagte Alrick verlegen. „Ich war unfreundlich, aber ich verstehe einfach nicht, wie und wann sie mir abhandengekommen ist."
„Weißt du was? Wir gehen hinein und sehen zu, dass wir schon etwas zu essen bekommen und dabei überlegen wir uns was", schlug Meldiriel vor.
Als Alricks Magen zur Antwort laut knurrte, grinsten sie und gingen Richtung Küche, die sich im Erdgeschoss der Burg befand. Der köstliche Duft von frisch gebackenem Elfenbrot und Kaffee zog sie magisch an.
Sie traten ein und grüßten das fleißige Küchenvolk. Auf einen Wink des Küchenmeisters setzten sie sich an den großen Tisch, der für die Mägde und Knechte in der Backstube stand. Die Leute freuten sich über den ehrenvollen Besuch, deckten rasch die Plätze ein und ehe sich die Beiden versahen, landeten zwei warme, duftende Elfenbrote auf ihren Tellern. Kaltes Huhn, Marme-

lade, Butter und Rührei folgten, und ein Krug duftender Malzkaffee dazu.
Sie dankten dem Koch und widmeten sich ihrem Mahl, bis Meldiriel die genussvolle Stille nach einer Weile unterbrach. „Kannst du mir das Haus beschreiben, in dem ich in der Menschenwelt wohnen soll?"
„Besser als das!" Alrick lachte und ließ mit einem Gedächtniszauber das Haus und den Garten seiner Freunde auf den blanken Fenstern der Küche erscheinen.
„Wie machst du das?", fragte Meldiriel beeindruckt, als Oskars Zimmer mit dem Schlagzeug und den Postern an der Wand erschien.
„Weiß nicht! Ich kann das schon immer. Lilly nennt es fotografisches Gedächtnis", sagte er schulterzuckend und wechselte in ihr Zimmer mit dem Teleskop und den Bildern von Mondphasen an der Wand. Die Zimmer von Till und Flora folgten und natürlich auch Großmutters gemütliche Stube mit dem großen Ohrensessel und dem Feenspiegel.
„In Lucies und Phillips Zimmer war ich nie", erklärte er Meldiriel. „Das Leben findet meist in der gemütlichen Küche statt. Es wird dir gefallen", meinte er zuversichtlich und zeigte die Gesichter der Familie. „Ich wünschte, ich könnte selbst dort sein", sagte er traurig, als Lillys Bild auf der Scheibe erschien.
„Und mit wem darf ich frei reden und mit wem nicht?"
„Till, Lilly und Gertrude sind eingeweiht. Oskar erst seit kurzem und Flora weiß zwar Bescheid, aber die ist eben noch klein. Die Eltern sind nett, aber von Arwarah wissen sie bisher nichts. Die Freunde haben keine Ahnung, und das muss unbedingt so bleiben!"
„Lilly ist sehr hübsch, findest du nicht?"
„Ja, ist sie! Und ich sage dir gleich: Pfoten weg von ihr! Sie ist meine Freundin. Ich habe mich sofort in sie verliebt, als sie und Till mich vor einem Jahr von Farzanahs Bann erlöst haben."
Meldiriel grinste über die heftige Reaktion seines neuen Freundes.
„Keine Sorge. Es ist schön, dass du sie hast. Ich wollte dich nur ein bisschen aufziehen."
Alrick biss sich verlegen auf die Unterlippe. So richtig traute er Meldiriel nicht. Aber er vertraute Lilly. Sie würde nichts tun, was ihn verletzt. Da war er sich ganz sicher.
Meldiriel schob nachdenklich eine lange Haarsträhne hinter sein spitzes Ohr.
„Ich werde mich hauptsächlich an Oskar halten. Findest du nicht, dass er etwas von einem Elfen an sich hat? Seine Fähigkeit zur Telepathie zum Beispiel. Komisch, oder?"
„Das und seine langen Haare vielleicht, aber sonst gibt's da eigentlich nichts."

Alrick zuckte die Schultern. Was spielte das für eine Rolle, wer wie aussah? Er hatte wirklich andere Probleme. „Können wir uns jetzt der Sache mit der Flöte zuwenden?"
„Klar! Sag mir nur noch, wie wir das mit der Menschenkleidung machen. Bekomme ich die schon hier?"
„Darum kümmert sich Tibana. Auch um ein paar Papiere, die du vielleicht brauchst."
„Gut. Dann lass uns jetzt den gestrigen Abend rekonstruieren."
„Was? Wozu?"
„Gestern sagtest du, dass du die Flöte bei Tibana noch hattest und dass es unwahrscheinlich ist, dass du sie auf dem Flug verloren hast."
„Ja und?"
„Dann muss sie folglich hier abhandengekommen sein. Verloren oder gestohlen! Wir gehen jetzt hinaus und machen alles noch einmal so wie bei deiner Ankunft. Vielleicht finden wir sie, oder du erinnerst dich an etwas Ungewöhnliches."
Alrick seufzte. Er versprach sich nichts von dieser Taktik, aber da er selbst keine bessere Idee hatte, führte er Meldiriel zu der Stelle auf dem Burghof, wo ihn die Krähe tags zuvor abgesetzt hatte. Das Areal dort war gepflastert und übersichtlich. Er hätte es sicher gehört, wenn die Flöte dort zu Boden gefallen wäre. Trotzdem suchten sie den Umkreis ab und gingen dann, die Augen immer auf den Boden gerichtet, bis zur großen Treppe am Herrenhaus. Als Alrick die ersten beiden Stufen nahm, fiel es ihm plötzlich wie Schuppen von den Augen und er setzte sich erschüttert hin.
„Was ist mit dir, Bruder?", fragte Arindal, der eilig die Treppe herunterkam. Er hatte die jungen Elfen vom Fenster seines Gemachs aus beobachtet und ihre Absicht erraten.
„Gestern, auf meinem Weg zu dir, hat mich hier auf der Treppe ein Elf grob angerempelt und ist hastig weitergelaufen, als ich ihn zur Rede stellen wollte. Das war unhöflich, aber in Gedanken war ich schon bei dir und dem, was ich zu sagen hatte, sodass ich die Begegnung schlichtweg vergaß. Jetzt denke ich, dass er mich beim Anrempeln womöglich bestohlen hat!" Die Verzweiflung stand in Alricks Gesicht geschrieben. „Es tut mir leid, Arindal. Wenn ich mich doch nur eher erinnert hätte!"
„Gräme dich nicht! Wir werden Dieb und Flöte finden. Noch ist nichts verloren! Kannst du uns sein Angesicht zeigen?"
Alrick blickte sich um und lief dann zum Brunnen, um das Gesicht des Elfen auf der klaren Wasseroberfläche erscheinen zu lassen. Er hatte es nur kurz

gesehen, aber die Projizierung war gut genug, dass man ein junges, eigenwillig schönes Antlitz erkannte, das von langem kohlschwarzem Haar umrahmt war. Er wirkte nicht unfreundlich, aber die kalten grünen Augen unter den diabolisch geschwungenen Brauen und ein harter Zug um den Mund gaben seinem Gesichtsausdruck etwas hämisch Verschlagenes.

„Was ist mit dem Bengel?", fragte Rinal erstaunt, der aus den Ställen kommend zu ihnen trat.

„Das ist der Elf, der vermutlich Alricks Flöte gestohlen hat", antwortete der König. „Wir kennen ihn nicht, aber deine Frage klang, als hättest du ihn schon einmal gesehen."

„Und ob ich das habe, mein König. Sein Name ist Ulion, und er ist ein heller Kopf. Er tauchte von Zeit zu Zeit hier auf und machte sich beim Wiederaufbau nützlich. Als Erlwik vor drei Tagen krank wurde, bat ich ihn, dessen Arbeit im Krähenhorst zu übernehmen. Das ging zwei Tage lang gut, aber als ich heute die Morgenrunde machte, fand ich die Ställe verschmutzt und die Krähen ohne Futter. Ich begann, nach ihm zu suchen und traf so auf Euch."

„Beim allmächtigen Feenzauber, das ist dreist", fluchte Alrick erbost. „Womöglich ist er Farzanahs Lakai. Er hat spioniert und auf eine Gelegenheit zum Diebstahl gewartet. Wir müssen ihm sofort folgen, vielleicht kriegen wir ihn noch!"

„Ja! Wahrscheinlich weiß er, wo Farzanah ist und will ihr die Flöte übergeben", überlegte Arindal laut. „Aber er hat einen erheblichen Vorsprung und wir wissen nicht, ob er zu Fuß unterwegs ist."

„Richtig, Herr! Sagt an, was wir tun sollen!"

„Alrick und Meldiriel, ihr sprecht mit Alarion und Imion. Zeigt allen Ulions Bild und sucht die Burg und die nähere Umgebung nach ihm ab. Nehmt euch so viele Helfer, wie ihr braucht. Rinal, Lindriel und ich fliegen derweil den weiteren Umkreis ab. Wenn er den Schutz des Waldes verlässt, könnten wir ihn vielleicht noch aufspüren. Seid gründlich!"

Gesagt, getan! Während der König mit Rinal und Lindriel zum Krähenhorst eilte, liefen Alrick und Meldiriel in die Burg, um alle zu wecken. Sie nutzten die silberne Alarmglocke, um die verschlafenen Elfen in der großen Halle zusammenzurufen.

Alrick setzte die verwunderte Schar in Kenntnis und projizierte dabei das Bild des Diebes auf einen der Spiegel, die dort angebracht waren. Ob Bedienteter oder Elfenritter, ob jung oder alt, alle machten sich sofort auf die Suche. Ein paar Stunden lang drehten sie jeden Stein um, öffneten alle Türen, sahen unter oder in jedem Bottich und in jeder Truhe nach und blieben doch ohne Erfolg. Nichts, absolut nichts. Ulion blieb verschwunden und hatte nicht eine einzige Spur hinterlassen. Es war geradeso, als wäre er überhaupt nicht dagewesen.

Als Alrick die Helfer schließlich entließ, standen die Vier resigniert auf dem Burghof zusammen. Sie hielten Ausschau nach den Krähen und hofften auf Arindals Erfolg. Es dauerte auch gar nicht lange, da waren sie am Himmel auszumachen. Mit großer Enttäuschung sahen die Wartenden, dass sie allein waren. Sie landeten sacht und standen Sekunden später neben dem kleinen Trupp. Als plötzlich alle durcheinander sprachen, hob der König beschwichtigend die Hand.

„Aus euren Worten entnehme ich, dass ihr ihn nicht gefunden habt. Das ist mehr als bedauerlich, denn auch wir konnten nicht die geringste Spur von ihm finden. Trotzdem darf die Flöte nicht verloren sein! Folgt mir zum Rittersaal! Wir müssen unser weiteres Vorgehen abstimmen."

Als sie an der Tafel Platz genommen hatten, gab ihnen der König kurze, präzise Anweisungen.

„Ich habe beschlossen, dass wir die Suche nach Ulion in alle Richtungen fortsetzen werden. Egal, wie vorsichtig er ist, irgendwo muss er eine Spur hinterlassen haben. Eine Raststelle, ein ausgebranntes Feuer, Fußabdrücke am Bach, wenn er trinkt oder sich wäscht. Irgendetwas!

Alrick, du begleitest Meldiriel morgen wie geplant zu Tibana, die ihn mit allem Notwendigen für die Menschenwelt ausstatten wird. Bleibt dort, bis euch die Herrin der Quellen den Schlüssel für die Passage gegeben hat. Da wir die Krähen für die Suche brauchen, müsst ihr den langen Weg leider zu Fuß gehen. Haltet die Augen offen und seid vorsichtig!

Alarion und ich brechen morgen auf, um das Elfenlicht in den Schutz der Drachen zu bringen. Sefnaär ist Farzanah gewachsen und wird es notfalls mit seinem Leben beschützen.

Imion und Rinal, ihr stellt noch einmal Trupps zusammen und durchkämmt die Wälder. Bitte seid alle vorsichtig. Es könnte möglich sein, dass er gefährliche Helfershelfer hat. Möchte noch jemand etwas hinzufügen?"

„Nein, mein König, wir haben verstanden und sind bereit!", antwortete Rinal für alle.

„Gut, dann versorgt euch mit allem Nötigen und lasst uns nachher noch einmal zusammen speisen."

Sie standen auf und legten als Symbol ihrer Treue die rechte Hand auf ihr Herz, während Arindal leise einen Zauberspruch sagte, der sie beschützen würde. Er legte sich als unsichtbarer Hauch über die Elfen und verlieh ihnen zusätzlich Stärke und Mut.

König Arindal

II

Der Weltenbaum

Als Alrick am Morgen die Augen aufschlug, fühlte er sich kaum erfrischt. Er blickte zu Meldiriel, mit dem er sich das Zimmer teilte, und fand ihn ebenfalls wach. Sie nickten sich zu und legten in stillem Einvernehmen ihre Reisekleidung an. Vorsichtshalber schulterten sie die Bogen und steckten die Messer in ihre Gürtel.
Dann nahmen sie ihre Bündel und gingen, wie tags zuvor, in die Küche für ein frühes Mahl und um sich mit Proviant zu versorgen. Sie waren schon unterwegs, ehe die Sonne Arwarahs auf ihren Weg schien.
Da beide keine großen Schwätzer waren, liefen sie lange Zeit stumm nebeneinanderher. Der Wald war dicht, geheimnisvoll und so alt wie Arwarah selbst. Die Luft war sauber und duftete nach Pilzen, Gras und Harz. Sie hielten Augen und Ohren offen und freuten sich über die Vielfalt der Bäume, Pflanzen und Tiere, während sie leichtfüßig über das weiche Moos liefen. Rotwild knabberte an grünen Büschen, bunte Vögel saßen in den dichten Baumkronen und zwitscherten fröhlich ihr Morgenlied.
Die jungen Elfen wussten, dass dieser Wald das mystische Heiligtum der Waldelfen war, in dem weder gejagt noch gewohnt werden durfte. Dieses Wissen und der Ernst der Lage lasteten auf ihren Gemütern.
„Denkst du, dass Farzanah wirklich auf der Suche nach dem dritten Zepterteil in der Menschenwelt ist?", fragte Meldiriel plötzlich und blieb stehen.
„Ich hoffe nicht! Wie kommst du jetzt darauf?"
„Ich habe darüber nachgedacht. Wenn Ulion die Flöte in ihrem Auftrag gestohlen hat, wird er sie so schnell wie möglich gegen seine Belohnung eintauschen wollen", meinte Meldiriel.
„Stimmt! Und wenn sie ausgesperrt ist, geht das ja nicht", führte Alrick seine Gedanken weiter aus.
„Genau! Wie viele Tore gibt es überhaupt?"
„Da fragst du den Falschen. Ich kenne nur zwei. Das Wassertor, das hinter der Gralsburg liegt und mittels der Flöte und dem Boot genutzt werden kann, und das am kleinen Weiher, das früher, unter normalen Umständen, für die Tänzer zur Verfügung stand. Auf jeden Fall sind beide zu."
„Hm? Dieser Ulion ist nur ein gewöhnlicher Dieb, aber was denkst du über Farzanah? Ist sie mächtig genug, um die Tore trotz allem zu nutzen?

Vielleicht kann sie ihm eine Passage ermöglichen, so wie die Herrin der Quellen für mich."

„Mann, du stellst vielleicht Fragen!", protestierte Alrick. „Das weiß ich doch nicht. Wahrscheinlich weiß es keiner, und darum ist es ja so wichtig, dass du hinübergehst und auf die Menschen aufpasst. Genau aus diesem Grund bin ich dir nun schon zum zweiten Mal zu Dank verpflichtet!"

„Wofür denn?", fragte Meldiriel erstaunt.

„Dass du auf meine Lilly und ihre Familie achtgeben wirst, und dass du mir mit dem Dieb auf die Sprünge geholfen hast. Es ist schließlich etwas anderes, heimtückisch bestohlen zu werden, als etwas so Wichtiges wie meine Flöte aus Dummheit zu verlieren."

„Eine Frage der Ehre, was?", feixte Meldiriel.

„Ja, so etwas in der Art", grinste Alrick zurück. „Und damit du schnell hinüberkommst, schlage ich vor, dass wir eine Abkürzung quer durch den Wald nehmen. Was meinst du?"

„Einverstanden! Ulion wird sowieso nicht auf den allbekannten Pfaden gehen!" Also ließen sie den Pfad hinter sich und liefen immer tiefer in den dichten Wald hinein. Sie folgten einem kleinen Bachlauf und fühlten sich von magischen Kräften gelenkt.

Sie waren weit gegangen, als sich plötzlich vor ihnen eine Schneise auftat, die zu einer kreisrunden Lichtung führte. In ihrem Zentrum wuchs eine riesige, wohl eintausend Jahre alte Steineiche. Ihre Rinde war rau und ihr Stamm war so dick, dass ihn vier ausgewachsene Männer nicht umfassen konnten. Majestätisch und erhaben reckte sie ihre knorpeligen Äste und Zweige gen Himmel und sah aus, als könnte ihr Nichts und Niemand jemals etwas anhaben. Die jungen Elfen blieben ehrfürchtig und beeindruckt am Rand der Lichtung stehen.

„Ist das ein heiliger Ort?", flüsterte Meldiriel, der Plätze zur Verehrung von Naturgeistern aus Island kannte.

„Ich weiß es nicht. Aber es scheint mir, als ob dieser Baum der Hüter des Waldes ist!"

„Es ist Zeit, eine Rast einzulegen. Lass es uns hier bei der Eiche tun", bat Meldiriel. „Wir können ihr unsere Wünsche sagen und sie um Glück und Schutz für unseren Auftrag bitten, so, wie es in Island der Brauch ist."

Alrick nickte und folgte Meldiriel lautlos durch das weiche Gras. Je näher sie kamen, umso deutlicher nahmen sie die geheimnisvolle Kraft der Eiche wahr. Ihre Haut prickelte von unsichtbarer Energie und fühlte sich wärmer an, während sich die kleinen Haare im Nacken und auf den Unterarmen aufrichteten.

Sie verneigten sich vor dem Giganten, setzten sich ihm gegenüber ins Gras und begannen in Gedanken eine Zwiesprache mit ihm. Sie baten die uralten Mächte des Waldes um Frieden für Arwarah und um Schutz für sich und für die, die sie liebten.

Sie waren noch ganz in ihre Meditation vertieft, als sich ein Rauschen in den Zweigen des mächtigen Baumes erhob, sodass sie erstaunt ihre Augen öffneten.

„Siehst du das auch?", flüsterte Alrick, als plötzlich ein sonderbares Zeichen auf dem rissigen Stamm der Eiche erschien. Es sah aus wie ein brennendes Tor, das von der Wurzel bis zur Krone reichte.

„Es ist eindeutig da!", antwortete Meldiriel ebenso leise, und obwohl sie nicht wussten was geschah, hatten sie keine Angst, sondern das gute Gefühl, geborgen zu sein.

„Was sollen wir tun?", flüsterte Alrick wieder.

„Keine Ahnung!", erwiderte Meldiriel und so verharrten sie regungslos und betrachteten das flammende Tor.

Plötzlich zuckte eine gleißende Blitzgabel über den Himmel, der ein gewaltiger Donner folgte, und das Licht unnatürlich grün färbte. Die Eiche richtete sich auf und streckte ihre Äste in doppelter Größe gen Himmel, sodass sie die Lichtung überdachten wie die gewölbte Decke einer Kathedrale. Das Rauschen nahm zu, und plötzlich ertönte eine kraftvolle Stimme daraus: „Dank sei euch, junge Elfenritter, dass ihr dem Ruf dieses magischen Ortes gefolgt seid! Ich habe eure Bitten wohlwollend vernommen!", donnerte sie, während das Licht um sie herum jetzt in gleißendem Weiß erstrahlte.

„Hört mich an! Ich bin so alt wie die Welt! Ich verbinde das Leben unter der Erde mit dem Leben über der Erde und mit dem Göttlichen! Dies ist ein spiritueller Ort, an dem sich Arwarahs Kraftlinien kreuzen. Die Geister dieses Waldes sind erhabene Richter und dulden das Böse nicht! Sie wissen, dass sich Farzanah zum zweiten Male vom Licht abgekehrt hat. Sie missbraucht das alte Wissen und ihre magische Kraft, um andere in die Knechtschaft zu zwingen. Sie ist eine unbelehrbare Tyrannin und erstrebt die Herrschaft, die allein dem König zusteht. Der uralte Kodex aller magischen Geschöpfe verlangt, dass jeglicher Missbrauch geahndet wird. Folglich verdient es Farzanah nicht länger, ein angesehenes Mitglied der Gemeinschaft Arwarahs zu sein. Seid unserer Hilfe gewiss! Bringt die dunkle Fee hierher! Dies ist der Ort, an dem Recht gesprochen und das Urteil vollstreckt werden wird! Was euch betrifft, so kenne ich euren Weg und weiß, dass ihr in Eile seid. Nehmt das Boot, das unterhalb der Lichtung am Bachufer liegt. Es wird euch auf dem kürzesten Weg zu Tibana bringen und von selbst zurückkehren. Mein Segen begleitet euch. Geht nun und seid beschützt!"

Das Licht verblasste, und es wurde still auf der Lichtung. Alrick und Meldiriel wagten nicht zu sprechen. Sie nickten sich zu und gingen, nachdem sie sich noch einmal vor dem Baum verneigt hatten, über die Lichtung zum Bach.
Zunächst war nichts von einem Boot zu sehen, aber als sie am Ufer entlangliefen, kamen sie zu einer Stelle, an der ein zweites Gewässer in das Rinnsal mündete, sodass es von dort an eine beträchtliche Menge Wasser führte, und hier fanden sie das Boot.
Es lag an einem Steg, unter den riesigen Blättern einer Dieffenbachie verborgen. Sein Rumpf war über und über mit magischen Zeichen und glitzernden Muscheln verziert. Als sie auf den Bänken Platz nahmen, bemerkten sie, dass es keine Ruder gab. Vielmehr setzte sich das Boot von selbst in Bewegung und glitt gleichmäßig schnell dahin.
„Beim allmächtigen Feenzauber!", stieß Alrick hervor und fand endlich die Sprache wieder. „Hättest du geglaubt, dass es hier so etwas gibt? Einen sprechenden Baum und ein magisches Boot. Das erlebt man selbst in Arwarah nicht alle Tage!"
„Darauf kannst du wetten!"
„Er hat behauptet, dass wir gerufen wurden. Kannst du dir da einen Reim drauf machen?"
„Nein, mein Freund, ganz und gar nicht." Meldiriel schüttelte den Kopf. „Vielleicht hat er mich beeinflusst, als ich mir wünschte, quer durch den Wald zu gehen. Wer weiß? Es gibt Vieles, das man nicht erklären kann und das dennoch existiert."
„Das sagt Lilly auch immer!", bestätigte Alrick, und wie immer zauberte der Gedanke an seine Liebste ein Lächeln in sein Gesicht.

12
Ilea und die Gebrüder Eisenbeiß

Hier auf dem Bach waren sie der Sonne preisgegeben, aber da sie ihren Zenit mittlerweile überschritten hatte, war ihre Wärme angenehm. Die Vögel sangen in den Zweigen, das Boot glitt sanft dahin und brachte sie ihrem Ziel ohne jede Anstrengung kontinuierlich näher. Also legten sie die Beine übereinander und träumten in den Tag, bis sie vor sich eine kleine Felsformation erblickten, die spitz und knorrig aus dem Wald hervorragte und zu deren Füßen ein silberner See in der Sonne glänzte.
„Sind wir da?", fragte Meldiriel, als das Boot am Ufer anlegte.
„Ja, das ging viel schneller, als wenn wir gelaufen wären", erwiderte Alrick und reckte und streckte sich, nachdem sie an das Ufer gesprungen waren. „Ich hoffe nur, sie ist da …"
„Daheim" hatte er sagen wollen, da zwickte ihn etwas ins linke Ohr, tippelte über seinen Rücken und zog an seinem langen Zopf.
„Verschwindet, ihr kleinen Plagegeister", rief er lachend. „Sagt Tibana, wir sind da!"
„Das waren wohl Tissy, Nelly und Puck?", fragte Meldiriel, während er Tibanas reetgedecktes Haus betrachtete, das sehr anheimelnd wirkte.
In diesem Augenblick trat Tibana aus der Tür und begrüßte sie buchstäblich mit offenen Armen.
„Mae govannen, mellyn nín!", grüßte sie nach alter Sitte würdevoll. „Kommt bitte herein!"
„Mae govannen!", antworteten beide und neigten ehrerbietig ihren Kopf vor der alten Fee, die Alricks Patentante war.
„Und ihr drei macht euch nützlich und spielt nicht Schabernack mit meinen Gästen", befahl sie den Wichtelkindern, die daraufhin kichernd die beiden Reisebündel zum Haus fliegen ließen.
Doch bevor sie eintreten konnten, erschienen die Wichteleltern und brachten zwei Schüsseln mit warmem Wasser herbei.
„Legt eure Waffen ab, macht euch frisch und zieht die Stiefel aus!", sagten sie trotz ihrer piepsigen Stimmen energisch. „Wir sind es nämlich, die immer für Sauberkeit sorgen müssen!" Dann sausten sie geschäftig davon.
Alrick und Meldiriel grinsten sich mit hochgezogenen Augenbrauen an und wuschen sich folgsam den Staub von Gesicht und Händen, bevor sie in die

Stube eintraten. Zu ihrer Überraschung trafen sie dort auf Ilea vom Volk der Taurih, der mit zwei fremden Zwergen zusammen am Tisch saß.

Ilea erbleichte. Er hatte dem König inzwischen Gefolgschaft geschworen, aber Alrick hatte er seit dem Attentat, bei dem er ihn gefangen genommen und ihm eine böse Messerwunde zufügt hatte, noch nicht wieder gesehen.

„Mae govannen, Alrick und Meldiriel!", sagte er leise und senkte schuldbewusst den Blick, da er eine harte Zurechtweisung erwartete.

Aber Alrick sah ihm frei ins Gesicht. Er wusste, dass der andere damals unter Farzanahs Fluch stand und trug ihm daher nichts nach. Er erwiderte seinen Gruß freundlich und nickte auch den beiden Zwergen zu.

Tibana stellte sie als Dori und Fili Eisenbeiß vor. Sie entstammten einer Sippe von Schwarzschmieden, die für die Herstellung von Schlössern, Torbeschlägen und vortrefflichen Waffen bekannt war. Ihre Ahnen hatten den Namen Eisenbeiß erhalten, weil die von ihnen geschmiedeten Schwerter und Speere berühmt dafür waren, sich selbst durch Eisen zu fressen.

So jung an Jahren Dori und Fili auch waren, so verfügten sie doch über den gesammelten Erfahrungsschatz ihrer Familie und waren für ihre Schlagkraft bekannt. Ihre zu dicken Zöpfen geflochtenen rotbraunen Bärte reichten bis zum Gürtel hinab. Dabei sahen sie einander so ähnlich wie ein Ei dem anderen und liebten es, diesen Umstand zum Necken der Zwerginnen auszunutzen.

Auf den Köpfen trugen sie schlichte Kampfhauben, die dazu dienten, ihre Nacken im Nahkampf gegen Hiebe zu schützen. Die allseits bekannten Zipfelmützen hat es nie gegeben. Vielmehr trugen Zwerge Kapuzen bei der Arbeit, die Haar und Bärte vor Schmutz und Funkenflug schützten. Fili und Dori fanden die Darstellung von Gartenzwergen in der Menschenwelt herabwürdigend und waren der Meinung, dass sie den Ruf aller Zwerge schädigten. Ihre Oberkleider und Hosen waren aus festem grauen Stoff, ihre kräftigen Unterarme mit ledernen Armschienen geschützt. Sie hatten breite Gürtel um, auf deren geschmiedeten Schnallen man ihre Initialen DE und FE fand. In den Gürteln steckten normalerweise ihre Streitäxte, die sie kreuzweise auf dem Rücken trugen. Diese hatten sie aber auf Geheiß der Wichtel zusammen mit ihren Stiefeln vor dem Eintreten abgelegt.

„Bitte nehmt Platz!", lud Tibana die jungen Elfen ein. „Ihr müsst hungrig sein, darum werden wir alles Nötige beim Essen besprechen."

Sie bat die Wichteleltern, das Mahl aufzutragen, was sie mit finsteren Mienen taten. Mirla und Tuck waren seit neuestem der Ansicht, dass sie allein der Fee und nicht all ihren Gästen zu Diensten sein müssten. Die Zeiten, wo man kräftige und viel jüngere Leute bediente, waren ihres Erachtens nach längst vorbei. Ihre Kinder sahen das ganz anders! Sie aßen in der Küche und dachten daran, wie viel Freude es ihnen bereitet hatte, in Gertrudes großem Haushalt mitzuhelfen. Sie kannten niemanden, der dankbarer gewesen war als sie und beneideten Zack, der sich dort gewiss auch weiterhin ganz wichtelmäßig nützlich machen würde.

Tibana überhörte ihr Genörgel großzügig, aber Ilea störte sich daran.

„Ihr garstigen Wichte! Euch werde ich es lehren! Das ist doch keine Art, mit der Herrin des Hauses und ihren Gästen umzugehen. Wie würde es euch gefallen, anderswo so empfangen zu werden?", tadelte er die erschrockenen Kleinen.

Doch bevor er ihnen waldelfengrüne Ohren verpassen konnte, winkte Tibana lachend ab.

„Lass gut sein, Ilea. Sie meinen es nicht so. Ich kenne ihr Nörgeln nun schon viele Jahre, aber alles in allem sind sie kluge und nützliche Mitbewohner. Kommt und greift zu. Wir haben Wichtigeres zu tun, als die Hausgeister zurechtzuweisen."

Ilea verbeugte sich leicht vor Tibana und respektierte ihren Wunsch. Die aufgetragenen Speisen trugen dazu bei, dass sich seine Laune schnell wieder besserte. Alles roch köstlich und sah zu einladend aus, um den beiden grantigen kleinen Köchen länger böse zu sein. Auch Mirla und Tuck sahen ein, dass sie es wohl übertrieben hatten. Sie zogen beschämt ihre Köpfe ein und setzten sich ohne weiteren Kommentar zu ihren Kindern in die Küche.

Nachdem sich alle eine Weile schweigend an den Köstlichkeiten gelabt hatten, ergriff die alte Fee das Wort. „Ich freue mich über euren Besuch, Dori und Fili Eisenbeiß. Doch nehme ich an, ihr seid nicht ohne Grund gekommen."

Die Zwerge wussten ein gutes Mahl immer zu schätzen und kauten mit vollen Backen. Doch da es unhöflich war, die Herrin auf eine Antwort warten zu lassen, legte Dori sein knuspriges Hühnerbein mit Bedauern auf dem Teller ab.

„Wir sind auf dem Weg zum König und wollen ihm die Treue schwören. Wir und der ganze Clan der von Eisenbeiß'. Es herrschte stets Eintracht zwischen den Zwergen aus der Schwarzschmiede und dem Geheimen Volk, und das soll auch so bleiben", sagte er kurz angebunden.

Alrick lächelte in sich hinein. So schlagkräftig die Zwerge waren, so wortkarg waren sie offensichtlich auch.

Aber Ilea lächelte nicht. „Hört! Hört! Dabei weiß doch jeder, dass der Zwerg Grindelwarz Farzanah bei ihren Schandtaten geholfen hat. Er hat den Schlüssel bewahrt, der Prinz Alrick auf das Silber bannte!", keifte er die Zwerge an.
„Du sei ganz still! In deinem Dorf wurde Alrick gefangen! Und warst du es nicht selbst, der ihn dabei sogar verletzte?", zischte Fili wutentbrannt und schlug dabei mit seiner Faust auf den Tisch, dass die Teller und Gläser klirrten. Dann wandte er sich blitzschnell zur Seite, um nach seiner Axt zu greifen, die jedoch vor der Haustür stand.
„Haltet ein!", donnerte Tibana mit einer Stimme, die man ihr niemals zugetraut hätte. Ihr freundliches Gesicht gefror zu Stein und ihre Augen färbten sich dunkelgrau. „Niemand greift in meinem Haus nach einer Waffe! Merkt euch das! Ich verlange Respekt voreinander! So wie Alrick ihn dir vorhin bewiesen hat, Ilea. Wie soll es Frieden geben, wenn wir nicht einmal in Ruhe miteinander sprechen können?"
Eisige Stille herrschte am Tisch. Die Anwesenden hielten die Köpfe gesenkt und wagten nicht, etwas zu erwidern oder weiter zu essen. Tibanas Reaktion ließ sie ahnen, über welch große Macht die Fee verfügte.
Ein Wink von ihr genügte, und die Wichtel räumten die noch halbgefüllten Schüsseln und Teller ab. Offensichtlich war Tibana nicht gewillt, die Gäste weiter zu bewirten, ehe die Zwistigkeiten ausgeräumt waren.
„Das alles liegt in der Vergangenheit! Wenn wir Farzanah endgültig besiegen wollen, müssen wir allen Streit begraben und zusammenstehen", fuhr sie weniger laut fort. „Also, Gebrüder Eisenbeiß, was habt ihr noch zu sagen?"
Die Zwerge waren keineswegs besänftigt, aber sie wagten es nicht, Tibana herauszufordern, indem sie weiter mit Ilea stritten.
„Wir wollen Arindal wichtige Informationen bringen", brummte Dori und fuhr erst fort, nachdem Tibana ihn mit einer ungeduldigen Handbewegung zum Weitersprechen aufforderte.
„Unsere Freunde vom Clan der Erzbrecher aus den Bergen haben uns um Hilfe gebeten. Ihr Erzlager wurde beraubt und ein paar der besten Schmiede entführt. Daraus schlussfolgern wir, dass Farzanah mit Hilfe dieser Gefangenen Waffen schmieden will. Wahrscheinlich wird sie jeden dunklen Elf und jeden Ork bis an die Zähne bewaffnen, um Arindal zu besiegen", erklärte Dori bärbeißig.
„Wir könnten versuchen die Gefangenen selbst zu befreien, wollten aber ohne das Einverständnis des Königs nichts unternehmen, was die dunkle Fee auf unseren Widerstand aufmerksam macht", fügte Fili nicht weniger bissig hinzu.

Da ergriff Alrick das Wort: „Wir verstehen eure Not, und da uns jeder Stamm und jeder Clan am Herzen liegt, ist sie auch die unsere!", versicherte er. „Ihr sollt wissen, dass mein Bruder ihre Pläne kennt und keineswegs untätig ist."
Nun, da das Gespräch wieder sachlich war, ließ Tibana frische Säfte und Gebäck auftragen. Die Elfen griffen freudig zu, während Dori und Fili heimlich ihren knusprigen Hühnerbeinen nachtrauerten.
„Ihr sagt, Arindal ist nicht untätig? Dürfen wir erfahren, was genau er tut?", wagte Ilea zu fragen und Alrick informierte sie bereitwillig über die Ereignisse der letzten Tage.
Um Vertrauen aufzubauen, ließ er dabei nichts aus. Nicht den Hinweis auf das Dreieinige Zepter mit dem rätselhaften Spruch, nicht den Diebstahl seiner Flöte und auch nicht Meldiriels Auftrag, auf die Menschen in Saalfeld zu achten und mit ihnen nach dem dritten Zepterteil zu suchen.
Die Anwesenden hörten aufmerksam zu. Nur ab und an nickte einer mit dem Kopf oder ließ ein erstauntes Brummen hören.
„Ihr glaubt also, dass wir Farzanah mit diesem Dreieinigen Zepter entmachten können, sodass eine blutige Schlacht verhindert wird und unsere Freunde freikommen?", verlangte Dori noch einmal zu wissen, als Alrick geendet hatte.
„So ist es."
„Das wäre zu schön, um wahr zu sein! Und was sollen wir in der Zwischenzeit tun? Däumchen drehen und warten? Wir sind Kämpfer, keine Zuschauer! Wir verstehen nichts von Hokuspokus. Unsere Devise lautet: Rübe ab!", zischte Fili angriffslustig und sein Bruder nickte stumm dazu.
Diese beiden Zwerge waren wahrhaftig streitbare Vertreter ihrer Art.
„Das ist nicht hilfreich", wagte Ilea einzuwerfen. „Als Verbündete müsst auch ihr Vertrauen in Arindals Pläne haben. Und Aufgaben wird es vermutlich genug für jeden geben."
„Durch bloßes Gerede ist niemals etwas besser geworden. Was wir brauchen, sind Taten", murrten die Zwerge wieder.
„Und was sollten wir eurer Meinung nach tun?", fragte Alrick besonnen.
„Wir greifen die Abtrünnigen an, noch bevor sie aufgerüstet haben. So entscheiden wir die Schlacht zu unseren Gunsten, ehe Farzanah überhaupt losschlagen kann. Jetzt ist sie schwach, und wir haben eine gute Chance, sie zu besiegen."
„Nein, haben wir nicht", widersprach Alrick ernst. „Denkt doch mal nach! Wir haben selbst kaum Waffen. Unsere Rüstungen weisen starke Schäden auf und die meisten des Geheimen Volkes sind überhaupt nicht kampferprobt. Seit der letzten Auseinandersetzung haben wir unser Augenmerk auf den

Wiederaufbau gerichtet, nicht auf einen neuen Krieg. Ein schwerer Fehler, wie mir nun scheint, aber uns Lichtelfen liegt das Kämpfen nun mal nicht im Blut! Denkt nur an die Erfahrungen, die wir gegen die Dunkelelfen und die Orks auf den Feldern von Naârbeleth gemacht haben. Nein, eine gute Chance nenne ich das nicht."

Obwohl sie sich Alricks Argumenten nicht verschließen konnten, blieben die Mienen der Zwerge uneinsichtig.

„Wir müssen das Schlimmste verhindern, indem wir klüger handeln als sie", fuhr Alrick unbeirrt fort. „Wir müssen die magischen Kräfte nutzen, die auf unserer Seite sind. Wenn wir uns hinreißen lassen, werden wir Fehler begehen. Führt eure Reise erst einmal fort. Arindal wird euch freundlich empfangen und dankbar für eure Mitteilung und eure Treue sein. Wenn wir zusammenstehen, werden eure Freunde schon bald gerettet werden."

„Ich nehme dich beim Wort, Alrick Flötenspieler", brummte Fili, von der ganzen Rederei genervt. „Wenn du mir sagst, welche Kräfte das sind und wie sie vorgehen werden, um die Dunkle mit ihrer Magie platt zu machen!"

„Die Geister des Waldes werden es tun! Das hat uns der heilige Baum gesagt. Er will, dass wir Farzanah zu ihm auf die Lichtung bringen. Dort wird erst über sie gerichtet, und das Urteil danach auch vollstreckt", warf Meldiriel nun ungehalten ein.

„Wie jetzt? Welcher Baum auf welcher Lichtung?", fragten die Zwerge wie aus einem Munde. „Das wird ja immer besser!" Halb verzweifelt und halb lachend klopften sie sich kopfschüttelnd auf die Oberschenkel.

„Ihr habt mit einem Baum gesprochen?", fragte Ilea jetzt ebenso skeptisch. Die Taurih, zu denen er gehörte, waren ein altes Volk von Waldelfen. Sie verehrten den heiligen Wald, aber mit Bäumen sprechen konnten sie nicht.

„Ha! Die größten Wunder geschehen in der größten Not", rief Tibana da voller Bewunderung. „Dann habt ihr zweifellos mit dem Weltenbaum gesprochen! Das ist eine überaus große Ehre! Er ist das älteste Mysterium Arwarahs, und doch habe ich bis jetzt in meinem langen Leben noch niemanden kennengelernt, der mit ihm gesprochen hat."

„Wenn das wahr ist, fress' ich deinen Bart, Bruder!" Fili lachte so spöttisch, dass sich Tibanas Miene wieder verhärtete.

Sie holte tief Luft, und die Wichtel glaubten schon, sie würde die Zwerge in Steine verwandeln, aber sie sprach mit großer Würde weiter. „Dori und Fili Eisenbeiß, ich wiederhole mich ungern: Wenn ihr ein Bündnis mit uns eingehen wollt, dann verhaltet euch auch wie würdige Partner. Ihr könnt nicht erwarten, dass ganz Arwarah nach eurer Pfeife tanzt, sobald ihr eure Meinung

kundtut. Begreift, dass man Farzanah nicht mit Waffengewalt allein besiegen kann. Ihre magischen Kräfte sind ebenso groß wie die unseres Königs oder meine. Dagegen können eure Äxte und Schwerter nichts ausrichten. Sollte es uns nicht gelingen, diese Kräfte für immer zu lähmen, wird Arwarah niemals sicher sein. Das müsst selbst ihr verstehen. Alrick, bitte berichte genau, was der Weltenbaum zu euch gesagt hat."
Der Einfachheit halber schloss Alrick die Augen und projizierte das Geschehen auf der geheimnisvollen Lichtung auf Tibanas magischen Spiegel. So konnte jeder nicht nur sehen, sondern auch hören, was der Weltenbaum gesprochen hatte.
Die Zwerge und Ilea schwiegen beeindruckt, wobei letzterer auch etwas neidisch auf das war, was den jungen Elfen widerfahren war. „Nun müssen wir beschließen, wie es weiter gehen soll. Es muss doch möglich sein, allen zu helfen", sagte Alrick versöhnlich.
„Ja, das muss es!", antwortete Tibana nachdenklich. „Und da wir die Herrin der Quellen ohnehin für Meldiriels Schlüssel anrufen müssen, werden wir sie auch diesbezüglich um ihren Rat bitten."

Tibanas Haus

13
Farzanah und die gefiederte Schlange

Gesagt, getan! Tibana stand auf und forderte ihre Gäste auf, ihr nach draußen zum Altar zu folgen, was die Zwerge aber nicht ohne ihre Äxte taten.
Mirla und Tuck wussten, was bei der Durchführung eines Rituals zu tun war, und da sie ihr Maß an Meuterei an diesem Tag bereits ausgeschöpft hatten, ließen sie Tibanas Korb mit dem Ritualwerkzeug und den sommerlichen Opfergaben eilig hinter der Fee herfliegen.
Die Gäste folgten Tibana ein kleines Stück um den See herum, bis sie in der Dämmerung einen großen flachen Stein am Ufer liegen sahen.
Alrick, Meldiriel, Ilea und die Zwerge stellten sich erwartungsvoll um ihn herum.
„Dieser Altar ist uralt, und ich liebe es, hier meine Rituale durchzuführen. Er ist der Herrin der Quellen geweiht, wie ihr an dem alten Symbol für Wasser und dem Meeresgetier erkennt, das in seine Oberfläche eingraviert ist", erklärte Tibana, während sie vier dicke Bienenwachskerzen aus dem Korb nahm und daraufstellte.
„Die Herrin der Quellen liebt schöne Dinge", fuhr sie fort, während sie die Kerzen mit duftenden Blüten von Rosen und Studentenblumen, von Iris und Lavendel umkränzte. Anschließend legte sie ein paar der blauen Edelsteine, die von den Wasserelfen stammten, in jede Ecke und erhob ihre ausgestreckten Arme mit geöffneten Händen zum Himmel.
„*Lumineé!*", befahl sie und die Dochte der Kerzen flackerten auf und warfen ihr warmes Licht auf die Blüten und Edelsteine. Von dort wurden sie auf magische Weise hundertfach reflektiert, sodass eine leuchtende Kuppel aus schützendem Licht über dem alten Altarstein entstand.
Zufrieden vernahm Tibana, wie die skeptischen Zwerge vor Erstaunen tief Luft holten.
„Herrin der Quellen, höre uns! Wir sind gekommen, um deine Hilfe und deinen Rat zu erbitten!", rief sie mit lauter Stimme.
Im selben Augenblick erhob sich ein lauer Wind und strich über die Oberfläche des Sees. Die kleinen Wellen, die bisher sanft ans Ufer geplätschert waren, wurden größer und bildeten schließlich einen Arm aus klarem Wasser,

der bis auf den Stein reichte und die Kerzen und Blüten mit sich nahm. Auf dem Altar sprudelten kleine Quellen aus den blauen Edelsteinen. Ihr Wasser floss in silbernen Rinnsalen ebenfalls zur Mitte des Sees und bildete dort eine spiegelähnliche Fläche, auf der weiße Energiefunken wie tanzende Irrlichter auf- und niedersprangen.
Tibana wiederholte ihre Bitte, und noch während sie sprach, erzitterte der Wasserspiegel und tausende regenbogenfarbene Wassertropfen tanzten glitzernd durch die Luft. Sie wirbelten und formierten sich neu, bis die Herrin der Quellen leibhaftig über dem See schwebte.
Das zarte Oval ihres Gesichts wurde umrahmt von üppigem, langem Haar, das ihr in großen Locken bis zur Hüfte reichte. Als Zeichen ihrer Königlichkeit trug sie ein Diadem aus Korallen, Muscheln und Bernsteinen auf dem Kopf, und auch die Finger und Handgelenke waren reichlich geschmückt. In ihrem Gewand spiegelten sich alle Farben des Wassers, ja sogar sie selbst schien aus reinem, klarem Wasser zu sein. Ihre großen, grünen Augen blickten die Wartenden freundlich fragend an.
„Warum habt ihr mich gerufen? Sprecht! Was ist euer Begehr?", fragte sie liebenswürdig und blickte in jedes einzelne Gesicht.
„Seid gegrüßt, Herrin!", sprach Tibana und verneigte sich tief. „Und Dank sei Euch schon im Voraus gesagt, dass Ihr unseren Ruf erhört habt! Unser aller Heimat ist noch immer in großer Gefahr, und wir sind gekommen, um Euren Rat und Eure Unterstützung zu erbitten!"
„Ich weiß, dass in Arwarah einiges im Argen liegt. Deshalb müsst ihr mich nicht rufen! Über das Wasser gelangen alle Informationen zu mir. Alle Ströme dieser und anderer Welten fließen an mir vorbei, alle Stürme und Winde streichen über mein wässriges Reich! Das solltet ihr doch wissen! Ich habe viel zu tun: Das Wasser muss reingehalten und seine Bewohner gehegt und gepflegt werden. Also sprecht nur, wenn es wirklich wichtig ist!"
„Wir sind ratlos und uneins und wollten unsere Vorgehensweise mit Euch besprechen!"
„Das ist nicht nötig, Freunde! Arindal ist euer König, folgt seinem Wort und bewahrt Eintracht untereinander!", antwortete sie, als Meldiriel einen kleinen Schritt nach vorn trat und ehrerbietig sein Haupt beugte.
„Herrin der Quellen, die Tore sind geschlossen, aber ich benötige eine Passage in die Menschenwelt. König Arindal hat mich beauftragt, unsere Menschenfreunde zu beschützen und mit ihnen zusammen nach dem dritten Teil des Dreieinigen Zepters suchen."
„Auch dies ist mir bekannt und es sei dir gewährt", sprach die Herrin der

Quellen verheißungsvoll. Sie griff ins Wasser und zog wie aus dem Nichts eine gläserne Okarina heraus, die wie eine gewundene Meeresschnecke aussah.

„Spiele auf dieser besonderen Flöte, und die Pforte am Weiher wird sich für dich öffnen!"

Noch während sie sprach, erhob sich plötzlich ein kräftiger Wind, der einen üblen Gestank nach Schwefel, Sumpf und Verwesung mit sich führte.

„Ich muss gehen!", sprach die Herrin der Quellen so leise, als würde ein Rinnsal versiegen. „Gebt Acht! Euch droht große Gefahr! Ihr bestialischer Hauch lässt mich vergehen."

Und bevor Tibana die schützende Lichtkuppel des Steins über den See und die Herrin der Quellen ausbreiten konnte, war diese verblasst und förmlich in den See zurückgeflossen.

„Beim allmächtigen Feenzauber! Was ist das?", flüsterte Alrick bestürzt, während Meldiriel stumm die Okarina umklammerte.

Ihre Herzen schlugen wie Hämmer, als plötzlich ein scharfes Zischen durch die Luft über ihnen fuhr. Ihm folgte ein gewaltiger Feuerstoß, der Tibanas Haus und den Garten verbrannt hätte, wäre sie nicht so geistesgegenwärtig gewesen, die schützende Lichtkuppel darüber auszuweiten. Schwarzer Rauch verdunkelte den Himmel und ein widerlicher Schwefelgestank breitete sich aus. Die Gefährten blickten nach oben, wo zu ihrem Entsetzen zwischen Funken und Rauch das gehörnte Haupt einer gefiederten Schlange erschien, die geschmeidig auf sie zuflog. Die kräftigen Bewegungen ihres Rumpfes brachten sie rasch näher.

Das Untier ähnelte einer überdimensionalen Kobra, deren Haut von Kopf bis Schwanz mit schwarzen und orangenen Hornplatten bedeckt war, die sie schier unverwundbar scheinen ließen. Hinter dem gehörnten Schlangenkopf hatte sie ein riesiges Nackenschild aus dichten Federn, das sie zum Fliegen spreizte und wie einen Gleitschirm nutzte.

Das Entsetzen der Gefährten steigerte sich noch, als sie sahen, dass die gefiederte Schlange eine Reiterin trug, die keine andere als Farzanah war!

Die Dunkle bot ein furchterregendes und zugleich faszinierendes Bild. Wild und ungestüm, mit wehendem Haar, lenkte sie das Untier geschickt mit den Zügeln. Sie trug einen feingliedrigen Harnisch, der aus den schwarzen gehäuteten Hornplatten der Schlange gefertigt worden war und sie sowohl gegen die Feuerzungen als auch gegen die Waffen ihrer Feinde schützte.

Als das mehrere Meter lange Tier zähnefletschend und züngelnd die Mitte des Sees erreicht hatte, erhob sich Farzanah mühelos. Mit der Linken hielt sie die Zügel, während sie die Rechte scheinbar zum Gruß erhob. Aber anstatt eines Grußes prasselte plötzlich ein Eishagelschauer mit scharfkantigen, hühnereigroßen Eiskristallen auf das Ufer nieder.

Die Zwerge hatten sich rasch gefasst und schleuderten wütend ihre todbringenden Äxte gegen sie. Dori hatte gut gezielt. Seine Axt traf die Schlange unterhalb der Hörner am Kopf, wo sie jedoch abprallte und mit unverminderter Wucht zu ihm zurückflog, sodass er Mühe hatte, sie in der Luft zu fangen. Fili hatte auf Farzanah gezielt, die seinem Wurf aber geschickt auswich.

Unterdessen war Alrick zum Haus gelaufen und hatte die Bögen geholt. Die Elfen schossen in kurzen Abständen auf Schlange und Fee, aber ihre Pfeile richteten keinerlei Schaden an.

Farzanah genoss ihr garstiges Spiel. Sie schwebte über dem See und ihr böses Lachen schallte durch die Nacht, während ihre Schlange Ydraca Feuer spuckte, auf das sie Eisblitze und Hagel folgen ließ.

Die Wichtel hockten zitternd hinter dem Altar und hatten ihre Kappen auf unsichtbar gedreht.

„Neue Kerzen und mehr Edelsteine!", rief Tibana ihnen zu und schon flog das Gewünschte aus dem Korb auf den Stein. Tibana zündete die Kerzen an und nutzte die Edelsteine, um die magische Lichtkuppel so zu verstärken, dass der Schutz nicht nachließ.

Farzanah schäumte vor Wut, als sie merkte, dass sie nichts ausrichten konnte. Sie vergrößerte die Hagelkörner, verdoppelte die Blitze und zwang das Untier, mehr Feuer zu spucken.

Obwohl Tibana all ihre Kräfte aufbot, hatte sie Mühe, die Lichtkuppel aufrechtzuerhalten. Zum Glück frischte da aber der Wind heftig auf und formte mannshohe Wellen auf dem See. Wässrige Fangarme schossen aus ihren schaumigen Kronen hervor, umschlangen den Leib des Untiers und stießen es heftig auf und nieder. Die Herrin der Quellen war zurück! Sie hatte in ihrem Element Kraft und Magie gesammelt und tat nun das Ihre, um den Freunden zu helfen. Höher und höher schlugen die Wogen, bis das Feuer der Schlange verlosch.

Farzanah wich den Fangarmen aus, so gut es ging, und hatte Mühe, nicht abzustürzen. Sie war gezwungen, sich auf dem Leib der Schlange gebückt mit beiden Händen festzuhalten und konnte keinen Hagel mehr schicken.

Mit einem Angriff der Herrin der Quellen hatte sie nicht gerechnet. Ihre Position auf dem See war mehr als bedenklich geworden und ein Agieren von dort nicht mehr möglich. Also straffte sie die Zügel und trat dem Untier wütend in die Seite, während sie verzweifelt versuchte, es in die Luft zu bekommen. Derweil schlugen die Wogen immer wieder über ihr zusammen. Niemand, der die holde Herrin der Quellen kannte, hätte ihr derart gewaltige Kräfte zugetraut.

Endlich kam die Schlange frei und glitt in einem Bogen auf die Lichtkuppel zu, die Tibana geistesgegenwärtig schloss. Wutentbrannt befahl Farzanah der Schlange, Feuer zu speien, aber das Untier hatte so viel Wasser geschluckt, dass es keinen Funken hervorbringen konnte. Sie schwebte nur angriffslustig in der Luft, fixierte ihre Beute mit den gelben, geschlitzten Pupillen und zischte gefährlich.

Farzanah hatte ihre Haltung wiedergefunden. Sie schüttelte ihre lange Mähne, richtete sich noch einmal im Sattel hoch auf und rief mit bittersüßer Stimme: „Tibana, meine liebste Feindin! Das soll euch und eurem sogenannten König eine Lehre sein! Die Tore zu schließen, um mich ein- oder auszusperren … Kaum zu fassen, wie dilettantisch ihr denkt. Unser kleines Scharmützel war nur ein Vorgeschmack auf das, was noch kommt. Ich war gerade in der Nähe und dachte, dies wäre eine gute Gelegenheit, euch meine neue Freundin Ydraca vorzustellen. Sie will nichts lieber tun, als mit euch allen abzurechnen, denn sie ist die Mutter meiner siebenköpfigen Schlage, die du mit Alrick Flötenspieler und deinen verfluchten Menschenfreunden getötet hast. Apropos Alrick Flötenspieler", rief sie und zog zum Entsetzen aller die silberne Flöte unter ihrem Harnisch hervor. „Es wird Zeit, dir einen neuen Namen zuzulegen, denn ein Flötenspieler wirst du nimmermehr!" Sie lachte gehässig und schwenkte die Flöte dabei wie eine Trophäe hin und her.

„Bei allen Zaubern!", knurrte Meldiriel leise. „Sie ist so unfassbar mächtig und böse. Was kann sie erst tun, wenn sie das Dreieinige Zepter besitzt?"

Er hatte den Satz kaum ausgesprochen, da donnerte die Dunkle ihn an. „Ihr armseligen Würmer begreift es nicht! Meine magischen Kräfte sind schon jetzt unübertrefflich. Ich brauche dieses Zepter nicht, ich will lediglich verhindern, dass ihr es bekommt. Und das habe ich hiermit getan!"

Sie winkte erneut mit der Flöte, gab der Schlange die Sporen und verschwand in die Nacht.

Zurück blieben der widerliche Gestank und Berge von Hagelkörnern am Ufer des Sees, der nun wieder glatt und ruhig war. Zurück blieben auch geschockte Zwerge, Elfen und Wichtel und eine müde, entkräftete Fee.

Als Tibana die Arme sinken ließ, ertönte noch einmal die Stimme der Herrin der Quellen aus der Tiefe des Sees.

„Fasset euch, Freunde! Die Lage ist keineswegs hoffnungslos", sagte sie aufmunternd. „Ich habe euch gezeigt, dass Farzanah besiegt werden kann, wenn wir zusammenhalten und jeder das Seine tut. Meldiriel, beschütze die Menschen und finde mit ihnen das dritte Zepterteil! Dori und Fili, ihr folgt Alrick und Ilea zum König und legt den Treueeid für euch und euren Clan ab. Gegen Farzanah mögen eure Äxte und Bögen nutzlos sein, gegen Orks, Trolle und Dunkelelfen sind sie es nicht. Tibana, meine starke und unübertreffliche Freundin, du setzt dich mit Chrysius in Verbindung. Erzähle ihm vom Weltenbaum. Er wird euch bei der Lösung des Rätsels um den Bannspruch helfen! Ich kehre nun in meine Gewässer zurück und werde helfen, sobald ihr mich ruft. Gehabt euch wohl und seid beschützt", verabschiedete sie sich mit leiser werdender Stimme.

14
Meldiriels Ankunft

Lilly und Sophie saßen im Garten in der Sonne und bedauerten, dass die Sommerferien schon zu Ende waren.
„Ich werde später mal Bildungsministerin und sorge dafür, dass alle Schüler im Sommer zehn Wochen frei haben", sagte Sophie verträumt.
Lilly grinste in sich hinein, ja, ein paar freie Tage mehr und man hätte den Spuk mit Meldiriel und der Schule nicht einrühren müssen. Sie hasste die Schwindeleien und hoffte, dass alles bald wieder normal sein würde. Auf einmal hatte sie riesige Sehnsucht nach ihrem zärtlichen und lustigen Alrick, der niemals den Mut verlor.
‚Sei kein Weichei, Lilly Rudloff! Du kommst auch eine Zeitlang ohne Kontakt zurecht', machte sie sich in Gedanken Mut. ‚Über kurz oder lang haben sie in Arwarah einen Plan, und dann nehmen die Dinge ihren Lauf.'
„Wie steht's eigentlich zwischen dir und deinem neuen Freund, Sophie?", erkundigte sich Lilly, um vom eigenen Kummer abzulenken und hatte damit in eine offene Wunde gepikt.
„Kein Ahnung!", schluchzte Sophie und fing an zu weinen.
„Ach Mensch, das wollte ich nicht. Was ist denn mit euch beiden los?", fragte Lilly bestürzt und ergriff tröstend Sophies Hand.
„Uli ist irgendwie weg. Er kommt nicht mehr vorbei und geht auch nicht ans Handy. Dabei war alles okay. Wir haben viel zusammen gemacht! Wir waren spazieren und schwimmen und sogar im Kino. Und ich weiß noch nicht mal, wo er wohnt. Wir kennen uns ja noch nicht so lang. Was, wenn er krank ist oder einen Unfall hatte? Dann sagt mir niemand Bescheid. Ich bin so unglücklich."
„Oh!", seufzte Lilly, die selbst wusste, wie es einem ohne Nachricht vom Liebsten geht. „Sieh' nicht gleich so schwarz. In welche Schule geht er denn?"
„Er hat eine Lehre beim Forst angefangen, weil er so gern im Wald ist. Er kennt sich jetzt schon gut mit Bäumen, Pflanzen und Wildtieren aus. Ach, Lilly, du kannst dir nicht vorstellen, wie verliebt ich bin."
„Das ist die Erklärung! Er macht irgendwo ein Praktikum und hat gerade Stress. Er wird sich bestimmt bald melden!"
Lillys Mitgefühl war nicht geheuchelt. Schließlich ging es ihr ja auch nicht besser, nur konnte sie sich nicht bei ihrer Freundin ausheulen.

„Meinst du? Du bist immer so klug, Lilly! Bestimmt hast du recht", schniefte Sophie in ihr Taschentuch und sah gleich nicht mehr ganz so geknickt aus.
„Ja, das meine ich!", bestätigte Lilly mit einem unsicheren Lächeln und war echt erleichtert, als Oskar und Hannes zum Gartentor hereinschneiten. Auch wenn Lilly ihren Bruder ab und zu gern von hinten sah, jetzt war er die Rettung.
Die beiden kamen von der Bandprobe. Ihr erklärtes Ziel war es, den jährlichen ‚Battle of The Bands-Contest' zwischen den Schulen zu gewinnen, und ihrer maßgeblichen Meinung nach hatte ‚Melophobie' ziemlich gute Chancen. Ihre Texte waren exzellent, auch wenn ihr Musiklehrer meinte, dass man kaum verstehen würde, was Hannes ins Mikro röhrte. Der Rest der Schule war aber von ihrer Metalband begeistert, und man ließ sie zu jeder passenden und unpassenden Gelegenheit auftreten.
Während Oskar in die Küche ging, um zwei Bier zu stibitzen, klopfte Hannes zur Begrüßung auf den Tisch und ließ sich ächzend neben Kater Moritz auf der Hollywoodschaukel nieder.
„Na Ladies, wie ist das werte Befinden?", fragte er und erwartete selbstverständlich keine Antwort, sondern streckte gemächlich seine langen Haxen in die Sonne. Der Probenkeller war eben ein Keller, kühl und dunkel, aber das war ja gewollt. Trotzdem genoss er nun die Sonne.
„Wieso trinkst du alkoholfreies, Alter?", fragte Hannes und nahm einen kräftigen Zug.
„Weil ich Meldiriel nachher noch abholen muss", verplapperte sich Oskar, und Lilly erschauerte. Das fing ja schon gut an.
„Wen?", fragte Sophie, der nichts entging, sofort neugierig.
„Na, den Kerl aus Island, der eigentlich Mel Álfarson heißt. Aber Oskar, der Blödmann, kann sich das nicht merken, also bastelt er sich jedes Mal einen neuen Namen. Wir hatten auch schon Melhopsassa und Meltiralala", half Lilly ihrem Bruder aus der Klemme und war erstaunt, wie leichtgläubig Sophie war.
Oskar formte ein unhörbares „Danke" mit seinen Lippen und schluckte das „Blödmann", ohne mit der Wimper zu zucken. Hoffentlich passierte ihm das nie wieder.
„Wann kommt er denn genau?", fragte Sophie erwartungsvoll. „Ich würde gern mitkommen!"
„Netter Versuch, Sophiechen, geht aber nicht, leider!"
„Wieso nicht? Ich bin gut in Englisch und vielleicht kann der gar nichts anderes!"

Das stimmte, Sophie war richtig gut in Englisch, und Lilly profitierte davon, während sie Sophie regelmäßig in den Naturwissenschaften auf die Sprünge half.
„Neee, echt nicht. Ich darf nur in Begleitung Auto fahren, und da nehme ich Omi mit. Und du weißt, wie klein ihr Auto ist. Zu dritt ist es da schon saueng, und er wird bestimmt auch noch einiges an Gepäck haben. Aber wie ich dich kenne, bist du nachher sowieso noch da."
„Worauf du einen lassen kannst", meinte Sophie frech und hoffte, dass Mel Álfarson ein bisschen netter war als diese zwei Spinner, die sie immer nerven. Sie setzte ihre Sonnenbrille auf und beschloss, sich in Geduld zu üben, als Gertrude schon vom Haus aus mit dem Autoschlüssel winkte.
„Kommst du?"
Oskar nickte. „Okay! Ich mach los. Halt' die Stellung, Hannes."
„Jupp! Hau rein, Bruder, ich halte die Ladies schon bei Laune."
Das war rein rhetorisch, denn die Ladies waren alles andere als angewiesen auf sein Unterhaltungsprogramm. Lilly setzte ihre Kopfhörer auf, und Sophie ignorierte prinzipiell alles, was von Hannes kam.
„Läuft echt prima, Ömchen", witzelte Oskar zu Gertrude, die alles beobachtet hatte und herzlich lachte.
„Ja, Großer, sieht so aus, als würden sie sich bestens unterhalten. Ich bin wirklich neugierig, wie die Mädchen auf den Familienzuwachs reagieren."
„Wieso interessiert dich das?"
„Nur so. Musst ja nicht alles wissen. Hab halt auch so meine Erfahrungen."
„Erfahrungen? So, so? Steckst du etwa voller heimlicher Überraschungen, Ömchen?", fragte Oskar grinsend und startete den Wagen Richtung Feengrotten und dem kleinen Weiher am Wald.
Sie hatten kaum die halbe Strecke zurückgelegt, als ihnen ein großer junger Mann entgegenkam. Seine Kleidung entsprach in etwa der von Oskar, sprich: schwarzes T-Shirt und ziemlich ramponierte Jeans. Dazu trug er grüne Chucks, eine schwarze Beanie-Mütze und hielt eine ebenfalls schwarze Kapuzenjacke in der Hand. Sein Gepäck bestand aus einem großen Seesack, den er locker über der Schulter trug.
Oskar hielt spontan neben ihm an und öffnete das Fenster. „Meldiriel?", fragte er und hoffte, sich nicht zum Narren zu machen, aber der junge Mann musterte ihn freundlich aus eisblauen Augen und nickte dann.
„*Mae govannen*, Oskar! *Mae govannen*, Gertrude!"
„*Mae govannen!*", antworteten die beiden aus dem Auto heraus. „Herzlich willkommen. Das hat ja prima geklappt! Bitte steig ein!"

Meldiriel stopfte den Seesack in den Kofferraum und sortierte sich und seine langen Beine auf den Rücksitz. Das Auto war in der Tat viel zu klein!
„Ja, es war simpel. Die Herrin der Quellen gab mir einen Schlüssel und Tibana alles andere."
„Gut, dann würde ich sagen, dass wir erst mal zum Pendlerparkplatz am Bahnhof fahren. Dort weihen wir Mel in das Wichtigste ein und fahren erst dann nach Hause zurück. Dann kommen wir aus der richtigen Ecke!"
„Wird prompt erledigt, Ömchen!", lachte Oskar. „Du bist eine wahre Strategin!"

Äußerst zufrieden stellten Gertrude und Oskar fest, dass Meldiriel gut vorbreitet war und außerdem eine hervorragende Auffassungsgabe hatte. Er kannte die meisten Namen schon und freute sich sogar auf das Gymnasium. Die drei waren sich bald einig, dass sich alles andere finden würde und fuhren eine halbe Stunde später nach Hause zurück.
Gertrude ging in die Küche, um Kaffee zu kochen, während Oskar Meldiriel in sein Zimmer führte.
Oskar hatte sein Schlagzeug vorübergehend in den Keller geräumt und dadurch Platz für das bequeme Gästebett bekommen. Außerdem überließ er Meldiriel die Hälfte seines Kleiderschranks, was aber kein großes Opfer war. Er hatte nämlich nur wenige, ausgewählte Klamotten, dafür aber einen riesigen alten Kleiderschrank.
„Fühl dich wie zu Hause", forderte er den Elfen auf. „Ich sag schon, wenn mir was nicht passt."
„Danke!", sagte Meldiriel und wollte seine Sachen aus dem Seesack nehmen, als sich die Schranktüren ganz von allein öffneten und alles fein säuberlich hineinschwebte. Es dauerte keine drei Minuten, da war alles bestens verstaut, sogar der Seesack lag zusammengefaltet auf dem Boden des Schrankes.
„Zeige dich, kleiner Zack!", verlangte Meldiriel amüsiert und der Wichtel gehorchte, wobei er hinter Oskar in Deckung ging.
„Keine Angst, ich schimpfe nicht! Ich freue mich, dass du dich so nützlich machst. Danke sehr! Trotzdem nehme ich dich mit zurück, wenn ich mit meiner Aufgabe fertig bin. Deine Eltern sorgen sich sehr."
„Ja, Herr", piepste Zack zögerlich. Er hatte sich schon so etwas gedacht, und genau genommen war es ohne die Geschwister zweitweise auch recht öde. Besonders, wenn Flora in der Schule war. Großmutter war lieb, aber sie war

auch streng und duldete keinen Schabernack.
„Nicht vergessen: Du bist Mel Àlfarson aus Island. Ein Gastschüler, der später hier studieren will", wiederholte Oskar noch einmal zur Sicherheit. Dann klopfte er dem Elfen aufmunternd auf die Schulter und ging mit ihm in den Garten hinaus.

Lucie und Philipp hatten Besorgungen gemacht und trafen praktisch gleichzeitig mit ihnen dort ein. Sie begrüßten Meldiriel auf das Freundlichste und boten ihm dann einen Platz am Tisch an.
Alle waren ein bisschen verlegen, aber das gab sich sofort, als Gertrude und Flora mit einer großen Schüssel voll geschnippeltem Gemüse und einer riesigen Platte belegter Brote aus der Küche kamen. Zum Dank für ihren – und Zacks – Fleiß, wurden sie mit einem lauten „Hallo" belohnt und die Stühle rasch so gerückt, dass alle herzhaft zugreifen konnten. Philipp kümmerte sich um die Getränke, während Oskar Mel vorstellte.
Zum Glück waren alle so hungrig, dass sie erst einmal tüchtig zulangten, bevor eine wahre Sintflut an Fragen über den armen Meldiriel hereinbrach. Alle plapperten so durcheinander, dass er ihre Fragen nicht verstand und hilfesuchend zu Gertrude blickte.
„Jetzt seid doch mal still und bedrängt den armen Mel nicht so", kam sie ihm sofort zu Hilfe. „Er wird euch schon noch von Island erzählen."
„Natürlich, das tue ich gern", bestätigte Meldiriel, der urplötzlich über einen Akzent verfügte, der Sophie praktisch dahinschmelzen ließ.
‚Der macht das richtig gut. Hoffentlich hält er das durch', dachte Oskar und erschrak, als er postwendend eine Antwort erhielt.
‚Selbstverständlich halte ich das durch', hörte er Mel in seinem Kopf und sah wie seine eisblauen Augen belustigt aufblitzen. ‚Ich bin doch kein Stümper!'
‚Das kann ja heiter werden', dachte Oskar grinsend und lauschte Meldiriel, der von Geysiren und Wasserfällen erzählte, von Vulkanen und dem ewigen Eis, das dem wilden Land seinen Namen gab. Er tat das so fesselnd und anschaulich, dass er alle in seinen Bann zog. Flora ging sogar zu ihm hin und setzte sich vertrauensvoll auf seinen Schoß.
„Oma hat gesagt, dass es in Island Elfen gibt. Stimmt das?", fragte sie und himmelte Meldiriel so offen an, dass Sophie sie darum beneidete.
„Oh, ja! Man nennt sie das ‚Unsichtbare Volk' und sie leben mitten unter den Menschen."

„Wie schön!"

„Sie haben ihre eigenen Wohnplätze, und es wird viel Rücksicht auf sie genommen. Man achtet feinfühlig darauf, ihre unsichtbaren Behausungen nicht zu zerstören. Die Menschen Islands leben im Einklang mit der Natur. Ihr könnt mich ja einmal besuchen, wenn ich meine Zeit hier erfolgreich absolviert habe."

Die Einladung war natürlich eine Floskel für seine Glaubwürdigkeit, aber Sophie fuhr voll darauf ab.

„Oh ja! Das wäre toll! Das mache ich. Nächstes Jahr in den Sommerferien vielleicht."

„Ja, vielleicht!", entgegnete Mel ausweichend und beantwortete noch viele weitere Fragen, denn natürlich wollten Lucie und Philipp auch so viel wie möglich über ihren neuen Mitbewohner wissen.

Alle hörten staunend zu und waren von Mel beeindruckt.

‚Er ist eindeutig der beste Mann für diesen Job', dachte Till im Stillen. ‚Es wird schön sein, mit ihm zusammenzuarbeiten und einen neuen Freund zu haben.'

Es war ein angenehmer Abend. Der Garten duftete nach Blüten und reifen Früchten, die Grillen zirpten, und die Vögel zwitscherten ein Abendlied.

Die Stimmung war entspannt, und obwohl zeitweise keiner sprach, war die Stille nicht belastend. Die unterschiedlichen Aufgaben, Sorgen und Probleme waren für eine Weile weit weg.

Philipp, Oskar, Hannes und Mel tranken ein Bier, die Mädchen und Till Omis feine Himbeerlimo und Gertrude und Lucie einen gut gekühlten Prosecco mit gefrosteten Beeren. Kurz und gut, in der Sonneberger Straße herrschte wohltuender Abendfrieden.

„Do you have a girlfriend, Mel?", fragte Sophie auf einmal in die Stille hinein.

Die Kerle feixten sofort unverschämt und gaben sich nicht mal Mühe, es zu verstecken. Gertrude und Lucie nahmen lächelnd einen tiefen Schluck aus ihren Gläsern, während Lilly sich heimlich amüsierte.

Warum Sophie auf Englisch fragte, erschloss sich keinem, aber in diesem Haus sprach und verstand es jeder. Sogar Flora beherrschte schon einfache Sätze und was ein ‚girlfriend' war, wusste sie natürlich auch.

Meldiriel holte tief Luft und dachte dabei kurz an ein Elfenmädchen namens Balwedhiel, das er in Island kennengelernt hatte.

„Nein, Sophie. Ich habe gerade keine Freundin. Mein Studium geht vor", erwiderte er mit seinem charmanten Akzent und diese Antwort war ganz nach Sophies Geschmack.

‚Keine Freundin? Das kann sich schnell ändern', dachte sie entzückt und versank beinah in Mels strahlend blauen Augen, bis er verlegen die Blickrichtung wechselte.

Lilly wollte ihm schon zu Hilfe kommen, da schrillte ein Popsong aus Sophies Telefon, den sie als Klingelton heruntergeladen hatte.

„Grausam", stellte Hannes fest und war dann still, weil er wissen wollte, wer Sophie am Abend anrief.

„Uli! Wie schön!", flötete Sophie ins Telefon, während sie tomatenrot anlief, weil sie sich ertappt fühlte. „Im Garten bei meiner Freundin Lilly und ihrer Familie. Willst du nicht auch herkommen?"

Lucie zog die Augenbrauen hoch und fand es dreist von Sophie, jemanden einzuladen, ohne vorher zu fragen, und war damit nicht allein.

Sie flirtete noch eine Weile am Telefon und brach dann unvermittelt auf. Offensichtlich hatte Uli keine Lust auf ein Treffen im Garten gehabt.

„Den Kerl muss ich sehen", sagte Lilly, als Sophie gegangen war, skeptisch. „Verschwindet tagelang und taucht dann plötzlich wieder auf. Da ist doch was faul. Nicht, dass der noch auf einer anderen Hochzeit tanzt."

„Naja, nichts gegen Sophie, aber was Kerle angeht, ist die ziemlich schräg", warf Oskar grinsend ein, und Till nickte bestätigend dazu.

Und wie das manchmal ist, war die Ruhe nach Sophies Aufbruch vorbei. Die Eltern gingen ins Haus, um fernzusehen, und Hannes trollte sich auch.

Als die ‚Eingeweihten' unter sich waren, wurde Zack sofort sichtbar, und Meldiriel nahm die Mütze ab, unter der er seine spitzen Ohren versteckt hatte.

„Deine langen Haare decken sie doch zu!", meinte Flora. „Alrick macht das auch immer so!"

„Apropos Alrick!" Meldiriel stand auf, um etwas Unsichtbares in den Abendhimmel zu werfen. „Er schickt euch dieses Leuchten als Zeichen, dass er mit Liebe an euch denkt", sagte er besonders zu Lilly, die wie alle anderen gespannt zum Himmel blickte.

Dort zeichneten sich, einer Lasershow gleich, bunte Formen und Linien ab. Sterne wechselten mit Kreisen oder eckigen Gebilden. Neongrün wechselte mit Purpur oder Signalgelb, es gab Regenbögen in Silber und Gold. Einem Kaleidoskop gleich änderten sich die Muster in kurzen Abständen, bis sie nach ein paar Minuten als Kaskade tausender Sterne vom Himmel stürzten und verloschen. Einfach wunderbar!

„Alrick ist der Allerallerbeste, und ich habe ihn schrecklich gern", flüsterte

Flora atemlos vor Staunen. „Und er mag uns auch, sonst würde er uns doch nicht so was Schönes schenken!"
„Stimmt, kleine Freundin. Aber nun muss ich euch noch das Neueste aus Arwarah berichten. Da hat sich einiges getan."
Sie rückten enger zusammen, und Meldiriel erzählte ihnen vom Dreieinigen Zepter, das sie finden und gegen Farzanah einsetzen wollten, von der gestohlenen Flöte und von der Reise zu Tibanas Haus, während der Alrick und er den Weltenbaum gefunden hatten. Er schilderte die Begegnung mit Ilea und den Zwergenbrüdern Eisenbeiß und zu guter Letzt Farzanahs angsteinflößenden Auftritt mit Ydraca und den Sieg, den die Herrin der Quellen für sie errungen hatte.

Als er fertig war, herrschte betroffene Stille. Sie hatten verstanden, wie heikel die Situation Arwarahs war.

„Was für Abenteuer! Nur gut, dass es neben den vielen schlechten Neuigkeiten auch ein paar gute gibt!", fasste Gertrude das Gehörte schließlich kopfschüttelnd zusammen.

„Ömchen, deinen Optimismus in Ehren, aber ich finde nichts Gutes an dem ganzen Scheiß", stieß Oskar erschüttert hervor. „Eine dunkle Fee auf einer fliegenden, feuerspeienden Schlange, die mit Tibana und der Herrin der Quellen kämpft. Das ist ja wie beim Kampf der Titanen!"

„Das Gute daran ist, dass die Herrin der Quellen sie in die Flucht geschlagen hat."

„Okay und weiter?"

„Dass es dieses Zepter gibt, mit dem man Farzanahs magische Kräfte bannen kann!", zählte Großmutter weiter auf. „Und dass die Dunkle in Arwarah ist und uns bei der Suche nach dem dritten Teil nicht in die Quere kommen kann!"

„Und der Weltenbaum!", fügte Meldiriel hinzu. „Ihr hättet ihn sehen sollen! Er ist so mächtig!"

„Okay, Ömchen!", sagte Oskar noch einmal. „Du hast mal wieder recht!"

„Und unser Part ist, so schnell wie möglich, das Fußteil dieses Dreieinigen Zepters zu finden", sinnierte Lilly. „Wo soll man denn da mit der Suche beginnen?"

Sie hatte ihre Frage kaum ausgesprochen, da ertönte von der Haustür her folgende Aufforderung: „Alle Klabautermänner, Sternengucker, Elfenliebhaber, Metal Lords, Großmütter und sonstige Nachtschwärmer – ab in die Betten! Morgen ist auch noch ein Tag! Ich sag schon mal gute Nacht!", rief Phillip und da war Widerspruch zwecklos.

15
Arayns Rückkehr

In Arwarah bat Tibana die Wichtel, ihren Reisekorb zu packen. Dabei ging es weniger um ihre Feengewänder, die aufgrund ihres feinen Gewebes auch in eine Nussschale gepasst hätten, als vielmehr um die Utensilien, die sie und Chrysius bei der Suche nach dem Bannspruch eventuell brauchen konnten.
Sie überlegte hin und her und entschloss sich dann, nur die wichtigsten Kräuter, Tränke und Kristalle mitzunehmen. Bücher waren nicht erforderlich, schließlich verwaltete Chrysius eine vollständige Bibliothek.
Als die Wichtel alles zusammengetragen hatten, polsterten sie den Boden des braunen Reisekorbs sorgfältig mit dem kleinen Teppich von der Wand aus, und ruckzuck war alles bruchsicher verpackt. Tibana nahm ihren Zauberstab und ließ das Gepäck auf eine reisefreundliche Größe schrumpfen.
„Gut gemacht, ihr fleißigen Gesellen! Auf geht's!", forderte Tibana die Wichtel auf. „Wir haben keine Zeit zu verlieren! Chrysius braucht unsere Hilfe!"
„Deine ganz sicher, aber unsere wird er nicht bekommen", sprach Tuck entschieden.
Tibana war erschüttert, so kannte sie ihre Wichtel nicht. Die waren in letzter Zeit wirklich aufmüpfig.
„Ah, ich verstehe. Ihr wollt gar nicht mit! Nun gut, dann bleibt halt da", antwortete sie nachsichtig, obwohl sie in ihrer Situation mehr Zusammenhalt erwartet hatte. Chrysius und sie waren alt und auf etwas Bequemlichkeit angewiesen, aber Zwang gab es in Arwarah nicht. Ohne die Wichtel weiter zu beachten, erneuerte sie ihren Schutzzauber über dem Haus und dirigierte den Reisekorb mittels ihres Zauberstabs zum Altarstein am See. Sie legte ihre Hände flach auf den Stein und schloss die Augen in höchster Konzentration.
„Herrin der Quellen!", formulierte sie ihre Bitte. „Du herrschst über alle Gewässer Arwarahs. Ich will auf Reisen gehen, um deinem Rat zu folgen und den Bannspruch zu finden. Gewähre mir dafür eine Passage zu Chrysius, denn die Zeit zum Handeln ist knapp und ich bin alt."
Sie hatte kaum ausgesprochen, da erhob sich der Wind und ein stärker werdendes Rauschen hüllte sie ein. Sie öffnete die Augen und sah, wie sich das Wasser zu einer mannshohen, blassblauen Röhre verwirbelte, deren Eingang sich in ihre Richtung verschob und den Blick auf eine Art Surfbrett freigab. Es bestand aus hunderten, eng nebeneinander schwimmenden Krebstieren

und hatte das gedrehte Horn eines Narwals als Mast. Nachdem zwei große Schildkröten ihren Reisekorb zwischen sich genommen hatten, betrat Tibana das Floß und hielt sich mit beiden Händen am Horn fest, als sich die kleinen Tiere in Bewegung setzten. Es war, als wären sie zu einer einzigen Kreatur verschmolzen. Die Fahrt war atemberaubend schnell, und obwohl die Röhre glasklar war, konnte Tibana das Drumherum nur schemenhaft sehen. Einmal glaubte sie, einen Schwarm bunter Fische zu erkennen, dann wieder Muscheln und Seesterne. Sie wusste nicht, ob sie schwamm oder lautlos zwischen watteweichen Wolken durch die Röhre glitt. Es war so wunderbar, dass sie am liebsten gejauchzt hätte, aber da endete ihre Reise schon und sie wurde behutsam im unteren Becken des riesigen Kaskadenbrunnens auf dem Universitätscampus abgesetzt.

„Von meinen nassen Füssen abgesehen, war das eine angenehme Reise", murmelte Tibana, als fröhliches Gelächter an ihre Ohren drang. Sie sah sich um und erblickte eine Gruppe junger Elfen, die beim Wiederaufbau halfen. Sie hatten die Fee im Becken stehen sehen, und eilten nun schnell herbei.

„*Mae govannen*, Herrin!" grüßten sie freundlich. „Können wir etwas für Euch tun?"

„*Mae govannen!*" antwortete Tibana. „Dankeschön! Es wäre nett, wenn ihr mir heraushelfen und mich dann zu Chrysius führen würdet", bat sie und zauberte ihre Schuhe trocken, bevor sie ihnen zum Eingang folgte, wo Chrysius sie mit offenen Armen empfing.

„Willkommen, liebste Freundin! Komm herein! Ich freue mich und kann deine fachkundige Unterstützung sehr gut gebrauchen. Seit Tagen durchsuche ich erfolglos alle möglichen Bücher und Schriftstücke und wünschte mir, es würde schneller gehen", sagte er und führte sie in sein Arbeitszimmer. „Doch zuallererst musst du mit mir essen. Ich wollte nämlich gerade eine Pause machen!"

„Nur zu gern, mein alter Freund. Verzage nicht! Gemeinsam werden wir gut vorankommen. Aber für unser Wohl müssen wir selbst sorgen, denn die Wichtel wollten partout nicht mit."

„Oh je! Sie haben bestimmt Angst und fühlen sich nur zu Hause beschützt."

„Ach was! Vermutlich hoffen sie, das Meldiriel bald aus Saalfeld zurückkehrt und Zack zu ihnen bringt", erklärte sie und griff nach ihrem Zauberstab, um ein Mahl herbeizuzaubern, aber Chrysius hielt sie freudestrahlend davon ab.

„Warte und sieh, was mir beim Wiederaufbau in die Hände fiel", sagte er stolz und wies dabei auf einen unscheinbaren Tisch, der neben seinem großen Sessel stand. Tibana betrachtete ihn eingehend und wusste sogleich, woran sie war.

„Ein ‚Tischlein deck dich'!", rief sie erfreut. „Das ist allerdings großartig."

„Ja, und es sollte vermutlich im Gewölbe der magischen Gegenstände sein", lächelte Chrysius verschmitzt. „Aber ich bin ein alter Mann, dem ein wenig Luxus guttut, und so habe ich es als Dauerleihgabe hierhergebracht. Lass es uns nutzen, während du mir das Neuste erzählst."

Das Tischlein funktionierte reibungslos und kredenzte im Nu die schmackhaftesten Köstlichkeiten. Tibana und Chrysius schmunzelten vertraut und langten herzhaft zu. Wer wusste schon, wann sie bei all der Arbeit wieder Zeit für eine Mahlzeit hätten?

Als alles Neue ausgetauscht und Hunger und Durst gestillt waren, räumte sich das Tischlein ab, während die beiden in die geheimen Gewölbe gingen, um zu arbeiten.

„Ich bin jedes Mal von Neuem beeindruckt, wenn ich diese Bibliothek betrete. Sie ist so voll mit altem Wissen und Magie, dass man es förmlich spüren kann", sagte Tibana und setzte sich genau dort an den großen Lesetisch, wo vor ein paar Tagen König Arindal gesessen hatte.

„Ja, dieser Bestand ist höchst brisant und unersetzlich. Hier ist alles Wichtige aufbewahrt, das jemals in Arwarah geschrieben wurde und noch erhalten ist. Wir werden etwas über den Bannspruch finden, es ist lediglich eine Frage der Zeit – die wir aber eigentlich nicht haben", fügte er abschließend noch hinzu.

Tibana nickte. „Würdest du mir bitte zuerst die Abbildung des Dreieinigen Zepters zeigen, von der Meldiriel mir berichtet hat? Ich muss mir selbst ein Bild machen, ob ich es irgendwo in meinem langen Leben zufällig schon einmal gesehen habe."

Tibana studierte das Bild und den zugehörigen Text minutenlang. Sie war dabei so konzentriert, dass sie die letzten Zeilen sogar laut vorlas:

> *Es enthält das allumfassende Wissen dreier Welten, aus dem es seine Kraft beziehet: das der Menschenwelt, der Feenwelt und das der oberen und unteren Elfenwelt.*
>
> *Darum ward es auch aus drei Teilen gemacht: Ein Teil gearbeitet von Menschenhand, eins hergestellt von den Feen und ein Teil gefertigt von den Elfen.*

⚠ Wegen seiner unbändigen Macht erweckte es die Gier böser Zauberer und Hexen und ward darum von den Alten in seine drei Teile zerleget. Dieselben wurden einzeln verborgen, sodass keiner das Versteck der anderen kenne, auf das niemand das Wissen unbefugt und grundlos nutzen kann. Sollte es dennoch gelingen, selbige Teile zu gewinnen, so kann allein eine mächtige Dreieinigkeit über das Wissen und die unbändige Magie bestimmen.

Danach stützte sie den Kopf in die Hände und dachte über das Gelesene nach. „Nun gut! Jetzt wissen wir, von wem es erschaffen wurde, was es kann und was damit geschah. Was sonst hast du herausgefunden? Gibt es andere Aufzeichnungen und Ergänzungen?"

„Nichts dergleichen", antwortete der Alte resigniert. „Ich habe angefangen, mich Stück für Stück durch alle Schriften zu lesen, die vom Alter her in Frage kommen. Ich fand hier und da den gleichen Text in Teilen, komplett oder in Sindarin und Quenya übersetzt. Sonst nichts. Es ist zum Verzweifeln. Tibana, was wird, wenn wir das Zepter nicht bekommen oder nicht benutzen können? Was, wenn die Dunkle es zusammensetzt?"

„Wer weiß schon, was sie wirklich will, aber in einem kann ich dich beruhigen: Egal, wie mächtig sie ist, ohne besagte Dreieinigkeit kann auch sie das Zepter nicht benutzen."

„Das ist wahr! Wahrscheinlich weiß sie auch nicht, wer oder was das ist", sagte der Alte schon etwas ruhiger.

„Trotzdem dürfen wir sie nicht unterschätzen. Sie will verhindern, dass wir das Zepter gegen sie gebrauchen können."

„Und durch den Diebstahl der Flöte hat sie das momentan auch geschafft und eindrucksvoll zur Schau gestellt. Während wir noch auf dem Holzweg waren, war sie uns einen großen Schritt voraus. Sag, Tibana, glaubst du, dass man Farzanah auch ohne Zepter bannen kann? Zum Beispiel durch den Weltenbaum?"

„Oh, nein! Das glaube ich nicht. Sie ist stark und wird jedem unserer Zauber mit einem eigenen entgegenwirken. Das Volk der Elfen ist mutig, aber seine Magie ist mehrheitlich naturverbunden und allein nicht stark genug, um gegen die Macht und den gewaltigen Zauber Farzanahs anzukämpfen. Du weißt ja, dass die Herrin der Quellen und ich außer Farzanah die einzigen

Feen im Lande sind. Alles wäre anders, hätte das Feenvolk Arwarah damals nicht im Streit verlassen. Was wir jetzt brauchen, ist eine Allianz aller guten Wesen hier und die Macht des Dreieinigen Zepters, um Farzanah und Ydraca die Stirn zu bieten."

„Diese verfluchte Schlange hätte nun wirklich in ihrem sumpfigen Höllenloch bleiben können", fluchte Chrysius entgegen seiner sonst so besonnenen Art.

„Stimmt! Auch sie ist unser Feind und giert nach Rache. Was für eine finstere Situation. Wahrlich, gegen etwas unerwartete Hilfe hätte ich nichts einzuwenden. Hast du nicht irgendwo eine Wunderlampe, die wir reiben könnten, bis der Dschinn erscheint?", spottete Tibana bitter.

„Du wirst es nicht glauben, aber an so etwas habe ich tatsächlich auch schon gedacht. Etwas oder jemand, der oder das uns zu Hilfe kommt, wie ein Ass im Ärmel."

„Genau! Aber träumen wir später weiter, jetzt sollten wir besser einen Zahn zulegen, wenn wir vorankommen wollen."

Es grenzte schon an Verbissenheit, wie die beiden immer weiterarbeiteten. Pergamentrollen, Bücher, Blätter, alles wurde überflogen und quergelesen, aber sie fanden nichts über einen Bannspruch, der zu dem Zepter passte. Ab und zu legten sie ein Blatt beiseite, um es später noch einmal genauer zu prüfen. Unterdessen verbreiteten die magischen Lampen unentwegt ihr Licht im Raum, sodass die beiden nach und nach jegliches Zeitgefühl verloren.

Ob es schon morgens war? Tibana richtete sich seufzend auf und streckte ihre Glieder. Nicht einmal Chrysius' muntermachender Trank vermochte es, sie dauerhaft zu stärken.

„Ich brauche frische Luft und ein wenig vom Tischlein, alter Freund! Lass uns eine Pause machen", schlug sie nach vielen Stunden vor.

Chrysius nickte. Auch er war müde, und seine alten Knochen taten ihm weh. Mit einer schnellen Handbewegung löschte er die Lichter und folgte Tibana auf den Flur, wo er die Tür ordnungsgemäß verriegelte und sich sogar zweimal vergewisserte, dass sie auch wirklich abgeschlossen war. Es waren böse Zeiten und die Widersacher konnten schließlich auch in freundlichem Gewand daherkommen.

Die Sonne war erst im Begriff aufzugehen, aber ihre Strahlen wärmten schon. Es war wunderbar still, nur ein paar besonders eifrige Singvögel tirilierten in den jungen Tag. Chrysius und Tibana wandten ihre müden Gesichter ins

Licht, um Energie zu tanken, und die alte Fee lächelte still in sich hinein.
‚Für meine letzten Lebensjahre wollte ich eigentlich nur noch solche Tage erleben, sonnig und friedlich, und wie alle anderen glaubte ich, wir hätten das erreicht.' Sehnsuchtsvoll dachte sie an Gertrude. Sie hatten sich lange nicht persönlich getroffen, sich nicht umarmt und nicht in dem herrlichen Garten gesessen. ‚Bald, liebste Freundin, bald!', dachte sie.
Auch Chrysius hing seinen Gedanken nach. Sie waren eher praktischer Natur, denn er wünschte sich ein gutes Frühstück und viel von Tibanas heilsamer Arnikasalbe auf seinem gebeugten Rückten.
Nach einer Viertelstunde gingen sie hinein und ließen sich beim Feuer nieder.
„Das tut gut", brummte Chrysius behaglich und dirigierte das „Tischlein deck dich" herbei. Sie stellten es zwischen sich und sahen zu, wie es sich mit frischen Köstlichkeiten deckte. Dann aßen und tranken sie und zündeten sich zu guter Letzt ein Pfeifchen an.
„Es ist viel schöner, sein Glück zu teilen!", stellte Chrysius fest, während er die Blätter, die er in der Bibliothek zur Seite gelegt hatte, aus der riesigen Tasche seines Gewandes zog.
„Ja!" seufzte Tibana und streckte ihre Füße zum Feuer aus, während sie genüsslich an ihrer Pfeife zog. „Jetzt geht es mir wieder besser, alter Freund."
„Mir auch!" Chrysius nickte, während er ein Tässchen Mokka schlürfte. Dann begann er, die Blätter auf dem Tischlein auszubreiten. Sie ähnelten denen, die er mit Arindal gefunden hatte, enthielten Abbildungen der einzelnen Teile und etwas erklärenden Text.
Chrysius ordnete sie der Reihe nach. Zuerst das Elfenlicht, als zweites Alricks Flöte und zuletzt die Zeichnung mit dem Fuß und die Seite mit dem Text. Plötzlich stutzte er. „Wissen wir eigentlich, wer welches Teil gefertigt hat? Steht das irgendwo?"
„Auf dem letzten Blatt, mein Lieber! Anstatt zu paffen, hättest du es gründlicher lesen sollen", schmunzelte die Fee. „Ich fasse es kurz für dich zusammen."
„Danke sehr", sagte Chrysius und zündete grinsend seine Pfeife wieder an.
„Vor tausend Jahren wurde der Lichtkristall des Elfenlichts von den Elfen aus den Bergen von Sinbughwar gebrochen. Er wurde geschliffen und im magischen Feuer der Drachen gehärtet. Die Zwerge schmiedeten die silberne Fassung und die Schale dafür. Es wird auf Alricks Flöte gesteckt, die von Menschen aus dem magischen Silber der Zentauren geformt wurde. Bleibt noch der Fuß des Zepters. Er wurde vom Volk der Feen gefertigt. Schau nur, wie prächtig die silberne Blüte ist, in deren Zentrum die Flöte befestigt wird."
„Beeindruckend! Nun wüsste ich gerne noch, wer so mächtig war, es zu

erschaffen und wie all das Wissen hineingekommen ist", sinnierte Chrysius und zog ein paar Mal so heftig an seiner Pfeife, dass er husten musste.
Er hatte kaum ausgesprochen, als plötzlich ein kühler, duftender Hauch durch das Zimmer wehte, und das Feuer im Kamin aufflackern ließ. Tibana fröstelte, und die kleinen Haare auf ihren Unterarmen stellten sich auf, obwohl ihr der Duft seltsam vertraut vorkam. Drohte Gefahr? Instinktiv stand sie auf und erzeugte mit Hilfe ihres Zauberstabes einen Schutzkreis um sie herum, während Chrysius die Tür im Auge behielt.
„Nicht doch, Tibana! Ist das etwa eine angemessene Begrüßung für deinen Bruder, der so lange abwesend war?", fragte eine wohlklingende, sonore Stimme, der man ein unterdrücktes Lächeln anhörte. „Wie ich sehe, bist du noch immer so streitbar wie eh und je!"
Der Schutzschild verblasste ohne Tibanas Zutun und aus der Dunkelheit des Flurs trat ein hochgewachsener, breitschultriger Feenfürst zu ihnen in den Raum.
„Bruder!", rief Tibana voll Herzlichkeit. „Du kommst im rechten Augenblick!" Die Geschwister umarmten sich innig, und auch Chrysius reichte ihm die Hand.
„Bruder! Ist es möglich?", wiederholte die Fee aufgewühlt, mit Tränen in den Augen. „Es ist Jahrzehnte her, seit du Arwarah verlassen hast."
„Jahrzehnte, was in einem Feenleben recht wenig ist. Aber ja, nun sind wir zurück und wir werden bleiben!"
„Wir, sagst du? Wer ist denn wir?", verlangte Chrysius zu wissen.
„Viele von denen, die Arwarah verließen, als der zweite große Krieg in der Menschenwelt tobte. Damals gab es so viele Tote und wertvolles Gut wurde unwiederbringlich vernichtet. So etwas darf in Arwarah nicht sein! Wir haben die Sihde, Irlands sagenumwobene Feenhügel, verlassen und sind in unsere Häuser in Arwarah zurückgekehrt, weil wir an eurer Seite gegen Farzanah kämpfen wollen. Wir erkennen Arindal als unseren König an und werden ihm folgen."
„Das Ass im Ärmel", flüsterte Chrysius ergriffen. „Die unerwartete Hilfe, die wir herbeigesehnt haben!"
Tibanas freudige Aufregung hatte sich etwas gelegt und leise Zweifel begannen an ihr zu nagen. Lief das nicht irgendwie zu glatt? Sie träumten von Hilfe und urplötzlich war sie da? So lange hatte sie nichts von Arayn gehört! War das vielleicht ein Trugbild? Oder ein Verwandlungszauber den Farzanah gewebt hatte? Jemand, der ihr in der Gestalt ihres Bruders erschien? Jemand, der sie in Sicherheit wiegen wollte? Seine Magie war so mächtig. Im Null-

kommanichts hatte er ihren eilig gewebten Schutzschild durchbrochen. Wie konnte das alles sein?

Arayn bemerkte den Zweifel in Tibanas Blick und wäre sicher beleidigt gewesen, hatte er nicht erkannt, dass sie nur vorsichtig war. Eine Vorsicht, die ihr durch Farzanah zur zweiten Natur geworden war. Er stellte sich vor sie und strich sein langes dunkles Haar hinter die Ohren.

„Erinnere dich! Du selbst hast mich einst mit einem untrüglichen Mal gezeichnet. Und nur du und ich wissen, wie es dazu kam", sagte er mit einem liebevollen Lächeln, dass seine markanten Züge weich erscheinen ließ. Er schaute sie so offen an, dass Tibana bis auf den Grund seiner Seele blicken konnte. Dort fand sie Stolz, Mut und auch Schmerz, aber keine Lüge oder Falschheit und schon gar keinen Verrat.

„Gütige Mächte, wie konnte ich das vergessen! Verzeih mir, Bruder, ich werde wohl etwas übervorsichtig auf meine alten Tage", sprach sie bewegt und strich dabei sacht mit den Fingern über sein linkes Ohr, dessen Spitze auf kuriose Weise gespalten war. Als junge Feen hatten sie es mit der Vorsicht beim Zaubern nicht so ernst genommen und sich ab und zu im Zweikampf geübt. Ein Ergebnis dieser Wettbewerbe war Arayns geteiltes Ohr und ein sonnenförmiges Mal auf ihrer linken Schulter. Die Verletzungen hätten geheilt werden können, aber sie hatten sie damals als Mahnung an ihren Leichtsinn behalten.

„Wie hast du mich gefunden, Arayn? Nur wenige wissen, dass ich hier bin."

„Die Wichtel aus deinem Haus sagten es mir. Zeigt euch!", befahl er mit majestätischer Stimme und auf einmal saßen fünf Wichtel nebeneinander auf dem Tisch. Sie baumelten mit ihren kleinen Beinen, blickten von einem zum anderen und taten, als ob sie kein Wässerchen trüben könnten.

„Wir hatten Angst vor ihm", gestand Mirla zaghaft. „Er ist einfach durch den Schutzschild gekommen, und da er dein Bruder ist, haben wir es ihm gesagt."

„Schon gut, ihr Lieben. Ich bin froh, dass ihr da seid und meinen Bruder mitgebracht habt", sagte Tibana gütig und die Wichtel waren froh, davongekommen zu sein.

„Fleißige Wichtel im Haus, das ist wunderbar!", sagte Chrysius zufrieden. „Es wird Gelegenheiten geben, da ihr uns beherzt zur Hand gehen könnt."

„Wir dienen nur Tib…", wollte Tuck schon wieder protestieren, aber ein warnender Blick Arayns ließ ihn sofort verstummen.

„Wir erwarten Geschlossenheit. Jeder muss an seinem Platz das Beste geben, dass er zu geben vermag", erklärte der Feenfürst bestimmt. „Und ihr seid immens wichtig auf eurem Platz."

Arayns Worte nahmen Tuck augenblicklich den Wind aus den Segeln. Wich-

tig, ja das waren sie bestimmt. Wichtel und wichtig – das sind ja beinahe die gleichen Wörter. Sie hoben stolz die Köpfe und sahen gleich viel bedeutender aus als eine Minute zuvor.
„Nimm Platz, iss und trink, während wir dich über die Ergebnisse unserer Suche in Kenntnis setzen", sprach Chrysius und dirigierte einen weiteren Sessel herbei. „Wir können deinen Rat gut gebrauchen."
Arayn folgte der Aufforderung und griff lächelnd nach einem Stück Obst, das auf den Wink des Alten plötzlich in einer Schale auf dem Tischlein stand.

„Was das Zepter angeht, kann ich euch beruhigen! Darüber weiß ich vermutlich sogar mehr als ihr."
„Wie ist das möglich?"
„Reiner Zufall, Tibana! Hier gibt es nur die Aufzeichnungen unserer Bibliothek. Aber die weisen Feen der Sidhe Irlands lernen direkt von den Unvergänglichen, die ihren Wohnsitz am Ufer des Ewigen Flusses haben. Die Unvergänglichen sind Jahrtausende alt und besitzen Weisheit und Wissen, das uns längst verlorenging. Von ihnen erfuhr ich, dass Arwarahs Zepter nicht das einzige ist, dass gefertigt wurde. Aber es ist das letzte, das noch existiert. Es ist ein gigantischer, magischer Wissensspeicher und wurde ursprünglich als Siegel für ein Bündnis zwischen den Menschen und dem Verborgenen Volk gemacht. Es soll nicht der Durchführung billigen Zaubers dienen, sondern dem Erhalt des Friedens. Es ist ein Symbol und kann, so wie es da steht, nur von einer bestimmten Dreieinigkeit zum Bewahren des Friedens genutzt werden!"
„Ah! Dann müssen wir also jetzt nach den Nutzern suchen!", stellte Chrysius folgerichtig fest und zog an seiner Pfeife, die längst kalt geworden war.
„Genau wie es im alten Grimoire steht!", fügte Tibana hinzu. „Wir müssten nur wissen, wer das ist!"
„Dann stehen wir ja wieder am Anfang! Was tun wir denn jetzt?"
„Was wir immer tun, wenn wir eine Eingebung brauchen", sagte Arayn würdevoll und forderte die Wichtel auf, Tibanas und Chrysius' Reisegepäck zu holen. „Wir tanzen."
Er forderte die beiden Alten auf, sich zu erheben, ergriff ihre Hände und murmelte einen Zauberspruch, währenddessen die Wichtel gerade noch rechtzeitig in Arayns große Manteltasche sprangen.
Die Lichter erloschen, und ein mächtiger Schutzzauber legte sich über die Bibliothek, während sich der Raum um sie herum in einem Strudel aus Nebel auflöste.

16
Ein fröhliches Wiedersehen

Die Feenhügel in den malerischen Gefilden Arwarahs waren seit dem Auszug des Feenvolkes unbewohnt geblieben. Man hatte sie jahrzehntelang der Natur überlassen, aber als die kleine Gruppe Reisender von Zaâmendra dort eintraf, erstrahlten sie bereits wieder im alten Glanz.

Die fleißigen Ankömmlinge hatten die wild gewachsenen Sträucher entfernt, die sandigen Wege vom Unkraut befreit und die Wohnungen instandgesetzt. Das frische Gras auf den Hügeln war geschnitten und leuchtete in saftigem Grün. Sogar der Tanzplatz, der inmitten der Hügel lag, war schon mit frischen, weißen Kieseln bestreut worden.

Als Tibana darüber schritt, war sie so gerührt, dass ihr ungewollt ein paar Tränen über die Wangen kullerten. Von zahlreichen Erinnerungen erfüllt, bemerkte sie in diesem Moment, wie schmerzlich sie die Feen ihres Clans vermisst hatte. Um ihrer Erregung Herr zu werden, schloss sie die Augen und holte ein paarmal tief Luft.

Als sie sie wieder öffnete, war sie von lachenden, fröhlichen Feen umringt. Einige davon waren alte Bekannte, andere waren ihr fremd. Sie hatten sich Arayn angeschlossen, um Arwarah zu befreien und wieder in der alten Heimat zu leben.

Man begegnete ihr überall mit Anerkennung und Respekt, da man wusste, wie mutig sie und die Menschenkinder für die Befreiung Arindals und die Rettung des Elfenlichts gekämpft hatten.

Arayn steckte liebevoll seinen Arm unter den ihren und geleitete sie stolz zu einer langen Tafel, die zwischen den alten Kultsteinen des Feenvolkes aufgestellt worden war. Er führte sie zu dem Platz an der Stirnseite und setzte sich ihr genau gegenüber. Er war ein Feenfürst und Tibana, seine Schwester, bekleidete denselben hohen Rang.

Es dauerte nicht lang, und die Tafel füllte sich mit fröhlichen Gästen. Chrysius erhielt einen Ehrenplatz an Tibanas rechter Seite. Er war überglücklich und wirkte um Jahrzehnte verjüngt. Nur in seinen geheimsten Träumen hatte er gehofft, Arwarah jemals wieder von Feen bewohnt zu sehen.

Tibana sah an der Tafel entlang und erkannte Melusine, Esterelle, Maruna und Silvana aus Böhmen, Frau Holle und die Regentrude und noch viele andere. Sie waren fröhlich und zufrieden und plauderten miteinander.

Selbst die Wichtel waren ganz aus dem Häuschen. Sie saßen an einem kleinen Tisch und waren überaus erfreut, heute mal Gast und nicht Diener zu sein. Nachdem die Speisen aufgetragen waren, klopfte Arayn mit einem Löffel an sein Glas. Als es ruhig geworden war, stand er auf und hielt eine Rede, in welcher er sich bei den Feen und Feërn für ihre Arbeit beim Aufbau der Siedlung bedankte und eine kurze Einschätzung zur Lage gab. Er sprach kurz über Farzanahs neue Bündnisse und ihren Angriff mit der Schlange an Tibanas See.

„Ja, meine Freunde! Sie ist stark, aber wir sind es auch", rief er enthusiastisch. „Bösem werden wir mit allen Mitteln entgegenwirken! Lasst uns mit unserem König gemeinsam einen Zauber wirken, wie ihn die Welt noch nicht gesehen hat!" Er erhob sein Glas und alle standen auf und taten es ihm gleich. „Auf Arwarah!"

„Auf Arwarah!", erwiderte das Geheime Volk kraftvoll und selbstbewusst.

„Und nun sei das Mahl eröffnet! Greift zu, esst und trinkt, und danach wollen wir tanzen."

Das ließ sich niemand zweimal sagen. Alle langten kräftig zu. Die lange Reise und die Instandsetzung ihrer Wohnungen hatten ihnen einiges abverlangt. Auch Zauberei ist kräftezehrend.

„Es ist wirklich unglaublich, was für eine böse Entwicklung Farzanah genommen hat", sagte Frau Holle beim Essen zu Tibana. Sie waren ungefähr gleich alt und kannten sich schon ihr Leben lang. „Erinnerst du dich, wie oft ich sie als junge Fee bei bösem Schabernack gegen die Menschen stoppen musste? Ich denke nur an Schneewittchen. Farzanah war es, die der Stiefmutter das Gift für den Apfel gab. Es kostete mich viel Mühe, das Schlimmste zu verhindern."

„Nein", gestand Tibana. „Ich wusste nicht, dass sie ihr Unwesen schon so lange treibt."

„Doch! Und nun reicht es ihr nicht mehr, Kröten in Brunnen zu setzen oder Liebschaften auseinanderzubringen, jetzt will sie sogar die Herrschaft an sich reißen. Ich hoffte, sie wäre mit der Zeit friedlicher geworden, aber da hat sich die alte Holle gründlich geirrt", fügte sie kopfschüttelnd hinzu.

„Resigniere nicht, liebe Frau Holle! Diesmal machen wir Nägel mit Köpfen und stoppen sie ein für alle Mal", munterte Tibana ihre Tischnachbarin auf. Sie stießen mit ihren Gläsern an und vergaßen die Dunkle für den Rest des Abends.

Die Teller und Schüsseln auf der Tafel leerten sich, und die Gespräche wurden leiser. Der Mond begann seine himmlische Reise, und mit ihm traten die Frösche, Libellen und Nachtigallen auf den Plan – eine Kapelle, die nur aus den virtuosesten Vertretern der jeweiligen Art bestand. Ihre wundersame Musik und ihr lieblicher Gesang waren so bezaubernd, dass alle in ihren Bann gezogen wurden.

Kaum klangen die ersten Töne himmelwärts, erhoben sich die Feen zum Reigen. Sie bildeten einen Kreis, fassten sich bei den Händen und bewegten sich mit den traditionellen Schritten und ganz in die Musik versunken. Silbernes Mondlicht beschien die anmutige Szene und ließ die hauchzarten Gewänder schimmern. Bänder und Röcke wehten im lauen Nachtwind, sodass sie ein unwissender Beobachter wohl für Flügel halten könnte.

Feen und Elfen lieben den Tanz so sehr, dass sie dabei manchmal Raum und Zeit vergessen. Sie finden darin neue magische Kraft und Entspannung. Dieser Tanz währte jedoch nur eine Nacht, denn im Morgengrauen brachen die Feen auf, um König Arindal zu treffen.

17

Der Nebelzauber

In der Zwischenzeit hatte sich vieles an Arindals Hof verändert. Der landesweite Aufruf, sich dem König gegen Farzanah anzuschließen, hatte so viele Freiwillige zur Burg gerufen, dass die Unterbringung innerhalb der Mauern nicht mehr möglich war. Aber da die Sonne im Spätsommer noch warm war, hatte Arindal seinen Hof nach draußen verlegt.
Das Zeltlager war gut organisiert. Die Zelte standen im Quadrat um den Brunnen herum, wobei das große Versammlungszelt eine ganze Seite einnahm. Ein paar Meter daneben gab es ein zweites Lager, das um eine mobile Feldschmiede gebaut worden war, in der das Feuer Tag und Nacht brannte. Dort hatten sich die Zwerge niedergelassen, die den Brüdern Eisenbeiß zum König gefolgt waren.
Die Kunde über die Rückkehr der Feen war inzwischen bis an Arindals Hof gelangt. Er erwartete sie und stand bei ihrer Ankunft am Hof festlich gekleidet zur Begrüßung bereit. Ihre überraschende Rückkehr war höchst willkommen, denn auf ein Bündnis mit den mächtigen Feen hatte niemand zu hoffen gewagt.
„Mae govannen! Mae govannen, Freunde!", hörte man es wieder und wieder, bis scheinbar jeder jedem die Hand geschüttelt hatte.
Arayn war angenehm überrascht. Nach seiner langen Abwesenheit hatte er mit mehr Distanz von Seiten des Königs gerechnet, doch dieser empfing ihn mit ehrlicher Freude und Herzlichkeit.
„Richtet euch ein, Freunde!", sagte Arindal nach einer Weile. „Noch gibt es keinen Grund, auf Komfort zu verzichten! Später, wenn das Horn erklingt, lade ich euch alle zu einem Freudenmahl ein."
Die Feen ließen sich nicht bitten und schafften mittels ihrer Zauberstäbe mühelos ausreichend Unterkünfte. Alrick lud Tibana und Chrysius zu sich in das königliche Zelt ein, das genügend Raum für sie alle bot.
Die Wichtel, die seit Arayns Rüge sehr beflissen waren, richteten in Windeseile zwei bequeme Schlafkabinen für die beiden Alten ein. Sie räumten den Reisekorb aus, der inzwischen seine wahre Größe zurückerhalten hatte, und beschlossen, ihn als ihr eigenes Domizil zu nutzen. So hatte jedermann zu tun, bis das Horn sie an Arindals Tafel rief.

Es war ein malerisches Bild, die anmutigen Feen und Elfen in ihren leuchtenden Gewändern und den Blumen im Haar, friedlich vereint mit den in Leder gekleideten, kriegerischen Zwergen speisen zu sehen.

„Ich habe mich im Lager umgesehen und finde, dass dies eine recht kleine Streitmacht ist", sagte Arayn zu Arindal. „Oder erwartet Ihr noch weitere Leute?"

„Nein, Arayn. Das sind leider alle. Es leben nicht mehr viele vom Geheimen Volk in dieser Gegend und die Clans haben alle Kräfte aufgeboten, die sie entbehren können. Einige sind in den Dörfern geblieben, um sie notfalls zu verteidigen. Andere sind Farzanah treu ergeben und leben nun als Dunkelelfen am Fuß der Berge. Aber jetzt seid ihr ja da und das Kräfteverhältnis wird damit etwas ausgeglichener."

Arayn nickte. „Wenn es stimmt, dass sich die Dunkle erneut mit den Orks verbündet hat, sind wir für einen offenen Kampf dennoch viel zu wenig. Darum vertrete ich Eure Meinung, ihn weitestgehend zu vermeiden und es lieber mit Magie auszufechten."

„Sorgt Euch nicht um die, Herr Arayn. Die machen wir im Handumdrehen platt", prahlten die Eisenbeißbrüder großspurig. „Allerdings wäre es gut zu wissen, wann es endlich losgeht. Wir stehen schon längst bereit!"

Arayn sah die Zwerge verächtlich an. „Ganz hübsch streitbar, die Herren Zwerge. Wie viele von eurer Größe soll man denn auf einen Ork ansetzen?"

Die Zwerge waren sofort beleidigt, doch Tibana griff beschwichtigend ein. „Bruder!", sagte sie an Arayn gewandt. „Der König ist ein Bündnis mit dem Clan Eisenbeiß eingegangen. Sie sind unsere Verbündeten, und du solltest sie auch so behandeln."

Keiner außer Tibana hätte es gewagt, den Feenfürsten zu tadeln. Lindriel und Emetiel hielten den Atem an, während Rinal und Imion sich scheinbar hingebungsvoll dem letzten Stück Wildbret widmeten. Alle waren einer Meinung: Was sie jetzt am wenigsten brauchten, war ein Streit in den eignen Reihen.

Arayn winkte ab. In seinen Augen waren die Zwerge nicht vertrauenswürdig. Sie hatten in der Vergangenheit viel zu oft die Seiten gewechselt und zu ihrem eigenen Vorteil und Reichtum gehandelt.

Während sich Stille an der Tafel ausbreitete, waren die Zwerge wütend aufgesprungen und standen, mit den Händen an den Äxten, kampfbereit da. Sie blickten Arayn drohend an, es hätte nicht viel gefehlt und sie wären auf ihn losgegangen.

„Wenn du willst, können wir dir zeigen, wie viele von uns nötig sind, um einen Feër zu erledigen", zischte einer der Brüder.

„Hochmut kommt nämlich bekanntlich vor dem Fall", fügte der andere hinzu. Dann traten sie vom Tisch zurück, um sich die notwendige Bewegungsfreiheit zu verschaffen.

Als Arayn ebenfalls aufstand, war es mit der friedlichen Willkommenstafel vorbei. Bis auf den König und seine Getreuen, sprangen alle auf und brachten sich ein Stück weit in Sicherheit.

Dieser Zwischenfall war schier unglaublich und bewies, auf welch dünnem Eis die Union gegen Farzanah stand. Keiner wollte Partei ergreifen und es sich mit der einen oder anderen Seite verderben, stattdessen waren alle Augen auf Arindal gerichtet, der besonnen handelte, wie es sich für einen wahren König gehört.

„Arayn, Euer voreiliges Urteil beruht auf Erfahrungen, die der Vergangenheit angehören und ich kann es nicht dulden, dass Ihr an meiner Tafel respektlos mit meinen anderen Verbündeten sprecht. Es gibt keinen Grund, den Zwergen zu misstrauen. Sie kamen uns, genau wie Ihr, aus freien Stücken zu Hilfe, und ich versprach ihnen die Befreiung ihrer Familien dafür. Farzanah ist in ihre Gebiete eingefallen, hat die Erzvorhaben geplündert und die Schmiedemeister in die Zwangsarbeit entführt."

Arayn presste beschämt die Lippen zusammen. Vom König gerügt zu werden, hatte er nicht erwartet. Er war wohl doch zu lange weg gewesen, um alles gut zu überschauen. Er machte den Anflug einer Verbeugung und sagte widerwillig: „Gebrüder Eisenbeiß, wenn das so ist, dann verzeiht!" ‚Aber seid gewiss, dass ich euch im Auge behalten werde', fügte er in Gedanken hinzu.

Arindal nickte ernst. Er war froh über die Rückkehr des Feenvolkes, aber er kannte auch ihren unbeugsamen Stolz, der sich scheinbar nur wenig von dem der Zwerge unterschied.

„Und nun zu euch, Gebrüder Eisenbeiß! Es ist niemandem erlaubt, an meiner Tafel die Hand an die Waffe zu legen, und wären die Umstände nicht so angespannt, würde ich euch dafür bestrafen. So aber bitte ich euch, einsichtig zu sein und zu verstehen, dass neues Vertrauen nicht leicht zu finden ist. Man muss es sich verdienen."

Er machte eine beschwichtigende Handbewegung und die Zwerge ließen von ihren Äxten ab. Sie verneigten sich vor Arindal, bedachten den Feenfürsten mit einem Nicken und wandten sich der Schmiede zu.

Tibana war entsetzt. Arayns Stolz auf der einen Seite und die Streitsucht und Überempfindlichkeit der Zwerge auf der anderen, – na, das konnte ja heiter

werden. Auch sie beschloss, alle im Auge zu behalten.
Doch fürs Erste hatte sich die Aufregung gelegt. Viele der Anwesenden bedankten sich für das gute Mahl und gingen wieder ihren Aufgaben nach, während die engsten Vertrauten beim König blieben.
„Trotz allem haben die Zwerge eine wichtige Frage gestellt!", sagte Alarion, als sie weitestgehend unter sich waren. „Können wir irgendwie herausfinden, wie es um Farzanahs Lager steht und wieviel Zeit uns noch bleibt?"
„Das sollte kein Problem sein, Freund Alarion", sprach Frau Holle zuversichtlich. „Wir Feen haben neben unserem Stolz auch ein paar brauchbare Fertigkeiten. Wenn Tibana, Arayn und Silvana mir helfen, dann werde ich einen alles sehenden Nebelzauber wirken, der bis nach Darwylaân reicht."
Die Angesprochenen willigten ein und folgten Frau Holle zum Brunnen hinaus. Sie wussten, was sie vorhatte, und platzierten sich so, dass sich ihre ausgesteckten Hände in der Mitte über dem Becken berührten. Alle anderen stellten sich so, dass sie alles beobachten konnten. Die neugierigen Wichtel waren natürlich auch dabei. Sie hatten sich unsichtbar gemacht und standen mit langen Hälsen zwischen den Beinen der Zuschauer.
Ein oder zwei Minuten lang geschah nichts, dann entstand unter den Händen der Feen plötzlich ein Wasserwirbel, der sich wie ein Derwisch drehte und auf- und niedertanzte.
„Höre mich, Wasser, und gehorche mir!", rief Frau Holle gebieterisch. „Ich lasse die Jahreszeiten kommen und gehen und vermag dabei dein Aussehen zu ändern. Ich mache dich zu kühlem Tau, zu fruchtbringendem Regen, zu Hagel und zu Schnee. Heute sollst du für mich ein alles sehender Nebel sein. Folge meinen Worten, steige auf und bedecke die Welt!"
Ohne ihre Hände zu lösen, gingen die Feen dreimal um den Brunnen herum, wobei Frau Holle ihre Beschwörung jedes Mal wiederholte.
Der Wirbel wurde größer und streckte sich scheinbar bis zum Himmel hinauf, wo er in Milliarden feinste Tröpfchen zerfiel, die als dichte Nebelschwaden über dem Brunnen wallten. Frau Holle beugte sich hinab und blies kräftig in den Nebel hinein, bis er in die ihm befohlene Richtung floss. Erst träge, aber dann immer schneller, wie ein breiter wabernder Strom. Alles verlor sich in einem Meer aus weißer Watte. „Nebelgeist! Gehe, finde und zeige mir Farzanahs feindliches Lager!"
Es dauerte geraume Zeit, aber dann bildete der Nebel eine hohe, dichte Nebelwand, auf der sich nach und nach schemenhafte Konturen abzeichneten. Ungefähr so, als würde man ein farbiges Gemälde durch ein feines Tuch betrachten.

Der Nebel berührte die Wipfel der Bäume und die Berge von Sinbughwar und wogte schließlich an Darwylaân vorbei, durch Farzanahs geheimes Lager. Er floss an einer Schmiede mit festgeketteten Zwergen entlang, an herumlungernden Orks vorbei und zeigte ein unscharfes Bild von Ydraca, die auf der Jagd gewesen war und ihr blutiges Maul züngelnd leckte.

Dann wallte er weiter zu einem dunklen, beinahe unsichtbaren Pavillon, der Farzanah als Unterkunft diente. Er legte sich hauchfein auf den Boden und glitt unbemerkt hinein.

Die Menge hielt erstaunt den Atem an, als das leicht verschwommene Bild der dunklen Fee auf der Nebelwand erschien. Sie war in kostbare schwarze Gewänder gehüllt, von deren Oberfläche bei jeder Bewegung kleine Funken sprühten. Ihr Haar war kunstvoll aufgesteckt und wie das einer Königin mit wertvollen Juwelen verziert.

Es war ein Bild, das nichts Bedrohliches an sich hatte, bei dem nichts auf ihre Bosheit und Machtgier schließen ließ.

Farzanah saß in einem Lehnstuhl und hielt ein langes, schmales Holzkästchen in der Hand, dass sie fast andächtig betrachtete.

„Beim allmächtigen Feenzauber!", stieß Alrick erstickt hervor, als sie das Kästchen öffnete und zärtlich mit den Fingern über das glänzende Metall strich. „Das ist meine Flöte!"

„Du bist meine Versicherung", sagte sie triumphierend. „Solange du mein bist, können sie meiner Magie nichts anhaben." Sie stand auf und lief nachdenklich auf und ab. „Eine uralte Fee und ein paar lächerliche Elfen wollen mich mit einem Bann belegen. Die sind als Gegner fast schon eine Beleidigung. Und Sefnaâr ist der Wächter des Elfenlichts? Dann mache ich mir darum keine Sorgen! Hauptsache, ich weiß, wo es ist. Mit diesem greisen Schuppentier wird Ydraca im Handumdrehen fertig. Aber damit beschäftige ich mich später. Momentan gilt es, die widerborstigen Zwerge am Arbeiten zu halten und die dussligen, versoffenen Orks zu bändigen. Wenn sie nicht kämpfen können, haben sie nichts als Grütze im Kopf. Aber wie auch immer, offensichtlich stehen die Sterne gut für eine kluge, ambitionierte Fee wie mich. Arindal, mein schöner Elfenkönig, es wäre klüger gewesen, dich zu unterwerfen. Nun wird dein Tod leider unvermeidlich sein", lachte sie hämisch und blieb vor ihrem Spiegelbild stehen. „Ich brauche das Zepter nicht, um den Sieg zu erringen, aber ich will es trotzdem haben. Darum eile, mein geliebter Sohn! Finde das dritte Teil und bringe es mir! Und wer weiß, vielleicht werden wir beide dann bald über alle Völker herrschen. Die Welt braucht eine Kaiserin, so schön und mächtig wie mich."

Zufrieden mit sich selbst legte sie die Flöte in das Kästchen zurück und versteckte es sicherheitshalber unter einem der großen Kissen von Ydracas weichem Nest, bevor sie das Zelt verließ.

Sie hatten genug gesehen. Als Frau Holle den Nebel auflöste, applaudierte der König spontan und alle Zuschauer stimmten mit ein.
„Diese Informationen sind enorm wichtig, das habt ihr großartig gemacht!", lobte er und führte Tibana und Frau Holle zu ihren Plätzen zurück. „Ihr alle braucht jetzt einen guten Schluck Wein."
Dagegen war absolut nichts einzuwenden. Schließlich musste man das Gesehene ja besprechen.
„Habt ihr das auch gehört?", fragte Arindal, als er sein Glas abgestellt hatte, in die Runde. „Sie sprach doch eindeutig davon, dass sie ihren Sohn erwartet?"
„Ja!" „Jawohl!"
„Das haben wir auch gehört", bestätigten die Übrigen.
„Ich wusste nicht, dass sie einen hat, aber vielleicht kennt ihn einer von euch? Tibana?"
„Nein, keine Ahnung!", antwortete die alte Fee schulterzuckend. „Wenn wir das wissen wollen, müsste Chrysius die Geburtenregister durchsehen."
„Nichts da!", lehnte der Elf ab. „Ich würde mich doch daran erinnern, wenn Farzanah einen Sohn eintragen lassen hätte."
„Naja, mir fiele dazu vielleicht etwas ein", sagte Alrick. „Da ist doch dieser Ulion. Der tauchte auf wie aus dem Nichts. Keiner kannte ihn und er hat die Flöte für sie gestohlen. Wir dachten, sie hat ihn dafür bezahlt, aber es könnte ja genauso gut sein, dass er ihr Sohn ist? Auf jeden Fall hat sie ihn auch auf das dritte Teil angesetzt."
„Verdammt! Der junge Alrick hat Recht! Klug kombiniert!", lobte ihn Emetiel und strich zufrieden seinen Bart.
„Ja, so muss es sein."
Nach reichlicher Überlegung stimmten alle zu. Ulion passte vom Alter her, hatte skrupellos gehandelt und kannte die Dunkle auf jeden Fall. Er musste es sein! Wer sonst?
„Alrick, bitte zeige allen sein Gesicht. Er hat sich ja schon einmal bei uns eingeschlichen, ein zweites Mal darf ihm das nicht gelingen", bat Arindal und fuhr nach kurzer Überlegung fort: „Außerdem ist nun bewiesen, dass Farzanah unseren Plan mit dem Zepter kennt."

„So ist es, mein König. Aber genau wie wir hat sie lediglich ein Teil davon und weiß auch nicht, was es mit der Dreieinigkeit auf sich hat, die es allein benutzen kann", erklärte Tibana und forderte dann ihren Bruder auf, den anderen zu sagen, was er über das Zepter und den Bannspruch wusste.

„Danke für dieses großartige Wissen", lobte ihn der König, als er geendet hatte. „Wie gehen wir jetzt weiter vor?"

„Naja, wir hätten da so eine Idee", antwortete Fili eifrig. „Wir machen eine neue Flöte und tauschen die beiden heimlich aus. Dann müssen wir nur noch das letzte Teil schneller als diese Hexe finden. Und das Elfenlicht, Herr, das würde ich von den Drachen zurückholen, und heimlich ganz wo anders verstecken."

Arayn pfiff anerkennend durch die Zähne. Die Zwerge waren scheinbar doch nicht so blöd, wie er angenommen hatte.

„Das sind zwei hervorragende Ideen", lobte Arindal, und alle anderen pflichteten ihm bei. „Dori und Fili Eisenbeiß, was denkt ihr, wie lange es dauert, eine zweite Flöte herzustellen? Habt ihr überhaupt genügend Silber dafür?"

Die Zwerge grinsten. Was war das denn für eine Frage? Hatte man je gehört, dass Zwerge nicht genug Gold, Silber und Edelsteine hatten? Sie bauten die edlen Metalle seit Jahrtausenden ab, da hatte sich schon etwas angesammelt.

„Mein König, Ihr wisst, wie kunstfertig wir sind. Wir bräuchten nur ein gutes Bild, dann sind wir in zwei Tagen damit fertig."

„Da kann ich helfen!", rief Chrysius stolz, weil er sich nützlich machen konnte, und zog fast theatralisch die Blätter mit den Abbildungen des Zepters aus den Falten seines Gewandes hervor. „Nehmt sie!", forderte er die Zwerge auf. „Und bewahrt sie weitab vom Schmiedefeuer auf. Wenn ihr fertig seid, will ich sie unversehrt zurück."

Die Zwerge amüsierten sich über die Gewissenhaftigkeit des Schriftgelehrten, aber sie waren auch dankbar für seine Weitsicht, sie mitzubringen.

Dori und Fili Eisenbeiß

18
Nachrichten aus Arwarah

Oskar saß in seinem Zimmer und hörte Musik, während er Hausaufgaben machte. Die erste Schulwoche schlauchte, weil es zuzüglich zum Stoff noch so viel Organisatorisches gab. Dabei wäre er lieber mit Hannes zum Baden an den Stausee gefahren. Lilly und Till ging es ebenso, nur Flora war glücklich. Sie sang den ganzen Tag, so gut gefiel es ihr in der Schule. Das ging sogar so weit, dass sie nachmittags noch mit Zack Schule spielte und ihm alles beibrachte, was sie tagsüber gelernt hatte.

Gertrude betrachtete den Trubel gelassen. Es war schließlich jedes Schuljahr so. Sie tat das Ihre, um den Alltag ihrer Enkel schmackhaft zu machen, indem sie allerlei Leckereien servierte. Heute war es Vanilleeis mit Gartenfrüchten. Riesenportionen …

Oskar hatte sie nicht rufen hören, also trug sie den Eisbecher zu ihm hinauf. Als sie eintrat, hörte sie ihn leise fluchen. „So ein Mist, jetzt ist mein Handy im Eimer. Als ob ich Kohle für ein neues hätte", maulte er und prüfte sein Gerät, das aber keinen Fehler anzeigte. Als Omi ihm das Eis reichte, hielt er erschrocken inne und nahm seine Kopfhörer ab.

„Tibana in meinem Kopf!", sagte er und machte Gertrude ein Zeichen, sich zu ihm zu setzen. Er stellte das Gerät aus und nahm einen gigantischen Löffel Eis in den Mund, während er der Fee aufmerksam zuhörte.

„Es ist gruselig, Tibanas Stimme ohne Voranmeldung im Kopf zu haben", sagte er nach einer Weile. „Sie hat sogar die Musik ausgeblendet! Ein Glück, mein Handy ist gar nicht kaputt!"

„Was wollte sie denn? Es muss wichtig sein, sonst hätte sie dich nicht kontaktiert."

„Ist viel passiert, da drüben. Warte mal bitte, ich ruf die anderen", sagte er und rief sie kurzerhand mit dem Handy an. Gertrude schüttelte lächelnd den Kopf. Aber es funktionierte. Neuigkeiten aus Arwarah hatten bei allen Priorität.

„Hast du gefragt, wie es Alrick geht?", erkundigte sich Lilly, die es nicht abwarten konnte.

„Nee, aber Tibana hat's mir trotzdem gesagt. Dem geht's gut", antwortete Oskar kurz und knapp, und Lilly wusste, dass sie nicht mehr aus ihm herausbekommen würde.

„Jetzt mach schon!", forderte Till seinen Cousin auf. „Das nervt, wenn du dich so bitten lässt."
Oskar zog die Brauen hoch. Sie ließen ihn ja gar nicht zu Wort kommen. „Das Volk der Feen ist nach Arwarah zurückgekehrt!", sagte er dann triumphierend, als wäre ihre Rückkehr sein Verdienst.
„Was, wie? Feen zurück? Welche Feen? Woher denn?", plapperten alle durcheinander.
„Was weiß denn ich? Hab nie von ihnen gehört. Außer von Frau Holle vielleicht, die soll auch dabei sein. Und Tibanas Bruder, der heißt irgendwas mit A. Sie kamen überraschend aus Irland zurück."
„Arayn!", flüsterte Großmutter überrascht.
„Ja, genau der. Die und irgendwelche Zwerge haben sich König Arindal angeschlossen."
„Und was bedeutet das für uns?", fragte Lilly. „Mal abgesehen davon, dass es gut ist, das zu hören."
„Geduld, lieb' Schwesterlein!", neckte sie Oskar. „Der Knallerteil kommt erst: Die Feen haben einen Zauber gewirkt und Farzanah belauscht. Dabei haben sie herausgefunden, dass sie einen Sohn hat! Hammer, oder?"
„Ein Baby? Und das muss gleich mitkämpfen? Das ist aber doof", rief Flora so empört, dass Gertrude sie lachend in die Arme nahm.
„Nein, mein Schatz, er wird wohl kein Baby mehr sein. Oder, Oskar?"
„Nee! Die wissen nicht hundertprozentig, wer er ist. Vermutlich ein Typ namens Ulion."
„Ulion? Bei allen Geysiren Islands!", rief Meldiriel erstaunt. „Das ist doch der, der Alricks Flöte gestohlen hat. Er ist ungefähr in unserem Alter."
„Farzanahs Sohn! Wie krass! Dann ist er wohl auch hinter den anderen Teilen her?", fragte Till aufgebracht.
„Genauso ist es! Farzanah hat ihn auf die Suche nach dem dritten Teil geschickt. Und da alle glauben, es sei hier versteckt, wollten sie uns sicherheitshalber vor ihm warnen, obwohl die Tore zu sind. Man weiß ja nie."
„Oh man, das hat uns gerade noch gefehlt!"
„Aber Mel hat doch erzählt, dass Farzanah am See damit prahlte, dass sie das dreieinige Ding gar nicht braucht, um den Krieg gewinnen."
„Ja, aber sie will auch verhindern, dass wir das Zepter kriegen und sie mit einem Bann belegen. Was weiß denn ich? Ihr seid doch die Spezialisten und ich bin nur der Zauberlehrling", meinte Oskar schulterzuckend.
„Jetzt geht's also um die Wurst. Er oder wir. Dann haben wir doch schon verloren. Wir wissen so gut wie nichts über dieses Teil, und schon gar nicht, ob

es hier in Saalfeld ist", fasste Lilly resigniert zusammen.

„Sei nicht verzagt", tröstete Meldiriel sie sanft. „Ihr habt Alrick und Arwarah schon einmal gerettet. Das war auch nicht leicht."

„Genau!", sagte Flora bestimmt und saugte lautstark das letzte Eis durch einen Strohhalm. „Ich bin ja jetzt in der Schule und nicht mehr klein. Ich werde meinen Alrick und alle anderen ganz bestimmt nicht im Stich lassen. Und ihr seid Memmen, wenn ihr nicht mal was Verstecktes sucht und findet. Das ist doch längst nicht so gefährlich, wie damals zu den Drachen zu gehen."

Sie brachte das derart drollig heraus, dass alle schmunzeln mussten. Aber natürlich hatte sie recht. Wer nichts versucht, hat schon verloren.

„Klar! Wir suchen im Museum und im Stadtarchiv und, last but not least, haben wir noch das gute alte World Wide Web", meinte Till. „Aber natürlich wäre es einfacher, wenn wir wüssten, wie das Ding aussieht."

„Aber das weiß ich doch", sagte Meldiriel prompt. „Chrysius hat uns doch ein Bild davon gezeigt."

„Das fass ich jetzt nicht! Echt ey! Und das sagst du uns erst jetzt?", meckerte Oskar lachend und warf sein Kopfkissen nach ihm.

Sofort entbrannte eine heiße Schlacht, bei der sämtliche weichen Gegenstände durch die Luft flogen. Sogar Gertrude warf alles zurück, was sie traf. Flora warf sich schützend über den Wichtel. Man konnte ja nie wissen, immerhin hatte er eine handliche Wurfgröße.

Oskar

19
Das Meisterstück

Die Zwerge hatten Wort gehalten. Am Abend des zweiten Tages lag das detailgetreue Abbild von Alricks magischer Flöte auf König Arindals Tisch.
Die anderen waren längst zu Bett gegangen, als er noch immer ruhelos in seinem Zelt auf- und ablief. Er entwarf einen Plan nach dem anderen, um die Flöte heimlich auszutauschen, nur, um ihn ebenso rasch wieder zu verwerfen. Natürlich war Alrick und jeder andere Elfenritter bereit, den waghalsigen Tausch durchzuführen. Sie waren alle qualifiziert dafür und zeichneten sich durch Klugheit, Umsicht und Tapferkeit aus. Dennoch zögerte er. Der Austausch musste absolut unbemerkt vonstattengehen, um Farzanah weiterhin in Sicherheit zu wiegen.
Als der König merkte, dass seine Überlegungen zu keinem Ergebnis führten, beschloss er, am Morgen noch einmal Rat zu halten. Eile hatte noch keiner Unternehmung gutgetan. Er streckte sich auf seiner Liege aus und schlief erschöpft ein.

Mittlerweile hatte sich die nächtliche Ruhe über das ganze Lager ausgebreitet. Nur bei den Wichteln in Tibanas großem Reisekorb raschelte es geheimnisvoll. Zwar schliefen die süßen Wichtelkinder tief und fest, aber ihre Eltern kamen nicht zur Ruhe.
„Mirla!", flüsterte Tuck leise. „Meine liebe Frau! Hast du mitbekommen, dass König Arindal sich nicht entscheiden kann, wen er schicken soll, um die Flöte auszutauschen?"
„Aber natürlich, Tuck. Dabei ist die Lösung doch ganz leicht!"
„Denkst du auch, was ich denke?"
„Wahrscheinlich, Tuck. Ich denke, dass das eine Sache für uns Wichtel ist."
Tuck lächelte seine Frau hingebungsvoll an. Die praktische Mirla hatte recht, wie immer. Natürlich war das eine Sache für Wichtel. Schließlich lag es ja in ihrer Natur, heimlich zu sein. Sie konnten so heimlich sein, dass manche Menschen nicht glaubten, dass es sie wirklich gab! Jawohl, sie waren die unübertroffenen Meister in geheimen Missionen! Sie waren so heimlich, dass sie selbst manchmal nicht mehr wussten, was sie heimlich getan hatten.

„Du denkst doch auch, dass wir das hinbekommen?"
„Aber klar, mein lieber Tuck. Die Kinder schlafen fest. Wir müssen nur schnell genug zurück sein, um das Frühstück pünktlich auf den Tisch zu bringen. Das schaffen wir locker!"
„Nichtsdestotrotz brauchen wir einen guten Plan, und wie ich dich kenne, hast du schon darüber nachgedacht!"
„Ein bisschen. Wir brauchen etwas, um den Weg zu bewältigen und etwas Leckeres, um Ydraca aus dem Pavillon zu locken."
„Für die Schlange könnten wir Elfenbrot nehmen", schlug Tuck eifrig vor. „Das ist schnell stibitzt. Es schmeckt ja für jeden so, wie er es sich wünscht, warum sollte es denn bei Ydraca anders sein?"
„Jawohl! Und was den Weg betrifft, da werden wir den fliegenden Teppich nehmen. Ein Glück, dass wir ihn mitgeschleppt haben. Er ist schnell und lautlos und wird auch die Flöte transportieren."
„Sehr gut, Frau! Lass uns beginnen! Wir haben keine Zeit zu verlieren!"

Der fliegende Teppich war ein kostbares Geschenk, das Tibana vor langer Zeit von der Fee Peri Banu bekommen hatte. Die persischen Feen waren die einzigen auf der Welt, die Teppiche auf so wunderbare Art knüpfen konnten, dass ihnen ein Luftgeist innewohnte.
Tibanas Teppich war klein, aber er konnte sich selbst so vergrößern, dass er sogar mehrere Personen zu transportieren vermochte. Er war aus weicher, blauer Wolle gefertigt, in die mit einem Goldfaden komplizierte magische Ornamente geknüpft worden waren. Eine traumhaft schöne Arbeit.
„Die können von Glück reden, dass wir immer an alles denken", flüsterte Tuck seiner Frau selbstbewusst zu. „Wer sonst könnte unbemerkt mit dem gefiederten Viech fertig werden?"
Mirla nickte und ließ ihre Kinder sanft in die Höhe schweben, sodass Tuck den Teppich unter ihnen gegen eine weiche Decke tauschen konnte. Dann falteten sie ihn mit einem Wink auseinander und nahmen erleichtert darauf Platz.
„Den Mächten sei Dank, Mirla. Nun müssen wir ihn nur noch zum Fliegen bringen", flüsterte Tuck und fuhr mit seinen Fingern das Symbol in der linken Ecke des Zauberteppichs nach. „Teppich erhebe dich!", befahl er leise und der Teppich fing sanft zu zittern an. Seine Fransen bewegten sich wie kleine Wellen auf und nieder, aber fliegen wollte er nicht.

„Hilfe, Mirla, es klappt nicht! Und wir haben doch keine Zeit."
„Lass mich das machen! Zum Starten ist es die rechte Ecke, Liebster, zum Landen die linke", erinnerte ihn Mirla nachsichtig lächelnd und diesmal funktionierte es sofort. „Flieg zum Tisch in Arindals Zelt", befahl sie leise, und der Teppich gehorchte. Er schwebte wie von unsichtbaren Händen getragen so neben den Tisch, dass die beiden Kleinen die Flöte mit vereinten Kräften zu sich ziehen konnten. Dann flogen sie in die Küche und stibitzten das größte Elfenbrot, das sie finden konnten.

Zu ihrem Glück war die Nacht windstill und sternenklar.

„Lieber Zauberteppich, bring uns vorsichtig dorthin, wo Farzanah ist", sagte Mirla höflich und hoffte, dass der Teppich wusste, wo das ist. „Wackle nicht, sodass nichts herunterfällt, und pass gut auf, dass uns niemand sieht."

Instinktiv ahnte sie, dass der Teppich sich an ihren Wünschen orientierte. Er stieg hoch hinauf und schlug die richtige Richtung ein, während die beiden Hand in Hand auf dem Elfenbrot saßen und das Abenteuer in der Luft genossen. Es war so beeindruckend, dass sie nicht merkten, wie die Zeit verging, und sie mit einem Mal Farzanahs nächtliches Lager vor sich sahen.

„Sieh nur, Mirla, wir sind da! Die Feuer sind fast niedergebrannt, und bei den Orks scheint alles friedlich zu sein. Lieber Teppich, such uns einen Ort, wo wir das Brot für Ydraca hinlegen können. Er muss weit genug weg von Farzanahs Zelt sein, damit sie eine Weile fort ist, aber nah genug, dass sie es auch riechen und finden kann", bat Tuck und glaubte selbst nicht daran, dass der Teppich seinem Wunsch entsprechen würde. Aber er hatte ihn kaum ausgesprochen, da flogen sie rechts an Farzanahs Pavillon vorbei zu einer schlammigen Pfütze, die halb von einem kärglichen Gestrüpp umgeben war. Die Wichtel drehten ihre Kappen auf unsichtbar, beäugten das Gelände im Mondlicht und fanden zahlreiche Spuren im Schlamm. Offensichtlich liebte es Ydraca, sich darin zu wälzen.

Der Teppich stellte fragend eine Ecke nach oben und wartete auf einen Befehl.

„Lassen wir das Brot hinunterrutschen", flüsterte Tuck, worauf sich der Teppich zur Seite neigte, sodass die Wichtel es mühelos hinunterrollen konnten und es unter einem Strauch liegen blieb. Tuck und Mirla waren sehr zufrieden, denn es sah so aus, als hätte einer von den Orks es dort für sich versteckt.

„Danke, Teppich!", flüsterten die Wichtel und dirigierten ihn zum Pavillon zurück, wo er sich sanft neben dem Eingang niederlegte.

„Am besten, wir gehen erst mal ohne Flöte hinein und schauen uns um", flüsterte Mirla aufgeregt. „Du, lieber Teppich, kommst dann nach, wenn wir dich rufen", bat sie und folgte ihrem unsichtbaren Mann in die Höhle des Löwen hinein.

Das Innere des Pavillons war eindeutig viel größer und komfortabler, als es von außen wirkte. Ein Zaubertrick, den die Wichtel schon von Tibana kannten. In der Nacht wurde er spärlich durch einen magischen Kristall erleuchtet, der alles in ein mattes Licht tauchte. Als sich ihre Augen daran gewöhnt hatten, sahen sie, dass er genauso eingerichtet war, wie sie es im Nebel von Frau Holle gesehen hatten.

In der Mitte stand ein Tisch mit Stühlen vor einem Sideboard, dessen Inhalt sie im Dunkeln nicht erkennen konnten. Der hintere Teil war durch seidene Vorhänge vom Hauptraum abgetrennt. Als sie hineinspähten, sahen sie Farzanah, die, eingebettet in weiche, schön verzierte Kissen, auf ihrem Divan lag und schlief. Aber was war das? Sie duckten sich erschrocken nieder, als sie unmittelbar neben ihrem Bett die schwarze Silhouette einer gehörnten Gestalt erblickten. Zum Glück erkannten sie, dass es nur eine Kleiderpuppe war, auf die die Dunkle Harnisch und Helm gehangen hatte.

Erleichtert drückte Mirla Tucks Hand, bevor sie sich zur anderen Seite wandten, wo Ydracas Schlafplatz war. Das Untier lag zusammengerollt auf einem Nest aus Kissen und Decken, das, mit Wichtelaugen gesehen, riesige Ausmaße hatte. Sie hatte den gehörnten Kopf auf den Rand gelegt und spähte mit ihren Echsenaugen lauernd und züngelnd genau zu ihnen hin.

Tuck und Mirla hielten sich die Nasen zu, denn Ydraca stank fürchterlich nach Verwesung, Sumpf und Schwefel. Eigentlich war es ja gut, dass sie nicht schlief, weil sie das Elfenbrot finden sollte, aber als sie ihr jetzt gegenüberstanden, packte sie das nackte Grauen! Ydracas Maul war groß genug, um sie beide auf einmal zu verschlingen. Die unsichtbaren Wichtel hielten den Atem an und schlichen ängstlich bis an die Zeltwand zurück.

‚So, wie die selbst stinkt, wird sie den Duft des Elfenbrotes niemals riechen', dachte Tuck resigniert. Also blieb ihnen nichts anderes übrig, als aneinandergeschmiegt auf eine andere Gelegenheit zu warten, und die kam.

Die leisen Stimmen, die sie vom Ork-Lager her gehört hatten, steigerten sich plötzlich zu einem unüberhörbaren Krawall. Es klang, als ob ein paar der Saufkumpanen in Streit geraten waren und ihn nun mit ihren Keulen und Schwertern ausfochten. Die Schlange hatte es auch gehört und richtete sich lauschend auf. Sie war hungrig und hoffte auf einen Happen Orkfleisch, wenn sie dort draußen Ordnung schaffte. Zischend und viel schneller, als die Wichtel es ihr zugetraut hätten, glitt sie aus dem Nest und schlängelte sich, direkt

an den schlotternden Winzlingen vorbei, aus dem Pavillon hinaus. Gütige Mächte, was hatten sie sich nur dabei gedacht hierher zu kommen?
„Los!", flüsterte Mirla. „Das ist unsere Chance."
„Teppich, komm!", wisperte Tuck, und sofort schob er sich mit der Flöte unter dem Eingang hindurch. Die Wichtel stiegen auf und flogen zu Ydracas Nest, in das sie mit angehaltenem Atem kletterten. Sie drehten jedes Kissen um, bis sie das Kistchen mit der Flöte gefunden hatten. Der Austausch war nicht weiter schwer, aber als sie fertig waren, waren ihre kleinen Arme vom Zaubern ganz lahm. Nun mussten nur noch die Kissen an ihren Platz zurück. Tuck ließ sie mühsam schweben, während Mirla ihm ziehend und schiebend half. Dabei trat sie zufällig auf einen harten Gegenstand. Sie bückte sich und hob ihn auf. Es war ein Schlüssel, der offensichtlich ebenfalls unter der Schlange versteckt worden war. Er hatte vier Bärte und sein Kopf sah wie ein Totenschädel aus. Ohne darüber nachzudenken, legte ihn Mirla auf den Teppich. Dann kletterte sie noch selbst hinauf und schon schwebten die beiden wieder hinaus.
Der Stoff am Eingang wackelte noch, da schlug Farzanah die Augen auf. Sie schaute sich verschlafen um und sprang wie von der Tarantel gestochen auf, als sie sah, dass Ydraca nicht da war.
„Wo steckt dieses ruchlose Vieh? Was fällt ihr ein, ihren Posten zu verlassen? Diese stinkende Missgeburt weiß genau, dass ich im Schlaf nicht allein sein will!", brüllte sie und trat wutentbrannt vor den Pavillon, um nachzusehen. Sofort duckte sich der Teppich mit seiner wertvollen Fracht im Schatten flach auf den Boden. Die Wichtel waren zwar unsichtbar, aber Teppich, Schlüssel und Flöte waren es nicht. Zum Glück bemerkte Farzanah sie nicht.

Ydraca war indessen zu den streitenden Orks geschlängelt. Sie war angriffslustig und wütend über die nächtliche Störung und spie zur Warnung einen kräftigen Feuerstoß über ihre Köpfe hinweg. Das hatte gewirkt. Die Orks verstummten und zogen erschrocken ihre hässlichen, kahlen Köpfe ein. Sie fürchteten sich vor der Schlange, die alles und jeden mit ihrem Feuer vernichten konnte. Vergessen war der Wein, vergessen der Streit. Sie löschten ihre Feuer und zogen sich zurück. Ydraca züngelte zufrieden. Die Angst der dummen Orks gefiel ihr. Sie liebte es, anderen Angst zu machen.
Aber als sie Farzanahs Beschimpfungen hörte, war ihre Freude vorbei. Anstatt ihr zu danken, dass wieder Ruhe herrschte, hatte die Böse sie ruchloses Vieh und stinkende Missgeburt genannt. Darüber war sie so wütend, dass Rauch

und Schwefel aus ihrem Maul tropften. Trotzdem wollte sie jetzt nicht streiten und tat so, als hätte sie nichts gehört. Sie würde der Dunklen sowieso nur so lange folgen, bis sie den Tod ihrer siebenköpfigen Tochter gerächt hatte.
Ohne auf die wütende Fee zu achten, beschloss sie trotzig, ein Bad im Schlamm zu nehmen. Dabei witterte sie plötzlich den Duft des Elfenbrotes, das für sie so gut wie blutiges Fleisch oder roher Fisch roch. Das Leben konnte so herrlich sein! Sie wälzte sich ein paar Mal genüsslich im Matsch und würgte anschließend den großen Laib im Ganzen hinab. Satt und zufrieden über die unverhoffte Beute, hatte die Gefiederte nun nur noch eines im Sinn: Schlafen und verdauen. Das Dumme war nur, dass die keifende Fee vor dem Pavillon stand und ihr den Weg zum Nest versperrte. Pech für die Fee, denn genau in diesem Moment entfuhr Ydraca ein herrlicher, Funken sprühender Rülpser, der ungewollt Farzanahs edles Gewand versengte.
Nun war die Fee völlig außer sich. Sie beschimpfte und verfluchte Ydraca auf das Heftigste und bombardierte sie mit Hagelkörnern, die aber vom Panzer der Gefiederten abprallten. Ydraca zischte drohend und riss ihr riesiges Maul mit den Giftzähnen auf. Es hätte nicht mehr viel gefehlt und die Scheusale wären aufeinander losgegangen.
Der schwefelige Gestank, der sich immer dann verbreitete, bevor Ydraca Feuer spie, nahm vehement zu, sodass den Wichteln angst und bange wurde. Was, wenn der Teppich Feuer fing?
„Lass uns verschwinden, Teppich", flüsterte Mirla. „Wir haben, was wir wollten! Nun will ich zu meinen Kindern!"
Hastig zeichnete sie das Symbol der rechten Ecke nach und der Teppich zog sich ein Stück weit vom Pavillon zurück, aber nach Hause flog er nicht.
„Was ist mit ihm?", fragte Tuck mit zittriger Stimme.
„Keine Ahnung, ich habe alles richtig gemacht. Es scheint fast, als ob ihm etwas missfällt."
„Was ist los mit dir, Teppich?", wisperte Tuck, woraufhin der sich so bewegte, dass der Schlüssel in seine Hände glitt. „Gütige Mächte! Wo kommt der denn her?"
„Ich habe ihn unter den Kissen gefunden", gestand Mirla kleinlaut. „Das macht doch nichts, wir nehmen ihn einfach mit."
Da ruckelte und schüttelte sich der Teppich, bis den beiden Abenteurern klar war, dass er nicht einverstanden war.
„Er will das nicht, Mirla! Und weißt du was? Er hat Recht", zürnte Tuck seiner Frau. „Sein Fehlen wird beweisen, dass jemand hier gewesen ist. Und genau das wollte Arindal vermeiden!"

Nun war guter Rat teuer. Tucks und Mirlas Herzen schlugen so wild, dass ihnen fast die Luft wegblieb. Unsichtbare Schweißtropfen bildeten sich auf ihren winzigen Gesichtern, während der Streit zwischen Fee und Untier auszuufern schien.

„Wie wäre es, wenn wir ihn einfach hier liegen lassen? Fliegst du dann los? Wir können ihn doch jetzt nicht zurücklegen", schlug Tuck ängstlich vor, aber der Teppich ruckelte wieder, als ob er den Kopf schütteln würde.

„Bei allen Geistern, Teppich!", maulte Mirla da. „Dann entscheide du doch, was wir jetzt machen sollen!"

Und als ob der Teppich nur auf diese Worte gewartet hatte, glitt er vorsichtig durch das Gras bis zum Wald.

Die beiden Streithälse waren so mit sich selbst beschäftigt, dass sie es nicht bemerkten.

„Auf diesem Weg sind wir aber nicht gekommen", stellte Tuck erstaunt fest, denn der Teppich hatte jetzt das Lager der gefangenen Zwerge erreicht und glitt geradewegs in die Schmiede hinein. Tuck und Mirla saßen mucksmäuschenstill auf der Flöte und schauten sich neugierig um. Es war dunkel und rußig hier. Das Schmiedefeuer war heruntergebrannt. In der äußersten Ecke saß ein Aufseher-Ork auf einem Schemel und schnarchte wie ein Bär, während er den leeren Becher noch in der Hand hielt. Überall auf dem Boden schliefen erschöpfte Zwerge zwischen Metallteilen, halbfertigen Spießen und Schwertern. Ihre Gesichter waren ausgezehrt und schmutzig, ihre Bärte struppig und ohne Glanz. Sie waren so aneinander gekettet, dass sie zwar arbeiten, aber nicht fliehen konnten und die beiden Enden der Kette waren durch ein magisches Schloss mit dem tonnenschweren Amboss verbunden.

„Diese armen Kreaturen!", raunte Mirla aufgebracht. „Warum befreien sie sich nicht? Sie sind doch Schmiede."

„Weil sie Farzanahs Gefangene sind, liebste Mirla. Da ist wahrscheinlich Magie im Spiel."

Natürlich hatten die Zwerge über Flucht nachgedacht und natürlich hatten sie versucht, die Kette zu sprengen. Als dies nicht gelang, hatten sie einen Schlüssel gemacht. Aber so fein er auch gefertigt war, er hatte nicht geschlossen, denn Kette und Schloss waren verzaubert und nur der echte Schlüssel konnte sie befreien.

Die Wichtel überlegten und hatten plötzlich eine Idee. „Tuck mein Lieber. Denkst du, was ich denke?", flüsterte Mirla.

„Ja, Frau, wir haben den Schlüssel, und der Teppich will, dass wir die Zwerge befreien."

„Wie wunderbar! Aber sie dürfen nicht wissen, dass wir das waren."
„Nein, wir werfen ihn dem dicken Zwerg auf den Kopf, der am nächsten beim Schloss angekettet ist und suchen sofort das Weite."
„Mein kluger Tuck! Dann können sie sich selbst losmachen und keiner weiß, wie der Schlüssel hierhergekommen ist. Los, beeilen wir uns!"
Der Teppich war sofort einverstanden und schwebte so lange über dem Zwerg, bis Tuck den Schlüssel mit einem harten Plumps auf seinen Kopf geworfen hatte. Dann drehte er eine elegante Schleife und flog so schnell nach Hause zurück, dass die Wichtel auf dem Rücken liegen mussten. Sie hielten sich dabei zufrieden an den Händen und eins, zwei, drei, landeten sie sanft vor Arindals Zelt.
Die beiden waren nicht länger als ein paar Stunden weg gewesen, aber es kam ihnen wie eine Ewigkeit vor. Alle Glieder taten ihnen weh! Kurz gesagt, sie waren fix und fertig. Sie schlichen ins Zelt und waren froh, dass alle noch genauso friedlich schliefen wie zu Beginn ihres Abenteuers. Also ließen sie alles liegen, legten sich zu ihren schlummernden Kindern und waren ruck zuck eingeschlafen. Der Teppich folgte ihnen bis zum Korb und rollte sich dort vorsorglich um die Flöte herum zusammen.
Keiner ahnte, dass ein dicker Zwerg im weit entfernten, feindlichen Lager dabei war, die Ketten seiner Mitgefangenen zu lösen.

Mirla und Tuck

20
Mirlas und Tucks Geständnis

Es war schon hell, als die Wichtelkinder erwachten und verschlafen ihre Augen rieben. Im Zelt war es ungewöhnlich still und ihre Eltern schliefen noch. Da stimmte etwas nicht. Waren sie etwa krank?
Nelly, Tissy und Puck stupsten sie an, zwickten sie vorsichtig in die Wangen, aber sie wachten nicht auf. Da wurde ihnen bange und sie fürchteten das Schlimmste.
Ungeachtet der Ermahnung Tibanas, sie nicht zu stören, kletterten sie aus dem Korb und liefen, so schnell sie ihre kurzen Beinchen trugen, in ihre Schlafkabine hinein.
Die Fee lag auf ihrer Liege und dämmerte mit geschlossenen Augen vor sich hin. Wie jeden Morgen wartete sie darauf, dass Mirla sie zum Frühstück rief. Ein Ritual, dass sie einzuhalten pflegten. Aber anstelle von Mirlas Stimme hörte sie ein undefinierbares Wispern und spürte sechs winzige Füßchen auf sich und kleine Hände, die über ihre Wangen strichen. Etwas unwirsch schlug sie die Augen auf. Dieses Gewusel rund um ihren Kopf mochte sie nicht.
„Mama und Papa stehen nicht auf, die sind bestimmt tot", sagte Tissy, noch bevor Tibana fragen konnte, was ihr ungehöriges Benehmen sollte.
„Was?", fragte die alte Fee und setzte sich auf, wobei ihr die Wichtel wie reife Früchte in den Schoß purzelten. Sie rappelten sich sogleich wieder auf und sahen Tibana mit sorgenvollen Augen an. Die Fee schüttelte den Kopf. Das war ja nicht zu glauben, was diese Winzlinge da von sich gaben. Aber es roch nicht wie sonst nach frisch gebrühtem Kaffee, und die Wichteleltern waren tatsächlich nirgends zu sehen. Tibana raffte ihr Gewand so, dass sie die Wichtelkinder wie Äpfel in der Schürze tragen konnte, und stand bedächtig auf.
„Wo sind sie?", fragte sie unbeabsichtigt streng und sah auf das Trio hinab.
„Noch im Korb. Sie bewegen sich nicht. Kannst du sie wieder lebendig machen? Wir wollen nicht alleine sein!"
„Ach was! Papperlapapp." Als die Fee an den Korb trat, kam Chrysius herbei und fragte, ob er helfen könne. Die ungewohnten Geräusche am Morgen hatten ihn aufmerksam gemacht.
„Komm nur herein, es ist nichts. Die Wichtelkinder haben scheinbar schlecht geträumt."
Die Fee und der alte Elf blickten in den Korb und mussten unwillkürlich

lächeln, als sie die Kleinen liegen sahen. Es war eindeutig. Mirla und Tuck schliefen den Schlaf der Gerechten, wobei Tuck sogar ganz leise schnarchte. Auf Wichtelart gewissermaßen.
„Macht euch keine Sorgen, die beiden schlafen nur ganz fest."
„Dann lass uns runter, damit wir das Frühstück machen können!", verlangten die drei, deren Sorge augenblicklich wie weggeblasen war.
„Das dauert zu lange! Ihr kommt alle mit zu mir!", lud sie der Gelehrte ein, „Ich habe doch das Tischlein mitgenommen. Wir genießen das Frühstück in der Morgensonne vor dem Zelt!"
Gut gelaunt zog Chrysius das verkleinerte Tischlein aus den Falten seines Gewandes, stellte es auf die Erde und ließ es mit dem bekannten Spruch zu seiner vollen Größe wachsen.
Während er das Frühstück bestellte, dirigierte Tibana ihre Stühle herbei und bat die Wichtel, sich an ihre Fußbank ins Gras zu setzen. Wunderbar!
„Ich wüsste zu gern, weshalb Mirla und Tuck noch schlafen. So lange ich denken kann, waren sie stets vor mir auf", sagte Tibana nach dem Essen und zündete sich ihr Pfeifchen an.

Da schallten plötzlich laute Männerstimmen aus Arindals Zelt. Die Alten schauten sich verwundert an, denn die Streitenden waren eindeutig Arindal und Arayn. Sie kamen heraus und standen plötzlich neben dem Tisch.
„… Du hast deine Führungsposition verspielt, wenn du nicht einmal eine Nacht auf eine Flöte aufpassen kannst!", schrie Arayn wütend.
„Die Flöte ist nicht weg. In diesem Lager gibt es keinen Dieb mehr!", behauptete Arindal ebenso wütend.
„Ganz sicher?", höhnte Arayn und wies mit ausgestrecktem Arm auf das Lager der Zwerge.
„Das ist idiotisch!", erwiderte Arindal. „Sie haben die Flöte doch nicht gemacht, um sie dann wieder zu stehlen!"
Arayn war ein wertvoller Verbündeter, aber er war auch eigensinnig und stritt gern. Arindal wusste das und es gefiel ihm nicht. Er würde ihn beobachten. Es wäre nicht das erste Mal, dass ein Verbündeter zu einem Gegner wurde, wenn die Schlacht vorbei war. Ein garstiger Gedanke, den er gern vertrieben hätte. Aber jetzt musste erst die Flöte wieder her.
„Ruf alle zusammen!", forderte er Ilea auf, der inzwischen hinzugetreten war. „Wir müssen uns beraten."

Ilea nahm das Waldhorn, das er stets an seinem Gürtel trug, und blies zum Sammeln. Die Töne waren so eindringlich, dass sie in alle Winkel der Zeltstadt drangen und natürlich wurden Tuck und Mirla dadurch auch geweckt. Sie setzten sich verschlafen auf und starrten sich an.

„Gütige Mächte, Mirla, wir haben verschlafen und unsere Arbeit versäumt. Tibana wird uns zürnen", sagte Tuck erschrocken. „Und wo sind eigentlich die Kinder?"

Wieder tönte das Horn.

„Sie werden hinausgelaufen sein, weil der König ruft. Lass uns sehen, was es Wichtiges gibt."

Sie kletterten eilig aus dem Korb und liefen mitten in das Gewimmel hinein. Alrick hatte gerade noch Zeit, sie am Schlafittchen zu packen und hochzuheben.

„Was tut ihr denn in diesem Gedränge hier? Ihr könntet plattgetreten werden", mahnte er und setzte sie auf den Brunnenrand, als der König zu sprechen begann.

„Mae govannen, Freunde! Ich habe euch rufen lassen, weil wir gemeinsam einer Sache auf den Grund gehen müssen", erklärte er. „Es wird nicht allzu lange dauern!"

„Na da bin ich ja gespannt!", warf Arayn herablassend ein und wurde leise von Tibana dafür getadelt.

„Bruder, lass uns doch hören, worum es geht." Tibana liebte Arayn sehr, doch er war auch früher schon aufbrausend gewesen. Sie hatte gehofft, dass er sich mit den Jahren geändert hatte, aber augenblicklich sah es nicht danach aus.

„Wie ihr wisst", fuhr Arindal fort, „haben uns die Zwerge ein Duplikat von Alricks Flöte gefertigt, das wir heimlich gegen das Original austauschen wollen."

„Und wie wir das haben! Pünktlich und in erstklassiger Qualität! Unser Beitrag zum Sieg!", unterbrach ihn Dori lautstark, worauf sein Clan zum Beifall laut mit den Füßen trampelte.

„Das ist richtig!", pflichtete Arindal ihnen bei. „Leider muss ich euch sagen, dass auch diese Flöte verschwunden ist und …"

Der König konnte nicht zu Ende sprechen, weil ein lauter Tumult unter den Zuhörern losbrach. Alle möglichen Emotionen waren zu hören. Entsetzen, Wut, Verdächtigungen, eine Woge der Gefühle, die sich lautstark Bahn brach und Arindal nicht zu Wort kommen ließ.

Mirla und Tuck verschlug es den Atem, als sie begriffen, dass sie die Auslöser für diese unglaubliche Aufregung waren. Sie wollten sofort mit Alrick sprechen, aber der konnte sie bei diesem Krach nicht hören. Also sprangen sie hinab und rannten zwischen den Beinen der Menge zum Zelt zurück, wo der Teppich noch immer zusammengerollt vor ihrem Korb lag. Vorsichtig, fast zärtlich strich Tuck mit seinen kleinen Händen darüber.
„Lieber Teppich, weißt du wo die Flöte ist?", fragte Tuck mit weinerlicher Stimme. „Bitte hilf uns doch noch dieses eine Mal!"
Der Teppich ließ sich nicht lange bitten. Er rollte sich flink auseinander und gab die magische Flöte frei. Dann wackelte er mit seinen Fransen und lud die erleichterten Wichtel zum Aufsteigen ein. Sie flogen über die Köpfe der aufgebrachten Menge hinweg und landeten zu Füßen ihres Königs. Als der die Flöte sah, bat er Ilea kurzerhand erneut ins Horn zu stoßen und sofort breitete sich Ruhe unter den Anwesenden aus.
Alrick machte einen Satz nach vorn, hob die Flöte auf und konnte vor Aufregung kein vernünftiges Wort herausbringen.
„Die Flöte ... meine Flöte ... woher habt ihr sie?", stotterte er und versuchte Arindal klarzumachen, dass dies schon die richtige Flöte war.
Wieder ging ein Raunen durch die Menge. Woher sollte man denn wissen, dass dies wirklich Alricks Flöte war? Wer vermochte das zu unterscheiden?
Da legte Alrick die Flöte an die Lippen und fing zu spielen an. Er wollte allen zeigen, wie froh er war und dass er seinen Beinamen „Flötenspieler" nicht umsonst erhalten hatte. Hell und klar erklangen die Töne und vereinigten sich zu einer wunderbaren Melodie, die alle Herzen öffnete und Zorn und Verzagtheit dahinschmelzen ließ. Regungslos lauschte das Geheime Volk dem betörenden Flötenspiel, während sich die Wichteleltern zu ihren Kindern setzten.
„Und? Ist sie es wirklich?", fragte Arindal bange, nachdem Alrick sein Lied beendet hatte.
„Ja, Bruder! Ohne Zweifel. Aus der anderen kam kein gescheiter Ton heraus. Nichts für ungut, ihr Herren", sagte er mit einem freundlichen Grinsen den Zwergen gegenüber. „Aber ihr seid Meister der Schmiedekunst und keine Instrumentenbauer."
Die Zwerge grinsten zurück und waren genau wie alle anderen einfach froh, dass die magische Flöte wieder da war. Nun musste nur noch das Geheimnis um ihr unerwartetes Wiederauftauchen gelüftet werden.
Plötzlich waren alle Augen auf die Wichtel gerichtet, die ihre Kappen liebend gern auf unsichtbar gedreht hätten.

„Mirla und Tuck!", fordere Arindal königlich. „Was habt ihr uns dazu zu sagen?"
„Wir? Wieso wir?", fragte Tuck, um Zeit zu gewinnen ängstlich. Doch Tibana ließ ihre getreuen Helfer nicht allein. Sie setzte sich in ihren Stuhl, nahm die Kleinen auf den Schoß und hielt buchstäblich beide Hände über sie.
„Wenn ihr etwas wisst, dann solltet ihr es uns jetzt sagen", bat sie eindringlich. „Hier wird keinem der Kopf abgerissen."
Tibanas Zuspruch half. Die Wichteleltern nahmen ihren Mut zusammen, fassten sich bei den Händen und dann fing Tuck zu sprechen an.
„König Arindal, eigentlich haben wir es für Euch getan!", begann er leise aber mit fester Stimme seinen Bericht. „Wir bemerkten Eure Sorge, den Richtigen für den gewagten Austausch zu benennen. Dabei habt Ihr an viele fähige Leute gedacht, nur nicht an uns. Das hat uns traurig gemacht. Wir Wichtel wollen ebenfalls unseren Beitrag leisten, und wir sind die erste Wahl, wenn es darum geht, etwas Geheimes zu tun!", sagte Tuck mit Nachdruck und blickte seinen König sehr ernst an.
„Verzeiht mir!", sagte der aufrichtig und musste zugeben, dass er die Kleinen unterschätzt hatte.
„Ja, wer außer uns ist noch in der Lage, sich im Handumdrehen unsichtbar zu machen. Wer ist so klein und flink wie wir?", ergriff nun Mirla das Wort. „Wir haben vier Kinder, und wir wollen, dass sie in Frieden aufwachsen können!"
Die Anwesenden lächelten anerkennend. Ja, dass Wichtel ungesehen Schabernack trieben oder jemandem Glück brachten, indem sie schwierige Arbeiten für ihn erledigten, das war legendär. Man erinnerte sich spontan an die Geschichte von einem Schneider, dem die Wichtel in der Nacht eine ganze Kollektion schönster Kleidungsstücke schneiderten und ihn so zu erheblichem Wohlstand brachten.
„Als alle schliefen, nahmen wir Tibanas fliegenden Teppich aus dem Korb. Wir wissen, wir hätten fragen müssen, aber es war doch eilig", sagte Tuck schuldbewusst.
„Schon gut!", beruhigte Tibana ihn. „Wahrscheinlich hätte ich es euch ausgeredet. Es war sehr gefährlich. Der Teppich hat bestimmt auf euch aufgepasst!"
„Ja, es war komisch, Herrin! Wieso wusste der eigentlich, was zu tun war, auch ohne, dass wir es ihm gesagt haben?"
„Weil der Teppich nicht nur ein Teppich ist. In ihm lebt ein uralter Teppichgeist! Ein Luftgeist! Er ist sehr schlau und sehr praktisch veranlagt!", erklärte Tibana lachend. „Wusstet ihr das nicht? Er ist sehr eigen und muss euch sehr gern haben, dass er euch so zu Diensten war."

„Weiter, erzählt weiter ...", forderten die Umstehenden, und da Tuck nun seine Scheu verloren hatte, räusperte er sich und erzählte alles ohne Unterlass. Vom Stibitzen des Elfenbrotes bis zu dem Moment, wo sie Ydraca gegenüberstanden. Wie die Orks einen Streit begannen und sie dadurch Zeit für den Austausch fanden.

„Das ist alles, was die Flöte betrifft. Das mit dem Schlüssel, das musst du erzählen", sagte er anschließend zu seiner Frau.

Sofort nahm das Gemurmel im Publikum wieder zu und da Mirla nicht sofort weitersprach, mischte Arayn sich ein.

„Einen Schlüssel?", fragte er scharf. „Ihr seid doch nicht so dumm gewesen, etwas aus Farzanahs Zelt hierher zu bringen? Das wäre unverzeihlich!"

Mirla ließ sich von dem strengen Feër nicht aus der Ruhe bringen. „Nein, ich habe ihn zufällig bei der Flöte gefunden und im Eifer des Gefechtes eingesteckt. Er war riesengroß, mit vier Bärten, und sah oben wie ein Totenschädel aus. Wir wollten ihn später zurücklegen, aber dafür gab es zum Glück keine Gelegenheit."

‚Riesengroß', dachten die Umstehenden schmunzelnd. Wie groß mag ein Schlüssel sein, den ein Wichtel riesengroß findet?

„Hm! Das klingt nach einem magischen Vierpassschlüssel", schlussfolgerte Chrysius. „Was habt ihr damit gemacht?"

„Der Teppich wollte, dass wir damit zur Schmiede fliegen!", fuhr Mirla fort. „Und als wir dort die armen Zwerge an der Kette sahen, wussten wir, dass es der Schlüssel für Farzanahs magisches Schloss war! Und damit keiner weiß, dass wir sie befreit haben, haben wir den Schlüssel einfach auf den Kopf eines dicken Zwerges fallen lassen, damit er sich und die anderen selbst losmacht. Ich hoffe, das war richtig so!"

„Donner und Doria! Natürlich war das richtig!", riefen die Eisenbeiß-Zwillinge begeistert. „Dann sind unsere Brüder schon auf dem Weg nach Hause und haben alle Spuren verwischt!"

Sie klopften sich vor lauter Freude gegenseitig auf die Schultern und hätten auch die Wichtel freundlich beklopft, wenn Tibana sie nicht fürsorglich in ihre Arme genommen hätte. Bei den Zwergen wusste man schließlich nicht, ob sie ihre Schlagkraft richtig dosieren können.

„Und dann sind wir zurückgeflogen. Der Teppich hat sich zur Sicherheit um die Flöte gewickelt und wir haben schlichtweg verpennt!"

Auf einmal wurde ringsum laut applaudiert. Alle waren von der Beherztheit der Kleinsten tief gerührt. Ohne zu zögern hatten sie Leib und Leben für die Gemeinschaft riskiert und den Feind erheblich geschwächt. Die Wichteleltern zogen schüchtern die Köpfe ein. Sie waren im Grunde sehr bescheiden und mochten keine allgemeine Aufmerksamkeit.

„Ohne den Teppich hätten wir es nicht geschafft", meinten sie ehrlich und gähnten so sehr, dass Tibana sie ins Zelt zurückschickte, wo sich die ganze Wichtelfamilie noch einmal aufs Ohr haute. Selbst der Teppich schien zu schlafen, denn es bewegte sich nicht die kleinste Franse an ihm.

Nach diesem ereignisreichen Morgen kehrten alle zu ihren Bleiben zurück, während der König seine Elfenritter, Tibana, Alrick und Chrysius in sein Zelt einlud.

„Nun, da der erste Teil unseres Planes so schnell und unverhofft glücklich ausgeführt wurde, müssen wir unser weiteres Vorgehen planen. Alrick hat mir von der Begegnung mit dem Weltenbaum erzählt. Tibana und du, Chrysius, ihr seid meine ältesten Gelehrten, denkt ihr, dass wir seiner Aufforderung folgen sollten? Sollen wir versuchen, die Dunkle zu ihm zu bringen?"

„Ja, Herr! Bei ihm ist der Platz, um Magie mit Magie zu bekämpfen, und folglich ist es an uns, ihr dort eine Falle zu stellen, der sie nicht entrinnen kann. Trotzdem dürfen wir nicht davon ablassen, das dritte Teil zu suchen."

„Ich weiß, und die Zeit läuft uns davon. Ich befürchte, dass Farzanah eher losschlagen wird, nun da sie die Zwerge verloren hat. Vielleicht sind wir hier nicht mehr sicher", gab Arindal zu bedenken.

„Richtig, mein König, und darum erlaube ich mir vorzuschlagen, dass wir in die Gefilde des heiligen Waldes ziehen und dort auf der Lichtung beim Weltenbaum ein neues Lager errichten. Dieses hier lassen wir zurück. Tibana kann es sicher durch einen Illusionszauber für Farzanahs Späher belebt und unverändert aussehen lassen."

„Ich danke dir für deine klaren und gewichtigen Worte, Chrysius. Möchte noch jemand sprechen? Tibana? Alrick? Arayn? Meine Ritter? Nein?"

Einer nach dem anderen schüttelten die Angesprochenen ihr Haupt. Besser als Chrysius hätte es keiner sagen und planen können.

„Gut! Auch ich stimme dem zu! Wir gehen noch in dieser Nacht. Sagt allen, dass sie unauffällig packen sollen. Wir treffen uns nach dem Abendessen und machen die Täuschung perfekt", sagte der König und löste die Ratssitzung auf.

21
Der heilige Wald

Ungefähr eine Stunde vor Einbruch der Nacht, als ihr Reisekorb schon fertig gepackt war, ging Tibana mit einem Kräutersäckchen und irdenen Schalen zum Brunnen hinaus. Dort traf sie auf Alrick, der, ihrem Wunsch gemäß, den großen Kessel über dem Dreifuß mit Wasser gefüllt und reichlich Holz darunter geschichtet hatte.
„Lumineé!", befahl er auf einen Wink von ihr und sofort zuckte eine Flamme zwischen den Scheiten empor. Dann setzte er sich mit untergeschlagenen Beinen ins Gras und wartete. Als das Wasser siedete, warf Tibana die Kräuter hinein. Ihr Wohlgeruch verbreitete sich über dem Lager, und als hätte jemand einen Startschuss gegeben, trafen die Feen, Elfen und Zwerge nach und nach am Brunnen ein.
Es hatte sich herumgesprochen, dass Tibana von einigen der Anwesenden Doppelgänger zaubern wollte. Diese sollten den Platz der Originale eine Zeit lang einnehmen, damit die Zeltstadt für Farzanahs Späher weiterhin belebt aussah. Da die Ankunft der Feen und Zwerge geheim bleiben sollte, betraf es lediglich das Elfenvolk.
Tibana begann die Zeremonie mit einem Schutzzauber. Sie nahm ihren Zauberstab und drehte ihn unter leisen Beschwörungen so lange im Kräuterdunst, bis er zu einem silbrigen Faden wurde, den sie mit einem kühnen Schwung rund um das gesamte Areal verteilte. Sie blies kräftig hinein, bis er sich hauchdünn ausdehnte und zu einer unsichtbaren Kuppel wurde, unter der alles geborgen war. Die alte Fee breitete die Arme aus und rief:
„Vanmari mahyr wethro zawin! Solange ich will, wirst du bestehen!"
Sie verteilte die Schalen auf dem Brunnenrand und bat Arindal und seine Getreuen zu sich heran. Sie waren die ersten von vielen, die einen Doppelgänger erhalten sollten.
Auf ihr Zeichen hin schnitten sich die Männer eine Haarsträhne ab, die sie in die Schalen legten. Inzwischen hatte Tibana einen magischen Funken an ihrem Zauberstab entfacht, mit dem sie von Schale zu Schale ging, die Opfergaben verbrannte und die Asche in das Brunnenwasser spülte. Als dies getan war, traten der König und seine Männer nacheinander an den Kessel. Sie ritzten sich in den Daumen und ließen einen Tropfen ihres Blutes in den magischen Kräutersud fallen. Das taten sie geräuschlos und ohne zu sprechen. Auf

Arindal und seine Getreuen folgten andere und je mehr Blut im Kessel war, umso heftiger brodelte er.

Als der Letzte sein Blut gegeben hatte, standen alle um Brunnen und Kessel herum. Sie berührten sich an den Händen und begannen, in höchster Konzentration im Kreis zu gehen. Dabei stimmten sie einen magischen Singsang an, der die Energie im Kreis erhöhte, bis das Wasser des Brunnens und der Sud aus dem Kessel plötzlich fontänenartig in die Höhe schossen. Die Wasserarme verwirbelten sich zu einem hohen Bogen, der sich nach und nach füllte, bis er wie ein mannshoher, silberner Spiegel aussah.

Ein erwartungsvolles Raunen zog durch die Reihen der Zuschauer, als Arindal als erster vor den ‚Spiegel' trat, um seinem Abbild Odem einzuhauchen. Magie beherrschten sie ja alle, aber so einen großen Mehrfachzauber hatten die meisten von ihnen noch nie gesehen.

„*Dilbaar ambare!* Abbild erscheine!", befahl Tibana, worauf die Oberfläche des ‚Spiegels' zu beben begann. Und während Arindal den Kreis verließ, um zum Sammelplatz für die Abreise zu gehen, trat sein Doppelgänger aus dem Spiegel heraus und schloss sich an seiner Stelle dem Reigen an. Ein ums andere Mal wiederholte Tibana den Spruch, bis beinahe alle Elfen einen Doppelgänger hatten.

„*Vanmari mahyr wethro zawin!* Solange ich will, wirst du bestehen!", rief die Fee erneut und beendete den Zauber mit der gleichen Formel, mit der sie ihn eröffnet hatte. Der ‚Spiegel' fiel ganz unspektakulär in sich zusammen, und vom ganzen Zauber war nicht mehr zu sehen als ein nasser Fleck im Gras.

Tibana und Alrick sammelten die Schalen ein. Es war höchste Zeit, diesen Ort zu verlassen, denn die magischen Zwillinge durften unter keinen Umständen zusammen gesehen werden.

Am Sammelplatz gab es kein großes Gewese mehr. Nachdem man geprüft hatte, dass niemand vergessen worden war, machte sich jeder auf seine Weise auf den Weg.

Alrick, der nun wieder im Besitz seiner Flöte war, rief freudig die Nebelkrähen herbei. Die klugen Tiere erschienen sofort und neigten ergeben ihre zierlichen Köpfe. Sie flogen den König und sein Gefolge zum heiligen Wald und luden sich anschließend noch viele andere Elfen und Zwerge auf, die keine eigenen Reisemöglichkeiten hatten. Die Feen hatten eigene Methoden zur Fortbewegung. Viele nutzten das Wasser so ähnlich, wie Tibana es auch getan hatte. Andere verwandelten sich in hauchfeine Schattenwesen, die sich durch die Luft teleportieren konnten.

Tibana war vom Zaubern sehr erschöpft. Sie saß mit den Wichteln in ihren Mantel gehüllt auf dem Reisekorb und ließ sich vom fliegenden Teppich zum heiligen Wald bringen. Es war ein sanfter, herrlicher Flug unter Arwarahs Sternen, und da keine unmittelbare Gefahr drohte, konnten sie ihn auch genießen.

Mitternacht war längst vorüber, als die letzten Reisenden am Rand des heiligen Waldes eintrafen. Von dort aus musste Alrick sie führen, da er den Weg zum Weltenbaum als einziger kannte. Die Dunkelheit unter den Bäumen war so undurchdringlich, dass Alrick die Glühwürmchen rief. Sie leuchteten für alle, die kein magisches Licht bei sich hatten. Ein Elfenmädchen stimmte ein sanftes Abendlied an, in das auch die anderen leise einstimmten, während sie einer hinter dem anderen dem Waldweg folgten, bis die magisch schimmernde Lichtung mit dem Weltenbaum endlich vor ihnen lag.

Dort geriet der Zug plötzlich ins Stocken. Der Weltenbaum hatte eine Barriere errichtet und Alrick ahnte, dass er gleich seinen großen Auftritt haben würde. Und wirklich, er hatte es kaum gedacht, da erhob sich ein starkes Rauschen in den mächtigen Ästen und Zweigen des Baumes und das brennende Tor erschien auf der rissigen Rinde seines Stammes.

Das Geheime Volk verharrte still. Da zuckte die gleißende Gabel eines Blitzes über den Himmel, dem ein gewaltiger Donnerschlag folgte. Das flammende Licht färbte sich unnatürlich grün. Die Eiche erhob sich und streckte ihre Äste in doppelter Größe gen Himmel, sodass ihre Zweige die Lichtung wie die gewölbte Decke einer Kathedrale überdachten. Das Rauschen nahm zu, und aus den Tiefen des Tores erklang eine kraftvolle Stimme: *„Mae govannen*, Reisende! Sprecht, was ist euer Begehr?"

Das Licht des Tores erstrahlte nun im weißesten Weiß.

„Wir begehren ein Lager in deinem Schutz!", antwortete Arayn vorlaut und ohne den Gruß zu erwidern.

Alrick zog ärgerlich die Augenbrauen hoch. Es war Arindal, der mit der Steineiche sprechen sollte. Ihn einfach zu übergehen war eine Respektlosigkeit, die der Weltenbaum sofort mit einem kleinen Blitz quittierte, den er Arayn vor die Füße schleuderte. Die Barriere bewirkte, dass er unverletzt blieb, aber er hatte die Lektion verstanden und zog beschämt seinen Kopf ein.

„Hört! Ich bin so alt wie die Welt und ich verbinde das Leben unter der Erde mit dem Leben über der Erde und dem Göttlichen!", fuhr der Weltenbaum dröhnend mit seiner uralten Formel fort. „Niemand, der je meinen Schutz erbat, wurde enttäuscht. Doch wisset: Die Geister des heiligen Waldes dulden es nicht, dass hier die Schwerter erhoben werden. Gegen Niemanden!"
Da trat der König hervor und verneigte sich tief. *„Mae govannen*, mächtiger Weltenbaum! Ich bin König Arindal und dies ist mein Volk. Wir wollen den Kampf vermeiden und deinem Rat folgen, den du uns durch meinen Bruder gegeben hast." Er fasste Alrick bei der Hand und zog ihn neben sich, sodass das Licht des Weltenbaumes auf ihn fiel. „Erinnerst du dich? Du sagtest, wir sollen Farzanah zu dir bringen, weil dies der Ort sei, an dem Recht gesprochen und das Urteil über sie vollstreckt werden wird! Nun erbitten wir deine Hilfe dafür!"
„Sie sei euch gewährt! Tretet ein!", erwiderte der Weltenbaum majestätisch und die Barriere zerfloss.
Müde und voll Dankbarkeit strömte das Geheime Volk auf die Lichtung, und da die Äste des Weltenbaumes fürs erste ausreichend Schutz boten, legten sich viele sofort nieder.
„Zum Glück ist es warm hier!", flüsterte Mirla Tuck zu, der für Tibana und Chrysius ein weiches Bett im Gras herrichtete. „Ein Zelt haben wir ja nicht mehr."
„Mach dir keine Sorgen, Frau. Die Feen werden schon für Unterkünfte sorgen."
Und genauso war es. Während sich die Wichtelfamilie auf dem fliegenden Teppich in ihre Kissen kuschelte, beobachtete sie, wie sich das Lager unter den Zauberstäben der Feen verwandelte. Zahlreiche Pavillons aus Blattgirlanden und hauchzartem, schillerndem Gewebe wurden über den Schlafenden und am Rand der Lichtung errichtet. Sie reflektierten das Licht der Sterne auf jede erdenkliche Weise, sodass die geheimnisvolle Stimmung des Ortes noch um ein Vielfaches verstärkt wurde.
Im Schutz des heiligen Waldes und der Steineiche fühlten sich alle geborgen, und so lag schon bald friedliche Ruhe über dem gesamten Platz.

22
Die Vertreibung der Orks

In Farzanahs Feldlager verlief derselbe Tag ganz anders.
Die Sonne war im Begriff aufzugehen. Ihre ersten Strahlen drangen durch die seidenen Vorhänge in Farzanahs Pavillon und ließen die goldenen Ornamente auf ihren Kissen funkeln, als sich die dunkle Fee mürrisch erhob und ankleidete.
Ihre üble Laune resultierte aus dem nächtlichen Zwist mit Ydraca und den ständig besoffenen Orks. Farzanah hatte kaum geschlafen, und der Kopf tat ihr höllisch weh. Sie hatte keinen Blick für das Schöne, sondern roch nur Ydracas üblen Gestank, obwohl die nicht einmal im Pavillon war.
Ihr Blick fiel auf die Kleiderpuppe mit Harnisch und Helm und sie strich im Vorbeigehen über das feste Material.
„Nach dem Sieg werde ich meine Rüstung mit Gold und edlen Steinen verzieren lassen, wie es sich für eine Königin geziemt", flüsterte sie. „Aber da ich von lauter Stümpern umgeben bin, liegt der leider in unbestimmter Ferne. Oh, diese hirnlosen Orks! War es ein Fehler, sie erneut zu verpflichten? Sie fressen und saufen und raufen und sind unzuverlässig! Genau wie diese vermaledeiten kleinen Drecksäcke hier!", keifte sie laut und lief zur Küche des Pavillons, wo eine alte Kiste stand, gegen die sie wütend mit den Füßen trat.
Sofort wurde der Deckel einen Spalt breit angehoben, und drei völlig verängstigte Wichtel sprangen heraus. Die armen Kleinen sahen fürchterlich mitgenommen aus und trugen statt Kleidern nur Lumpen am Leib. Natürlich waren sie nicht freiwillig hier, sondern durch einen Zauber an Farzanah gebunden. Sie wären so gern mit Mirla und Tuck geflohen, aber der Zauber bewirkte, dass sie sich nur ein paar Meter weit von ihrer Kiste fortbewegen konnten. Sie wussten, dass die Dunkle keine Gnade kannte und waren unsichtbar geblieben, um die beiden Besucher nicht zu gefährden.
„Wo ist mein Frühstück? Wenn ich wiederkomme, ist es fertig!", befahl Farzanah scharf, denn sie war nicht nur hungrig, sondern auch unzufrieden. Unzufrieden, weil sie mit ihren Plänen nicht vorankam und keiner da war, an dem sie ihren Zorn darüber auslassen konnte.
„Wo steckt dieses stinkende Schlangenvieh?", fragte sie die Wichtel, die eifrig mit den Schultern zuckten. „Hier stimmt doch irgendetwas nicht!"
Sie warf ihren blauen Mantel über und verließ das Zelt, um nach Ydraca zu

sehen. Niemand hatte das Recht, sie zu vernachlässigen oder ihr entgegenzutreten, auch ihre Verbündeten nicht.

Auf dem ersten Blick schien im Lager alles wie immer zu sein, aber dann fiel ihr die Stille auf. Kein Hammerschlag war zu hören, obwohl die Orks die Zwerge in der Schmiede ständig auf Trab halten sollten. Farzanah kochte vor Wut, aber da Ydraca nirgends zu sehen war, blieb ihr nichts anderes übrig, als selbst nachzusehen. Sie zückte ihren Zauberstab und glitt an den Zelten der Orks entlang.

„Aufgewacht, ihr nutzlosen Trottel!", schrie sie, als sie hier und da lautes Schnarchen und Grunzen hörte. Einige der hässlichen, dumpfen Gestalten hatten es nach dem Gelage nicht einmal mehr in ihre Zelte geschafft. „Versprechen hin oder her!", schäumte die Fee im Vorübergleiten. „Ist der Sieg erst mein, rühre ich keinen Finger für diese Idioten. Von wegen eigenes Land! Sollen sie doch sehen, wo sie bleiben. Widerliches Pack."

Arwarahs Orks waren eine aufbrausende, muskelbepackte Spezies mit geringer Intelligenz. Ihr Motto war: Draufhauen um jeden Preis, um sich zu nehmen, was immer ihnen gefiel.

Farzanah konnte sehr überzeugend sein. Ihr Versprechen, sie nach dem Sieg mit eigenem Land und Leibeigenen zu belohnen, hatte gereicht, sie ein weiteres Mal für sich zu gewinnen. Die Orks durchschauten nicht, dass die Böse sie als Kanonenfutter betrachtete, das sie im Fall einer Schlacht als Vorhut ins Feld schicken würde.

Wenn die riesigen Kampfkolosse Arindals Streitmacht genügend geschwächt hätten, würde sie mit Ydraca und den Dunkelelfen den Rest erledigen. Und sollte sie bis dahin in den Besitz dieses Dreieinigen Zepters gelangen, würde sie einen Weg finden, um jeden Überlebenden seiner magischen Kraft zu berauben.

Während dieser Gedanken hatte sie die Schmiede erreicht und trat, sich umsehend, ein.

Das Schmiedefeuer war erloschen, und weit und breit kein einziger verschwitzter, dreckiger Zwerg zu sehen. Das Werkzeug hing ordentlich an den Wänden, aber fertige Waffen gab es nicht. Schwerter, Messer und beschlagene Keulen, alles, was hier geschmiedet worden war, war fort. Das einzige vernehmbare Hämmern kam aus ihrem Kopf, der vor Wut zu bersten drohte. „Teufel noch mal! Wie konnten die trotz meines Zaubers entfliehen?", fragte sie sich, als sie den Ork entdeckte, der als Aufseher in der Schmiede gewesen war. Er lag bewusstlos am Boden und blutete aus einer gewaltigen Beule am Kopf. „Du! Wach auf und sag mir, wie sie sich befreien konnten!", befahl die

Dunkle wütend. Dann hob sie ihn mittels ihres Zauberstabes weit hoch und ließ ihn zurück auf den Boden knallen. Der Ork stöhnte laut und ließ den Schlüssel mit dem Totenkopf fallen, den ihm die Zwerge vor ihrer Flucht in die Hand gelegt hatten.

„Dummköpfiger Verräter! Wie bist du an den Schlüssel gekommen?", zischte Farzanah den benommenen Ork an. „Ist die Flöte etwa auch hier? Hat Ydraca dir geholfen?" Sie spie die Worte förmlich aus, und traktierte dabei den Ork mit dem Stiefel. „Widerliches Mistvieh! Was hast du dir dabei gedacht? Sicher nichts, weil ihr nur fressen und saufen könnt. Rede!"

„Keine Ahnung wovon Ihr sprecht. Lasst mich ..." „Gehen"' hatte er sagen wollen, da zauberte Farzanah einen Schmiedehammer herbei, der den Beschuldigten so hart am Kopf traf, dass er beinahe sein Orkleben ausgehaucht hätte. „Das war eine schlechte Eigenschaft zu viel", schrie die Dunkle auf dem Weg hinaus. „Dumm, verlogen und diebisch! Ohne euch wäre ich wahrlich besser dran! Wenn Ulion sich doch endlich melden würde!"

Sie war so in Rage, dass ihre Stimme immer lauter und schriller wurde und die anderen Orks erwachten. Schlaftrunken und verkatert kamen sie in die Schmiede, wo sie ihren ohnmächtigen Kameraden fanden. Sie brüllten, grunzten und stießen sich gegenseitig an, wobei sie die Fee blöde fragten, was denn geschehen sei.

Farzanah schaute sie mit eiskalter Verachtung an.

„Verschwindet von hier, ihr hirnlosen Affen!", brüllte sie hasserfüllt. „Ihr habt mich belogen und betrogen und mein Vertrauen missbraucht. Wer nicht auf ein paar läppische Zwerge aufpassen kann und alle Waffen verliert, taugt nicht mal als Kanonenfutter und bekommt von mir auch kein Land. Haut einfach ab, ehe es euch genauso wie dem da ergeht!"

Farzanah erhob die Arme zum Himmel, wo sich durch ihre bloßen Gedanken schwarze Wolken bildeten. Sie ballten sich zusammen und tauchten das Lager in eiskalte Dunkelheit. *„Totekaa mina!"*, flüsterte sie beschwörend und rief damit Eisblitze und Hagel herbei, der so hart auf die verblüfften Orks niederprasselte, dass er sie verletzte. Sie stoben auseinander und suchten Schutz im Wald, während ihnen das grausame Lachen der Bösen in den Ohren klang. In diesem Moment begriffen selbst die Dümmsten unter ihnen, dass ihr Bündnis mit Farzanah ein jähes Ende gefunden hatte.

Die Orks kamen erst wieder zusammen, als die Dunkle sich abgewandt hatte, um in ihren Pavillon zurückzukehren. Sie holten den Verletzten aus der Schmiede und versorgten sich gegenseitig die Wunden, so gut es ging. In ihre Zelte wagten sie sich aber nicht zurück, obwohl sie ihr Hab und Gut darin hatten. Sie hakten den Beulen-Ork rechts und links unter, und machten sich kurzentschlossen in Richtung Berge auf den Weg.

Mit jedem Blitz und jedem Hagelschlag hatte sich Farzanahs Laune gebessert. „Das war gut!", lachte sie gehässig auf dem Rückweg durch das jetzt verlassene Lager. „Man soll seine Gefühle ja nicht unterdrücken."
Aber war es wirklich richtig gewesen, die Orks zu vertreiben? Mit dem Verrauchen ihres Zorns schlichen sich leise Zweifel ein. Was würde Ulion sagen? „Ist doch egal!", antwortete sie sich selbst. „Ohne Waffen wären die ohnehin nutzlos gewesen. Wozu sich also weiter mit ihnen herumärgern? Ich habe ja noch die Dunkelelfen und Ydraca, das stinkende Mistvieh, und mit Ulions Magie an meiner Seite werde ich sowieso unschlagbar sein."
Beim Gedanken an die Schlange rümpfte sie ihre Nase. Ydraca war alles andere als blöd. Man wusste nie, woran man bei ihr war. Aber sie gierte genauso nach tödlicher Rache wie sie selbst, und darum musste sie vorerst mit ihr auskommen.
Im Pavillon hatten die verängstigten Wichtel inzwischen den Tisch gedeckt. Doch bevor Farzanah frühstücken konnte, musste sie wissen, ob die Flöte noch an ihrem Platz war. Nicht auszudenken, was Ulion sagen würde, wenn die auch noch verschwunden wäre. Hastig und mit spitzen Fingern schob sie die Kissen beiseite und … die Flöte war da! Wer auch immer der Dieb des Schlüssels war, die Flöte hatte ihn nicht interessiert. Beruhigt und beinahe fröhlich setzte sie sich an den Tisch und langte herzhaft zu.
Nur wenig später glitt auch Ydraca herein und rollte sich auf ihrem Nest zusammen. Sie legte den herzförmigen Kopf in Farzanahs Richtung und hielt die Augen geschlossen, trotzdem entging ihr nichts.
„Hast du mitbekommen, was mit den Orks geschehen ist, meine Liebe?", fragte die Fee mit geheuchelter Freundlichkeit, wobei sie ‚meine Liebe' in Gedanken durch ‚altes Mistvieh' ersetzte. „Sowas geschieht, wenn man sich mir widersetzt."
Ydraca, die das sehr wohl wusste, reagierte nicht. Sie hatte die Fee nie leiden können, und nach ihrem Streit war dieses Gefühl zu Hass geworden. Farzanahs Ziele waren ihr einerlei. Sie wollte nur Rache an den Mördern ihrer siebenköpfigen Tochter nehmen, und im Grunde gehörte die Dunkle ja auch dazu. Sie war schließlich der Auslöser zu allem gewesen.
‚Nur zu, schlaf doch, du stinkendes Untier. Ich werde unterdessen meine

Späher aus Arindals Lager zurückrufen', dachte die Dunkle, während sie die Wichtel den Tisch abräumen ließ. Sie trat hinaus und rief dreimal hintereinander: „*Tuleek! Tuleek! Tuleek!*", wobei sie ein magisches Zeichen in die Luft malte. Sie ließ den Eingang offenstehen, setzte sich wieder in ihren Stuhl und klopfte beim Warten ungeduldig mit den Fingernägeln auf den Tisch.
Es dauerte seine Zeit, doch endlich ertönte das „Tscha, Tscha" der Dohlen, und die klugen Vögel flatterten erschöpft auf den Tisch.
„Spannt mich nicht auf die Folter, lahmes Federviehzeug! Sprecht, und zwar deutlich! Was habt ihr gesehen?", herrschte Farzanah die Vögel an.
„Tscha! Keine besonderen Vorkommnisse, Herrin!", sagte die erste Dohle.
„Alles wie immer! Tscha, Tscha" sagte die zweite.
„Waaaaas? Geht es nicht etwas genauer? Ich schicke euch tagelang zur Beobachtung, und ihr krächzt nur: Alles wie immer?"
„Aber es ist so. Tscha! Sie haben ihr Tagwerk getan, auch die Zwerge in der Schmiede. Tscha, Tscha. Feen und Elfen, alles wie immer. Und am Abend aßen und tanzten sie."
„Halt! Was sagtest du da? Feen? Du meintest, eine Fee war dort! Tibana, meine Erzfeindin!"
„Tscha! Nein, Herrin! Mehrere. Ganz sicher, Tscha", beteuerten die Dohlen und entfernten sich wie zufällig aus Farzanahs Reichweite.
„Das kann gar nicht sein! Ihr nutzloses Federvieh!", zischte die Dunkle und sprang auf.
„Wir irren uns nicht, Herrin! Tscha! Aber wir sahen sie nur ganz kurz. Tscha, Tscha."
„Ihr lügt! Das ist unmöglich!", flüsterte die Böse. „Sie haben Arwarah vor Jahrzehnten verlassen."
„Wir sagen nur, was wir gesehen haben, Tscha!", erklärten die Dohlen pikiert und flatterten auf und davon, als Farzanah einen Teller nach ihnen warf.
„Teufelsbrut! Ganz Arwarah hat sich gegen mich verschworen", zischte sie bitter und hatte Recht damit. Aber diesen Konflikt hatte sie ganz allein heraufbeschworen und nun war er außer Kontrolle geraten.
‚Hochmut kommt vor dem Fall! Vor allem, wenn man seine Verbündeten wie Feinde behandelt. Ich bin schon gespannt, womit du die Dunkelelfen verprellst', dachte Ydraca gehässig und züngelte zufrieden, bis sie eingeschlafen war.
Farzanahs schlechte Laune kehrte zurück. Sie lief grübelnd im Pavillon auf und ab und versuchte, Ulion telepathisch zu erreichen. Vielleicht hatte er etwas über die Rückkehr der Feen gehört. Aber so sehr sie es auch versuchte, sie erreichte ihn nicht. Vielleicht lag es daran, dass sie todmüde war und ihr

Kopf schmerzte. Sie konnte sich nicht konzentrieren und hatte keine Geduld. „Hoffentlich ist der Bengel erfolgreich und kommt mit dem dritten Teil zurück. Er hat den einzigen dämonischen Allerortsschlüssel und ist somit ganz auf sich allein gestellt. Mir bleibt nichts übrig, als zu warten", seufzte sie resigniert, warf sich auf ihren Diwan und stand den ganzen Tag nicht mehr auf.

23
Der magische See

Auf der Lichtung im heiligen Wald brach ein neuer Tag an. Die Strahlen der aufgehenden Sonne vermischten sich mit dem magischen Licht des Weltenbaums und tauchten alles in einen wundersamen Schein. Ein leichter Luftzug ließ die Tücher der Pavillons flattern und brachte den erdigen Duft des Spätsommers mit. Nach den Reisestrapazen hatten alle gut geschlafen und gingen heiter in den neuen Tag.
Die Zwerge waren besonders gut gelaunt, weil in der Nacht viele ihrer befreiten Brüder eingetroffen waren. Nach ihrer Flucht in die unterirdischen Gänge hatten sie zuerst die Waffen versteckt und waren dann mit ihren Loren zu Arindals verlassenem Lager gereist. Dort fanden sie in der Schmiede eine verschlüsselte Nachricht der Gebrüder Eisenbeiß und folgten ihnen unterirdisch bis in die Nähe der Lichtung im heiligen Wald.
Nun gab es ein fröhliches Wiedersehen, zu dem nach und nach alle zusammenkamen. Man setzte sich unter die ausladenden Äste der Steineiche und begann, gemeinsam zu frühstücken. Bei Elfenbrot, Käse und Früchten saßen alle einmütig beieinander, wobei die tapferen Wichtel unter den befreiten Zwergen einen Ehrenplatz erhielten. Sie hatten viel zu berichten, und der König und sogar Arayn hielten es für angebracht, sich bei den Zwergen für die gewonnenen Waffen zu bedanken.
Sie sprachen zwanglos miteinander und trafen wichtige Entscheidungen für den weiteren Verlauf ihrer Aktionen. Sogar Arindal und Arayn begegneten einander mit neuem Respekt und mit Freundlichkeit.
Der erste Beschluss galt Chrysius und Tibana, die mit König Arindal nach weiteren Informationen über den richtigen Gebrauch des Dreieinigen Zepters forschen sollten.
Der zweite Beschluss galt all jenen, die nicht für das tägliche Wohl sorgen mussten. Sie sollten mit Erlaubnis des Weltenbaumes und unter Arayns Leitung einen magischen See errichten, der der Herrin der Quellen den Zugang zur Lichtung ermöglichen würde. Sie war eine so starke Verbündete, dass keiner auf sie verzichten wollte.

Alrick entschied sich, beim Bau mitzuhelfen und machte sich fröhlich pfeifend auf den Weg zu Arayn.

‚Meldiriel hat wirklich Glück, dass er so viel Zeit mit Lilly und meinen Freunden verbringen kann', dachte er unterwegs und wurde so von Sehnsucht und Eifersucht gepackt, dass er die Melodie verlor und einen hohen, falschen Ton pfiff.

„Flötenspieler! Wenn du mit deiner Flöte auch so falsch spielst, wird der König sie dir wegnehmen!", neckte ihn Imion lachend. „Wo bist du mit deinen Gedanken?"

Alrick fühlte sich ertappt und lief knallrot an. Er antwortete nicht, sondern ging eilig weiter zu Arayn.

„Geh zu Ilea und den Leuten am Bach!", bat der Feër. „Sie ziehen einen Graben, um das Wasser umzuleiten. Siehst du diese natürliche Vertiefung dort? Die werden wir fluten und das Wasser anstauen, bevor wir es wieder in sein ursprüngliches Bett zurückfließen lassen. Schon heute Abend muss alles fertig sein! Es ist Vollmond und wir brauchen seine Kraft, um dem See Magie zu verleihen."

Alrick nickte. Es war vernünftig, einen erfahrenen Waldelfen wie Ilea mit dem Projekt zu betrauen. Sie waren gute Architekten und fühlten sich verantwortlich für Wald und Flur.

Alrick sah ihn an der Vertiefung stehen, wo später der Zufluss sein würde.

„Hallo Ilea! Kann ich mich irgendwie nützlich machen? Das sieht ja alles schon sehr gut aus!"

„Danke! Wir kommen gut voran. Der Boden ist weich und es gibt genügend Steine, um das Ufer zu befestigen. Ein paar Zwerge sind dabei, ein Wehr zu bauen, und die anderen ziehen den Graben. Dabei brauchen wir dich nicht, aber es wäre angenehm, wenn du uns etwas auf deiner Flöte spielst! Dann geht uns die Arbeit leichter von der Hand!"

„Wie du willst!", antwortete Alrick zufrieden.

Vom Flötespielen verstand er was, vom Bauen eher nicht, und es freute ihn, wenn die anderen seine Musik schätzten. Er setzte sich bequem an einen Baum, zog ein Bein an und begann zu spielen, während er die Zwerge bei der Arbeit beobachtete. Und wirklich, sein flottes, rhythmisches Spiel unterstützte deren geschickte Arbeit. Es war, als würden sie im Takt hacken und schaufeln. Ihre Erfahrung im Tunnelbau machte sich bemerkbar, und es war eine Freude, ihnen zuzusehen.

Inzwischen hatte die Sonne die Kühle des Morgens vertrieben und den Zwergen stand der Schweiß auf der Stirn. Sie zogen ihre Überröcke aus, und Alrick fand, dass sie etwas langsamer arbeiten könnten. Er änderte die Melodie, spielte etwas Langsameres und siehe da, sie passten sich dem neuen Rhythmus an und gingen gemächlicher zu Werke.

Alrick amüsierte sich. Hätte er gleichzeitig spielen und grinsen gekonnt, so hätte er es ausführlich getan. Das war erstaunlich, und darum wollte er nun wissen, ob sein Spiel die Elfen und Feen auch beeinflussen würde. Also ging er um den Baum herum und spielte, wobei er die Elfen und Feen fest im Blick hatte. Wow! Das funktionierte echt gut! Wenn er eine flotte Weise spielte, hantierten alle viel schneller, als wenn er langsam spielte. Wieso war ihm das früher niemals aufgefallen?

Das war ziemlich lustig, vor allem, weil es außer ihm selbst niemand wahrzunehmen schien. Andererseits war es auch beängstigend! Was, wenn er eine Melodie erwischte, die alle einschlafen ließ oder irgendwie anders in den Bann zog?

‚Beim allmächtigen Feenzauber! Der Bann!', dachte er aufgeregt, als ihm klar wurde, dass er gerade etwas sehr Wichtiges herausgefunden hatte. ‚Die Flöte funktioniert nicht nur als Instrument, sondern auch als ein Teil des Dreieinigen Zepters! Warum bin ich nicht früher darauf gekommen? Schließlich ruft sie ja auch das Boot und die Nebelkrähen herbei.'

Als er begriff, welche Macht ihm damit in die Hände gelegt worden war, hörte er abrupt zu spielen auf. Er klemmte die Flöte nachdenklich unter den Arm und lief zu Arindal, Chrysius und Tibana, die immer noch über den Papieren saßen.

„Du siehst so bestürzt aus, Alrick. Gibt es ein Problem bei der Arbeit? Mit Arayn vielleicht?", fragte Tibana, die ihren Patensohn gut kannte.

„Nein, die Arbeit geht gut voran!", entgegnete Alrick und setzte sich zu ihnen.

„Es ist wegen der Flöte. Sie ist …, sie ist irgendwie …, ach, ich weiß auch nicht."

„Nun beruhige dich und trink einen Schluck. Du hast die Flöte doch in der Hand."

Arindal goss ihm liebevoll einen Becher Elfenbeerensaft ein und schaute ihn erwartungsvoll an.

„Arayn hat mich zu Ilea geschickt, damit ich beim Bau des Wassergrabens helfe", erzählte Alrick, nachdem er getrunken hatte. „Das wollte ich auch, aber Ilea hatte schon mehr als genug Helfer. Also bat er mich, zur Freude aller auf der Flöte zu spielen."

„Und das hast du gemacht! Wir haben es in der Ferne gehört", meinte Chrysius. „Bist du nun ärgerlich, weil du lieber gebaut hättest?"

„Nein, nein! Das ist es nicht!", winkte Alrick ab.

„Und was dann? Was hat dich so bestürzt?", hakte Arindal nach.

„Der Einfluss der Flöte auf die Leute!"

„Alle Mächte, jetzt drück dich halt mal etwas genauer aus. Man wird ja nicht schlau aus deinem Gefasel!"

Arindal wurde langsam ungeduldig, doch Chrysius, der oft mit nervösen Studenten zu tun hatte, legte begütigend die Hand auf seinen Arm und nickte Alrick auffordernd zu.

„Es war so: Während ich die Zwerge beobachtete, spielte ich eine flotte Melodie, und die Zwerge passten sich dem Rhythmus an und arbeiteten viel schneller! Versteht ihr? Sie schaufelten und hackten schneller, sie liefen schneller. Als sie schon ganz aus der Puste waren, spielte ich etwas Langsames, und voilà, sie passten sich wieder meinem Rhythmus an und arbeiteten gemächlicher. Gut, dachte ich. Jetzt probiere ich das mal bei den Elfen und Feen aus. Und – Bingo", rief Alrick und benutzte vor Aufregung einen Ausdruck der Menschenkinder. „Auch sie richteten sich unbewusst nach dem Flötenspiel. Ich habe es mehrmals probiert, sodass ich weiß, dass es kein Zufall war. Die Flöte überträgt meinen Willen mit Hilfe der Melodie! Ich darf sie nicht mehr spielen! Ich habe Angst, etwas Falsches zu denken oder zu spielen und anderen damit zu schaden."

„Und früher ist dir das nicht aufgefallen?", hakte Chrysius nach.

„Nein, sowas wie heute habe ich doch noch nie damit gemacht. Immerhin war ich hundert Jahre lang auf die Zuckerdose gebannt! Ich habe sie ein, zwei Mal für das Boot und die Krähen genutzt. Dann hatte sie Lilly, und eine Zeit lang war sie geklaut. Ich finde, wir sollten sie im Gewölbe der Kostbarkeiten wegschließen."

„Sei nicht so aufgeregt, mein junger Freund. Du wirst die Flöte behalten, denn du bist Alrick Flötenspieler! Niemand sonst. Wenn das hier vorbei ist, kannst du ihren Gebrauch eingehend studieren. Jetzt sollten wir versuchen, diese fabelhafte, überaus nützliche Entdeckung im Kampf gegen Farzanah zu nutzen." Alrick konnte auf Anhieb nichts Fabelhaftes daran entdecken, aber er respektierte die Ansicht des Gelehrten.

Nachdenklich sahen sich die beiden Alten an. „Denkst du, was ich denke?", fragte Chrysius Tibana.

„Falls du an den alten Flötenalmanach aus der Bibliothek denkst, dann schon."

„Es gibt einen Flötenalmanach?", fragten Arindal und Alrick zugleich.
„Ja, mit Melodien und Texten. Wir haben ihn aber bisher nicht mit deiner Flöte in Verbindung gebracht. Nun, da wir wissen, dass sie mehr kann, als nur das Boot oder die Krähen zu rufen, sollten wir nachlesen, was noch darinsteht. Offensichtlich haben alle Zepterteile auch magische Fähigkeiten, wenn sie voneinander getrennt sind. Vom Elfenlicht wissen wir das ja schon seit einer Ewigkeit."
„Es wird dir nichts anders übrigbleiben, als das Buch zu studieren, Alrick Flötenspieler", lachte Tibana, die Alricks Abneigung gegen derartige Studien kannte.
Und Alrick? Der fühlte sich total überfordert.
‚Die machen es sich vielleicht leicht', dachte er. ‚Du bist Alrick Flötenspieler! Na Klasse! Hab ich mir das vielleicht ausgesucht? Nein! Es muss doch noch jemand anderen geben, der dem Ding ein paar Töne entlocken kann. Ich will diese Verantwortung eigentlich nicht. Man stelle sich vor – ein paar falsche Noten und schwupps, gibt es die Böse samt Schlange gleich zweimal. Na, besten Dank auch dafür!'
Er lehnte sich zurück, verschränkte die Arme und sah stur gerade aus. Die drei anderen ließen ihn einfach in Ruhe. Es war nicht nötig, ihn jetzt zu bedrängen. Nötig war nur, den Almanach aus der Bibliothek zu holen, und zwar so schnell es ging.
Während sie überlegten, wie das zu bewerkstelligen sei, kam Arayn, um den König über die Beendigung der Baumaßnahmen zu unterrichten.
„Mein König, alle warten auf ein Zeichen von Euch, dass geflutet werden soll."
„Eigentlich wollte ich gerade mit Alrick zur Universität fliegen. Kannst du ihn stattdessen begleiten? Wir brauchen den Flötenalmanach", fragte Arindal den Feër.
„Den alten Schinken? Wollt ihr Farzanah etwa die Flötentöne beibringen?", fragte Arayn belustigt.
„Im wahrsten Sinne des Wortes, Bruder. Wir haben neue Erkenntnisse über die magische Kraft der Flöte und wollen prüfen, ob wir im Buch etwas darüber finden", erklärte Tibana.
„Ah, du meinst das Spielchen, dass der junge Alrick vorhin getrieben hat? Mal schnell, mal hübsch langsam zu flöten?"
Tibana lachte. „Genau! Wie konnte ich nur glauben, dass du das nicht bemerkt hast?"
„Tja, Schwesterlein! Ich werde eben gelegentlich unterschätzt." Er lachte herzlich und zwinkerte ihr verschwörerisch zu. Dann machte er eine äußerst

galante Verbeugung vor Alrick und sagte: „Mein lieber Prinz, ich begleite Euch gern."

Alrick grinste. Arayns lockerer Ton gefiel ihm viel besser als seine übliche strenge Art.

„Mein Fürst, ich bin bereit", erwiderte er mit einer ebenso eleganten Verbeugung und trat vor den Pavillon, um die Nebelkrähen zu rufen.

„Vor allem solltet ihr zwei edlen Trantüten den Gelehrten mitnehmen", lachte Chrysius laut und lief ihnen nach. „Wie wollt ihr denn sonst die geheime Bibliothek öffnen?"

Arindal und Tibana sahen ihnen kopfschüttelnd nach. Sie räumten zusammen und gingen dann zu Ilea, um das Zeichen zum Fluten zu geben.

Die Reise der Drei verlief erfreulich gut. Sie fanden den Almanach auf Anhieb und kehrten sogar rechtzeitig zurück, um beim Mondlichtzauber dabei zu sein.

24
Der Mondlichtzauber

Nach dem gemeinsamen Essen setzte sich Alrick, an einen Baum gelehnt, am Ufer nieder. Der See war so schön geworden! Er fügte sich anmutig an den äußeren Rand der Lichtung und hatte aufgrund eines Geländeunterschiedes sogar einen kleinen Wasserfall, der silberhell plätscherte.
Alrick starrte resigniert auf das dicke Buch auf seinen Knien. Es war ein alter Pergamentband, dessen Seiten aufwendig mit Ranken und goldenen Noten verziert waren. Wie sollte er denn unter hunderten von Stücken das richtige finden? Die Melodien hatten zwar Titel, aber bisher hatte er keinen gefunden, der irgendwie vielversprechend war.
„Ich brauche Hilfe", entschied er und schaute sich nach den anderen um, von denen aber kein Einziger zu sehen war. Da fiel ihm der Mondlichtzauber ein.
„Na klar, die werden sich vorbereiten. Es muss ja gleich soweit sein."
Vor lauter Grübeln hatte er die Zeit vergessen. Er nahm das Buch und lief zum Pavillon, wo er auf Tibana traf. „Liebe Patin, dies ist mein erster Mondlichtzauber. Was muss ich denn dabei tun?"
„Nichts! Du musst nichts tun, als ein weißes Gewand zu tragen", erwiderte Tibana, über seinen Eifer schmunzelnd.
„Hm? Eine saubere Tunika habe ich noch, aber keinesfalls ein weißes Gewand!", erwiderte Alrick betroffen.
„Zeig' mal her!", bat die Fee und zückte ihren Zauberstab, als Alrick damit vor ihr stand. Sie malte ein Zeichen auf den leichten blauen Stoff, und schon war die Tunika weiß. „Na, wie habe ich das gemacht?", fragte sie lachend.
„Klasse! Im Gegenteil zu mir kriegst du ja immer alles hin. Ich schaffe nicht mal das mit dem Almanach! Ich habe keine Ahnung, wie ich das richtige Lied finden soll."
„Du hast doch gerade erst angefangen", tröstete die gütige Fee und nahm ihren Patensohn spontan in den Arm. „Das Spielen soll nur eine Übung sein und kein Grund, daran zu verzagen. Wir wollen nur mehr über den Gebrauch des Zepters erfahren. Doch für heute ist genug getan. Kleide dich um, wir wollen gehen!"

Eilig legte Alrick sein Alltagsgewand ab. Er wusch Hände und Gesicht in der Schüssel, kämmte sein langes Haar und zog die weiße Tunika an, um die er den Gürtel mit dem Dolch schnürte. Fertig!
„Wie schön es wäre, wenn Lilly und die anderen hier sein könnten", seufzte er und kippte die Schüssel aus. „Dann könnte ich nach dem Zauber mit Lilly im Reigen tanzen. Es scheint mir, als hätte ich sie ewig nicht gesehen, und daran ist nur Farzanah schuld."
In Selbstmitleid versunken ging er wieder zum See, wo ihn ein malerisches Bild erwartete. Der Mond hing am wolkenlosen Himmel wie ein silberner, kreisrunder Lampion und tauchte die Wartenden in sein geheimnisvolles Licht. Als es Mitternacht wurde, erhob sich ein sanfter Wind. Er strich über das Gras und entlockte den Blüten und Blättern eine leise Melodie. Die Luft knisterte vor Magie und plötzlich tauchte wie aus dem Nichts ein Boot auf der schimmernden Wasseroberfläche auf. Sein Rumpf hatte die Form einer Sichel, während die Segelstange eine riesige Lilie mit drei weißen Blüten war. Von unsichtbaren Kräften gelenkt, glitt es über den See, und jeder konnte sehen, dass der einzige Fahrgast darin die majestätische Herrin der Quellen war.
Sie trug ein silbern schillerndes Kleid und hatte das üppige lange Haar mit einem Diadem aus Korallen und Bernstein nach oben gesteckt. Ihre Finger und Handgelenke waren reichlich mit Perlen geschmückt. Sie lächelte, und es war ihr anzusehen, wie sehr sie sich über die Eintracht unter den Anwesenden freute. Sie war so schön und so erhaben, dass selbst dem letzten Schwätzer das Wort im Munde erstarb.
Das Boot verharrte da, wo sich der Vollmond hellglänzend im Wasser spiegelte und es aussah, als würden Licht und Wasser miteinander verschmelzen. Die Herrin der Quellen grüßte die Anwesenden durch das Neigen ihres Hauptes, was von allen mit Ehrfurcht erwidert wurde.
Dann löste sie die Lilie aus ihrer Halterung und hielt sie mit gestreckten Armen zum Himmel empor. *„Kitou yhteen"*, rief die Mächtige. Da öffneten sich die Blütenkelche und sandten zugleich mit dem Mond drei Lichtstrahlen aus, die über dem See aufeinanderstießen und zu einem funkelnden Stern wurden. Er strahlte so unglaublich hell, dass alle die Lider senkten, während die Herrin mit ihrem Zauber begann.
„Höre mich, Licht! Mein Bruder Mond, Tagteiler und Gezeitenlenker! Ich bin die, die dem Wasser gebietet, zu kommen und zu gehen, Überfluss und Wachstum zu schenken oder Dürre und Vernichtung. Höre meinen Ruf! Verbinde die Kraft dieses reinen Wassers mit der Energie deines klaren Lichtes,

auf das es auszulöschen vermag, was uns durch Schwefel und Feuer bedroht!" Sie wiederholte ihre Bitte und der Stern wurde größer und heller, bis er beim dritten Mal auseinander barst. Myriaden feinster Lichttröpfchen fielen in den See, auf die Lichtung und das Geheime Volk, das seine Ufer säumte. Alles, was sie berührten, fing magisch zu leuchten an. Es war überirdisch und zauberhaft, und jeder spürte, welche immensen Kräfte sich hier miteinander verbunden hatten! Wasser und Licht!

Als der Stern aufgelöst war, ließ die Herrin den Blütenstab wieder in seine Verankerung gleiten und man sah, dass der Zauber sie viel Kraft gekostet hatte. Dennoch zufrieden mit dem Erfolg, neigte sie zum Abschied wieder das Haupt, und die Anwesenden dankten ihr, indem sie eine Hand auf ihre Herzen legten.

Das Boot glitt über den nun magischen See und verschwand auf dem Weg, auf dem es gekommen war. Zurück blieben das Leuchten auf der Lichtung und eine Gemeinschaft, die froh war, einen Schritt im Kampf gegen Farzanah und die gefiederte Schlange vorangekommen zu sein.

Nach und nach gingen die Feen und Elfen zur Wiese, um den Erfolg dieser Nacht mit einem Reigen zu feiern, während sich die Zwerge ins Gras setzten und sie beobachteten.

„Die zaubern ganz schön viel rum", meinte Dori zu seinem Zwillingsbruder, der sich eine Hasenkeule im Feuer briet. „Aber mir soll's Recht sein, wenn das Theater nur etwas bringt."

„Schaden wird's wohl nicht", entgegnete Fili trocken. „Und ehrlich gesagt, denke ich, dass wir den beiden Ungeheuern, der Schlange und der dunklen Fee, mit unseren Waffen nicht beikommen können, egal, was für gute Kämpfer wir sind. Wir können froh sein, wenn der Hokuspokus etwas bewirkt."

Die Herrin der Quellen

25
Dunkelelfen und Orks

Während Arindals Gemeinschaft auf die Lichtung mit dem Weltenbaum zog und Farzanah in ihrem Lager auf Ulion wartete, marschierten die Orks planlos durchs Land. Unbewusst hatten sie dabei den Weg zum Drachengebirge eingeschlagen.
Sie waren ratlos, denn es gab niemanden, dem sie sich anschließen konnten. Als sich Hunger und Durst einstellten, fing die Meute zu murren an, und allmählich richtete sich ihr Zorn gegen den Aufseher-Ork, der leicht an seiner enormen Beule zu erkennen war.
„Du Rindvieh hast uns das eingebrockt!", beschimpfte ihn einer, der neben ihm ging. „Weil du zu doof warst, die mickrigen Zwerge zu bewachen. Wovon leben wir jetzt, und vor allem wo? Sag es uns!" Er stampfte beim Gehen so wütend auf, dass es sich wie ein Erdbeben anhörte.
„Und du bist so dämlich, wie du groß bist!", brüllte der Aufseher-Ork zurück. „Durch die Flucht der Zwerge hat Farzanah uns ihr wahres Gesicht gezeigt. Ihr solltet dankbar sein, dass wir sie los sind! Ha!"
Er blieb abrupt stehen und verzerrte sein Gesicht zu einer wütenden Fratze. Seine gelbgrünen Augen funkelten, und er bleckte die spitzen Zähne, wobei er einen markerschütternden Schrei ausstieß, mit dem er die Aufmerksamkeit der gesamten Rotte auf sich zog.
„Brüder!", grölte er so laut, dass kleine Steine ins Rollen kamen. „Brüder!", wiederholte er und warf seinen Schädel mit den dünnen Haaren in den Nacken. „Wir sind gefürchtete Söldner! Wir kämpfen für andere, aber wir kämpfen niemals ohne Lohn!" Ringsum ertönte beifälliges Gemurmel. „Farzanah hatte vor, uns zu betrügen! Sie versprach uns Gold und eigenes Land, doch sie hatte nicht vor, ihr Versprechen zu halten."
Das Gemurmel wurde lauter. „Sie wollte uns als Kanonenfutter verheizen, auf dass wir ihr den Weg mit unserem Blut geebnet hätten!" Seine feurige Rede verfehlte ihre Wirkung nicht. Selbst der Ork, der den Streit begonnen hatte, nickte nun einsichtig. „Ein Orkleben zählt nichts für sie. Sie hat mich beinahe umgebracht, und viele von uns mit dem Eishagel schwer verletzt."
„Und was tun wir jetzt? Wir haben nichts als Kämpfen gelernt!", wagte einer zu fragen.
„Aber das können wir gut!", bestätigte ein anderer, der sich von hinten neben

den Aufseher-Ork drängte und sofort Zustimmung von allen Seiten erhielt.
„Wir werden uns an ihr rächen! Wir überfallen die Dunkelelfen und töten sie alle. Dann hat sie keine Verbündeten mehr. Danach plündern wir das Lager und ziehen mit der Beute in ein Gebiet weit außerhalb. Dort lassen wir uns nieder, brennen Schnaps und züchten Kampfschweine."
Das war fast ein fertiger Plan, aber die lahmen, schnapsgeschädigten Hirne der Orks brauchten eine ganze Weile, bis sie begriffen, dass er sogar durchführbar war. Da fingen sie zu johlen an, schlugen sich mit den Fäusten auf die Brust und stampften mit den Füßen. Rache und Beute, das war ganz in ihrem Sinn und der Überfall somit beschlossene Sache.
„Wo lagern die denn?", fragte schließlich einer, worauf der Aufseher-Ork eine Kopfbewegung Richtung Drachenberge machte.
„Die Zwerge haben davon gefaselt, dass ihr Heer in den Niederungen vor dem Gebirge hockt."
„Und wie viele sind ein Heer?", fragte der junge Ork weiter.
„Vielleicht so viele wie wir", knurrte der Beulenbesitzer ausweichend. „Wie soll ich das wissen? Aber nach der verlorenen Schlacht von damals können es nicht mehr viele sein."
„Ja, lassen wir uns überraschen. Dem Mutigen gehört die Welt!", schrie einer aus der letzten Reihe, und das war eine gedankliche Glanzleistung für einen Ork.

Durstig und hungrig setzten sie ihre Wanderung den ganzen Tag fort, bis sie zu einem wilden Apfelhain kamen und beschlossen, dort zu nächtigen.
Die wenigen Äpfel waren bald aufgegessen, sodass sie am Morgen fast genauso hungrig weiterzogen, wie sie abends angekommen waren. Sie marschierten den ganzen Tag und aßen nichts als Beeren, und gerade, als ein Großteil der Rotte meutern wollte, entdeckten sie mehrere Rauchsäulen am Horizont. Sie beratschlagten und kamen zum Schluss, dass dies nur die Feuer der Dunkelelfen sein konnten. Vor Freude über diese Entdeckung pufften sie sich gegenseitig in die Rippen und klopften sich auf die Schultern.
Um etwaigen Spähern zu entgehen, verließen sie den Weg und gingen im Schatten der Bäume weiter. Die Aussicht auf Elfenbrot und Schnaps ließ sie schneller gehen, trotzdem war es schon Nacht, als das Dunkelelfenlager vor ihnen lag.
Um das weitere Vorgehen zu beschließen, kauerten sie sich an einem kleinen Bachlauf ins Gras.

„Es sind gar nicht so viele", flüsterte der junge Ork, der schon einmal durch seine Fragen aufgefallen war. „Zwanzig Hütten. Hab gedacht, ein Heer wär größer."

„Klappe!", schnauzte der mit der Beule. „Zwanzig Hütten und in jeder sechs oder sieben Elfenkrieger sind doch mehr als genug. Aber ich denke, die schlafen."

„Haben sie Wachen?", fragte ein Dritter leise.

„Weiß ich doch nicht!", erwiderte der Beulige genervt. „Guck halt mal nach."

Der Angesprochene machte sich sofort auf. Er robbte über Stock und Stein näher an das Lager und erkundete vorsichtig das Areal. Dank seiner braunen Kleidung war er im Mondlicht fast unsichtbar. Die Dunkelelfen wähnten sich weit und breit allein und waren bezüglich ihrer Sicherheit ziemlich nachlässig. Sie wussten ja nichts von ihrem neuen Feind.

„Nur zwei Wachen", berichtete der Ork wortkarg, als er zu den anderen zurückgekehrt war. „Die passen auf einen Wagen auf. Keine Späher in den Bäumen oder an den Seiten."

„Dann stürmen wir jetzt", meinte der Aufseher-Ork und erhob seinen Knüppel, um das Zeichen zum Angriff zu geben. Aber der Jüngere stellte sich ihm in den Weg.

„Warte noch! Er soll uns erst sagen, was in dem Wagen ist", forderte er und zeigte auf den Kundschafter. „Das könnte wichtig sein!"

„Und ob", antwortete der stolz. „Er ist voller Waffen. Ich habe Bögen und Lanzen gesehen. Und noch etwas!"

„Was denn? Sag es schon!", forderte der Beulenork ungehalten.

„Dass die Wachen schlafen!"

„Verdammt, das ist gut! Wie geh'n wir es an?", fragte die Rotte, und alle Augen waren auf den Beulenork gerichtet, aber der stöhnte nur. Beim Pläneschmieden war er nicht so gewandt wie mit der Keule oder dem Krummschwert, und seine Kumpanen erwarteten einen Befehl.

In seiner Not hieb er dem jungen Ork auf die Schulter und schob ihn ganz nach vorn. „Los, sag du es!", forderte er den Jüngeren auf. „Du hast doch bestimmt einen Plan."

„Mal überlegen!", sinnierte der überrascht. „Dann passt mal auf, wir machen es so: Zwei von uns gehen voraus. Sie schleichen sich an die Schläfer heran, machen sie platt und bringen die Waffen hierher. Das sollte einfach sein, solange wir leise sind."

„Wir machen das!", meldeten sich sofort zwei Freiwillige und machten sich eifrig ans Werk.

Sie krochen durch das hohe Gras und als sie den Wagen unbemerkt erreichten, schalteten sie die schlafenden Wächter gekonnt aus. Dann hoben sie den Wagen mit ihrer immensen Körperkraft einfach an und trugen ihn zu den anderen, die das bemerkenswert clever fanden. Der junge Ork konnte gerade noch verhindern, dass die Meute sie dafür mit lautem Gejohle belohnte.
Er kletterte auf den Wagen und teilte die Waffen aus. „Nehmt reichlich Pfeile zu den Bögen", flüsterte er.
„Das ist blöd!", maulten ein paar aus der Rotte und schauten sich die Elfenbögen von allen Seiten an. „Wir können nicht damit umgehen. Wir wollen eine Keule oder ein Schwert."
„Die haben wir aber nicht!", wies sie der junge Ork schroff zurück. „Ihr könnt maximal noch eine Lanze haben und nun unterbrecht mich nicht mehr! Wir machen es so: Ihr verteilt euch rund um das Lager und zündet die Pfeile mit dem Span an, den ich euch mitgeben werde. Sobald ich das Orkhorn blase, setzt ihr die Hütten in Brand und macht den Spitzohren Feuer unterm Arsch. Ihr schießt auf alles, was sich bewegt und wenn die Pfeile verschossen sind, geht's auf sie mit Gebrüll. Schlagt sie nieder oder rennt sie um, und wenn sie fliehen, jagen wir sie wie Karnickel vor uns her."
Wie er das machen wollte, wusste er selbst nicht, aber in den Ohren der anderen hörte es sich großartig an. Sie waren dankbar für den Befehl, der sie davor bewahrte, selbst denken zu müssen. Also schulterten sie die Bögen, schützten den glimmenden Span mit der Hand und umschlossen das Lager unbemerkt.

Die Dunkelelfen hatten sich kleine, komfortable Holzhäuser gebaut, in denen sie wohnten, seit das Elfenlicht seiner Bestimmung zurückgegeben war. Dörfer zu bauen, Tiere zu halten und Vorräte anzulegen hielten sie für Zeitverschwendung, da sie auf Farzanahs Geheiß bald wieder gegen Arindal ziehen würden. Nach ihrem Sieg könnten sie sich in seinen Siedlungen niederlassen. Wozu sich also selbst bemühen? Diese Überheblichkeit war es, die den Orks nun zugutekam, denn die Holzhäuser würden brennen wie Zunder.
Als das Lager umzingelt war, blies der Ork wie vereinbart ins Horn und schoss gleich darauf einen brennenden Pfeil ab. Nun zeigte sich, dass die Orks gehorsame Soldaten waren, denn binnen kürzester Zeit prasselte ein wahrer Feuerregen auf das schlafende Lager nieder und entzündete jedes einzelne Haus. Die Dunkelelfen wussten nicht, wie ihnen geschah. Verschlafen und

völlig überrumpelt verließen sie ihre Häuser und versuchten, den Feind auszumachen.

„Zu den Waffen!", befahl einer und löste damit ein Chaos aus, weil alle dorthin rannten, wo der Wagen gestanden hatte.

„Die Wächter sind tot und der Wagen ist weg! Was machen wir denn nun?"

Einige rannten zu den Häusern zurück, aber die brannten längst lichterloh. In ihrer Not formatierten sie sich Rücken an Rücken und verteidigten sich mit dem, was sie fanden. Sie standen wie Zielscheiben im Feuerschein und überlebten nur, weil die Orks jämmerliche Bogenschützen waren. Kleine oder bewegte Ziele trafen sie nicht und das ärgerte sie so sehr, dass sie die Bögen wütend ins Feuer warfen und zum Kampf Mann gegen Mann aufriefen. Den Dunkelelfen wurde jäh klar, gegen wen sie da kämpften, und sie fragten sich verwundert: wieso? Entsetzen machte sich breit, da der Feind von allen Seiten kam. Sie wehrten sich verzweifelt mit brennenden Latten, Steinen und Fäusten, aber gegen die gigantischen Orks half eigentlich nur Flucht.

„Wir müssen durchbrechen und fliehen!", schrie einer ihrer Anführer. „Hier gibt's nichts mehr, wofür sich das Sterben lohnt."

Es gab ein paar Tapfere, die gern widersprochen hätten, aber als sie sahen, wie einer der ihren niedergetrampelt wurde, folgten sie ihrem Anführer nach.

„Hier entlang! Und dann rein in den Wald!", schrien sie sich gegenseitig zu und durchbrachen die Kette der Orks unter Aufbietung all ihrer Kraft.

Es gab Verletzte, aber alle erreichten den Wald, wo sie zehn Arwafanten in einem Gehege hielten, das die Orks bei ihrer Sondierung schlichtweg übersehen hatten.

Das nahende Gebrüll trieb sie zur Eile an. Die Orks waren hinter ihnen her! Wie Kampfmaschinen wälzten sie sich durchs Unterholz und trampelten alles nieder. Sie schlugen ihre Stöcke aneinander, sodass der Lärm ohrenbetäubend war.

Die geschmeidigen Elfen liefen zum Gehege, stiegen auf die Arwafanten und ritten eilends davon. Eine Weile hörten sie die Orks noch hinter sich, dann kehrte Ruhe ein. Die selbsternannten Sieger hatten die Nase voll und kehrten in das brennende Lager zurück.

Der Angriff der Orks hatte die Dunkelelfen irritiert. Sie waren doch Kampfgefährten und gemeinsame Verbündete der dunklen Fee? Und nun dieser

Verrat! Sie kamen zu dem Schluss, dass die ehrlose Fee neue und stärkere Verbündete gefunden haben musste und die Orks geschickt hatte, um sie auslöschen.

Das war tragisch, denn genau wie die Orks hatten sie Farzanahs Versprechungen geglaubt und nichts anderes getan, als sich auf die Schlacht vorzubereiten. Eine bittere Erkenntnis, die sie wie ein Blitzschlag traf. Sie führte letztendlich dazu, dass die Dunkelelfen zu ihren Familien zurückkehren wollten, die außerhalb Arwarahs lebten. Ein schwerer Gang, da sie mit leeren Händen kamen. Und schlimmer noch, sie kamen auch mit leeren Köpfen. Die Kreativität und die Begeisterung, die den Elfen zu eigen waren, waren tief in ihrem Unterbewusstsein vergraben. Sie hatten sich vorsätzlich davon abgewandt, um den finsteren Verlockungen nach Schätzen und Macht zu folgen und bekamen jetzt die Quittung dafür.

In diesem Buch wird man nichts mehr von ihnen lesen, da sie keine Rolle für die weitere Entwicklung Arwarahs spielen. Der Überlieferung nach kehrten sie aber zu den ihren zurück, wo sie ihre Dunkelheit nach und nach abstreiften und Wohlstand und Zufriedenheit erlangten.

Es wird erzählt, dass sie wieder zu Elfenrittern wurden, die man oft in der Nähe der Morassina Grotte bei Schmiedefeld sah.

Als Zeichen ihres Sieges erhoben die Orks ihre Fäuste und johlten hinter den Flüchtenden her. Dann war der Kampf getan, und sie kehrten ins Lager zurück. Als ihre Wut verrauchte, kehrte der Hunger zurück und sie fanden, dass es Zeit war, sich den Magen vollzuschlagen.

Sie durchsuchten das Lager und rissen die Trümmer auseinander, fanden aber fast nichts. Lediglich der Backofen hatte das Feuer überstanden. Schließlich war er ja genau dafür gemacht. Zwei besonders eifrige Orks rissen die eiserne Ofentür auf, wobei sie sich mörderisch verbrannten. Sie schrien vor Schmerz, aber als den anderen der Duft der frischen Brote in die Nase stieg, wurden sie brutal zu Seite gestoßen, und das Raufen um die glühend heiße Beute begann. Es hörte erst auf, als der Ofen ratzeputz leer war. Nicht einmal annähernd satt, ließen sie sich beim Ofen nieder, leerten ein Fässchen Branntwein, das einer gefunden hatte, und schliefen danach ein.

Als sie anderentags erwachten, hatten sie dicke Schädel und waren so hungrig wie zuvor. Sie fanden ein paar Beeren und Pilze im Wald, aber das war nichts für einen Ork. Frustriert hockten sie sich zusammen und beratschlagten, was nun zu tun sei. Weil sie keine Lösung fanden, schlug einer vor, zur dunklen Fee zurückzugehen, weil man dort wenigstens satt gewesen sei. Er hatte kaum zu Ende gesprochen, da gab ihm der mit der Beule mächtig eins auf die Nuss.
„Schau mich an!", brüllte er und zeigte auf seinen Kopf. „Das habe ich bekommen, weil die Zwerge abgehauen sind. Was glaubst du, womit sie uns füttert, wenn sie das mit den Dunkelelfen erfährt? Mit Blitz und Eishagel, du Idiot!"
Der Gescholtene zog verunsichert den Kopf ein und viele andere machten es nach. Sie fühlten sich so verloren!
„Dann marschieren wir eben weiter", forderte ein anderer. „Schlimmer kann's ja nicht werden."
„Ja, wir nehmen von den Waffen, was noch zu gebrauchen ist, und dann werden wir sehen, was kommt."
„Wer hat dich denn gefragt?", meckerte wieder einer und das Gerangel ging eine Weile hin und her. Sie hatten einfach keinen Plan und niemanden, dem sie die Schuld an ihrem Debakel zuschieben konnten.
„Wisst ihr was?", sagte der junge Ork, nachdem er dem Meckern eine Zeit lang zugehört hatte. „Wir wählen uns einen General! Der trifft die Entscheidungen und wir anderen folgen ihm nach."
Das kam unerwartet, aber es bedeutete, dass sie endlich wieder Befehle erhielten, für die sie selbst nicht verantwortlich waren. Prima! Mit Brüllen und Trampeln taten sie ihre Zustimmung kund.
Die Wahl ging sehr schnell. Der Beulenork wurde vorgeschlagen und sofort akzeptiert. Nicht wegen seiner Glanzleistungen, sondern weil er der Größte und der Lauteste war. Er befahl den Aufbruch und setzte sich, seiner neuen Würde bewusst, an die Spitze des Trupps und marschierte allen voran.

Als die Sonne höher stieg, befahl der General den Weg zu verlassen und im schattigen Wald weiterzugehen. Das Gelände wurde steiler und steiniger und aus den Bäumen wurde Gestrüpp. Ein Zeichen, dass sie die Niederungen hinter sich ließen und den Drachenbergen näherkamen.
Gegen Mittag erreichten sie einen Weiher, und der General befahl eine Rast. Sie aßen Brombeeren und stillten ihren Durst, bevor sie sich zum Dösen im Gras ausstreckten. Um diese Zeit herrschte mittägliche Ruhe im Wald. Kein

Vöglein sang, kein Blättchen raschelte im Wind. In die Stille hinein schallte plötzlich ein schrilles Quieken und Grunzen und ehe sich die Rotte versah, wurde sie von zwei riesigen Kampfschweinen angegriffen.
Sie hatten borstige Schädel mit blutunterlaufenen, kleinen Augen und scharfe Hauer. Wer fliehen konnte, floh. Die anderen griffen zu ihren Waffen, und schon mischte sich das gellende Heulen der Orks unter das Quieken der Schweine. Es war ein furchtbares Gemetzel, bei dem der General niedergerissen wurde! Wie durch ein Wunder blieb er unverletzt, und rappelte sich auf, nachdem er den Schock überwunden hatte. Er schnappte einen knotigen Stock, sprang auf den Rücken der einen Sau und versuchte, ihr mit seinen kräftigen Schenkeln die Luft abzudrücken. Das gelang ihm nicht sonderlich gut, hatte aber den Effekt, dass die Sau ihm den Kopf zuwandte, sodass er sie mit einem gewaltigen Hieb zwischen die Augen erledigen konnte. Die Sau brach zusammen und begrub dabei das linke Bein des Generals so fest unter sich, dass er sich nicht befreien konnte.
Inzwischen hatte der junge Ork mit vier Kameraden auch die zweite Sau erlegt. Sie ließen erschöpft die Speere sinken und sahen sich auf dem Schlachtfeld um. Was sie erblickten, war grauenhaft. Der Uferstreifen war aufgewühlt und blutgetränkt, und überall saßen oder lagen Verletzte. Dazu gehörte auch der General, der noch unter dem toten Schwein feststeckte. Er reckte dem Jungen seine Hand entgegen, aber der brauchte noch ein paar andere, um den Kadaver zur Seite zu rollen. Als er frei war, setzten sie ihn unter großen Schmerzen mit dem Rücken an einen Baum und sahen, dass sein Bein mehrfach gebrochen war.
„Habt ihr je davon gehört, dass es in dieser Gegend Kampfschweine gibt?", fragte er stöhnend die, die ihm geholfen hatten, aber sie schüttelten allesamt den Kopf.
Heute hatte die Rotte einige tapfere Orks verloren, und mehr als die Hälfte war verletzt. Sie versorgten ihre Wunden gegenseitig und bedeckten jene mit Steinen, die auf der Strecke geblieben waren.
„Sucht die Umgebung ab", befahl der General, als der junge Ork sein Bein einschiente. „Die Sauen waren sicher so aggressiv, weil sie hier irgendwo Junge haben."
Er wählte zwei der Gesunden aus, um den gut sichtbaren Spuren der Sauen zu folgen. „Seid auf der Hut, dass ihr dem Eber nicht begegnet. Einen Kampf mit ihm würden wir nicht überleben."
Während er sprach, hatten die anderen damit begonnen, die saftigsten Stücke aus den Schweinen zu schneiden und auf Stöcke zu spießen. Damit zogen sie

auf eine Wiese am Waldrand um, wo das Gras sauber und unversehrt war. Sie machten ein Feuer und schon bald duftet es köstlich nach gebratenem Schwein. Als das Fleisch gar war, kehrten auch die beiden Orks von der Suche zurück. Sie waren erfolgreich gewesen und führten fünf höllisch quiekende Ferkel an Stricken mit sich.

„Wir haben sie eingefangen", sagte einer von ihnen stolz zum General. „Du hast doch gesagt, dass wir von nun an Schnaps brennen und Kampfschweine züchten werden."

Der General nickte verblüfft. Das hatte er damals nur gesagt, um überhaupt etwas zu sagen! Ernst gemeint hatte er es natürlich nicht. Aber nun, da ihnen das Schicksal entgegenkam, war es tatsächlich eine Option.

„Habt ihr Spuren von einem Eber gefunden?", fragte er streng.

„Nein, aber wir haben etwas sehr Wertvolles entdeckt!", antwortete der Ork und verzog sein Maul zu einem Grinsen.

„Noch besser als die Ferkel?"

„Und ob! Die Viecher hausten nämlich in einer Burgruine."

„Eine Ruine? Wer sollte denn hier gewohnt haben?", fragten ein paar aus der Meute staunend.

„Ist doch völlig egal! Nach dem Essen tragt ihr mich hin! Ich kann nicht weiterziehen."

Gesagt, getan! Die geschrumpfte Rotte packte die Reste zusammen. Sie nahmen den General huckepack und humpelten den Pfad entlang, auf dem die beiden Orks gekommen waren. Es dauerte lange, aber schließlich erreichten sie eine felsige Anhöhe, auf der die Ruine einer ehemaligen Burg thronte.

Der Aufstieg war schwer, aber die Mühen wert, denn sie fanden, dass Teile der Ruine noch bewohnbar waren. Was für ein Glück! Sie jubelten laut und nahmen sie in ihren Besitz. Die Schweine wurden eingesperrt und die Wohnkammern so aufgeteilt, dass der General die größte erhielt. Die Küche mit dem intakten Brunnen wollten sie gemeinsam nutzen.

Als alles eingerichtet war, kamen sie an der Feuerstelle zusammen. Sie schürten ordentlich ein, machten das Fleisch an den Stöcken heiß und hingen das Übrige in den Rauch. Das war schon recht gemütlich.

„Ob der Angriff der Kampfschweine die Rache der Dunkelelfen war?", fragte der junge Ork mit vollem Mund kauend.

„Ach was!" Der General winkte herablassend ab. „Die sind längst über alle Berge." Er lachte gehässig und die ganze Rotte stimmte mit ein. „Ich bleib' jedenfalls hier!", verkündete er und wischte sich das tropfende Fett vom Maul.

„Wem das nicht gefällt, der kann weiterziehen."

Die Orks sahen sich an. Es stimmte schon, hier war ein guter Platz, aus dem man etwas machen konnte. Ohne den General weiterzuziehen, kam für sie nicht in Frage. Sie hatten ja gesehen, wohin es führte, wenn man keinen Befehlshaber hat.
„Nein, General!", versicherte einer nach dem anderen ernst. „Wir bleiben bei dir, denn du hast alles wahr werden lassen, was du uns versprochen hast."
„Habe ich das?"
„Ja, wir haben eine eigene Burg, wir werden Kampfschweine züchten, und das mit dem Branntwein bekommen wir auch noch irgendwie hin."
So hatte es das Schicksal mit den Orks noch gut gemeint. Sie blieben, wo sie waren, und an Arindals Hof hat man nie mehr etwas von ihnen gehört.

26
Die Kunst des magischen Flötenspiels

Alrick lümmelte in einer Hängematte, die er sich zwischen zwei Bäumen auf der Lichtung aufgehängt hatte. Er hatte wenig geschlafen, weil die Tänze nach dem Mondzauber lang gedauert hatten. Trotzdem war der Morgen wunderschön. Die Sonne brach durch die Zweige und wärmte sein Gesicht, sodass er blinzeln musste. Herrlich, diese Ruhe. Die anderen schliefen noch, zumindest hatte bis jetzt keiner seinen Pavillon verlassen.

Alrick döste vor sich hin und dachte dabei an Lilly. Ob sie in Saalfeld mit der Suche vorankamen? Ob Meldiriel auch wirklich gut auf sie achtete? Ein kurzes Aufflackern von Eifersucht, das sofort wieder erlosch. Er hatte wirklich keinen Grund, an Lilly zu zweifeln. Grinsend projizierte er ihr süßes Gesicht auf den Einband des Flötenalmanachs, den er an seine Knie gelehnt hatte. Eigentlich wollte er sich mit der Wahl des Stückes befassen, das Farzanah erstarren lassen sollte. Aber wie das so ist ...

Er verlor sich in der Betrachtung von Lillys Bild, und das hätte wohl noch eine ganze Weile so weitergehen können, wenn sein Magen nicht unerhört laut geknurrt hätte. Er blickte auf und sah, dass die Wichtel schon eifrig mit den Frühstücksvorbereitungen für Arindals Tafel zugange waren. Und wie er sie so beobachtete, stellte er fest, dass Mirla und Tuck ganz schön clever waren. Sie ließen nämlich das ‚Tischlein deck dich!' arbeiten und trugen die Speisen einfach nur noch auf. Alrick grinste. Wahrscheinlich hätte er es an ihrer Stelle genauso gemacht.

Als die beiden abgelenkt waren, flitzte er zum Tisch und stibitze ein großes Stück Elfenbrot, dass er mit Salat und Kräutern belegte. Dazu nahm er sich einen Becher Elfenbeerensaft und schlüpfte in seine Hängematte zurück. In Nullkommanichts hatte er seinen ‚Elfenbrotburger' verspeist und seufzte vor lauter Wohlbehagen. Sonnig, satt und verliebt, schöner konnte das Leben nicht sein – wenn nur Farzanah nicht wäre.

‚Sei's drum', dachte er, und nahm seine Flöte zur Hand. Während er unentschlossen im Almanach blätterte, füllte sich die Lichtung mit allen, die nach einem kräftigen Frühstück in den Tag starten wollten. Alle waren gut gelaunt, weil sie durch den Mondlichtzauber neue Hoffnung geschöpft hatten.

Alrick sah den stolzen Arayn über den Tanzplatz gehen. Dass dieser strenge Feenfürst der Bruder seiner lieben Patin war, konnte er noch immer kaum fassen. Er würde ihn nicht vermissen, wenn er wieder ginge, aber Arindal hatte recht: Mit starken Verbündeten kämpfte es sich leichter. Und dass die Feen stark waren, wusste er aus zahlreichen Heldengeschichten. Sogar im Haus in der Sonneberger Straße, als er verzaubert auf die silberne Zuckerdose gebannt war, hatte er sie gehört. Großmutter Gertrude hatte sie erzählt. Zuerst Oskar und Lilly, und später der naseweisen Flora. Von Lilly wusste er sogar, dass es eine berühmte Oper gibt, die „Die Zauberflöte" heißt.
‚Hoffentlich weiß der Held in der Oper besser, was er spielen muss', dachte er geknickt und nahm seine Suche im Buch wieder auf. Er war verärgert, weil er es nun schon zum zweiten Mal durchblätterte, ohne einen Ansatz zu finden. Noch dazu, wo keiner wusste, ob das Flötenspiel gegen Farzanah wirklich hilfreich war! Ach, er tat sich gerade selbst leid.
‚Zuerst sollte ich feststellen, ob die Titel etwas über die Magie der Melodien aussagen', überlegte er. ‚Diese hier heißt zum Beispiel ‚Regentag' und eignet sich gut für einen Versuch', dachte er grinsend. ‚Wenn ich es spiele und es fängt zu regnen an, weiß ich wie's geht.'
Als er sich umblickte, sah er, dass die meisten noch plaudernd beim Frühstück saßen. Er setzte die Flöte an und spielte schon beim ersten Mal fehlerfrei. Wie die Regentropfen aus einer Wolke perlten die Töne aus der Flöte hervor. Manchmal sanft rauschend und manchmal lustig platschend. Ein Lied wie ein Regentag eben. Alrick schielte zum Himmel, aber da tat sich nichts. Die Sonne schien weiterhin hell und störte sich nicht im Geringsten an seinem Spiel. ‚Zum Kuckuck! Was habe ich nur übersehen?'
Er blätterte weiter und suchte konzentriert, aber da waren nichts als Noten und ab und zu ein paar Hinweise für die Finger beim Spiel. Alrick klappte das Buch resigniert zu und starrte in den Himmel. Er war sich seiner Aufgabe voll und ganz bewusst. Er sollte dafür sorgen, dass die Dunkle eine Zeit lang auf der Lichtung stillstand. Möglichst vor dem Weltenbaum, bis dieser sein Urteil gesprochen hatte, das dann mit Hilfe des zusammengefügten Dreieinigen Zepters vollstreckt werden sollte. ‚Dabei ist noch nicht mal geklärt, wie das mit dem Bann überhaupt geht. Wenn ich spiele, ist das Zepter ja nicht zusammengebaut. Wird mein Stillstand-Zauber weiterwirken, wenn ich das Lied beendet habe?'
„Beim allmächtigen Feenzauber", fluchte er laut. „Das ist zum verrückt werden!"
Er war so in seine Gedanken vertieft, dass er Arayn erst bemerkte, als er

neben ihm stand. „Was ist los, Alrick Flötenspieler? Sorgen um die Liebste?", fragte er freundlich lächelnd.

‚Wenn er lacht, sieht er eigentlich nett aus', dachte Alrick verdutzt. Mit der Freundlichkeit Arayns hatte er nicht gerechnet.

„Sorgen wegen der Flöte. Ich kann in dem Wälzer nichts finden, was mich irgendwie weiterbringt", antwortete er ehrlich und biss sich dann erschrocken auf die Lippe, weil er den wertvollen Almanach ‚Wälzer' genannt hatte. Aber Arayn tadelte ihn nicht.

„Das dachte ich mir schon", antwortete er und sein Lächeln wurde noch breiter.

„Wirklich?"

„Ja, aber ich wollte Chrysius und Tibana nicht widersprechen. Die beiden sind sehr klug und so engagiert! Man muss eben alles in Betracht ziehen. Es hat dir ja nicht geschadet, dass du die Schrift unter die Lupe genommen hast, Flötenspieler."

„Das ist wahr! Aber es hilft auch nicht, das Problem zu lösen. Farzanah muss nun mal dabei sein, wenn der Richterspruch fällt, und das wird sie bestimmt nicht freiwillig tun."

Der Feenfürst merkte, wie sehr sich Alrick plagte und hob begütigend die Hand. „Keine Sorge, junger Alrick, du bist nicht allein! Wir finden eine Lösung, selbst, wenn die Lösung ganz woanders liegt", tröstete er und Alrick wunderte sich. So gütige Worte hatte er vom stolzen Arayn nicht erwartet. Vielleicht waren Tibana und er doch aus dem gleichen Holz geschnitzt.

„Aber dein Flötenspiel kannst du dennoch perfektionieren! Bitte spiel noch ein Stück! Ich habe so eine Vermutung", bat er und hob seine rechte Hand, worauf sich der Almanach von selbst aufschlug.

Das Stück hieß „Abendrot" und wie zu erwarten, spielte Alrick es fehlerfrei. Eine schöne, getragene Melodie, sanft wie ein Sommerabend. Aber auch diesmal änderte sich nichts.

„Siehst du? Das sind nur Melodien, da ist nichts Magisches dran", erklärte Alrick und sah dem Älteren frei ins Gesicht.

„Aber gestern am See, da hat es auf Anhieb geklappt."

„Das war anders! Ilea wollte, dass ich die Bauarbeiter unterstütze und da habe ich mir vorgestellt, wie meine Musik sie beflügelt und einfach drauf los gespielt."

„Und genau darin liegt der Schlüssel zum Erfolg! Erkennst du den Unterschied?"

„Nein, es ist doch alles genau wie gestern! Derselbe Flötenspieler, dieselbe Flöte."

Arayn lachte, und Alrick war irritiert. Bestimmt kam jetzt ein dummer Spruch. Aber Arayn blieb gelassen. Er zauberte einen Hocker herbei und setzte sich neben die Hängematte. Alrick zog erstaunt die Brauen hoch.
„Ich sehe, was du denkst!", grinste Arayn. „Aber so ist es nicht. Leg den Almanach weg. Er wird dich nicht weiterbringen, denn ich glaube, die Lösung bist du. Verstehst du mich? Du willst die Nebelkrähen rufen – und sie kommen. Du willst dein Boot befehlen – es klappt. Du willst den Bauleuten helfen – es funktioniert. Ich denke, dass du Alrick Flötenspieler genannt wirst, weil du der Flöte beim Spielen Magie verleihst. Sie bringt hervor, was du dir vorstellst, worauf du dich konzentrierst. Für alle anderen ist sie nur ein Instrument."
„Du meinst, sie ist sowas wie mein Zauberstab?"
„Exakt! Versuche es! Stell dir irgendeine nützliche Sache vor und spiele. Dann wirst du sehen, was passiert", sprach er und stand auf. „Ich gehe jetzt, sonst kommst du noch auf die Idee, dass ich dich gut leiden kann."
Ein kurzes Flimmern, wie Luft über heißem Asphalt, und weg war er. Alrick starrte auf den Platz, wo er grade noch gesessen hatte und plötzlich wurde ihm klar, was der Feër gemeint hatte.
‚Die Herrin der Quellen ist mit dem Wasser verbunden, so wie Frau Holle mit dem Winter, oder Ilea mit dem Wald. Vielleicht ist die Flöte mein ureigenes Element?'
Nachdenklich betrachtete er sie von allen Seiten. Sie war wirklich schön. Ihr edles Metall schimmerte matt und um die Grifflöcher rankten sich zierliche, fein gravierte Ornamente bis zum Mundstück hinauf. Am unteren Ende war eine Kerbe, in die das Basisstück des Zepters einrasten würde, während man das Elfenlicht oben fest aufsetzen konnte.
‚Cool, würden meine Menschenfreunde sagen. Wie es ihnen wohl ergeht? Was müssen das für gute Zeiten gewesen sein, als ein Zusammenleben der Leute vor und hinter der Gralsburg möglich war? Jetzt tun die Menschen so, als würde es uns gar nicht geben', sinnierte er. ‚Märchenhaft nennen die das und erbauen künstliche Feenweltchen. Dort laufen hübsche Mädchen als Elfen verkleidet rum, dabei könnten sie die Originale haben! Ich wollte dort schon immer mal Flöte spielen und mit den Besuchern ein wenig Schabernack treiben! Aber stopp, ich schweife ab! Zeit für einen neuen Versuch.'
Er blickte sich um und sah Arayn wieder, der über die Lichtung zu Arindal ging. ‚Schauen wir mal, ob du mit deiner Theorie Recht hast', dachte er amüsiert.
Er schloss die Augen und spielte, wobei er sich bildlich vorstellte, wie Arayns Schritte immer langsamer wurden, bis er die Füße nicht mehr heben konnte,

und er wie angeleimt auf der Lichtung stand. Als nächstes ließ er unsichtbare Ranken aus dem Boden sprießen, die sich um Knöchel, Knie und Arme des Feërs wanden, bis er sich nicht mehr bewegen konnte. Er hörte erst zu spielen auf, als er Arayns Stimme vernahm.

„Falls du das warst, Alrick Flötenspieler, dann lass dir sagen, dass du es gut gemacht hast!", rief er Alrick zu, der vor Freude rot anlief und die Arme mit der Flöte triumphierend nach oben riss. Ein Lob von Arayn!

Alrick sprang auf und lief zu den Neugierigen hinüber, die sich inzwischen um den Feër versammelt hatten, die Ursache für dessen Unbehagen aber nicht sehen konnten. „Warum schreist du denn so?", fragte Chrysius.

„Weil ich äußerst zufrieden bin."

„Ach so! Das ist selbstverständlich ein Grund, sich wie ein wild gewordener Handfeger aufzuführen", tadelte ihn der Alte. „Sieh nur, Tibana! Er steht da wie angewurzelt und tut so, als ob er sich nicht vom Fleck rühren kann! Das ist albern!"

„Nein, das ist großartig! Ich bin tatsächlich nicht in der Lage, mich fortzubewegen", erklärte Arayn und grinste froh.

„Angewurzelt trifft es ziemlich gut", erklärte Alrick trocken. „Ich glaube, ich habe den Trick mit der Flöte jetzt raus!"

„Dann mach mich los, Flötenspieler! Und ein wenig flott, wenn ich bitten darf. Sonst treibe ich womöglich aus und trage nächstes Jahr Früchte."

Alrick gehorchte gern. Unter den Augen der erstaunten Menge, setzte er die Flöte an und spielte eine befreiende Melodie, welche die unsichtbaren Ranken in der Erde verschwinden ließ.

Als die Umherstehenden begriffen, was geschehen war, riefen sie den König herbei und Alrick musste seine Kunst abermals vorführen. Arindal schüttelte Alrick die Hand und strahlte vor Stolz, dass sein jüngerer Bruder eines der schwersten Rätsel ganz allein gelöst hatte.

Zufrieden verbrachte Alrick den restlichen Tag damit, sein neues Können zu üben. Er ließ den ein oder anderen fröhlich stillstehen und Rinal wie ein Böckchen springen, was der gar nicht lustig fand. Dori und Fili Eisenbeiß standen unfreiwillig Kopf, und Arindal konnte gerade so verhindern, dass sie Alrick eine Abreibung dafür verpassten.

Das Fazit war, dass Alricks Flötenzauber immer besser wurden. Am Ende dauerte es nur Sekunden, bis er das Bild in seinem Kopf mit einer Melodie synchronisiert hatte. Tibana machte seinem Treiben schließlich ein Ende und verkündete froh, dass man zur Feier seines Erfolgs am Abend einen Reigen tanzen wolle.

Als die Sonne unterging, legte sich Alrick unweit des Tanzplatzes ins weiche Gras und beobachtete die eleganten, anmutigen Tänzer. Ohne Lilly wollt er nicht daran teilhaben. Viel lieber hätte er ihr von seinem Erfolg erzählt, aber dazu gab es keine Möglichkeit. Von der Lichtung am Weltenbaum sollten aus Sicherheitsgründen keine Nachrichten in die Menschenwelt ausgesandt werden.

‚Nicht mehr lange, du widerwärtige, garstige Fee', dachte er entschlossen. ‚Dann kommt die geballte Kraft des Geheimen Volkes über dich und zerschlägt deine finsteren Pläne! Und ich, Alrick Flötenspieler, bin ganz bestimmt dabei.'

27
Das alte Fotoalbum

Die Zeit in Arwarah verging anders als in der Menschenwelt, wo inzwischen die letzten Tage vor den Herbstferien angebrochen waren. Meldiriel hatte sich gut in Oskars Klasse eingelebt und war bei seinen Mitschülern sehr beliebt, aber mit der Suche nach dem dritten Teil war man nicht recht vorangekommen.

Lilly hatte sich alle möglichen Bücher ausgeliehen und sie tagelang nach Hinweisen auf das Zepter durchforstet. Sie hatte Museen und Ausstellungen besucht und sich im Kunst- und Auktionshaus Wendl in Rudolstadt erkundigt.

Als das alles nichts brachte, wandte sie sich schließlich den Segnungen der Digitalisierung zu. Sie fand heraus, dass Thüringer Archive Plattformen haben, auf denen man die verschiedensten Unterlagen finden und begutachten konnte. Das war so spannend, dass sie darüber oft die Zeit vergaß. Sie lernte zwar vieles über Thüringens und Saalfelds Geschichte, aber über das Basisstück erfuhr sie nichts.

Die männliche Jugend hielt sich gleich ans Internet. Sie benutzen jede bekannte und unbekannte Suchmaschine, durchforsten das World Wide Web und ... fanden nichts! Gegenwärtig suchten sie in Zeitungsarchiven nach Artikeln über spektakuläre Kunstfunde. Das war mühsam, da sie keine Ahnung hatten, wann und wie das Zepterteil nach Saalfeld gekommen sein sollte.

Ihre Misserfolge führten dazu, dass sie ab und zu den Mut verloren und Gertrude mit guten Worten und Leckerbissen für neuen Schwung sorgen musste.

Dies war also der unbefriedigende Stand der Dinge, als Lucie und Philipp in aller Herrgottsfrühe ihren Koffer in den Kombi packten.

Die unerwartete Reise an die Küste war ein Geschenk von Philipps Chef zu seinem zehnjährigen Firmenjubiläum. Philipp und Lucie hatten sich sehr über die Würdigung gefreut, wollten ihre Familie aber nicht zu Hause lassen. Also hatten sie vorgeschlagen, das feine Hotel gegen einen Bungalow zu tauschen, um die Herbstferien gemeinsam zu verbringen. Doch statt allgemeiner Zustimmung hatten sie nur lange Gesichter gesehen! Keiner wollte sie so auf die Schnelle begleiten, nicht einmal Gertrude.

„Es ist reine Verschwendung, so ein schönes Hotelzimmer wegzugeben", hatten sie gesagt und behauptet, dass die Eltern auch mal Zeit für sich allein bräuchten. Sie erklärten, schon Pläne mit Hannes und Sophie zu haben, Hausaufgaben erledigen zu müssen und vieles mehr. In Wahrheit wollten sie nur eines: die Suche nach dem dritten Zepterteil in den Ferien erfolgreich zu Ende führen.

„Also, wir fahren dann jetzt", sagten die Eltern etwas unsicher zu ihrer Familie, die der Größe nach in einer Reihe vor der Haustüre stand.

„Jaaaaaaaaa!"

„Oder sollen wir doch verschieben?"

„Neiiiiiiin!"

„Und ihr beeilt euch, dass ihr nicht zu spät in die Schule kommt!"

„Jaaaaaaaaa!"

„Los jetzt, ihr zwei!", sagte Gertrude schließlich sanft. „Ihr steigt jetzt in dieses Auto und fahrt an die See. Wir werden weder das Haus anzünden noch vor Hunger sterben! Habt einfach Spaß und meldet euch nur, wenn die Welt untergeht!"

„Okay! Dann macht's gut, ihr Lieben! Ihr habt es so gewollt!"

„Tschüss! Macht's gut und kommt heil zurück!", riefen Omi und die Kinder fröhlich. Lucie winkte so lange, bis sie aus ihrem Blick verschwunden waren.

Am Freitag, so gegen Mittag, saß Flora auf der Hollywoodschaukel und sortierte mit der einen Hand Blätter und Pflanzen für ein Herbarium, während sie mit der anderen Kater Moritz streichelte, dem das sehr behagte. Endlich bekam er wieder mal Streicheleinheiten und nicht dieses putzige kleine Männchen, mit dem Flora ständig spielte.

Gertrude war auch im Garten. Sie saß mit ihrer Staffelei im Schatten und malte. Ihr Gesicht strahlte Zufriedenheit aus. Alles war fertig. In der Küche stand ein Topf mit Gemüsesuppe und eine Schale mit Pudding. Das Haus war sauber, und Lucie und Philipp hatten eine Nachricht geschickt, dass sie heute eine Schifffahrt machten.

Kurz und gut: Gertrude war guter Laune und sang, während sie malte. Zack hockte auf der oberen Bildkante, baumelte mit den Beinchen und beobachtete fasziniert, wie das Bild langsam Gestalt annahm und er erkennen konnte, was Gertrude ganz meisterlich auf die Leinwand brachte.

Im Hintergrund des Bildes sah man eine spitze Felsformation vor einem silbern glänzenden See, dessen Ufer von einer bunten Blumenwiese gesäumt wurde. Darauf stand ein reetgedecktes Haus mit blauen Fensterläden. Es gab einen Kräuter- und Gemüsegarten und ein Gatter, in dem ein paar Hühner pickten und Ziegen grasten.

„Das ist aber lieb von dir, Großmutter, dass du mein zu Hause malst. Da habe ich gleich weniger Heimweh", sagte Zack leise, aber immer noch laut genug, dass Flora es hörte. Sie blickte auf und betrachtete Omis Bild mit Tibanas Haus, das so detailgetreu war wie eine Fotografie.

„Klasse, Ömchen!", ertönte es plötzlich hinter ihr. „Ich hatte glatt vergessen, wie exzellent du malen kannst!"

Großmutter schob ihren Strohhut in den Nacken und drehte sich um.

„Ah, die komplette Jugendmannschaft des SV Hungrige Wölfe!", neckte sie die Heimkehrer.

„Da sagen Sie was, Oma Gertrude!", bestätigte Hannes, der immer Hunger hatte. „Was gibt es heute Gutes?"

„Puffing!", antwortete ein unsichtbares Stimmchen, das außer Lilly und Meldiriel zum Glück keiner hörte.

„Meinen weltberühmten Gemüseeintopf mit Würstchen!", antwortete Gertrude. Sie stand auf und ging, ihren Strohhut schwingend, in die Küche voran. „Bitte folgen Sie dem Hut!"

Die Jugendmannschaft ließ sich das nicht zweimal sagen und ging in Zweierreihe und Gleichschritt hinter ihr her.

„Und, wie war der letzte Tag vor den Ferien?", wollte Gertrude wissen.

„Na wie schon? Anstrengend. Ich bin froh, dass wir jetzt frei haben!", antwortete Lilly, während sie beim Tischdecken half.

„Stimmt! Wir haben sogar noch eine Matheklausur geschrieben. Schauderhaft! Der Meister der Zahlen will sie in den Ferien korrigieren, damit wir gleich am ersten Tag nach den Ferien keinen Grund zur Freude haben", nörgelte Hannes beim Gedanken an die Ergebnisse der Klausur.

Anders als Lilly und Mel war er nicht so der Naturwissenschaftler, sondern fühlte sich wie Oskar zur Kunst und besonders der Musik hingezogen. Aber am Grundkurs Mathe kam ja niemand vorbei.

Oskar grinste in sich hinein. Er hatte diesmal keinen Grund, das Ergebnis der Arbeit zu fürchten. Als er bei einer Aufgabe steckenblieb, hatte er überraschend die gute Seite der Telepathie kennengelernt.

‚Wo klemmt es?', hatte Mel ihn telepathisch gefragt, als er sah, dass Oskar am Stift kaute und nicht weiterschrieb.

‚Aufgabe fünf', hatte Oskar ohne aufzusehen geantwortet.

‚Lineare Funktion, Schnittstelle mit der x-Achse, y – immer Null und so weiter', kam die Antwort prompt, und Oskar war gerettet. Von da an hatte es reibungslos funktioniert, sodass er seine Arbeit mit einer Zuversicht abgab, die er sonst gar nicht kannte.

Doch auch bei den anderen Meistern der Verdrängung spielte die leidige Matheklausur schon nach wenigen Minuten keine Rolle mehr.

„Sophie ist ja gar nicht da", stellte Hannes plötzlich fest. „Dass die sich ein Essen bei euch entgehen lässt, ist seltsam."

„Ja, sie macht sich in letzter Zeit ziemlich rar und ist in der Schule irgendwie komisch", bestätigte Till, der mit ihr und Lilly in eine Klasse ging.

„Stimmt!" Lilly zuckte die Achseln, weil es ihr auch schon aufgefallen war. „Aber sie kommt heute Nachmittag mal vorbei. Vielleicht kriegt ihr Kerle was aus ihr raus. Ich bin ratlos. Sie wollte mit mir und Mel und ihrem Uli zusammen ausgehen. Dachte wohl, das könnte so ein ‚Pärchending' werden. Sie schnallt nicht, dass Mel und ich nicht zusammen sind. Und bei denen zuschauen wollen wir nicht."

„Dann ist die arme Sophie bestimmt traurig", meinte Flora mitleidig.

„Mach dir darum keine Sorgen, Krümel. Ich krieg das schon wieder hin", meinte Lilly locker und nahm sich vor, der Sache am Nachmittag mal auf den Grund zu gehen.

Nach der Suppe gab es ein lustiges Pudding-Wettessen, das Flora zum Staunen aller haushoch gewann.

Hannes konnte es gar nicht glauben. Er hatte gelöffelt wie ein Weltmeister. Wie hätte er auch ahnen können, dass er gegen das unschlagbare Zack + Flora-Duo anfutterte? Da war Verlieren vorprogrammiert.

„Meine Güte, Flora, wie hast du das nur gemacht?"

„Ich habe einfach den großen Löffel genommen", konterte die Kleine schlagfertig.

„Aha! Das entspricht aber keineswegs der Chancengleichheit", protestierte Hannes scheinbar und nahm sich ohne Skrupel den letzten Klecks Pudding aus der großen Schüssel.

„Trostpreis!", lachte Gertrude und streute ihm bunte Streusel obendrauf.

Inmitten dieser fröhlichen Szene hämmerte plötzlich Hannes' Telefon. Sein „Klingelton" war ein Titel der eigenen Band und so laut, dass alle erschrocken innehielten. Die Anruferin war seine eigene Oma, die ihn über die Ferien zu einem Besuch einlud. Hannes lauschte mit gemischten Gefühlen, denn er hatte einiges mit Oskar geplant. Er blickte fragend in die Runde, aber alle waren der Meinung, dass Omas und Opas immer oberste Priorität haben. Also sagte er zu und brach kurz darauf unter dramatisch gespieltem Heulen und Wehklagen auf.

„Schade", meinte Oskar, als Hannes gegangen war. „Aber ich bin ja auch ein Glückspilz, weil ich mein liebstes Ömchen im Hause habe."

Das kam so liebevoll raus, dass Gertrude ihm einen Schmatz auf die Wange gab, den er aber, unter dem Gelächter seiner Geschwister, demonstrativ abwischte und seiner Omi dabei verschwörerisch zuzwinkerte.

„Sturmfreie Bude und Feeeeeeeerien!", rief Lilly, während Zack im Handumdrehen die Küche aufräumte. Dann stürmten sie wieder in den Garten hinaus. Nur Gertrude lief langsamer, damit sie ihren Kaffee nicht verschüttete. Sie ließ sich in den gemütlichen Korbstuhl sinken, während es sich die Jugend auf der Schaukel und den Liegen bequem machte. Was tat das gut, so ohne Druck zwischen den jungen Leuten zu sitzen und nichts zu tun. Gertrude sah sich lächelnd in der kleinen Runde um und freute sich besonders über Till, der sich nach seinem schmerzlichen Verlust so gut erholt hatte und so fröhlich wie die anderen war.

„Nun bloß noch die Sache mit Arwarah regeln, dann ist alles gut", murmelte sie in Gedanken und Lilly schnappte es auf.

„Was hast du gesagt, Omi?"

„Ach je, jetzt habe ich das wohl laut gesagt."

„Hast du, aber ich hab's nicht verstanden."

„Ich dachte gerade, dass alles wunderbar wäre, wenn wir nur noch das fehlende Zepterstück fänden! Nicht wahr?"

„Hm! Ja!", machten Lilly, Oskar und Till verlegen. Es war auch ihr wunder Punkt, dass sie trotz aller Anstrengung bis jetzt nicht erfolgreich waren.

„Wenn wir nur wüssten, was wir noch tun könnten, Omi? Seit Meldiriel hier ist, haben wir es jeden Tag gesucht. Wir haben alle möglichen Quellen angezapft und gelesen und sondiert, was uns in die Finger kam. Mir wird schlecht, wenn ich daran denke, was aus Arwarah wird, wenn wir das blöde Ding nicht auftreiben!" Till war so aufgebracht, dass er den letzten Satz fast geschrien hatte.

„Du lieber Himmel, Till! Ich habe das doch nicht gesagt, um euch zu frustrieren. Arwarah wird nicht untergehen, solange es einen König wie Arindal hat."

„Genau, Omi! Mein lieber Alrick lässt sich bestimmt was ganz Gutes einfallen, der kann das nämlich!", behauptete Flora steif und fest, und Zack nickte eifrig dazu. „Ja, ja, ja, der kann das."

Meldiriel lächelte nicht. Natürlich würde das Geheime Volk nicht aufgeben, aber mit dem Dreieinigen Zepter könnte man eine endgültige und friedliche Lösung erzielen.

Für ihn war schlimm, dass man sich bei der Suche auch auf ihn verließ. Die Freunde zu beschützen und das Basisstück zu finden, war seine erste Aufgabe, seit er aus Island nach Arwarah gekommen war, und er wollte sie gern erfüllen.
„Wir haben versprochen, alles zu tun. Und soweit ich es einschätzen kann, haben wir das bis jetzt auch getan. Der Erfolg wird sich schon noch einstellen", tröstete Gertrude, die ahnte, was in ihren Lieben vor sich ging.
„Zweifellos, Ömchen!", stimmte Oskar ihr zu. „Es wäre halt hilfreich, wenn wir genau wüssten, wonach wir suchen. Wir haben zwar eine vage Vorstellung davon, aber es wäre eindeutig besser, wenn wir wüssten, wie dieses Scheißding genau aussieht und wofür man es als Einzelstück verwenden kann. Das Elfenlicht und Alricks Flöte sind ja einzeln auch zu gebrauchen."
„Was es als Einzelstück kann, weiß ich wirklich nicht", sagte Meldiriel nachdenklich. „Und beschrieben habe ich es euch doch schon. Es ist rund und aus Silber und hat in der Mitte eine Vertiefung, die mit einer filigranen Blattranke eingefasst ist. Dort rastet die Flöte ein. Um die Fassung herum gibt es einen Kranz aus zarten Blütenblättern."
„Hm? Das ist zwar hübsch, könnte aber tatsächlich ganz unterschiedlich aussehen", meinte Gertrude.
„Ich habe bei Chrysius eine Zeichnung davon gesehen. Ich wünschte, ich könnte sie so projizieren, wie Alrick es kann!"
„Eine Zeichnung!", rief Gertrude und griff sich lachend an die Stirn. „Warum habe ich nicht gleich daran gedacht? Wir machen es wie bei einem Phantombild. Ich zeichne, und du sagst, ob ich richtig liege. Das könnte klappen, nicht wahr?"
„Großartig, Omi!", stimmten alle begeistert zu, während Gertrude schon den Aquarellblock auf den Tisch legte. Sie nahm sich einem Bleistift und schaute den jungen Elf erwartungsvoll an.
Meldiriel presste die Lippen zusammen und dachte angestrengt nach. Dann sprang er plötzlich auf und lief die Blumenbeete entlang.
„Wegrennen hilft auch nichts!", rief Till grinsend hinter ihm her, während Gertrude ahnte, dass Meldiriel nach etwas Vergleichbarem Ausschau hielt.
Schon kurze Zeit später kam er zurück und legte ihr freudestrahlend eine große, orange-gelbe Blüte auf das leere Zeichenblatt.
„Das ist ein Sonnentaler", erklärte Gertrude. „Sieht das Basisstück so ähnlich aus?"
„Ja, ziemlich genau sogar, nur dass der Durchmesser etwas größer ist", erklärte er. „Sechs oder sieben Zentimeter vielleicht. Und die Blütenblätter müssen länger und gewölbter sein, sodass die Öffnung für die Flöte tiefer

wird, dann passt es genau."

Er bog die zarten Blütenblätter so, dass ihre Spitzen bis auf das Blatt reichten und Gertrude fing zu zeichnen an.

„Mann, darauf hätten wir echt früher kommen können", knurrte Oskar angefressen und zog die Augenbrauen hoch. „Nach deiner Beschreibung, hatte ich mir das Ding völlig anders vorgestellt."

Meldiriel zog den Kopf ein und fühlte sich schuldig. „So sieht es schon richtig aus", lobte er Gertrude leise. „Nur, dass die Öffnung in der Mitte zusätzlich noch von einer zarten Blattranke eingefasst ist, mit kleinen Krallen, die die Flöte halten."

Als Gertrude fertig war, schauten alle nachdenklich auf das Bild.

„Irgendwie erinnert mich die Zeichnung an was! Einen Kerzenständer oder so", unterbrach Oskar das Schweigen. „Haben wir so einen?"

Großmutter schüttelte den Kopf. „Nicht, dass ich wüsste. Auch nichts Ähnliches! Der Eindruck entsteht wohl durch die Öffnung, in die man selbstverständlich auch eine Kerze stellen könnte."

Sie standen wie begossene Pudel um Gertrude herum, weil der kleine Hoffnungsfunke schon wieder am Erlöschen war.

„Ihr könnt mich auslachen, Leute, aber ich bin sicher, dass ich das Ding schon mal gesehen habe. Echt. Ich weiß bloß nicht mehr, wann und wo", beteuerte Oskar und zog grüblerisch die Brauen zusammen, während ihn die anderen skeptisch ansahen.

„Ausgerechnet du! In welcher Ausstellung warst du, in der wir nicht auch waren? Was hast du gesehen, was wir nicht gesehen haben?", sagte Lilly spitz.

„Wenn ich's euch sage! Vielleicht auf einem Bild!"

„Na, dann starte mal die Bildersuche im Web!", fauchte Lilly. „Viel Spaß!"

„Besser, wir fangen bei uns an", schlug Gertrude beschwichtigend vor. „Schauen wir mal auf die ältesten Bilder, die wir haben. Vielleicht hat Oskar ja recht! Flora und Zack! Würdet ihr uns rasch das große Fotoalbum aus meinem Zimmer holen? Ihr wisst schon, das ganz alte. Es liegt zusammen mit einer Lupe ganz oben im Bücherregal."

Während Flora und Zack lossausten, schaute Oskar seine Großmutter nachdenklich an. Kam ihr das Teil etwa auch so vertraut vor wie ihm? Er wollte sie gerade fragen, da trat Sophie, von einem jungen Mann gefolgt, zum Gartentor herein.

‚Puh! Die hatte ich glatt vergessen', schoss es Lilly durch den Kopf, während sie sich um ein Beste-Freundinnen-Gesicht bemühte. ‚Und jetzt schleppt sie auch noch ihren Lover hier an!'

„Das ist mein Uli!", verkündete Sophie und strahlte vor Stolz, während der junge Mann ernst von einem zum anderen blickte.

„Freut mich, dich kennenzulernen", sagte Till, als Uli ihm die Hand reichte. Im selben Augenblick spürte er, wie sein Schutzstein alarmierend warm wurde. Nanu? Was sollte das denn? Er blickte zu den anderen und sah, dass Meldiriel Uli skeptisch beäugte, während Lilly und Oskar die Hände auf ihre Armbänder hielten.

Gertrude bemerkte von alledem nichts. Sie schenkte den beiden Limonade ein und bat sie, auf der Schaukel Platz zu nehmen.

„Danke!", sagte Sophie und zog Uli zu sich auf das Kissen, wo sie unentwegt seine Hand festhielt.

Wie es sich für Gastgeber gehört, hielten Gertrude und Lilly ein bisschen Small Talk. Sie fragten das ein oder andere nach, und während Uli meistenteils schwieg, hörte Sophie nicht mehr zu plappern auf.

‚Irgendwas stimmt mit dem Kerl nicht', dachte Till und musterte Uli aus dem Augenwinkel, während er einen tiefen Zug von seiner Limo nahm.

Er war gut anzusehen. Groß und breitschultrig, mit einem hübschen Gesicht, dem die jadegrünen Augen etwas Exotisches gaben. Er hatte einen tiefschwarzen langen Zopf, der in seinem T-Shirt steckte, war dunkel gekleidet und hatte eine Mütze auf, wie sie Oskar auch ständig trug. Eigentlich wirkte er völlig normal, aber trotzdem hatte Till ein schlechtes Gefühl und blickte ratlos zu Meldiriel.

Der hatte eine Art Lauerstellung eingenommen und sah aus, als wolle er sich gleich auf Sophies Typen stürzen. Lilly lauschte teilnahmslos Sophies Geplapper, und Oskar hockte im Schneidersitz auf seinem Stuhl und starrte gedankenversunken auf seine Hand, die über dem Schutzstein lag.

‚Himmel! Wieso reagiert denn das Ding jetzt so und vor allem, was heißt das? Droht uns etwa Gefahr? Eigentlich abwegig bei den geschlossenen Toren!', dachte er, während sein Herz plötzlich zu rasen anfing. Er suchte Mels Blick und hörte sofort dessen Stimme im Kopf.

‚Der Kerl kommt mir irgendwie bekannt vor, aber ich weiß partout nicht, woher.'

‚Nicht von der Schule, soviel ist klar', antwortete Oskar. ‚Und in der Stadt habe ich den Typen auch noch nie gesehen.'

‚Nein, ich meine nicht, dass ich ihn von hier kenne, eher ...'

‚Alter, soll das heißen, dass du ihn aus Arwarah kennst?'

‚Nicht wirklich kennen, weißt du! Mir ist nur so, als hätte ich ihn schon einmal gesehen.'

‚Und wie soll er deiner Meinung nach hergekommen sein?'
‚Keine Ahnung! Das ist ja das Merkwürdige. Vielleicht irre ich mich auch und es ist nur eine zufällige Ähnlichkeit!'
‚Nee, es ist die einzig logische Erklärung für die Reaktion unserer Schutzsteine!'
Während die beiden insgeheim über diesem Rätsel brüteten, fühlte Uli, der kein anderer als Farzanahs Ulion war, dass sich etwas über ihm zusammenbraute. Er hatte die Schutzsteine schon bei der Begrüßung gesehen und ahnte, dass er schon fast als Feër erkannt worden war. Er wäre am liebsten sofort wieder gegangen, aber dann hatte er Gertrudes Zeichnung auf dem Tisch liegen sehen.
‚Verdammt! Sie sind auf der richtigen Spur. Es muss hier irgendwo sein!', dachte er und suchte nach einem Vorwand, um ins Haus zu gehen.
„Entschuldigung, Frau Rudloff. Darf ich bitte Ihre Toilette benutzen?", fragte er Gertrude, und sie erklärte ihm den Weg.
Er war nicht länger als ein paar Minuten weg, da tippte sich Meldiriel mit der flachen Hand an die Stirne. ‚Bruder!', rief er Oskar telepathisch zu. ‚Ich weiß jetzt, woher ich ihn kenne. Alrick hat mir eine Projektion von ihm gezeigt! Das ist Ulion, der Flötendieb und wenn die anderen recht haben, dann ist er auch Farzanahs Sohn! Er ist mit Sicherheit hinter dem dritten Zepterteil her!'
‚Waaas? Und wie ist er hierhergekommen? Was machen wir denn nun?'
‚Keine Ahnung! Vorsichtig sein und erst einmal zusehen, dass wir die beiden so schnell wie möglich loswerden!', antwortete Meldiriel, wütend über die blöde Situation.
„Und, wie gefällt euch mein Freund?", fragte Sophie zu allem Übel auch noch. „Sieht er nicht wirklich blendend aus?"
„Ja, wie ‚ne Blendgranate!", antwortete Oskar spontan und erntete einen Rüffel von Sophie dafür.
„Du bist so ein Arsch, Oskar Rudloff!", keifte sie aufgebracht. „Würde dir einer abbrechen, wenn du etwas freundlicher zu Uli wärst? Ihn mal nach seinen Hobbies oder seiner Musik fragen würdest? So freundlich wie ich zu Mel war, als er aus Island ankam."
Oskar schwieg und Till, der nichts über die neueste Erkenntnis wusste, runzelte verlegen die Stirn und schaute Lilly hilfesuchend an.
„Du musst das nicht überbewerten. Du weißt doch, wie Kerle sind", beschwichtigte Lilly Sophie, die ihrer Meinung nach völlig überreagierte. „Die meinen es nicht so!"
„Lass mich in Ruhe, du Heuchlerin! Beste Freundin, dass ich nicht lache. Du

wolltest ja nicht mal, dass wir etwas zu viert unternehmen! Wir sind hier nicht willkommen! Mir reichts, ich gehe", schrie sie und sprang auf.

„Jetzt warte doch, Sophie!", forderte Till versöhnlich. „Du willst doch bestimmt nicht ohne Uli gehen. Ich schau mal, wo er bleibt, und bringe auch Flora gleich mit. Wir wollen Bilder ansehen! Setz dich doch wieder, und trink einen Schluck."

Till wartete nicht ab, was Sophie tat, sondern lief ins Haus, um Uli zu holen.

„Natürlich will ich nicht ohne ihn gehen", schluchzte Sophie und blieb am Gartentor stehen. ‚Uli ist immer lieb zu mir!', dachte sie im Stillen. ‚Ich gebe ihn niemals auf! Lieber verzichte ich auf alle Rudloffs der Welt!' Ein zärtlicher Ausdruck schlich sich in Sophies Gesicht. ‚Wenn er kommt, nehme ich ihn an die Hand, und wir gehen!'

Aber Uli kam nicht, egal wie laut Till nach ihm rief. Er blickte suchend in jedes Zimmer, aber der Typ war wie vom Erdboden verschluckt.

„Ist er schon hier?", fragte er, als er wieder in den Garten kam. „Wenn nicht, dann ist er vorne raus abgehauen!"

„Was, er ist weg? Das ist eure Schuld. Ihr habt mir das kaputt gemacht", zischte Sophie wütend und ging grußlos davon, ehe einer von ihnen etwas sagen konnte.

Einen Moment lang saßen alle betreten da.

„Grundgütiger!", stöhnte Gertrude dann. „Kann mir einer mal sagen, was mit Sophie los ist? Das war ja grauenhaft! Und wo bleiben Flora und Zack eigentlich mit dem Album?"

„Ich weiß beides nicht", antwortete Till. „Im Haus habe ich keinen gesehen."

„Jetzt aber raus mit der Sprache! Oskar? Meldiriel? Was ist hier los?"

„Mach du!", bat Oskar Meldiriel.

„Großmutter Gertrude, dieser Uli heißt eigentlich Ulion, und er war es, der Alricks Flöte gestohlen hat. Unsere Schutzsteine haben auf ihn reagiert. Ich habe ihn nicht gleich erkannt, weil ich ihn nur auf einem Bild gesehen habe. Aber jetzt bin ich mir sicher."

„Der Ulion, vor dem uns Tibana gewarnt hat? Farzanahs Sohn?", rief Till schockiert.

„Oh Mann, die arme Sophie! Er hat sich an sie rangemacht, um uns auszuspionieren", sagte Lilly bestürzt, und Gertrude schluckte schockiert.

Doch bevor sie etwas sagen konnte, fiel ihr plötzlich das Album in den Schoß, nach dem sie Flora und Zack geschickt hatte.

„Zeige dich, Zack!", befahl Meldiriel schroffer, als er beabsichtigt hatte, und der Kleine gehorchte aufs Wort.

Doch was war das? Er sah grauenvoll aus! Sein süßes Gesicht war Tränen verschmiert, und auf den Wangen und dem Hals hatte er blutige Kratzer. Er setzte sich auf das Album und heulte und schluchzte zum Erbarmen.
„Meine liebe, liebe Großmutter, ich kann nichts dafür. Wirklich! Der Feër kam in dein Zimmer und behauptete, dass er Flora holen soll. Er meinte, in Arwarah würde jemand auf sie warten. Und … und als sie nicht mitwollte, hat er sie ganz derb am Arm gezogen. Da bin ich ihm auf den Kopf gesprungen. Ich habe ihn an den Haaren gerissen, gebissen und gekratzt, aber er war so stark! Er hat mich gepackt und gegen das Regal geschmissen. Da war mir ganz duselig im Kopf. Und als ich wieder gucken konnte, da waren beide weg. Ohjeeeeohjeee!"
„Nach Arwarah entführt? So ein Mist! Nun hör schon zu heulen auf, Kleiner! Du kannst doch nichts dafür", tröstete Oskar den Wichtel. „Woher wusstest du denn, dass er ein Feër ist?"
Der Wichtel nahm ein Taschentuch aus Oskars Hand und schnäuzte umständlich hinein.
„Na, das sieht man doch", sagte er schon etwas ruhiger und zog eine Schnute dabei. „Großmutter, was machen wir nun? Der böse Feër soll Flora nichts tun. Ich habe sie doch so lieb!"
„Wir auch, lieber Zack!", sagte Gertrude entschlossen. „Ich glaube, er will sie zu Farzanah bringen, auch wenn ich nicht weiß, wie es möglich ist, dass er das Tor benutzt. Wir werden ihm folgen und nehmen Meldiriels Okarina dafür. Auf, auf, ihr Lieben, packt ein paar Sachen ein! Haus und Garten überlassen wir den Dryaden. Wir holen Flora zurück!"
Unter anderen Umständen hätten sich alle über einen Besuch bei ihren Freunden gefreut. Alrick wiedersehen, Tibana und Arindal, Rinal, und, und, und … Welch herrlicher Gedanke! Aber heute waren sie außer sich vor Sorge und fühlten sich überdies noch beschämt. Sie hatten das dritte Teil nicht gefunden, und nun war Flora auch noch entführt. Was für eine Katastrophe für die Rudloffs und das Geheime Volk!
Oskar war als erster fertig. Er war total aufgeregt. Zum einen, weil er Angst um Flora hatte und zum anderen, weil dies sein erster Besuch in Arwarah war. Er hockte sich auf die letzte Stufe im Treppenhaus und blätterte nervös in Gertrudes Album, das jemand dort auf die Garderobe gelegt hatte. Er sah Familienfotos aller Art: Hochzeiten, Taufen, Geburtstage. Zeugnisse eines vergangenen Lebens, als an ihn noch nicht zu denken war. Die ältesten Fotos waren noch in diesem braunen Sepia-Farbton und stammten vom Beginn des 20. Jahrhunderts. Die Frisuren und die Kleidung der Leute waren altertüm-

lich, aber eigentlich schick.

‚Wenn wir zurück sind, schau ich mir das mal genauer an', dachte er und wollte das Album schon schließen, als ein Foto seinen Blick einfing. Es war ein Hochzeitsfoto, das so groß wie eine ganze Seite war. „Alter Schwede!", schrie er plötzlich auf. „Ich bin doch der größte Trottel beider Welten!"

„So selbstkritisch, Brüderlein?", spottete Lilly, die auch fertig war und plötzlich neben ihm stand.

„Schau her, Lilly, dann glaubst du es auch!", forderte er aufgeregt und zeigte mit dem Finger auf eine Stelle im Bild.

„Oskar, komm runter. Ist doch nur ein altes Foto."

„Ja, aber schau mal genau hin!", triumphierte er. „Wir haben es! Und ich habe es gefunden!"

„Haben was?", fragten Till und Mel, die mit ihren Rucksäcken die Treppe herunterkamen. „Darf man hier mitbrüllen?"

„Das Basisstück! Es ist auf diesem Hochzeitsbild hier! Schaut her!"

Meldiriel riss Lilly das Album aus den Händen.

„Ey, jetzt pass doch mal auf, das ist unersetzlich", schimpfte Till, als Großmutter kam.

„Was ist denn los? Warum streitet ihr denn?"

„Oskar denkt, er hat das Basisstück gefunden", erklärte Lilly skeptisch.

„Und das stimmt", fügte Mel hinzu, während er Gertrude das Album reichte und mit dem Finger auf die Brosche der Braut zeigte, die ihr schillerndes Schultertuch hielt. „Zumindest ein Bild davon!"

„Grundgütiger!", flüsterte Gertrude mit zittriger Stimme, als sie das Bild gesehen hatte. „Wieso habe ich es nicht erkannt? Oskar, du bist ein schlauer Fuchs!"

„Jupp!", grinste der Große stolz, und dann fiel ihm der merkwürdige Traum von der Hochzeit wieder ein. Es waren diese beiden gewesen, die sich darin das Jawort gegeben hatten. „Nun müssen wir nur noch wissen, wer das ist!"

„Meine Eltern! Es ist ihr Hochzeitsbild."

„Das sind deine Eltern, Ömchen? Warum hast du uns das nie gesagt?"

„Weil ihr noch nicht reif genug für mein Geheimnis wart. Aber nun ist es offensichtlich an der Zeit. Seht mal auf die Ohren meines Papas!"

„Was ist denn damit, stehen sie ab, oder was?"

„Nein, sie sind spitz!", warf Meldiriel mit einem anerkennenden Blick auf Gertrude ein. „Schau einer an! Eure Großmutter ist eine halbe Fee."

Die Jugend verstummte schlagartig und starrte Gertrude ungläubig an. Aber es war kein Scherz. Verlegen lächelnd strich sich Gertrude ihre Locken hinter die Ohren und die waren tatsächlich etwas spitz. Nicht so ausgeprägt wie bei Alrick oder Meldiriel, aber deutlich spitzer als die der restlichen Familie.

„Mein Vater ist ein Feenfürst, und meine Mutter war ein Mensch!", sagte Gertrude in die Stille hinein.

„Und das Basisstück kam als ein Teil ihres Brautschmucks zu uns!", fügte Oskar hinzu. „Ömchen, erinnere dich! Vielleicht hast du es als Kind irgendwo gesehen!"

Großmutter erstarrte und wurde vor Schreck ganz blass.

„Rasch, Kinder, lauft noch einmal in mein Zimmer hinauf! Die Kommode mit dem Spiegel! In der oberen Schublade, unter dem schillernden Tuch, muss ein silbernes Schmuckkästchen sein! Holt beides schnell her!"

Lilly und Till trampelten die Treppe hinauf und kehrten eilig mit dem Gewünschten zurück. Sie legten das Tuch in Gertrudes Hände und stellten das Kästchen oben auf.

„Na, dann! Jetzt gilt es", sagte sie entschlossen und öffnete den Verschluss, während alle Augen auf sie gerichtet waren. Man hörte das leise Klicken einer Feder, und der Deckel des Kästchens sprang auf. Im Inneren, auf weichem grünen Samt gebettet, lag die kostbare Brosche der Braut und funkelte silbern und blau im Sonnenlicht.

„Oh nein!", seufzte Meldiriel und schaute Gertrude betroffen an. „Es sieht zwar aus wie das dritte Teil, kann es aber nicht sein!"

„Waaas? Wieso nicht?", riefen Lilly und Till.

„Wegen des blauen Edelsteins in der Mitte!"

„Hm? Ja, der ist dort fehl am Platz!"

„Nichts da! Wir haben nur das, und das nehmen wir jetzt und gehen Flora holen!", befahl Oskar und schaute Gertrude fragend an. „Das mit dem Stein wird später geklärt."

„Jawohl!", bestätigte Gertrude bestimmt. Sie steckten Kästchen, Tuch und sogar das Fotoalbum in Meldiriels großen Seesack hinein und gingen los. Während sie den Weg zum kleinen Weiher einschlugen, legte sich hinter ihnen ein schützender Zauber über das Haus und den Garten in der Sonneberger Straße. Es waren die Dryaden, die Großmutters Bitte erfüllten.

28
Norweis, der Taurih

Ihr Weg führte an den Saalfelder Feengrotten vorbei, wo sich um diese Zeit noch viele Besucher tummelten.
„Wie schön es wäre, wenn wir das Boot rufen könnten!", sagte Lilly in Erinnerung an Alricks Befreiung und ihre erste Überfahrt nach Arwarah.
Sie liefen weiter zur Wiese am Waldrand hinauf, wo das kleine Gewässer malerisch in der Abendsonne glänzte.
„Was nun, Mel?" fragte Lilly, bei der sich angesichts der Tatsache, Alrick vielleicht bald wiederzusehen, ein Kribbeln im Bauch einstellte. „Kriegst du die Pforte auch wirklich auf?"
„Ja, kein Problem, ich habe die Okarina!", antwortete er und lief dann spähend ein Stück weit am Ufer entlang. „Seht ihr die unterschiedlich großen Fußabrücke im Schlamm? Sie hören genau an der Pforte auf. Keine Ahnung, wie er es gemacht hat, aber Ulion ist mit Flora hier durch."
Die anderen folgten seinem Blick. Die Fußabdrücke waren gut zu erkennen, aber eine Pforte ins Feenreich, die sahen sie nicht.
„Großartig!", brummte Oskar. „Ein Besuch im Märchenland durch eine Tür, die keiner sieht. Echt krass."
Till und Lilly lachten lauthals los. „Dir werden noch die Augen herausfallen, Oskar. Wart's nur ab."
Unterdessen holte Meldiriel die gläserne Okarina hervor. Er sprach ein paar beschwörende Worte in der uralten Sprache der Elfen und Feen. Dann legte er sie an die Lippen und spielte eine sanfte, klare Melodie, deren Töne auf magische Weise sichtbar wurden. Sie tanzten über das Wasser und die Wiese und formierten sich schließlich zu einem hohen Torbogen, der in allen Farben des Himmels und des Waldes schillerte.
Die anderen hatten still zugesehen und waren nun komplett aufgeregt. Gertrude am meisten. Sie hatte Arwarah jahrzehntelang nicht mehr besucht und freute sich so, dass ihr die Tränen in die Augen stiegen.
Als sie eintraten, verschwamm der Blick auf den kleinen Weiher. Ein Wirbel schien sie zu packen und trug sie durch ein so hell strahlendes Licht, dass sie die Augen schließen mussten. Als sie sie wieder öffnen konnten, standen sie im Dorf der Taurih, das sie an seinen wunderbaren Baumhäusern wiedererkannten.

„Alter", stöhnte Oskar benommen. „Was für ein krasser Tripp!"
„Das kannst du laut sagen!", antwortete Lilly atemlos. „Und wie es aussieht, hat uns noch keiner bemerkt."
Gertrude schaute sich mit glänzenden Augen um und bat Meldiriel dann um ihr schillerndes Tuch. Sie legte es wie einen Schleier über ihr Haar und sah zum Staunen aller auf einmal völlig verändert aus. Ihre Haut war glatt und schimmerte zart. Ihre Haare waren goldblond und gelockt. Sie wirkte viel jünger, irgendwie feenhaft, und sah Tibana auf rätselhafte Weise unglaublich ähnlich.
„Nun, da ihr wisst, dass ich eine halbe Fee bin, gibt es keinen Grund mehr, mein Alter den Menschen anzupassen", sagte sie lächelnd, und Oskar stieß einen anerkennenden Pfiff aus. Das hier war phänomenal, da hatten die Geschwister ausnahmsweise einmal Recht gehabt.
„Alle Achtung, hier hat sich aber seit unserem letzten Besuch so einiges getan", sagte Lilly zu Till. „Das ganze Dorf sieht aus wie neu. Alle Baumhäuser sind renoviert, und schaut mal, das große neue dort! Es sieht aus wie ein Schiff, das in der Baumkrone angelegt hat. Wahnsinn!"
„Hoffentlich sind die Bewohner auch wie neu", antwortete ihr Cousin. „Ich brauche nur an diesen Norweis zu denken, dann wird mir schon mulmig. Seht ihr die Tür zu diesem Felsenkeller dort? Dass wir Alrick lebend da rausbekommen haben! Oh Mann! Es scheint eine Ewigkeit her zu ..."
„Sein" hatte er sagen wollen, als er seine Rede unterbrach, weil ein Elf eilig auf sie zugelaufen kam.
„Wenn man vom Teufel spricht", zischte Lilly leise, während die anderen dem Taurih erwartungsvoll entgegenblickten. Sie kannten ihn ja nicht so, wie Lilly und Till ihn kennengelernt hatten, als er unter dem Einfluss des verzauberten Elfenlichts stand: böse, kalt und skrupellos.
„Mae govannen!", grüßte Norweis freundlich, als wäre es das Normalste in der Welt. „Es ist viel geschehen, seitdem ihr das letzte Mal bei uns wart." Er verbeugte sich leicht und wandte sich dann Meldiriel, Oskar und Gertrude zu. „Willkommen in unserem Dorf! Es ist spät. Ihr solltet heute Nacht unsere Gäste sein."
„Mae govannen! Vielen Dank!", antwortete Gertrude für alle. „Wir denken darüber nach."
„Dann folgt mir bitte."
„Der ist ja wie ausgewechselt", flüsterte Till Lilly zu, während der Taurih sie unter das Baumhaus-Schiff führte. „Ob das eine Falle ist?"
„Pst!" Lilly legte den Finger auf die Lippen.

„Dies ist unser neues Gemeinschaftshaus", erklärte Norweis stolz, während er nach oben zeigte.

„Und wir können immer noch nicht schweben", erinnerte Lilly ihn, worauf der Elf verlegen grinste.

„Es tut mir leid, wir hatten damals einen schlechten Start", entschuldigte er sich freimütig und zog dabei kräftig an einem Tau, das am Schiffsrumpf befestigt war.

Im nächsten Augenblick fuhr eine mechanische Treppe herunter, die sogar ein Geländer hatte.

„Eine Neuanschaffung! Seit der Reinigung des Elfenlichtes bekommen wir doch hin und wieder Besuch von Gästen, die nicht schweben können", erklärte Norweis schmunzelnd und machte eine einladende Handbewegung, während er selbst außerhalb der Treppe hinaufglitt. Meldiriel folgte ihm und nahm die anderen oben in Empfang. Von dort aus führte Norweis sie zu einem schön eingerichteten Versammlungsraum.

„Bitte nehmt Platz", sagte er und zeigte auf Stühle aus polierten Wurzeln mit weichen Polstern aus Grünlandmoos, die rund um eine lange Tafel standen.

„Hier lässt es sich aushalten", meinte Oskar trocken, während er sich auf einen Stuhl setzte und seine langen Beine ausstreckte.

Norweis bewirtete sie mit frischem Elfenbrot, Früchten und Waldbeerensaft. Alle griffen dankbar zu, auch wenn Oskar insgeheim etwas enttäuscht war, weil es weder Käse noch Wild gab. ‚Egal. Hauptsache satt' dachte er und biss herzhaft in sein Elfenbrot, während Till ihn heimlich beobachtete.

„Cool, oder krass?", fragte er seinen großen Cousin, als der verwundert auf sein Elfenbrot starrte. „Wonach schmeckt deins?"

„Steak, medium rare. Perfekt gewürzt. Einfach geil."

„Eier mit Senfsoße!", warf Lilly ein.

„Puffing!", meldete ein zartes Stimmchen neben Gertrude, die nur wenig aß. Die Sorge um Flora hatte ihr den Appetit geraubt, aber sie war froh, dass es ihren Schützlingen schmeckte. Sie mussten bei Kräften bleiben.

„Wir sind auf der Suche nach einem jungen Feër. Er hat die kleine Flora aus Saalfeld entführt. Ist er bei euch eingekehrt?", fragte Meldiriel ihren Gastgeber.

„Wie furchtbar! Nein, außer euch war keiner hier. Warum hat er das gemacht?"

„Wir glauben, dass Ulion in der Menschenwelt war, um nach dem Basisstück des Dreieinigen Zepters zu suchen!", antwortete Meldiriel aufrichtig. „Weil er es nicht fand, hat er Flora mitgenommen."

„Oh, ihr meint diesen Ulion, Farzanahs Sohn! Eine Warnung vor ihm ging durch das ganze Land! Dann ist er bestimmt mit der Kleinen auf dem Weg zu seiner Mutter. Sicher schwebt ihm ein Handel vor."

„Ja, so ähnlich haben wir es uns auch gedacht", stöhnte Gertrude. „Weil er das Basisstück nicht fand, hat er Flora mitgenommen. Er weiß, dass wir, König Arindal eingeschlossen, alles dafür geben, sie unversehrt wiederzusehen!"

„Freunde, ich sage euch eines: Die Kleine ist nur so lange sicher, wie die Dunkle und ihr unseliger Sohn an den Erfolg eines Tausches glauben. Ihr müsst so schnell es geht zum König aufbrechen. Er ist mit seinem Gefolge im Lager am Weltenbaum."

„Am Weltenbaum gibt es jetzt ein Lager?", fragte Meldiriel irritiert.

„Ja, und dort sind alle, die euch helfen können", erklärte Norweis aufgeregt. „Elfen, Feen, Zwerge und sogar die Eltern dieses Wichtels da. Ilea und die meisten der Waldelfen sind auch dort. Ich bin zurückgeblieben, um das Dorf zu bewachen."

„Danke für diese wichtige Information!", sagte Gertrude ernst. „Wir müssen überlegen, wie wir am schnellsten dorthin kommen. Gibt es einen Weg?"

„Es ist zwar verboten, aber ihr solltet dennoch versuchen einen Kontakt herzustellen", schlug Norweis vor und fühlte sich geschmeichelt, dass er um Rat gefragt wurde. „Es ist ja ein Notfall."

„Aber ohne meinen Spiegel kann ich das nicht!", antwortete Gertrude enttäuscht.

„Du nicht, aber er könnte es!", behauptete Norweis, wobei er auf Oskar zeigte. „Ich spüre seine Magie. Und wenn er dabei seinen Schutzstein umschließt, wird er ihm zusätzlich Stärke verleihen."

Oskar war perplex. „Wie soll ich das machen? Ich bin doch immer nur Empfänger gewesen! Und das unfreiwillig", protestierte er mit einem Grinsen für Mel, der eine Ausnahme war. „Tibana zu kontaktieren ist eine ganz andere Hausnummer!"

„Jetzt sei doch nicht so lahm!", forderte Lilly energisch. „Wenn ich im Kopf mit Alrick sprechen könnte, dann hätte ich das schon längst getan."

‚Ich bin leider nicht so stark darin wie du!', hörte Oskar plötzlich Meldiriels Stimme in seinem Kopf. ‚Leg deine Hand auf den Stein, schließe die Augen und stell dir Tibanas Gesicht vor. Rufe ihren Namen und denke das, was du ihr sagen willst. So, als würdest du telefonieren.'

Oskar tat genau das mit höchstmöglicher Konzentration. Vor lauter Anstrengung zog er die Stirn kraus und presste die Lippen zusammen, aber es passierte nichts.

„Funkstille", gestand er nach einer Weile resigniert. „Ich mach' irgendwas falsch."
„Nein, mein Freund. Entspann dich und versuche es wieder."
„Bravo! Wir haben es eilig und ich soll mich entspannen. Das müsst ihr mir mal vormachen."
Oskar tat beleidigt, aber in Wirklichkeit war er von sich selbst enttäuscht. Da hatte er eine Fähigkeit, die jetzt überaus nützlich wäre, und versagte gleich beim ersten Versuch.
„Wenn du dich nicht an ihr Gesicht erinnerst, dann sieh dir das Album an", empfahl Gertrude, die ahnte, wie es um Oskar stand. „Mit ihrem Bild vor Augen wird es klappen."
Meldiriel reichte es ihm, und Oskar legte es sich auf die Knie.
„Wie du meinst", erwiderte er, nur halb überzeugt, und schlug es auf. Es war zufällig die Seite mit dem Hochzeitsbild, das er kurz betrachtete. Nun, da er wusste, dass die Braut seine Uroma war, stellte er gewisse Ähnlichkeiten zwischen ihr und Gertrude fest. Dann schaute er auf den Feenfürst, der Arayn hieß und sein Urgroßvater war. Er suchte nach etwas Vertrautem in seinem Gesicht, als er plötzlich eine sonore Männerstimme in seinem Kopf vernahm.
‚Mae govannen, junger Mensch! Was ist dein Begehr?', fragte sie freundlich, und Oskar fuhr verunsichert auf. Zum Glück erinnerte er sich an Meldiriels Worte und begann so etwas wie ein Telefonat.
‚Hallo!', dachte er. ‚Wir sind Alricks und Tibanas Freunde aus Saalfeld. Und ich rufe an ..., nein, ich wollte Bescheid sagen, dass wir Hilfe brauchen!'
‚Ich weiß doch, wer ihr seid!', antwortete der Fremde, und Oskar merkte, dass er lächelte. ‚Wobei braucht ihr Hilfe? Ist jemand von euch in Not?'
‚Ja! Könntet ihr uns ganz schnell hier abholen?'
‚Das geht nicht so einfach! Wie ihr wisst, sind die Tore zu.'
‚Doch! Das geht', behauptete Oskar eindringlich. ‚Weil wir schon im Dorf der Taurih sind. Wir haben Meldiriels Okarina benutzt! Wir sind zu fünft und müssen, so schnell es geht, mit dem König sprechen. Wegen Flora!'
‚Gut, ich werde König Arindal bitten, die Krähen zu schicken. Haltet euch ab Mitternacht bereit.'
Das Gespräch brach ab und Oskar lehnte sich erschöpft zurück. ‚Das war heftig', dachte er und öffnete die Augen. Kein Vergleich zu dem, was er bisher kennengelernt hatte. Er sammelte sich kurz, bevor er den anderen betont cool erklärte: „Alles geritzt! Arindal schickt uns die Krähen."
Lilly jubelte, weil sie hoffte, dass Alrick mit den Vögeln käme. Wer sonst konnte sie fliegen? Arindal selbst natürlich, aber der hatte sicher

Wichtigeres zu tun.

Während Till Oskar und Meldiriel erklärte, wie großartig ein Flug mit den Krähen sei, kletterte Zack zitternd auf Gertrudes Schoß.

„Ich hab so Angst", wisperte er. „Soooo viel. Mama und Papa und alle werden schlimm schimpfen." Tränen kullerten über sein Gesicht. „Ich wollte doch nur bei meiner lieben Flora sein. Und nun ist sie weg und ich bin schuld", wimmerte er so herzzerreißend, dass Gertrude ihn sacht in die Arme nahm.

„Ich werde deinen Eltern sagen, wie gut du dich um uns gekümmert hast", sprach sie beruhigend auf ihn ein. „Ein blitzeblankes Haus, sorgfältig gefaltete Wäsche und immer fröhlich. Alle werden gut für dich sprechen, Zack."

„Alle?", fragte er vorsichtig. „Auch Meldiriel? Der ist immer so streng."

Der Elf lächelte freundlich. „Auch ich, kleiner Zack. Ich habe doch gesehen, wie fleißig du warst. Und an Floras Entführung hast du keinerlei Schuld. Wer hätte denn ahnen können, dass dieser Ulion Sophie für sich gewinnt? Er ist eben der Sohn einer mächtigen Fee. Aber wir sind nicht hilflos, weil wir gute Freunde haben, die besten sogar! Und nun haltet euch bereit, ich höre die Krähen kommen."

„Ich höre die Krähen kommen!", spottete Oskar leise. „Ich höre nix. Höchstens die Flöhe husten."

Es dauerte noch eine ganze Weile, bis Alrick mit drei grauen Nebelkrähen sacht auf der Wiese landete.

Oskar fand sie unglaublich beeindruckend. Er blickte anerkennend zu Mel. Wie war es möglich, dass er sie schon vor Minuten gehört hatte? Die Spannweite ihrer Flügel war zwar mehrere Meter breit, aber trotzdem waren sie so leise und sanft herabgeglitten wie Nebel auf die Felder. Unglaublich!

Meldiriel hatte seine Gedanken gehört. „Wir wirken zwar wie Menschen, aber ein paar Dinge können wir besser als ihr", feixte er und klopfte ihm kameradschaftlich auf die Schulter, während sie Lilly beobachteten, die eilig die Treppe hinuntersprang, um zu Alrick zu laufen.

„Muss Liebe schön sein!", spotteten sie grinsend, aber Lilly hörte sie nicht. Sie hatte nur Augen für Alrick, der sie lächelnd erwartete und dabei versuchte, dem Schwarm wilder Schmetterlinge in seinem Bauch Herr zu werden. Es wurde erst besser, als Lilly in seine Arme flog und er sie so innig küsste, dass die anderen aus Spaß laut hüstelten.

Endlich ließen sie voneinander ab, und Alrick schwebte mit ihr zum Schiff hinauf, um die anderen zu begrüßen. *„Mae govannen, mellyn nín!"*

„Mae govannen!", antworteten sie und plapperten plötzlich alle so wild durcheinander, dass Alrick abwehrend beide Hände hob.

„Was ist mit Flora? Entführt, sagt ihr? Ulion? Wieso? Leute, haltet ein! Lasst uns fliegen, und wenn wir beim Weltenbaum sind, schildert ihr es allen, und zwar bis ins kleinste Detail."

Norweis half Gertrude beim Aufsitzen. Sie flog mit Meldiriel und Zack. Alrick flog natürlich mit Lilly, und Oskar zusammen mit Till.

Sie verabschiedeten sich herzlich von Norweis und diese Herzlichkeit war nicht gespielt. Er hatte sich geändert und sie erkannten das an.

Als Alrick eine flotte Melodie auf der Flöte spielte, breiteten die mächtigen Vögel ihre Schwingen aus. Sie erhoben sich mit einem leisen „Krah, Krah" und verschwanden wie Nebelschwaden im Nichts.

29
Ulions Geschenk

Die Nacht war längst heraufgezogen, als Farzanah grübelnd in ihrem Pavillon auf und ab tigerte. In Arwarah hatte sich etwas verändert. Sie fühlte die Präsenz einer neuen, sehr bedrohlichen Kraft, deren Quelle sie nicht aufspüren konnte. Auch an diesem Tag hatten die Dohlen ihr keine außergewöhnlichen Vorkommnisse von den Elfen gemeldet.
„Ist das nicht komisch?", überlegte sie laut. „Eigentlich müsste Arindal doch seine Leute sammeln und rüsten. Aber er tut nichts dergleichen, obwohl ich ihn derart bedrohe! Sind die Spitzohren so arrogant, dass sie sich für unbesiegbar halten, oder brüten sie etwas im Geheimen aus? Hm, wie dem auch sei, gegen mich, Ulion und Ydraca sind sie nichts als ein armseliger Haufen. Viel zu ehrenhaft und korrekt", sprach sie und zog verächtlich die Mundwinkel nach unten. „Kein Herrschernaturell. Sie erhalten, was sie haben und erobern nichts dazu. Sooo langweilig!" Sie ging zum Tisch und goss sich Wein aus einer Karaffe in ihr Glas. Dabei fiel ihr Blick auf Ydraca, die zusammengeringelt auf ihrem Schlafplatz lag und jeden ihrer Schritte beobachtete.
‚Auf dich, du ekelhafter Wurm! Deine faulen Tage hier sind gezählt. Wenn du nach unserem Sieg noch lebst, verbanne ich dich in deinen stinkenden Sumpf zurück', dachte sie und prostete dem Untier mit einem falschen Lächeln zu. Ydraca hob den Kopf und zischte gefährlich.
„Pfui Teufel! Lass das, es ist widerlich! Der Gestank erinnert mich an die dreckigen Orks und daran, dass ich seit ihrem Verschwinden auch nichts mehr von den Dunkelelfen gehört habe. Das kann kein Zufall sein. Aber mit Ulion komme ich auch ohne Verbündete aus, die noch dazu unangemessene Ansprüche an mich stellen. Teilen gehört nun mal nicht zu meinen Tugenden", sagte sie hämisch lachend. „Zudem bin ich mir sicher, dass dieser Krieg durch Magie entschieden wird, und Ulion und ich sind mit Abstand die mächtigsten Feen Arwarahs. Mein großartiger Sohn! In ihm vereint sich die Kraft und Schönheit der Elfen mit der Macht der Feen. Er hat mir die Flöte gebracht und wird mir bald das Basisstück bringen", sprach sie stolz und zuversichtlich, da Mirlas und Tucks kühne Austauschaktion noch immer unentdeckt war.
Müde geworden legte sie sich auf ihren Diwan. Sie schloss die Augen und stellte sich ihren Sieg bei einem magischen Duell mit Tibana vor. „Herrlich! Obwohl die Alte ziemlich stark ist. Das hat sie am See bewiesen. Sie und die

verflixte Herrin der Quellen! Ich werde nicht den Fehler machen, sie zu unterschätzen!", flüsterte sie und fiel in einen leichten Schlummer.
So bemerkte sie nicht, wie der Vorhang zur Seite gezogen wurde und Ulion in den schummrigen Pavillon trat. Er hatte Flora an der Hand und schupste die verängstigte Kleine an der zischenden Ydraca vorbei auf einen Stuhl.
„Wag es nicht, dich zu rühren!", drohte er ihr und trat an den Diwan, wo er seine schlafende Mutter einen Moment lang betrachtete, bevor er sie sanft an der Schulter berührte.
„Das habe ich gern, liebste Mutter", sagte er mit seinem betörenden Lächeln. „Du schläfst, während ich die Drecksarbeit mache!"
„Ach was!", sagte die Dunkle und reckte sich. „Ich bin froh, dass du zurück bist! Hast du es mir mitgebracht?"
„Besser! Ich habe ein Geschenk für dich", antwortete Ulion ausweichend.
Farzanah winkte ab. „Es war nicht deine Aufgabe, mir Geschenke zu bringen! Ich wüsste nicht, was mich derzeit erfreuen könnte, außer der Sieg."
„Aber, aber, liebste Mutter! Man verschmäht doch eine Gabe nicht, bevor man sie gesehen hat", tadelte er sie zum Schein und trat beiseite, sodass die Dunkle Flora sah.
Die Kleine schaute sie mit großen Augen ängstlich.
„Oh, das ist hervorragend!", jubelte Farzanah begeistert. „Ist sie die, für die ich sie halte? Die Jüngste dieser menschlichen Mistkäferbrut, die mir das Elfenlicht streitig gemacht hat?"
„Ja, Mutter, genau die. Sie ist ein Universaljoker und wird uns alles einbringen, was wir uns von Arindal wünschen!", antwortete Ulion mit einer eleganten Verneigung und trat beiseite, um sich ein Glas Wein zu holen.
„Bei allen Dämonen, mein Sohn! Du bist brillant", lobte ihn Farzanah, und Ulion fühlte sich auf einmal großartig. „Schenk mir auch noch etwas ein."
Während die beiden einmütig auf ihren Erfolg anstießen, züngelte und zischte Ydraca heftig. Seit zirka einem Jahr hatte sie nur eines im Sinn: Rache an den drei Menschen zu nehmen, die ihre Tochter getötet hatten. Und jetzt war ihr der erste gewissermaßen von selbst vors Maul geflogen.
Sie durchbohrte Flora mit ihren gelben Reptilienaugen und glitt direkt vor ihren Stuhl. Dort richtete sie sich mit gespreiztem Nackenschild auf und züngelte über Floras erstarrtes Gesicht. Millimeter um Millimeter näherten sich die todbringenden Giftzähne Floras Hals. Das Untier roch ihre Angst und kostete sie wonnevoll aus. Einen Tick zu lang, denn genau als sie zubeißen wollte, traf sie ein Eiskristallblitz an ihrem Kopf.
„Lass das, du Mistvieh. Die gehört mir!", drohte Farzanah mit gefährlich leiser

Stimme. Ulion grinste hämisch. Er mochte die Schlange nicht. Sie war nichts als ein großer hässlicher Wurm und ein Mittel zum Zweck.

Ydraca wich wütend zischend zurück und blickte die Fee hasserfüllt an. Dann wandte sie sich ab und kroch mit dem festen Vorsatz, es schon bald erneut zu versuchen, auf ihr Lager zurück.

„Da! Siehst du, mein Sohn, welche Zumutung dieses Leben hier für mich ist!"

„Nicht mehr lange", antwortete Ulion und küsste ihre Hand. „Aber bevor du mir erzählst, was hier vor sich ging, nehme ich ein Bad. Der Dreck der Menschenwelt klebt an mir, und die Küsse dieser widerlichen Sophie brennen mir übel auf der Haut! Sorge du nur dafür, dass ein angemessenes Mahl aufgetragen wird", forderte er und ging in den abgetrennten Teil des Pavillons, der für die Hygiene vorgesehen war.

Unterdessen saß Flora wie gelähmt auf ihrem Stuhl, machte sich so klein wie möglich und fürchtete sich sehr. ‚Dreck der Menschenwelt und widerliche Sophie' hatte der Feër gesagt.

‚Er ist genauso böse wie sie. Mein lieber Alrick und der gute König Arindal sind anders. Und Tibana auch! Sie ist fast so lieb wie Omi', dachte sie und seufzte laut. ‚Was mach ich nur? Die zu Hause wissen vielleicht nicht, dass ich in Arwarah bin. Es war, als wäre Ulion mit mir auf dem Wind geritten! Ich weiß nicht, wo Alrick und die anderen sind', dachte sie und seufzte laut, während sie tapfer gegen die Tränen ankämpfte.

„Aber, aber, kleiner Mistkäfer!", tröstete Farzanah sie mit verstellter Stimme. „Wenn du brav bist und deine Freunde alles richtig machen, wird dir nichts geschehen. Gehorchst du nicht, oder versuchst abzuhauen, verwandle ich dich in eine Kröte und hetze dann Ydraca auf dich! Und nun mach dich nützlich und decke den Tisch! Dein Platz ist dort hinten in der Ecke."

Flora stand auf und nahm zitternd drei Teller von einer Anrichte. Zwei davon stellte sie auf den Tisch. Als nächstes wollte sie Gläser holen, aber die flogen plötzlich von selbst an ihren Platz. Hinter ihnen folgten Servietten, Gabeln, Löffel, und dann wurde aufgetischt. Unsichtbare Hände trugen Brot, Früchte, Gemüse und andere Köstlichkeiten auf.

‚Das ist ja, als wäre Zack bei mir!', dache Flora überrascht und setzte sich in ihre Ecke, um den Zauber zu beobachten. „Seid ihr Wichtel?", fragte sie leise, als auch ein Stück Brot auf ihren Teller schwebte.

Aber diese Wichtel antworteten nicht. Sie blieben stets unsichtbar. Die Böse

hatte sie zu oft ungerecht bestraft und mit Eishageln beworfen.
„Danke", flüsterte Flora und hoffte, dass sie freundliche Wesen waren, die ihr später vielleicht helfen würden.

Ulion betrat wieder den Raum. So böse er war, so schön war er auch. Seine Augen hatten die Farbe von dunkler Jade und sein langes kohlschwarzes Haar glänzte. Es wurde jetzt von einem silbernen Reif aus seiner Stirn gehalten. Nur um den Mund lag ein Zug, der seine Härte ahnen ließ. Er trug ein langes bequemes Gewand aus weichem schwarzviolettem Stoff. Silberne Rankenornamente zierten den Saum und erstreckten sich bis zum silberbeschlagenen Gürtel hinauf.
Nichts erinnerte mehr an Sophies Freund, oder den Stallknecht und Dieb. Vielmehr war er ein stolzer und fürstlich aussehender Feër. Dass man ihn zeitweise für einen Elfen hielt, lag daran, dass sein Vater ein Elfenfürst war. Farzanah hatte sich schon vor seiner Geburt von ihm getrennt, und außer ihr wusste niemand, wer Ulions Vater war.
„Darf ich dich zu Tisch geleiten, Mutter?", fragte er zuvorkommend und führte sie zu ihrem Platz.
„Deine Manieren sind eines Königs würdig", lobte die Fee und eröffnete das üppige Mahl, währenddessen sie Flora nicht beachteten. Die Kleine langte aber kräftig zu und aß alles, was heimlich auf ihrem Teller landete. ‚Wenn ich Hunger habe, dann kann ich nicht durchhalten', dachte sie pragmatisch. ‚Und das muss ich aber, wenn ich zu meinem lieben Alrick fliehen will.'
„Nun, Mutter, wie ist die Lage an Arindals Hof, und was hast du hier in der Zwischenzeit alles erreicht?", eröffnete Ulion nach einer Weile das Gespräch. Er fragte dies in einem Ton, der Flora aufhorchen ließ. Eisig und hart klang das, und überhaupt nicht mehr nett.
Farzanah legte die Gabel weg und schaute ihn ärgerlich an. „Dein kritischer Ton gefällt mir nicht. Mäßige dich, Sohn!"
„Schon gut, Mutter, entschuldige", antwortete Ulion so affektiert, dass selbst Flora merkte, dass er es nicht ernst meinte.
„Meine Dohlen waren regelmäßig bei Arindals Hof. Dort ist alles alltäglich, obwohl sie einmal behaupteten, sie hätten auch Zwerge und Feen gesehen, aber das glaube ich nicht. Natürlich kann es sein, dass Arindal etwas im Verborgenen plant, doch er rüstet jedenfalls nicht auf. Es gibt dort nichts, was für mich von Interesse wäre!"

„So, Arindals Situation interessiert dich also nicht, Mutter. Und wie sind wir aufgestellt? Wie groß ist unsere Schlagkraft, wie viele Verbündete kämpfen auf unserer Seite, wie viele Waffen haben wir? Als ich kam, sah ich die Schmiede verwaist und das Lager der Orks öd und leer. Wo sind sie?", fragte er und sein Ton war noch schärfer als zuvor.

„Während du weg warst, habe ich meine Pläne geändert."

„Es sind unsere Pläne, Mutter! Nicht allein deine!"

„Trotzdem habe ich beschlossen, dass es keine blutige Schlacht geben wird! Dieser Krieg wird auf magischer Ebene ausgefochten! Und du hast uns das Druckmittel dafür mitgebracht."

„Zum Teufel! Sag mir sofort, was du gemacht hast!", forderte Ulion laut und sprang so heftig auf, dass der Stuhl hinter ihm umkippte.

„Na gut! Wie du willst", fauchte die Dunkle mit einem zynischen Zug um den Mund, der Ulions in nichts nachstand, sondern die Ähnlichkeit zwischen ihnen noch unterstrich.

Mit zusammengepressten Lippen lauschte Ulion ihrem Bericht über die Flucht der Zwerge, das rätselhafte Verschwinden der Dunkelelfen und die Vertreibung der Orks. „Sie waren an allem schuld! Ich habe nur das Nötige getan! Ich teile den Sieg mit niemandem, außer mit dir", schrie sie am Ende und setzte in Gedanken hinzu: ‚Und das auch nur, wenn du mir nicht so wie dein Vater in die Quere kommst!'

Flora versuchte, dem Streit aufmerksam zu folgen, aber das war gar nicht leicht. Der Tag war lang und so voller Aufregungen gewesen, dass ihr die Augen schwer wurden. Sie stibitzte ein Kissen von Farzanahs Diwan und rollte sich in ihrer dunklen Ecke zusammen. ‚Nur ein bisschen ausruhen', dachte sie gähnend und war schon eingeschlafen.

„Also gut, Mutter", lenkte Ulion notgedrungen ein. „An alldem ist nichts mehr zu ändern! Nun lass hören, wie du dennoch die Macht erringen willst!"

„Durch magische Duelle. Zwischen Tibana und mir, zwischen Arindal und dir, oder umgekehrt. Das ist mir völlig egal. Wir fordern sie einfach heraus. Und haben wir sie getötet, werden sich die anderen freiwillig unterwerfen."

„Und wenn sie dem Duell nicht zustimmen?"

„Dann drohen wir damit, das Kind zu töten!", lachte sie hämisch, und Ulion stimmte versöhnlich mit ein. „Auf diese Weise brauchen wir das vermaledeite Zepter gar nicht. Wir beide sind auch so stark genug."

„Du hast recht, Mutter. Wir können diese Duelle gewinnen! Nicht mit Leichtigkeit, aber dennoch sicher. Tibana ist alt und Arindal eher ein Diplomat", winkte er verächtlich ab. „Wenn sie das Zepter hätten, sähe das natürlich

anders aus. Es würde ihre Macht bis ins Unvorstellbare verstärken. Aber das habe ich ja verhindert. Mutter, du hast die Flöte doch noch?"
„Natürlich! Was denkst du denn?", grinste die Dunkle und ging zu Ydracas Nest.
„Zur Seite, du stinkender Wurm", befahl sie und zog das Kästchen unter den Kissen hervor. „Und da wir sie nun nicht mehr brauchen und der Feind sie keinesfalls bekommen darf, ist es das Beste, sie zu zerstören. Dann hat die Plage um das Zepter ein Ende und wir haben dem verdammten Flötenspieler noch richtig eins ausgewischt!"
„Du bist dir aber im Klaren, dass du es dann nicht mehr ungeschehen machen kannst, Mutter?"
„Wozu, da ich sie eh nicht benutzen kann? Gehen wir in die Schmiede und schmelzen sie ein!"
„Einverstanden! Und im Morgengrauen, fliege ich mit der Kreatur zu Arindals Feldlager. Ich muss mir selbst ein Bild über die Lage dort machen, bevor wir alles Weitere planen."
Farzanah war einverstanden. Sie forderten Ydraca auf, ihnen zu folgen, und glitt gemeinsam mit Ulion zur Schmiede hinauf.

Zu ihrer Freude fanden sie dort alles griffbereit. Zunder lag auf dem Rost unter der Esse und musste nur angezündet werden. An der Wand hingen Zangen, und verschiedene Schmelztiegel standen parat. Sie wählten einen in der richtigen Größe und platzierten ihn unter dem Abzug, sodass er mitten im Koks stand.
„Und jetzt?" Ulion sah seine Mutter an, die die Flöte aus dem Kästchen genommen hatte und fast zärtlich mit dem Finger über das glatte Silber strich. „Hast du es dir anders überlegt?" „Natürlich nicht! Ydraca, du feuerspeiender Wurm. Wenn ich es sage, dann zündest du das Feuer an, während wir in Deckung gehen. Man weiß nicht, was passiert, wenn man eine derartig magische Kostbarkeit zerstört", befahl sie der Gefiederten und legte die Flöte in den Tiegel hinein.
‚Von wegen Wurm', dachte Ydraca erbost über die ständigen Beleidigungen. ‚Als ob ich ein Schmiedefeuer brauche, um diese mickrige Flöte zu schmelzen.' Sie wartete nicht, bis Farzanah und Ulion in Deckung waren, sondern blies einmal kräftig gezielt in den Tiegel hinein. Das Gefäß begann zu glühen und die Flöte wurde zu flüssigem Silber. Es gab weder magischen Rauch, noch

schossen Blitze umher. Das einzig Spektakuläre waren Farzanahs und Ulions rußgeschwärzte Gesichter, und soweit sie das konnte, freute das Ydraca sehr.

„Pass doch auf, du übelriechendes Vieh!", keifte die Fee wütend, während Ulion einfach den Zauberstab nahm und sie und sich mittels eines Spruches säuberte.

„Lass sie. Sie war das einzig Beeindruckende an der ganzen Aktion", stellte er schwer enttäuscht fest. „Bei der Zerstörung eines mächtigen magischen Artefakts hätte ich mehr Spektakel erwartet."

„Vielleicht sind die drei Teile des Zepters unterschiedlich stark. Als ich das Elfenlicht verfluchte, musste ich deutlich mehr Können aufbieten. Aber wie dem auch sei, nach dieser Flöte wird keiner mehr tanzen", triumphierte sie, während Ulion den Inhalt des Schmelztiegels mittels Zauberstab in eine Gussform fließen ließ.

„Schau!", forderte er zufrieden. „Nun habe ich aus der überflüssigen Flöte einen brauchbaren Dolch gegossen. Zum Kämpfen taugt er nicht, aber mit ein bisschen Schliff macht er etwas her. Und jetzt komm. Es wird bald hell, und ich habe noch einiges vor."

Sie kehrten in den Pavillon zurück, wo Ulion sein prächtiges Obergewand gegen eine unscheinbare graue Tunika und eine dunkle Jacke tauschte. Dann legte er Ydraca mit einem gekonnten Griff das Zaumzeug an. Die gefiederte Schlange zischte böse, aber der Feër beachtete es nicht. Er zurrte die Riemen fest und führte sie hinaus.

„Mach dir keine Sorgen, Mutter, es kann durchaus länger dauern. Aber wenn ich zurückkomme, werden wir genau wissen, wie es um Arindals Truppe steht und wie wir unseren Plan komplettieren. Ruh dich inzwischen aus."

Ulion trat Ydraca in die Seite, was das Zeichen zum Abflug war. Sie hob das gehörnte Haupt, stellte den Nackenschild auf und glitt, mit Rumpf und Schwanz heftig schlängelnd, durch das morgentaunasse Gras. Erst als sie ausreichend Luft unter ihrem Schild spürte, hob sie geschmeidig ab und flog mit rasantem Tempo auf Arindals ehemaliges Feldlager zu Füßen der Burg zu.

Als Ulion die Umrisse von Arindal Burg sah, legte er die Hand über die Augen und späte in das aufgehende Licht. Die Dohlen hatten Recht. Am fernen Horizont stiegen dünne Rauchsäulen auf. Das konnten nur die morgendlichen Kochfeuer der Elfen und die Schmiede der Zwerge sein.

Ulion ließ sich in der Nähe des Lagers absetzen und befahl der Schlange,

gut verborgen auf ihn zu warten. Ydraca zischte und kroch ins Unterholz, während der Feër näher schlich und dabei jede Deckung geschickt ausnutzte. Als es keine Sträucher mehr gab, robbte er durchs Gras bis zu einem Stapel Holz, der als Vorrat für die Schmiede aufgeschichtet worden war. Von dort aus konnte er das ganze Lager sehen. Auf dem ersten Blick schien es, als hätten die Dohlen Recht. Alles sah den Umständen entsprechend normal aus. Die Bewohner gingen ihren täglichen Arbeiten nach. Aber je länger er hinsah, umso merkwürdiger kamen sie ihm vor. Sie wirkten irgendwie steif und emotionslos. Niemand lachte oder schimpfte, es gab keinen fröhlichen Gesang und kein Wichtelgeplapper. Das Hämmern aus der Schmiede klang so gleichmäßig und monoton, dass er skeptisch wurde.
‚Hier stimmt etwas nicht!', dachte er und beschloss, der Sache auf den Grund zu gehen. Er suchte mit seinen Augen nach einem geeigneten Weg und huschte dann in halb gebückter Stellung bis an die Schmiede vor, in die er ohne große Anstrengung hineinblicken konnte.
„Na sieh einer an", murmelte er hämisch grinsend. „Die Gebrüder Eisenbeiß als Doppelgänger! Nur schade, dass sie mit ihrem Hammer immer neben das Eisen schlagen. Trotzdem, alle Achtung Tibana, das ist ein Illusionszauber vom Feinsten!", setzte er seinen Monolog leise fort. „Kein Wunder, dass du die Dohlen damit täuschen konntest. Es ist beinahe schade, dass dein Meisterstück nun aufgeflogen ist." Ulion verließ sein Versteck und durchsuchte das Lager, während die Doppelgänger keine Notiz von ihm nahmen. Da er aber nicht den kleinsten Hinweis auf Arindals wirklichen Aufenthalt fand, flog er wütend und enttäuscht in sein eigenes Lager zurück.

Farzanah hatte während Ulions Abwesenheit tatsächlich lang und gut geschlafen. Nun saß sie am Tisch und las in einem Buch über magische Kräuter und Gifte. Es konnte nicht schaden, so viel wie möglich über diese Dinge zu wissen.
Dabei saß Flora mucksmäuschenstill in ihrer Ecke und war froh, dass die Böse sie keines Blickes würdigte. Sie hatte die Drohung nicht vergessen, dass sie in eine Kröte verwandelt werden könnte.

30
Ein nächtlicher Erkundungsflug

Die Mittagszeit war schon fast vorüber, als Ulion von Ydraca gefolgt in den Pavillon trat. Ohne Gruß streifte er der Gefiederten das Zaumzeug ab, worauf sie sich sofort auf ihrem Schlafplatz zusammenringelte und die Augen schloss.
„Ich bringe wichtige Neuigkeiten aus Arindals Feldlager, Mutter!", sprach Ulion bedeutungsvoll, während er sich Hände und Gesicht in einer Schüssel wusch, die die unsichtbaren Wichtel bei seinem Eintritt sofort bereitgestellt hatten. Den ganzen Flug über hatte er nach Möglichkeiten gesucht, seinen Unwillen Farzanah gegenüber zu unterdrücken und die richtigen Worte für die angemessene Kritik zu finden.
„Und was für Neuigkeiten sollten das sein, da die Dohlen mehrmals nichts Erwähnenswertes festgestellt haben?"
„Du solltest mich nicht mit diesen Spatzenhirnen vergleichen, Mutter! Es könnte sein, dass ich dir das übelnehme."
Er setzte sich ihr lächelnd gegenüber, aber Farzanah merkte sofort, wie gereizt er war. Sie klappte ihr Buch zu und befahl den Wichteln, das Mittagsmahl aufzutragen.
„Du bist erschöpft und solltest etwas essen, während du mir alles erzählst", empfahl sie und legte beschwichtigend eine Hand auf die seine. Er schupste sie ungehalten weg und wartete, bis das Essen serviert worden war. Dann beugte er sich mit zusammengezogenen Brauen zu ihr über den Tisch.
„Alles, was deine hochgeschätzten Dohlen gesehen haben, war eine Täuschung! Ein sauber ausgeführter Doppelgängerzauber! Wahrscheinlich von deiner liebsten Feindin Tibana. Das konnte nur geschehen, weil du die Übersicht verloren hast, Mutter!" Das letzte Wort presste er bedrohlich zwischen seinen Lippen hervor. „Hast du eine Ahnung, wo sich Arindal und seine Leute jetzt aufhalten? Natürlich nicht! Hast du eine Ahnung, wie viele Getreue er um sich geschart hat? Natürlich nicht! Hast du eine Ahnung, was er plant? Natürlich nicht! Wie willst du ihn da herausfordern? Auch für ein magisches Duell sollte man die Stärke des Feindes und die Gegebenheiten des Austragungsplatzes kennen! Und was für Getreue haben wir? Dank dir natürlich keine mehr. Und was wissen wir? Natürlich nichts! Das alles passiert, weil du es nicht für nötig gehalten hast, dich richtig zu kümmern. Schlampig, Mutter,

ausgesprochen schlampig!", kritisierte er sie heftig und ließ seiner angestauten Wut nun doch freien Lauf.

Farzanah erstarrte vor Ärger über seinen Wutausbruch. Was bildete sich Ulion ein, so unverschämt mit ihr zu sprechen? War das ihr Sohn, den sie mehr oder weniger großgezogen hatte?

Sie blickte in sein charismatisches Gesicht mit den enthusiastisch flammenden Augen und entdeckte darin ein so ungeahntes Streben nach Macht und Herrschaft, wie sie es nur von sich selbst kannte. Wütend schmetterte sie einen kleinen Kugelblitz gegen ihn, dem er aber geschickt auswich.

„Aber, aber, Mütterlein! Nicht auf diese Tour!", verlangte er trotzig. „Ich bin dein Sohn, und einen anderen Getreuen hast du nicht mehr!" Er warf das Besteck auf den Tisch und verließ den Pavillon, weil er es momentan keine Minute länger mit ihr aushalten konnte. Er hatte ihre Wünsche erfüllt, hatte die magische Flöte beschafft, war in die verhasste Menschenwelt gegangen und hatte ihr von dort den Schlüssel zum Sieg mitgebracht, während sie vor Stolz nicht in der Lage war, ihre Verbündeten zu kontrollieren und den Feind im Auge zu behalten.

Irrte er sich, oder war sie schwächer geworden? Oder lag dieser Eindruck daran, dass er an seinen Aufgaben gewachsen war? Er wusste es nicht, und weil er so lange nicht geschlafen hatte, hatte er keine Muße, darüber nachzudenken.

Frustriert glitt er zur Schmiede hinauf, nahm den silbernen Dolch aus der Form und warf sich dann auf einen Haufen Felle, den der Ork-Aufseher zurückgelassen hatte. Die Stimmen des Waldes beruhigten ihn, und er fiel in einen tiefen Schlaf.

Als er gegangen war, beendete Farzanah in aller Ruhe ihr Mahl. Diese Gelassenheit war rein oberflächlich, denn innerlich erstarrte sie förmlich zu Eis. Ulions selbstsicheres Auftreten hatte sie ebenso verunsichert wie der Fakt, dass seine Anschuldigungen größtenteils wahr waren.

Plötzlich erkannte sie, dass er so war wie sie! Genauso stark und ambitioniert, genauso rücksichtslos und durchtrieben. Bis heute waren sie sich immer über ihr Ziel, Arwarah zu erobern und zu regieren, einig gewesen. Er würde ihr Ratgeber und Thronfolger sein. Aber was, wenn er mit dieser Stellung nicht mehr zufrieden war? Wenn er nicht warten wollte, sondern die Macht schon jetzt anstrebte? Warum hatte sie nie zuvor daran gedacht?

Natürlich würde sie das niemals zulassen, aber als seine Mutter konnte sie ihn auch nicht einfach beseitigen. Sie liebte ihn, und was noch viel wichtiger war, sie brauchte ihn für den Sieg. Jetzt noch viel nötiger als jemals zuvor.
„Da hilft nur ein Kompromiss! Ich werde zu Kreuze kriechen und ihn dabei fest im Auge behalten", beschloss sie schweren Herzens. „Außerdem sollte ich mir noch etwas einfallen lassen, um den Gegner vor dem Duell zu schwächen. Wir haben zwar den menschlichen Mistkäfer, aber ein zweites Ass im Ärmel wäre gut. Auch wenn ich keinen blassen Schimmer habe, was das sein soll. Kommt Zeit, kommt Rat", sinnierte die Dunkle. „Und da wir Arindals Aufenthaltsort tatsächlich kennen müssen, werde ich jetzt versuchen, ihn zu finden. Als Friedensangebot sozusagen, und um die Scharte, die ich meiner Arroganz zuzuschreiben habe, wieder auszumerzen!"
Sie tauschte ihr bequemes Tageskleid gegen Hose und Tunika, über die sie eine Lederweste zog. Heute war sie eine Kundschafterin und brauchte ihren Harnisch nicht. Als sie vor dem Spiegel stand, fiel ihr Blick zufällig auf Flora, die sie mit großen Augen beobachtete. „Du weißt, was ich mit dir mache, wenn du nicht gehorchst?", fragte sie die Kleine, während sie die Diamantspangen aus ihrem Haar entfernte und es im Nacken in einen festen Knoten band.
„Du machst eine hässliche Kröte aus mir!", antwortete Flora leise.
„Ja, und das kommt daher, weil man aus hässlichen Kindern keine schönen Kröten hinbekommt." Die Fee lachte gehässig. „Doch Spaß beiseite. Du kannst die Reste vom Mittag essen, rührst dich aber sonst nicht von der Stelle, während ich weg bin. Verstanden?"
„Ja!"
„Ulion wird bald zurück sein. Bis dahin passt ihr unsichtbaren Tunichtgute auf sie auf! Was für eine Strapaze! Ich wünschte wirklich, dass ich ein allsehendes Auge oder eine Glaskugel hätte, um sie zu finden", seufzte sie und weckte Ydraca auf. Sie warf ihr mürrisch das Zaumzeug über und führte sie hinaus. „Streng all deine Sinne an! Wir müssen Arindal finden", erklärte sie dem Untier und stieg auf.

Die Gebiete, die sich für ein Lager eigneten, waren nicht so groß, als dass man sie nicht Stück für Stück systematisch abfliegen konnte. Dabei konnten Arindals Ländereien, die Niederungen von Naârbeleth, die Täler der Floraden oder die Berge von Sinbughwar getrost ausgelassen werden. Die einen

hatte Ulion schon abgesucht, und die anderen waren zu weit entfernt. Also flog sie zuerst nach Zaâmendra und begutachtete das weite Areal und die im Bau befindliche Universität, aber dort waren nur ein paar Handwerker und Studenten, die man wohl als Aufsicht zurückgelassen hatte. Farzanah ließ aus Spaß ein paar kräftige Eisblitze auf dem Campus einschlagen und flog dann zu den Gefilden der Taurih weiter.
Die weitläufigen Wiesen und bunten Laubwälder boten von oben ein zauberhaftes Bild. Sie fand das hübsch sanierte Dorf, das, genau wie die Universität, beinahe verlassen in der Nachmittagssonne lag. „Verdammt sollt ihr sein!", fluchte Farzanah. „Weil ihr alle diesem Verlierer Arindal folgt."
Sie dirigierte Ydraca über die Taurih-Felder, deren Getreide kurz vor der Ernte stand, und sandte einen so heftigen Eishagel nieder, dass kein Körnchen mehr auf den Stängeln blieb. „Rache ist süß!", schrie sie überaus zufrieden und gönnte Ydraca im Anschluss sogar eine Pause in ihrem ureigenen stinkenden Sumpf.
Von dort aus flog sie zu Tibanas Haus am See und betrachtete das Land außenherum. Sie registrierte den mächtigen Schutzzauber mit einem schiefen Grinsen und wusste, dass da definitiv niemand zu Hause war. Blitze und Eishagel wären hier verschwendet, und so flog sie weiter zum letztmöglichen Ort, dem riesigen Wald zwischen dem See und Arindals Burg.
„Flieg schneller, Ydraca! Alles liegt jetzt bei dir! Die Sonne geht unter, und wenn wir sie nicht bald finden, müssen wir erfolglos heimkehren, was eine weitere Demütigung wäre. Nein, nein und nochmals nein! Sie müssen hier irgendwo sein!"
Sie lenkte die Schlange ein Stück weit nach Osten und flog im niedrigen Zick-Zack über die Wipfel der Bäume ins Herz des Waldes hinein. Je tiefer sie eindrang, umso dunkler und undurchdringlicher wurde er. Ydraca war erschöpft, und Farzanah tat der Hintern vom Reiten weh. „Wir müssen doch hier schon über dem heiligen Wald sein", sprach sie zu sich selbst, als plötzlich die Strahlen hunderter magischer Lichter durch das dichte Blätterdach zu ihr herauf schimmerten. „Leise, du schnaufendes Urvieh!", schalt sie Ydraca, spitzte ihre Ohren und dann hörte sie es. Die Feen und Elfen sangen und tanzten nicht weit entfernt unter ihr. Sie bewegten sich anmutig zwischen den schummrigen Lichtern und den gespenstigen Schatten der Bäume im nächtlichen Reigen.
„Hab' ich euch!", flüsterte die Dunkle zufrieden und flog noch ein kleines Stück näher heran. „Dieser Ort ist gar nicht mal so schlecht gewählt, Euer Gnaden Arindal, du Möchtegernkönig. Ist es doch allerseits bekannt, dass keinerlei Waffen im heiligen Wald geduldet sind, aber denkt er im Ernst, dass

mich so etwas schert? Was für ein hübsches und überflüssiges Völkchen sich da zusammengefunden hat. Wie gerne würde ich es gleich jetzt vernichten. Aber stattdessen kehren wir heim. Glaub mir, Ydraca, diese Idioten werden bald keinen Grund mehr zum Tanzen haben!"

Mehr denn je war sie der Ansicht, dass der ewig besorgte und gerechte Arindal aus Liebe zu den Menschen auf ihre Forderung eingehen würde. Er könnte es sich nie verzeihen, wenn dem Kind um seinetwillen etwas geschah. Sie war überaus zufrieden mit sich, und Ulion würde es auch sein! Ydraca wendete, und während Farzanah ein Stück der Melodie summte, die sie gerade vernommen hatte, flogen sie heim.

Ulion

31
Eins, Zwei und Drei

Nachdem Flora sicher war, mit den Wichteln allein zu sein, schaute sie sich zum ersten Mal gründlich um. Da gab es wertvolle Möbel, Porzellan und Gläser von erstaunlicher Schönheit. Es gab ein Regal mit sehr alten Büchern und eines mit hübschen bunten Kristallen sowie Instrumenten, deren Verwendungszweck Flora unbekannt war. Dinge, die die Fee aus ihrer Burg Darwylaân gerettet haben musste. Vielleicht gab es in den abgeteilten Privaträumen von Ulion und Farzanah noch mehr zu sehen, aber dorthin traute sie sich nicht. Dank der fleißigen Wichtel war alles blitzsauber, nur Ydracas Nest neben dem Eingang verströmte einen modrigen Geruch.
„Ihr lieben Wichtel, wo seid ihr?", fragte Flora leise und blickte sich suchend nach einem Zeichen von ihnen um. „Ich bin ein Menschenkind und heiße Flora. Die haben mich gefangen. Ich brauche eure Hilfe. Bitte, bitte, zeigt euch doch!"
Sie hatte so eindringlich gefragt und sah dabei so ungefährlich aus, dass die Wichtel beschlossen, einen Versuch zu wagen. Sie nahmen ihre Kapuzen ab und schwupps, da waren sie.
„Danke und hallo!", sagte Flora lächelnd, während sie die drei Wichtel musterte. Sie sah, dass ihre Kleidung sauber war, aber überwiegend aus farblosen Lumpen bestand.
„Hallo Flora!", antwortete einer nach dem anderen. Dann ließen sie eine Schale mit frischen Elfenbeeren auf den Tisch gleiten, und Flora fing dankbar zu naschen an.
„Hm! Die sind fein", sagte sie und leckte den süßen Saft von ihren Fingern ab. „Sagt ihr mir jetzt, wie ihr heißt?"
„Eins, Zwei und Drei!", antworteten sie wie aus einem Mund und Flora musste so sehr lachen, dass sie erschraken und sich wieder unsichtbar machten.
„Entschuldigt, aber Eins, Zwei, Drei sind doch keine Namen! Bitte zeigt euch wieder", bat sie. „Ich hab's nicht böse gemeint!"
Die Kleinen gehorchten und sahen dabei recht bedeppert aus.
„Aber die Herrin nennt uns so! Sie sagt immer ‚Los, bringt mir das Essen, eins, zwei, drei hopp', oder ‚eins, zwei, drei, ab geht's!' Wir sind hier, solange wir denken können und haben nie einen anderen Namen gehabt."
„Das ist schade! Ich verspreche euch, dass ihr schönere Namen bekommt,

wenn ihr mit mir weglauft. Ich kenne eine gute Fee. Die hat auch Wichtel, und einer davon ist mein bester Freund und heißt Zack."

„Zack", murmelten die Wichtel mit großen Augen.

„Ja, und dann gibt es noch Mirla und Tuck und Nelly und Tissy und Puck", plapperte das Mädchen weiter und die Wichtel kamen aus dem Staunen nicht heraus.

„Und was machen die alle?"

„Das gleiche wie ihr! Sie helfen und halten Tibana das Haus sauber. Aber sie werden dabei nicht ausgeschimpft oder sogar bestraft."

Die Wichtel schauten Flora sprachlos an. Ob sie die Wahrheit sprach? Darüber sollte man mehr erfahren! Sie tippelten nah an Flora heran und musterten das seltsame Mädchen genau. Ihre Herrin behauptete immer, dass alle Menschen böse seien. Abscheulich und nutzlos! Aber die hier sah klein und hilflos und gar nicht böse aus. Ganz im Gegenteil zu Farzanah, die böse war und alle betrogen hatte. Selbst zu Ulion war sie nicht immer ganz ehrlich. Das sollte einer verstehen.

„Woher willst du wissen, dass es uns anderswo besser gehen würde und dass wir dann Namen hätten?", fragte Eins skeptisch.

Flora verstand, warum sie vorsichtig waren. „Weil es überall besser ist als hier! Ich kenne sonst keinen, der so böse wie Farzanah ist. Sie hatte den guten König gefangen und das Elfenlicht verdorben. Und jetzt will sie schon wieder alles kaputtmachen. Sie ist schrecklich."

„Ja, das stimmt!", sagte Zwei und die anderen Wichtel nickten eifrig, denn sie hatten vieles davon auf Burg Darwylaân selbst miterlebt. Sie wussten genau, dass Farzanah böse war. „Aber abhauen können wir trotzdem nicht", sagte Drei. „Wir sind hier nämlich festgezaubert!"

„Festgezaubert? Wie gemein!", schimpfte Flora so ärgerlich, dass Eins, Zwei und Drei wieder nach ihren Kapuzen griffen, um sich zu verstecken. „Halt, bleibt doch hier!", rief sie beschwichtigend. „Ich bin doch nicht sauer auf euch! Wenn ihr nicht mitgehen könnt, dann muss ich es eben allein probieren. Sagt mir nur, in welche Richtung ich zu König Arindal laufen muss!"

Eins, Zwei und Drei waren sehr geknickt. „Tut uns leid! Wir wissen nicht, wo der König ist. Außerdem würde die Böse merken, wenn du weg bist. Und dann schickt sie die Dohlen nach dir aus, oder sie sucht dich mit der Schlange. Da bist du in Nullkommanix wieder hier, und alles wäre schlimmer als zuvor."

„Hm?"

„Ja, und wenn sie merkt, dass wir dir geholfen haben ... Die Strafe will ich mir lieber nicht vorstellen!"

„Oh, daran hab ich gar nicht gedacht!", sagte Flora traurig. „Vielleicht fällt uns ja später etwas anderes ein. Wie wäre es, wenn wir bis dahin zusammen Teeparty spielen?", schlug sie mit kindlicher Unschuld vor.
Und da den Wichtelmännern in ihrem ganzen Leben noch nie so etwas Nettes widerfahren war, willigten sie ein. Sie spielten den ganzen Nachmittag und aus der Teeparty wurde das Abendbrot. Als Flora schließlich müde wurde, betteten die Wichtel sie auf ein bequemes Lager in der äußersten Ecke und krochen selbst in ihre Kiste zurück.
Flora hörte weder Ulion noch Farzanah, die zu unterschiedlichen Zeiten heimkehrten. Sie hatte einen schönen Traum und schlief den Schlaf der Gerechten bis in den späten Morgen hinein.

Farzanah und Ulion trafen sich am anderen Morgen beim Frühstück. Die Fee hatte aufgrund ihres Erfolges gut geschlafen und war in sehr friedlicher Stimmung.
„Guten Morgen, Ulion! Schön, dass du wieder da bist, mein Sohn! Hast du gut geschlafen?"

Eins, Zwei und Drei

„Guten Morgen, Mutter! Du bist ja so aufgeräumt und geschwätzig. Hast du denn einen Grund, so entspannt zu sein?", fragte er mit einem hämischen Lächeln, das ihre gute Laune schrumpfen ließ. „Lass uns essen, und danach müssen wir dringend Pläne machen."

„Natürlich!", antwortete sie kurz, weil sie es hasste, wenn er ihr gegenüber respektlos war. Das hatte sie nicht verdient. Er verdankte ihr alles, was er hatte, alles, was er war und alles, was er zukünftig sein würde! „Und ja, ich habe einen Grund, entspannt zu sein!", fügte sie stolz hinzu und ihre gute Laune kehrte zurück. „Ich war nämlich noch sehr fleißig, während du gestern weg warst."

„Wieso, was hast du denn gemacht?", fragte Ulion erstaunt und brach sich ein knuspriges Stück Elfenbrot ab.

Farzanah nippte an ihrem Tee und genoss die Neugier, die in sein Gesicht geschrieben stand.

„Ich war auf Erkundungsflug. Den ganzen Nachmittag über bis in die Nacht. Und rate mal, was ich entdeckt habe?"

„Was?"

„Arindals neues Feldlager! Ich habe es gesehen, ihn und all seine verdammten Getreuen", sagte sie und grinste selbstzufrieden.

„Ahhh! Und wo soll das sein? Komm schon, Mutter, mach es nicht so spannend!"

„Sie lagern auf einer Lichtung im Heiligen Wald!"

„Im Heiligen Wald? Hat er sich da verkrochen, weil dort alle Waffen verboten sind?"

„Das habe ich auch gedacht, aber momentan ist das total egal."

„Richtig! Wenn wir ihnen sagen, dass wir ihren Sprössling haben, dann können wir den Ort und den Zeitpunkt für das magische Duell selbst bestimmen. Das ist hervorragend."

Ulion lehnte sich zufrieden zurück – endlich kam Licht in die Sache, endlich ging es voran. Dann drehte er sich nach Flora um, die auf einem kleinen Schemel vor der Wichtelkiste beim Frühstück saß und sie mit großen Augen beobachtete.

„Weißt du nicht, dass es unhöflich ist, zu lauschen?", fragte er und zückte seinen Zauberstab. Er murmelte einen Spruch, worauf Flora ganz müde wurde. Sie legte ihren Kopf auf die Kiste und sank in einen tiefen Schlaf.

Farzanah betrachtete sie eine Weile und plötzlich erschien ein Lächeln auf ihrem Gesicht.

„Du hast recht! Wir könnten es auf den freien Feldern von Naârbeleth austra-

gen, dort, wo ich ihn schon einmal herausgefordert habe."
„Und wo du verloren hast! Das wäre kein gutes Omen, Mutter."
„Stimmt! Ich ärgere mich immer, wenn ich daran denke. Hätte sich die Menschenbrut damals nicht eingemischt, würde Alrick Flötenspieler heute noch auf der Silberdose hocken und Arindal wäre im Kerker auf Darwylaân vermodert."
„Hätte, wäre, wenn ... Das ist eine alte Geschichte, Mutter! Tröste dich damit, dass der kleine menschliche Mistkäfer von damals heute unser Druckmittel ist."
„Das tue ich, und wenn uns gelingt, was ich mir gerade ausgedacht habe, dann wird uns keiner von denen je wieder in die Quere kommen! Das Einzige, was wir dafür tun müssen, ist nach Zaâmendra zu reisen. Ich brauche etwas aus dem Gewölbe der Kostbarkeiten!"
„Du willst in das Gewölbe einbrechen?"
„Klar, wieso nicht? Auf meinem Erkundungsflug habe ich gesehen, dass die Universität nicht sonderlich gut bewacht ist. Da sind nur ein paar Studenten. Wenn sie uns in die Quere kommen, werde ich sie in Marmor verwandeln. Dann können wir sie später in unserem Park aufstellen. Schön sind sie ja, das muss man ihnen lassen."
„Bei allen Dämonen, Mutter, du hast Sinn für Humor", lachte Ulion teuflisch und rieb sich die Hände. „Dann brauchst du wohl noch etwas für die Duelle? An welche Art Zauber hast du eigentlich dabei gedacht?"
„Als du die kleine Kröte vorhin eingeschläfert hast, da ist mir eine großartige Idee gekommen. Wenn wir die verwirklichen können, brauchen wir überhaupt kein Duell. Dann siegen wir völlig gefahrlos und das auch noch mitten im Heiligen Wald", versprach die Böse und schaute Ulion geheimnisvoll an.
„Spann mich nicht auf die Folter, Mutter. Das halte ich nicht aus", nörgelte er. Ulion schätzte die Verschlagenheit seiner Mutter und war bis aufs Äußerste gespannt.
„Als du klein warst, da hat dir deine Kinderfrau doch öfter mal Märchen aus der Menschenwelt vorgelesen! Erinnerst du dich an die Geschichte von Dornröschen?"
„In dem dieser blödsinnige König nicht genügend goldene Teller hatte? Natürlich erinnere ich mich. Das ist doch aber totaler Quatsch. Was willst du damit?"
„Dieser König hat es genau wie Arindal gewagt, sich den Zorn einer mächtigen Fee zuzuziehen! Einer allgewaltigen Fee, so wie ich eine bin. Und genau wie sie werde ich mich an Arindal und seinen Getreuen rächen, indem ich sie

in ewigen Schlaf versetze."

„Ewiger Schlaf? Bei allen Dämonen, Mutter! Ich hatte tatsächlich unterschätzt, wie durchtrieben du bist. Ich liebe diese Idee! Alle schlafenzulegen, während sie ihre Zauberstäbe wetzen und auf einen Zweikampf warten, wäre überraschend wirkungsvoll und noch dazu so ‚sauber'! Und gewiss funktioniert das auch im Heiligen Wald!"

„Du siehst, das Einfachste ist doch manchmal das Effektivste, und da der Spruch einer Fee nicht aufgehoben, sondern höchstens abgemildert werden kann, sind wir sie danach für immer los. Denn außer uns beiden wird es keinen mehr geben, der das tun könnte. Danach schaffen wir den ganzen Pöbel auf Arindals Burg, wo sie bis in alle Ewigkeit herumliegen können!"

„Wunderbar ausgedacht, Mutter! Aber da ist doch etwas, das mir Sorgen macht! Mit welchem Zauber willst du das erreichen? Mein Spruch von vorhin wäre dazu viel zu schwach!"

„Der Spruch allein schon, aber wenn wir dazu eine gehörige Portion Schlafsand verstreuen, sind wir unschlagbar. Ich bin sicher, dass Chrysius immer einen Vorrat davon in seinem Gewölbe hat. Er bezieht ihn von den Peris, die ihn alle sieben Jahre, wenn die Sterne richtig stehen, aus einer geheimen Stelle der Sandwüste Thar holen und durch ein kompliziertes Ritual zu Schlafsand verwandeln."

Ulion schob sich mit großem Behagen eine Beere in den Mund. So zufrieden war er schon lange nicht mehr. Er lehnte sich zurück und schaute Flora an.

„Wie wäre es, wenn wir jetzt, wo der kleine Mistkäfer so schön schläft, einen Ausflug nach Zaâmendra machen und den Schlafsand holen, Mutter? Heute ist ein schöner Tag zum Fliegen."

Er warf Ydraca ein ganzes Elfenbrot zu, das diese geschickt auffing und ganz nach Schlangenart komplett hinunterwürgte. Als nächstes erhob er seinen Zauberstab. Er zeichnete damit ein magisches Symbol in die Luft, worauf sich ihre prächtige Kleidung in die Kluft einfacher Elfenstudenten verwandelte.

32
Familiengeheimnisse

Die Nebelkrähen spürten die Dringlichkeit ihres Fluges und bewegten sich schnell und sicher durch die Nacht. Ihre kräftigen Flügelschläge ließen den Nachtwind um die Köpfe ihrer müden Passagiere wehen.
Lilly klammerte sich mit einem glückseligen Gesichtsausdruck an Alrick, während sich Oskar und Till gegen den Wind nach vorn beugten und die vorbeiziehende Landschaft betrachteten. Gertrude saß vor Meldiriel, der sie um einen Kopf überragte und sich genauso mühelos auf dem Vogel hielt wie Alrick. Sie hatten Zack so fest zwischen sich genommen, dass man ihn, tief ins Gefieder gekuschelt, kaum noch sah.
Außer Alrick und Meldiriel war bislang keiner von ihnen im Heiligen Wald gewesen. Sie hatten ihn lediglich am Rande gestreift und staunten nun über dessen beachtliche Größe und Undurchdringlichkeit, die er im diffusen Mondlicht offenbarte.
Als sie so eine beträchtliche Stecke hinter sich gebracht hatten, zeigte Meldiriel auf ein glitzerndes Band, das sich zwischen den Baumgiganten entlangschlängelte.
„Das ist der Bach, dem Alrick und ich zum Weltenbaum gefolgt sind. Es ist nicht mehr weit", rief er den anderen zu. „Ich höre schon den wunderbaren Singsang eines Reigens. Ich glaube, sie erwarten uns mit einem Fest."
‚Den wunderbaren Singsang eines Reigens!', dachte Oskar und äffte Meldiriel insgeheim nach. ‚Für mich klingt das eher wie das Brummen von ‚nem Föhn.'
Wie immer hatte er vergessen, dass der Elf ihn hören konnte, aber zum Glück lachte er nur, während Alrick ihm telepathisch antwortete.
‚Halt dich lieber zurück, Brüderchen. Dort unten können dich alle möglichen Leute hören. Also hüte deine Gedanken, solange du es nicht richtig kanalisieren kannst', erklärte der Elf, und Oskar nahm wahr, dass er dabei zufrieden grinste.
‚Und warum nennst du mich jetzt Brüderchen?'
‚Weil du in nicht allzu ferner Zukunft hoffentlich mein Schwager wirst! Wenn wir Elfen uns verlieben, dann nämlich für immer.'
‚Grundgütiger', dachte Oskar, und diesmal blieb die Antwort aus.
Sie hatten sich ihrem Ziel nun so weit genähert, dass man die Lichtung und den See von oben erkennen konnte. Oskar strengte Augen und Ohren an.

Ein geheimnisvoller Schimmer lag über diesem Ort, und auf einmal vernahm auch er den lieblichen Gesang, der ihn regelrecht in Bann zog, sodass er völlig hingerissen lauschte. Plötzlich wusste er, wie Sagen entstanden, die über heldenhafte Ritter erzählten, die vom Gesang und Tanz der Feen und Elfen in Reiche gelockt wurden, aus denen sie nie mehr entkamen.

Während Oskar seinen Gedanken folgte, landeten die Krähen in der Nähe des Wassers. Sie stiegen ab und sofort eilten einige hilfsbereite Elfen herbei. Sie strichen ihre Kleidung glatt, schulterten ihre Rucksäcke und folgten den Fackelträgern auf die Lichtung, wo sich ihnen ein sagenhafter Anblick präsentierte.
Der neu angelegte Tanzplatz wurde von glitzernden Steinen gesäumt, auf denen magische Laternen standen. In den Zweigen hingen bunte Lampions und erfüllten den Himmel über ihnen mit magischem Licht. Die Zwerge waren in helles Leder gekleidet, während die Feen und Elfen festliche Gewänder trugen und Kränze aus phosphoreszierenden Blüten in den Haaren hatten. Sie alle standen im Halbkreis beieinander und erwarteten sie.
Die Ankömmlinge waren sich einig, dass dies das zauberhafteste und beeindruckendste Ambiente war, das sie je gesehen hatten.
Das Allerschönste waren aber die Feen und Elfen selbst. Alrick flüsterte Lilly ihre Namen zu. Da waren Melusine und Esterelle, Maruna und Silvana aus Böhmen, Frau Holle, die Regentrude und Tibana natürlich. Die Elfenritter standen zur Linken ihres Königs, während der greise Chrysius mit einem hochgewachsenen Feenfürst und vielen anderen zu seiner Rechten stand.
„Mae govannen, mellyn nín", ertönte es von allen Seiten, und die Gäste erwiderten den Gruß. Sie legten die rechte Hand auf ihr Herz und verbeugten sich gerade ehrerbietig vor dem König, als Bewegung zwischen die Wartenden kam. Aufgebracht und ungehörig drängten sich die Wichteleltern zwischen den Beinen der Elfen hindurch. Sie rannten, von Nelly, Tissy und Puck gefolgt, auf Meldiriel zu, der Zack auf seiner Schulter reiten ließ.
Der Elf setzt den Wichtelsprössling ab, und schon begann ein unglaubliches Gezeter. Der verlorene Sohn wurde nach allen Regeln der Kunst ausgeschimpft, geküsst, gescholten und in die Arme geschlossen. Die Wichtel verursachten so einen Tumult, dass Gertrude nach einer Weile genug davon hatte.
„Nun lasst es aber gut sein, ihr kleinen Leute. Ihr tut ja so, als käme Zack aus

der Wildnis zurück. Dabei hat er in meinem Haus gelebt, und dort ging es ihm wahrhaftig gut."
Die Wichtel ließen jäh von Zack ab und sahen die Sprecherin wütend an. Wer war die denn, dass sie hier das Wort ergriff? Eine Fee oder ein Menschenfrau? Mirla stemmte schon ihre kleinen Arme in die Hüfte, um loszuwettern, da entschärfte Zack die Situation. „Das ist die allerliebste Großmutter Gertrude, und sie kocht den besten Puffing der Welt", rief er.
Die Wichtel vergaßen ihre Wut und bedankten sich bei ihr. Dann verzogen sie sich schleunigst in Tibanas Reisekorb, wo sie, von allen unbemerkt, ihre Willkommenszeremonie fortsetzen konnten.
Der freundliche Empfang ging auch für alle anderen noch weiter. König Arindal hielt eine kurze Begrüßungsrede, in der er Allen Hoffnung machte, dass man Flora bald finden und zu ihrer Familie zurückführen würde, so wie gerade den winzigen Zack.
„Danke, dass ihr die Sorge mit uns teilt!", sagte Gertrude erleichtert, als ein gutaussehender Feër auf sie zugelaufen kam. Er blieb vor Gertrude stehen. Oskar hielt den Atem an.
‚Was bist du denn für einer und warum kommst du mir so seltsam bekannt vor?', dachte er und staunte nicht schlecht, als der Feër Gertrudes Gesicht in beide Hände nahm und sie liebevoll auf die Stirn küsste.
„Gertrude!", sagte Arayn voller Zärtlichkeit. „Wie schön, dich endlich halten zu können!"
„Vater!", schluchzte Gertrude, schmiegte sich in seine Arme und zeigte stolz auf Oskar und Lilly. „Das sind deine Urenkel!"
Da brach ein Jubel los, von dem man noch lange Zeit später erzählte. Es war, als wäre ein Damm gebrochen. Lilly und Till umarmten Arindal und stellten ihm und den Elfenrittern stolz Oskar vor. Tibana und Gertrude lagen sich gemeinsam mit Arayn in den Armen, und Alrick und Meldiriel klopften sich einmütig auf die Schultern.
Als sich alle etwas beruhigt hatten, ging Gertrude mit einem ungewohnt strahlenden Arayn an der Hand zu Lilly und Oskar hin.
„Ihr Lieben, nun begrüßt euren Urgroßvater Arayn", sagte Gertrude verschmitzt. Aber als sie ihm schüchtern die Hand reichen wollten, umarmte er sie einen nach dem anderen und gab ihnen dabei ein kräftiges Gefühl von Liebe und von Zugehörigkeit.
„Wie ist es möglich, dass sich das alles so vertraut anfühlt?", flüsterte Lilly glücklich.
„Das kommt daher, weil ihr in zwei Welten zu Hause seid!", erklärte Arayn.

„In euern Adern fließt auch Feenblut. Es verleiht euch besondere Fähigkeiten, wie zum Beispiel die Telepathie. Es war meine Stimme, die du gehört hast, Oskar."

„Das habe ich schon geschnallt!", grinste der. „Und ich habe von deiner Hochzeit geträumt, und Großmutter hat uns das Foto mit der Brosche gezeigt."

„Mann, ist das aufregend!", stammelte Lilly überwältigt, als Tibana kam und jeden von ihnen einen Becher kühlen Saft reichte. „Das müsst ihr uns schon noch genauer erklären. Omi, wieso hast du uns nichts davon gesagt? Nicht mal, nachdem wir das Elfenlicht gerettet hatten? Und was ist mit Mama und Papa, und was ist mit Till?"

„Kommt, ihr Lieben, lasst uns zu Arindals Pavillon gehen", sagte Tibana, die nun auch zu ihnen gekommen war. „Dort gibt es einen nächtlichen Imbiss und Antworten auf eure Fragen, wenn ihr nicht schon zu müde seid."

Aber die Müdigkeit war momentan wie weggeweht. Sie war einer Aufregung gewichen, die zumindest bei der Jugend auch den Hunger weckte. Und während Gertrude Arayn und Arindal Genaueres von Flora und Ulion berichtete, begann Tibana, sie über ihre Abstammung aufzuklären.

„Glaubt mir, es euch nicht zu sagen war keine Böswilligkeit. Ihr seid noch jung und die Entscheidung darüber oblag in erster Linie eurer Mutter, die es aber noch nicht einmal eurem Vater gesagt hat. Phillip ist ja der Bruder von Tills Vater, dementsprechend hat Till kein Feenblut, ihr aber schon."

„Krass!", stöhnte Lilly. „Also dann ist Omi eine halbe Fee, Mutti ist es zu einem Viertel und wir zu einem winzigen Achtel. Und sie hat es einfach nicht gesagt!"

„Stopp!", legte Oskar ein Veto für sie ein. „Hat sie nicht, aber ihr habt uns auch nichts von dem Elfenlicht gesagt, sondern uns mit Alricks Doppelgängerzauber ganz schön verarscht!"

„Stimmt! Aber fangen wir doch am Anfang an: Ich bin Arayns Schwester, was mich zu Gertrudes Tante und eurer Großtante macht. Ihr wisst ja, dass wir Feen anders altern und viel länger auf der Erde wandeln als die Menschen", fuhr Tibana geduldig fort.

„So ist es, meine Lieben! Also hört zu, bevor wir uns gegenseitig verurteilen!", fügte Gertrude, die sich nun zu ihnen gewandt hatte, milde hinzu. „Wie ihr inzwischen wisst, verliebte sich Arayn in eine Menschenfrau. Der Name meiner Mutter war Sophia. Er nahm sie 1940 zur Frau, und als ich bald darauf unterwegs war, kaufte er das Haus in der Sonneberger Straße und legte mit Hilfe der Dryaden den wunderbaren Garten an. Wir waren eine glückliche Familie. Aber dann wurde der Krieg immer schlimmer. Die Nazis überfielen nicht nur die ganze Welt, sie verfolgten auch Viele im eigenen Land. Menschen anderen Glaubens, anderer Hautfarben und auch Menschen mit Behinderungen. Was ihnen nicht passte, galt als entartet. Ihr habt es doch in der Schule gelernt."

„Das war eine furchtbare Zeit!", fuhr Arayn fort, als er sah, wie aufgewühlt Gertrude war. „Nachbarn denunzierten Nachbarn, Lehrer die Eltern ihrer Schüler, Kollegen ihre Kollegen. Wir lebten ständig in der Angst, dass jemand meine Andersartigkeit bemerken könnte und wir angezeigt werden würden. Also legte ich einen Schutzzauber über unser Haus und floh mit meiner Familie durch das Tor nach Arwarah. Da Sophia nicht ins Landesinnere ziehen wollte, lebten wir alle in Tibanas Haus und warteten darauf, dass dieser schreckliche Krieg vorüber ging. Dabei wurde Sophia krank vor Heimweh und wollte unbedingt zurück. Sie bestand darauf, dass Gertrude die menschliche Schule besuchen müsse, und aus Liebe willigte ich ein. Saalfeld war vielleicht das Richtige für die beiden, aber leider nicht mehr für mich! Es hatte sich dort so viel verändert, dass ich mich fremd und ausgestoßen fühlte. Also sorgte ich dafür, dass es Sophia und Gertrude an nichts fehlte und pendelte von da an zwischen den Welten hin und her. Wir konnten einfach nicht voneinander lassen! Das war eine anstrengende Zeit, in der wir Freunde und Nachbarn belogen. So viele Lügen, so viele Lügen ...", sagte er traurig und trank einen Schluck Wein. „Sophia starb, kaum dass Gertrude erwachsen war. Ich wollte sie mit nach Arwarah nehmen, aber auch sie hatte ihr Herz an einen Menschen verschenkt. 1968 heiratete sie euren Großvater Harry. Er war ein guter Mann, aber von Feen und Elfen wollte er nichts wissen. Also gab ich schweren Herzens auf und zog nach Irland, um beim weisen Volk in den Sidhe zu leben."

„Aber nun bist du zum Glück wieder da!", sagte Gertrude und drückte die Hand ihres Vaters. „Und den Rest der Geschichte kennt ihr ja schon. Es scheint, als ob sie sich ständig wiederholt. Nachdem ich mein Studium fertig hatte, bekamen wir Lucie. Da mein Mann aber nichts von Arwarah wissen wollte, sagte ich Lucie auch nichts. Ich versteckte mein Feensein mit Tibanas Hilfe, um einfach nur bei euch zu sein. Ich hatte einfach keine Gelegenheit, ihr die Wahrheit zu sagen und wieder eine Fee zu sein. Naja, und dann heiratete sie euren Vater, war überglücklich, und dann kamt ihr."

„Jawohl! Dann kamen wir und dann Till, der uns ganz ohne Feenblut als

Sonntagskind so richtig gezeigt hat, wo es lang geht!", sagte Lilly.

„Ja, Bro, du hast uns aus dem Tal der Ahnungslosen befreit! Auch wenn's bei mir etwas spät kam!", brummte Oskar und gähnte herzlich.

„Magie offenbart sich eben auf unterschiedliche Weise und das Leben dreht sich im Kreis. Einer davon hat sich gerade geschlossen, wenn man erkennt, dass uns der tragische Tod von Phillips Bruder und seiner Frau letztlich heute hier zusammengeführt hat", sagte Gertrude leise.

„Ja, und das waren genug Erkenntnisse und Neues für eine Nacht. Lasst uns zu den anderen gehen und die, die nicht mehr bei uns weilen, durch einen Tanz ehren! Wir haben allen Grund zur Freude!", meinte Arayn gut aufgelegt und reichte Gertrude seine Hand. „Darf ich um diesen Tanz bitten, Tochter?"

Die Jugend folgte ihnen und legte sich beim Tanzplatz erschöpft ins weiche Gras. Sie beobachteten Gertrude und Arayn, die sich leichtfüßig zu den Tänzern gesellten, welche zuerst paarweise rund um den Tanzplatz schritten, um sich danach in zauberhaften Formationen zu verbinden oder wieder zu trennen.

Dabei schliefen sie nach und nach alle ein. Zuerst Oskar, dann Till und zuletzt Lilly in Alricks Armen, der gar nicht aufhören konnte, sie zu küssen.

33
Das Gewölbe der Kostbarkeiten

Mühelos trug die Schlange Ulion und Farzanah zum Stadtrand von Zaâmendra, von wo aus sie den restlichen Weg zur Universität zu Fuß gingen.
Ulion pfiff leise vor sich hin. Ein gut geplanter Schachzug gegen den König versetzte sie beide in gute Stimmung. Ihre Maskierung als Studenten war perfekt.
Sie liefen zielgerichtet zum Eingangstor, wo sie auf die jungen Elfen trafen, die das Gelände scheinbar im Auge behalten sollten.
„Mae govannen!", grüßten sie höflich. „Die Universität ist leider vorübergehend geschlossen. Woher kommt ihr, dass ihr das nicht wisst?"
„Mae govannen! Das wissen wir doch", erwiderte Farzanah freundlich. „Wir wollen zu Chrysius, dem Gelehrten. Wir haben eine Nachricht für ihn."
„Es tut uns leid! Er ist nicht hier."
„Oh! Wisst ihr vielleicht, wo wir ihn finden? Es ist dringend!", fragte Farzanah rein rhetorisch, denn sie wusste ja genau, wo er war.
„Nein, tut uns leid! Das wissen wir nicht. Auch nicht, wann er wieder zurück sein wird!"
„Schade! So erlaubt uns wenigstens eine kurze Rast im Park, bevor wir weiterziehen."
„Gern! Ruht euch aus und erfrischt euch an der Quelle", antwortete der Sprecher mit einer einladenden Handbewegung und wandte seine Aufmerksamkeit dann wieder den Handwerkern zu, die gerade eine restaurierte Statue auf den Brunnen des Campus hoben.
Ulion und Farzanah liefen eilig durch den Park zu einer kleinen Pforte, die zu Chrysius Garten führte. Dort konnte man weder vom Tor noch vom Campus aus gesehen werden. Die Böse zückte ihren Zauberstab und öffnete eines der hohen, ebenerdigen Fenster zur öffentlichen Bibliothek.
„Um mir den Zugang zu verwehren, musst du dich schon etwas mehr anstrengen, du alter Zausel", lachte Farzanah zynisch und trat ein.
„Wohin jetzt, Mutter? Erinnerst du dich nicht mehr an den Weg? Wir sollten uns beeilen."
„Die Gewölbe sind für Studenten nicht frei zugänglich", erklärte Farzanah böse lächelnd und schwelgte sekundenlang in Erinnerungen an ihre Studienzeit. „Aber das galt natürlich nicht für mich. Folge mir!", forderte sie Ulion auf

und lief schnellen Schrittes durch den Gang, wobei sie ab und zu in die Hände klatschte, um die magischen Lampen einzuschalten.
Sie erreichten die Treppe und stiegen so weit hinab, bis sie vor dem eisenbeschlagenen Holztor standen, das mit elfischen Symbolen verziert war und weder Klinke noch Schloss hatte, weil es ausschließlich von Chrysius mit dem Spruch der Wächter geöffnet werden konnte.
„Bei allen Dämonen, Mutter! Ich spüre hier einen unüberwindbaren magischen Schutz. Wie können wir den denn umgehen?"
Farzanah zog lächelnd die Augenbrauen hoch. Solche Herausforderungen waren ganz nach ihrem Geschmack.
„Mein Lieber, wo eine verschlossene Tür ist, gibt es auch einen, der sie bersten lässt. Tritt zur Seite!", befahl sie und entnahm dem kleinen Beutel, den sie stets am Gürtel trug, ein Glas. Es beinhaltete ein weißes Pulver, das sie an der Tür entlang auf dem Boden streute und dann mittels ihres Zauberstabes so aufwirbelte, dass es sich überall auf der Tür verteilte. Dann trat sie einen Schritt zurück, schloss die Augen in höchster Konzentration und richtete ihre geöffneten Handflächen auf die Tür. Ihre Haut wurde zusehends fahler, ihre Gesichtszüge erstarrten und wirkten eingefallen. Alles Leben schien sich in ihren Handflächen zu sammeln, bis darauf zwei giftgrüne Flammen aufloderten.
Farzanah wölbte ihre Hände zu einer Schale und blies hinein, sodass die Flammen in unzählige giftgrüne Funken zerfielen, die umherwirbelten und das weiße Pulver überall entzündeten. Im Bruchteil einer Sekunde verging das Tor im magischen Feuer, ohne dass es die geringste Hitze verbreitete. Zuerst verblasste es, dann wurde es durchscheinend, und auf einmal war es gar nicht mehr da.
Farzanah ließ erschöpft die Arme sinken und öffnete die Augen mit einem erlösenden Atemzug. Der Zugang zum Gewölbe war frei.
„Das war imponierend, Mutter!", sagte Ulion und so etwas wie Stolz regte sich in ihm. Er wusste, wie viel Energie, Kompetenz und Macht man für so einen schwierigen Zauber brauchte.
Farzanah fühlte sich geschmeichelt. „Nicht die eleganteste Art", meinte sie trocken. „Aber dafür recht effizient."
„Genau, und ehrlich gesagt glaube ich nicht, dass wir den Zauber der Tür auf andere Art gebrochen hätten!"
„Nein!", gab die Dunkle zu und musste plötzlich lachen. „Fast schade, dass sie es nie bemerken werden. Ich gäbe was dafür, ihre dummen Gesichter zu sehen."

„Richtig!", stimmte Ulion in das Gelächter ein. „Aber leider schlafen sie dann schon!"

Nun galt es, vom Korridor aus den Weg durch die verwinkelten Gänge bis zum Gewölbe zu finden. Da sie ihn nicht kannten, liefen sie einfach drauflos und markierten die jeweils abgesuchte Strecke mit Hilfe ihrer Zauberstäbe. Sie passierten viele Kammern mit Pflanzen, Mineralien und Heilmitteln und erkannten die geschützte Bibliothek an ihrem komplizierten Uhrwerkschloss. Sie liefen daran vorbei und standen eine Gabelung weiter plötzlich vor der richtigen Tür.

Farzanah verbeugte sich mit einer eleganten Handbewegung und imitierte die Stimme eines Feengrottenführers, die sie früher oft gehört hatte, wenn sie das Tor hinter der Gralsburg benutzte.

„Sehr geehrte Damen und Herren, wir sind nun am beeindruckendsten Schaustück unter Tage angelangt. Sehen sie hier den Eingang zum Gewölbe mit den erlesensten magischen Gegenständen."

Ulion lächelte spöttisch, aber dennoch gefiel es ihm, wie seine Mutter die schwierige Situation meisterte. Er legte eine Hand prüfend auf das Tor.

„Es hat ein gewöhnliches Schloss und sein Schutzzauber ist von eher schwächerer Natur!", stellte er verwundert fest.

„Tja, typisch für den Alten! Er verwahrt das Wissen besser als die magischen Gegenstände, weil er weiß, dass Wissen Macht bedeutet. Deswegen haben die Uralten ja auch dieses verdammte Zepter gebaut."

„Außerdem verlässt er sich natürlich auf den Schutz des Haupteingangs, den es ja nun nicht mehr gibt", meinte Ulion und zückte seinen Zauberstab. Er trat näher an die uralte Tür und berührte damit das Holz, die eisernen Scharniere, die Klinke und das Schloss. Dann zeichnete er ein Symbol in die Luft und rief in der alten Sprache der Feen und Elfen: *„Mahyr wilhwaár salen chamer!* Ich befehle dir, lass mich hinein!"

Die Tür wurde in ihren Angeln erschüttert, sie bebte und zitterte, aber das Schloss hielt fest. Ulion zog die Augenbrauen zusammen und holte tief Luft. Er versuchte es noch einmal und hatte wieder keinen Erfolg. Heiße Wut stieg in ihm auf. Seine Augen funkelten und seine Faust umklammerte den Stab. Er wollte diese Tür unbedingt öffnen und beweisen, dass er seiner Mutter würdig war! *„Mahyr wilhwaár salen chamer!"*, rief er zum dritten Mal mit donnernder Stimme. ‚Geh auf du verdammte Scheißtür!', fügte er in Gedanken hinzu und trat kräftig mit dem Fuß dagegen. Da zitterte die Tür im letzten Aufbegehren und sprang auf.

Farzanah hasste Ulions Wutausbrüche, aber sie war sich auch bewusst, dass er sein unkontrollierbares Naturell nicht von seinem Vater geerbt hatte. Ohne ein Wort schob sie ihn zur Seite und trat in das Gewölbe ein. Mit einem Klatschen entzündete sie die magischen Lichter und schaute sich in deren Schein suchend um.

Der Raum war mit hohen Regalen ausgestattet, die vom Boden bis zur Decke mit Gegenständen gefüllt waren. Kein noch so kleiner Winkel war ungenutzt.

„Bei allen Dämonen!", fluchte Farzanah. „Der alte Zausel war echt fleißig. Wo fangen wir denn da zu suchen an? Und noch dazu bei diesem schlechten Licht."

„Das kommt davon, wenn man nachsichtig ist. Wir hätten Chrysius an seinem Bart hierher schleifen sollen", wetterte Ulion und schwang seinen Zauberstab, um mehr Licht zu zaubern. Dabei stieß er an ein Gefäß, das zu Boden fiel und zerbrach.

„Pass doch auf, du Tölpel", zischte Farzanah, aber da flatterten schon hunderte funkelnde Irrlichter aus den Scherben hervor und verteilten sich kichernd im ganzen Raum.

„Meckere nicht rum, man sieht doch viel besser so!", fauchte Ulion zurück. „Du gehst hier entlang und ich dort."

Sie teilten die Regale unter sich auf und untersuchten jedes Gefäß, das sich zur Aufbewahrung von Schlafsand eignete. Leider waren die meisten in fremden Sprachen beschriftet, sodass sie gezwungen waren, hineinzusehen. Das kostete natürlich Zeit, und Ulion wurde zusehends missmutiger.

„Bist du sicher, dass er den Schlafsand hier aufbewahrt, Mutter?", fragte er, und seine Stimme bekam wieder diesen beißenden Unterton. „Ich habe schon alles dreimal umgedreht, und es bleibt nur noch dieses Säckchen hier, das ich nicht aufbekomme!"

Er reichte ihr einen kleinen, mit Perlen bestickten Beutel, dessen Muster an die Ornamente auf dem fliegenden Teppich erinnerte.

„Ja, mein Sohn! Das muss er sein", rief die Dunkle erfreut und versuchte aufgeregt, die komplizierten Knoten im Verschlussband zu lösen.

„So beeile dich doch! Mit deinen langen Fingernägeln kann es doch nicht so schwer sein!", rief Ulion, ungeduldig auf und ab laufend, wobei er die Irrlichter fuchtelnd verscheuchte. „Wozu verschließt man diesen Kinderkram denn gar so fest!"

„Todähnlicher Kinderkram, solltest du sagen, wenn man es nicht wie das Sandmännchen macht!", antworte Farzanah, ohne aufzublicken.

Ein wohliger Schauer lief ihr den Rücken hinab, als sie an Dornröschen und den hundertjährigen Schlaf ihres gesamten Reiches dachte. Ein Glanzstück,

das sie weit zu übertreffen hoffte. „Haben wir hier erst die uneingeschränkte Macht, dann gehen wir, so oft wir wollen, in die Menschenwelt. Sie ist voller Reichtümer, und es gibt unzählige Möglichkeiten, Macht auszuüben und zu intrigieren", versprach die Böse, während sie an den Knoten herumnestelte.
Die Irrlichter kicherten und setzten sich auf Ulions Rücken. Sie hatten lange genug hier unten gelebt und gerade beschlossen, mit den Feen zu fliehen.
„Ihr teuflischen Mistviecher, bleibt mir gefälligst vom Leib!", herrschte er sie zornig an und riss Farzanah den Beutel aus der Hand. „Kreuzschwerenot, Mutter! Wie lange soll das denn noch dauern?" Farzanah wollte ihn festhalten, aber er zog seinen Dolch. „Hände weg!", schrie er und schnitt den Koten kurzerhand ab. Farzanah wich vor seinem Dolch zurück, den er mit einer großspurigen Geste zurück in die Scheide steckte. Dann zog er die Öffnung auseinander und schaute in den Beutel hinein. Er war prallvoll mit den feinsten schimmernden Sandkörnchen gefüllt, die man sich vorstellen kann. Das schlug seine Stimmung wieder ins Gegenteil um. „Sieh nur, Mutter, wir haben ihn gefunden! Den allerfeinsten Schlafsand, den es gibt. Damit lässt sich arbeiten!"
Aber noch schneller als die Fee eilten die neugierigen Irrlichter herbei. Was hatten sie da gehört? Schlafsand? Das mussten sie sehen! Sie flatterten von Ulions Rücken auf, und schwirrten aufdringlich um den Beutel herum. Wie das glitzerte! So schön, als hätte man den Schein der Sterne in jedem einzelnen Körnchen eingefangen. Sie gaugelten und zwitscherten so wild umher, dass sich einige von ihnen in Ulions dichtem Haar verfingen.
„Verzieht euch in irgendein dreckiges Moor, da könnt ihr herumwuseln!", schrie er ärgerlich und fuchtelte dabei mit den Händen, als ob er einen lästigen Schwarm Mücken vertreiben wollte. Und plötzlich ging alles ganz schnell! Farzanah stieß einen spitzen Schrei aus und sprang so weit wie möglich zurück, während die schlafenden Irrlichter wie Regentropfen zu Boden fielen. Ulion starrte sie erschrocken an, dann wurden seine Augen schwer. Er sackte auf die Knie und sank schlafend zu Boden, während er das halbleere Säckchen fest in der Hand behielt.
Aus Unachtsamkeit hatte er beim Vertreiben der Irrlichter eine kräftige Portion Schlafsand verteilt.
Farzanah konnte nicht fassen, was gerade geschehen war. Über Ulion gebeugt, jammerte und fluchte sie eine Weile, dann durchfuhr es sie wie ein Blitz.
‚Mein Plan!', dachte sie und fletschte die Zähne vor Wut. ‚Dann muss ich es eben allein tun, und ich habe keine Zeit zu verlieren.'
Sie wurde still und löste ganz vorsichtig den halbgefüllten Beutel aus Uli-

ons Hand. Das würde wohl noch genügen! Sie band die Schnur fest zu und legte den Beutel zusätzlich in ein gut verschließbares Kästchen, das sie aus dem Regal genommen und ausgeleert hatte. Geschafft. Nun widmete sie sich Ulion. Sie drehte ihn vorsichtig auf den Rücken und betrachtete sein entspanntes Gesicht. Wie schön er war! Aber wecken konnte sie ihn nicht.
„Unglücklicher!", flüsterte sie traurig und strich mit der Hand über sein Haar. „Nun ist dir widerfahren, was wir den anderen zugedacht haben, aber da kein Zauberspruch verwendet wurde, besteht vielleicht eine Chance, dich aufzuwecken. Ich werde dich mit Ydraca abholen und bis dahin oben auf Chrysius Diwan b...!"
„Betten" hatte sie sagen wollen, als sie aufgeregte Stimmen von der Treppe hörte. Sie hauchte Ulion einen Kuss auf die Wange und huschte lauschend hinaus. Jemand hatte entdeckt, dass die Tür auf wundersame Weise verschwunden war, und die Wächter geholt, die nun eilig den Gang zu den Gewölben entlangliefen. Farzanah berührte sich mit dem Zauberstab und drehte sich flüsternd dabei dreimal im Kreis. Mit jeder Umdrehung wurde sie durchsichtiger und war gänzlich unsichtbar, als die Elfen aufgeregt an ihr vorbei stürmten.

Die Universität ohne Ulion zu verlassen, stimmte sie wütend und traurig zugleich. Sie nannte ihn abwechselnd Liebling und fahrlässigen Deppen, während sie wieder sichtbar wurde und Ydraca zu sich rief.
Die Gefiederte zischte erstaunt, als sich Farzanah allein auf ihren Rücken schwang.
„Flieg schon los, du Mistvieh! Ulion kommt nicht. Wir müssen uns ganz neu aufstellen!"
Die Schlange hob ab, als die Fee derb an ihrem Zaumzeug riss und da sie ihr kein anderes Ziel nannte, flog sie zum Pavillon zurück.
Dort kroch das Untier eiligst in sein Nest, wo es sich erschöpft zusammenrollte. Die letzten Tage waren anstrengend gewesen, und Farzanahs andauernde schlechte Laune ging ihr aufs Gemüt.
Indessen stand die Fee völlig bewegungslos in der Mitte des Wohnraumes und starrte auf Ulions Platz, wo der silberne Dolch lag, den er aus der magischen Flöte gegossen hatte. Da hob die Dunkle ihren Kopf und straffte ihre Schultern.
„Ich werde alles zu unserem Besten tun, mein Sohn!", sagte sie mit einem Sei-

tenblick auf Flora, die noch immer schlafend vor der Wichtelkiste saß. „Doch augenblicklich ist genug getan! Los, Eins, Zwei, Drei! Bereitet mir ein Bad und bringt mir vor allem ein Glas Wein."
Als die Wichtel eilends ihrem Wunsch entsprachen, versteckte sie das Kästchen mit dem Sand. Dann entledigte sie sich ihrer Kleider und glitt in das duftende Bad.
„Nachdenken! Ich muss nachdenken", flüsterte sie und machte ihre Augen zu. Die Wichtel sorgten dafür, dass das Wasser nicht kalt wurde und die Fee fiel allmählich in einen tiefen Schlaf. Mit Flora geschah derweil das genaue Gegenteil. Sie reckte und streckte sich, wurde hellwach und fühlte sich sehr ausgeruht und da die Wichtel keine Zeit für sie zum Spielen hatten, begann sie laut zu singen.
Sie dachte so fest sie konnte an ihre Lieben und sang, was ihr gerade einfiel: Kinderlieder, Frühlingslieder, ein paar Weihnachtslieder und Abzählreime. Ihr klarer inbrünstiger Gesang stieg wie ein Schwarm Schmetterlinge in die Luft empor, wo ihn der Wind aus den Bergen erfasste und zu Frau Holle trug. Den Mächten sei Dank!

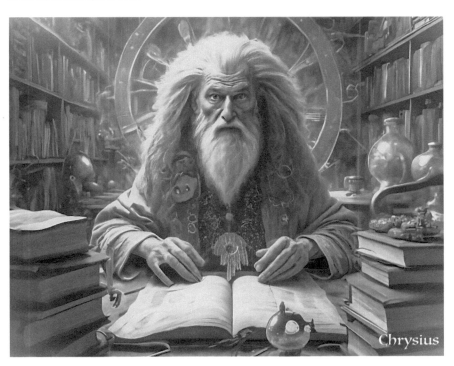

34
Eine Anzahl magischer Knobelaufgaben

Am Morgen nach ihrer Ankunft saßen Meldiriel, Oskar und Till zusammen unter einem Baum im Gras und plauderten, während Alrick und Lilly mal wieder verschwunden waren. Die jungen Männer beobachteten die Wichtelkinder beim Verstecken spielen und amüsierten sich köstlich dabei, bis Frau Holle auf einmal aufgeregt zu ihnen trat. Sie standen eiligst auf, um die Fee angemessen zu begrüßen.

„*Mae govannen*, liebe Freunde!", grüßte sie über ihren Eifer lächelnd. „Der Wind aus den Bergen brachte mir eine gute Nachricht für euch."

„*Mae govannen*, Frau Holle!"

„Ja! *Mae govannen!* Wie hat er das denn gemacht?", brummte Oskar und schaute sie erwartungsvoll an.

„Er hat mir Floras heitere Lieder zugetragen! Ja, ihr hört richtig, sie ist bei Farzanah, aber sie ist wohlauf und singt. Das würde sie nicht tun, wenn sie leidend wäre, nicht wahr?"

„Nein, vermutlich nicht", bestätigte Till.

„Wir werden es Großmutter sagen!", rief Oskar und schon liefen sie eilig zum Pavillon, wo sie auf den König, die Ritter und Arayn trafen, die zusammensaßen und eifrig diskutierten.

„Entschuldigt, dass wir stören", sagte Meldiriel. „Wir suchen Gertrude. Frau Holle hat Flora singen hören und wir denken, es geht ihr den Umständen entsprechend gut!"

„Dann ist eure Botschaft besser als die unsere", sagte Arindal und legte wohlwollend eine Hand auf Mels Schulter. „Sie ist bei Chrysius und Tibana."

„Was ist denn passiert?", fragte Oskar Arayn verlegen.

„Geniere dich nicht, mich anzusprechen, Enkelsohn!", sagte Arayn ungewohnt sanft. „Man hat uns kontaktiert, weil zwei Studenten in die geheimen Gewölbe der Universität eingebrochen sind. Einer der Täter ist entkommen und einer scheint tot zu sein. Wir befürchten, dass es sich um Farzanah und ihren Sohn handeln könnte."

„Wenn ihr mir eine Krähe anvertraut, dann schaue ich nach", bot sich Meldiriel an, aber Arindal schüttelte den Kopf.

„Auf den ersten Blick scheint nichts zu fehlen und die Bibliothek ist unversehrt. Wir brauchen euch alle hier. Ich spüre, dass die Zeit drängt, und es gibt noch einiges zu tun. Bitte sagt meinem Bruder, er soll zu jeder Zeit bereit sein, die Dunkle vor den Weltenbaum zu führen, um sie dort so lange festzuhalten, bis wir das Zepter vervollständigt haben und der Weltenbaum das Urteil spricht!"
„Das machen wir. Was können wir sonst noch tun?"
„Fragt Tibana. Arayn und ich fliegen jetzt, um das Elfenlicht aus seinem Versteck zu holen. Wir sind bald zurück!"

„Dann suchen wir mal das Liebespaar", grinste Oskar. „Hat jemand einen Schimmer, wo sie sind?"
„Sie sind am See, dort wo der Zufluss ist", antwortete Meldiriel ernst.
„Und woher weißt du das?"
„Ich habe sie gehört", grinste er Oskar an, der nicht wusste, ob er gerade veräppelt wurde.
„Haha! Na los! Gehen wir hin."
Wie Meldiriel gesagt hatte, saßen Alrick und Lilly eng beieinander an einen Baum gelehnt und plauderten. Unter anderem vertraute Lilly Alrick an, wie mies sie sich wegen Sophie fühlte, die so in Ulion verliebt war und nun mit ihrem Kummer ganz allein war.
„Du hast so ein gutes Herz!" Alrick lächelte sie verliebt an und gab ihr einen Kuss. „Und weißt du was? Wir werden Sophie von hier aus helfen!"
„Wie denn?"
„Wir bitten Tibana, ihr Träume zu senden. Träume des Vergessens und Träume, um Mut und Hoffnung zu empfangen."
„Sowas gibt's? Und sowas kann sie tun?"
„Beim allmächtigen Feenzauber! Ist es nicht das, was Feen seit Jahrhunderten für die Menschen tun?"
„He, ihr Turteltäubchen!", neckte Till, als sie die beiden erreicht hatten. „Es gibt gleich mehrere Neuigkeiten! Erstens scheint es so, als ob Farzanah mit Ulion in die Universität eingebrochen ist und vielleicht ist der jetzt tot."
„Gütiger! Was haben sie denn dort gewollt?"
„Das wissen wir noch nicht", sagte Meldiriel.
„Und zweitens müssen wir zu Omi, weil der Wind aus den Bergen Frau Holle gesagt hat, dass Flora fröhlich singt und es ihr gut geht", ergänzte Oskar trocken.
„What?", rief Lilly und zog überrascht die Brauen hoch.

„Ja, verrückte Sache! So ähnlich habe ich auch reagiert", fuhr Oskar fort. „Aber Mel hat mir erklärt, dass Frau Holle über die Jahreszeiten gebietet und da gehört der Wind eben auch dazu!"
„Okay! Ist auch egal, solange es nur stimmt."
„Und Alrick, dir sollen wir von Arindal sagen, dass du dich jetzt immer bereithalten sollst. Er denkt, es dauert nicht mehr lange, bis Farzanah vorm Gespensterbaum aufkreuzt!"
„Dem was?"
„Hör nicht auf den Hirni! Er spricht vom Weltenbaum und dass du die Dunkle dort so lange wie nötig festhalten sollst. Das weißt du doch längst."
„Schon, aber ich wünschte, ich könnte mich davor drücken! Geht ihr mal allein zu Gertrude. Ich werde mit Lilly nochmal Flöte üben."
„Mach dich nicht verrückt, Alrick. Dein Flötenzauber ist doch perfekt", tröstete Meldiriel. „Es weiß keiner, was passieren wird, wenn Farzanah hier auftaucht. Und wenn das Zepter zusammengebaut ist, dann hast du keine Flöte."
„Und was machen wir?", fragte Oskar, dem ehrlich gesagt langweilig war.
„Wir gehen zu Omi und wenn sie uns nicht braucht, können wir eine Runde durchs Lager machen", schlug Till schulterzuckend vor.
„Gute Idee. Vielleicht könnten wir den Gespensterbaum besuchen!"
„Die Steineiche ist ein sehr altes Heiligtum", erklärte Meldiriel ernst. „Damit treibt man keine Blasphemie! Du musst sie respektieren."
„Schon klar, sorry. War echt nicht böse gemeint!", antwortete Oskar aufrichtig, und dann schlenderten sie zurück.

Tibana, Chrysius und Gertrude saßen beim ‚Tischlein deck dich' und waren so in ihre Studien vertieft, dass sie die drei nicht kommen sahen.
„*Mae govannen*, Oma, Tibana und Chrysius!", sagten sie, wobei ihnen das ‚Oma' nicht so leicht von den Lippen ging, denn vor ihnen saß ja eine viel jüngere Gertrude. „*Mae govannen*, junge Leute! Setzt euch doch!", antwortete Tibana, und schon kamen drei Stühle herbeigeschwebt. „Was führt euch zu uns?"
„Frau Holle lässt ausrichten, dass es Flora gut geht. Sie sagt, sie hat sie in Farzanahs Lager singen hören!"
„Das ist ja eine wunderbare Nachricht!", rief Gertrude.
„Dann hat die Dunkle ihren Aufenthaltsort nicht geändert, seit die Wichtel mit dem fliegenden Teppich bei ihr waren", fügte Tibana froh hinzu und

erzählte von dem wichteligen Abenteuer.

„Echt krass von den Kleinen!", lobte Oskar anerkennend. „Sagt mal, können wir nicht auch was Nützliches tun? Uns fällt nämlich die Decke, äh, die Zweige, auf den Kopf. Wie wäre es mit Schwertkampf oder Bogenschießen üben? Irgendwas, um später nützlich zu sein!"

„Dann hältst du Schwertkampf für nützlich, junger Oskar?", fragte Chrysius schmunzelnd.

Oskar sah ihn zweifelnd an. „Ist das jetzt eine Fangfrage, oder was? Ich dachte nur, falls wir uns zur Wehr setzen müssen."

„Ja, und im Prinzip hast du auch recht, mein junger Freund! Aber die Mächte dieses Ortes verbieten Waffen, und darum brauchen wir andere Hilfe, um die richtige Magie zu finden."

„Dann seid ihr mit dem Basisteil schon weitergekommen?", fragte Meldiriel und zeigte auf den Tisch, in dessen Mitte das Kästchen mit Gertrudes Brosche stand.

„Als ihr kamt, waren wir gerade im Begriff, es uns anzusehen", erwiderte Gertrude beim Öffnen und schaute versonnen auf die kostbare Blütenbrosche, die auf grünem Samt lag und silbern und blau funkelte. „Ich habe dieses Schmuckstück von meiner Mutter Sophia geerbt. Sie sagte mir, dass die Blüte voller Magie sei, die ihrem Besitzer und seiner Familie Wohlstand, Glück und Frieden schenkt."

„Wie wunderbar!", sagte Tibana erfreut. „Sie birgt einen uralten Haussegen in sich. So etwas Kostbares habe selbst ich noch nicht gesehen."

„Die Brosche und das schillernde Tuch waren Mutters persönliche Geschenke an mich und ich kann nur sagen: Ihr Zauber hat sich in unserem Zuhause erfüllt! Leider habe ich die Verbindung zum Dreieinigen Zepter nicht erkannt. Obwohl ..."

„Obwohl es offensichtlich keine Möglichkeit gibt, die Brosche mit der Flöte zu verbinden!", vervollständigte Till Gertrudes Satz.

„Vergleichen wir sie mit den Zeichnungen", schlug Chrysius vor und zog die Abbildung des Zepters aus einem Stapel von Schriftstücken heraus. „Seht es euch an! Ohne den Edelstein in der Mitte, wäre die Blüte identisch."

„Könnte es sein, dass es mehrere magische Broschen gab?", fragte Oskar.

„Mehrere wohl nicht, aber es reichen ja schon zwei, um eine Falsche zu haben, capito?" Till machte eine Handbewegung, die seine Unsicherheit ausdrücken sollte. „Schließlich haben wir der Dunklen ja auch eine falsche Flöte untergejubelt!"

Oskar und Meldiriel nickten. Da hatte Till eindeutig recht.

„Es muss doch eine Möglichkeit geben, herauszufinden, ob dies das echte Teil ist", hoffte Tibana. „Was meinst du, Chrysius?"
„Natürlich, liebste Freundin. Das ist überhaupt keine große Sache." Sein mildes Lächeln wurde breiter, als er den jungen Männern das kostbare Stück entgegenhielt. „Bringt es den Zwergen! Sie mögen schauen, ob man den Stein gefahrlos entfernen kann. Vielleicht diente er nur dazu, das Basisstück unkenntlich zu machen. Wenn es gelingt, kommt ihr mit Alrick und der Flöte zurück. Dann werden wir sehen, ob die Teile zusammenpassen!"
Till legte die große Blüte in das Kästchen zurück und ging mit den anderen zum äußersten Zipfel des Feldlagers, wo sich die Zwerge eingerichtet hatten.
‚Oh Mann, wenn mir vor ein paar Wochen jemand gesagt hätte, dass ich bald mit einer magischen Brosche über eine Lichtung mit einem Gespensterbaum zu den Zwergen latschen würde, dann hätte ich den für komplett meschugge erklärt', dachte Oskar beim Gehen und erntete prompt ein herzliches Lachen von Alrick im Kopf. ‚Halte dich gefälligst aus meiner Birne raus', forderte Oskar energisch, aber das Lachen nahm eher noch zu und er hatte das unbestimmte Gefühl, dass Mel auch komisch grinste. ‚Ach, egal!', dachte er und musste selbst lachen. ‚Dann kann ich dir auch gleich aus der Ferne verklickern, dass du mit Lilly zu Ömchen und den andern kommen sollst, wenn wir von den Zwergen zurückkommen. Wir wollen sehen, ob die Brosche zu deiner Flöte passt!'
‚Machen wir, klar', antwortete Alrick entspannt und kitzelte Lilly, die neben ihm lag, mit einem Grashalm an der Nase, bevor er ihr einen zärtlichen Kuss gab.
Oskar schüttelte sich. Irgendwie hatte er etwas von der Zuneigung gespürt, die Alrick für Lilly empfand. Das war komisch, und er nahm sich vor, Tibana so bald als möglich um Unterricht für den richtigen Umgang mit der Telepathie zu bitten.

Die Lichtung war groß, aber die jungen Männer liefen schnell und hatten bald das Lager der Zwerge erreicht. Neugierig betrachteten sie die mobile Schmiede und merkten nicht, dass sie dabei auch selbst gemustert wurden.
„Niemand da", stellte Till fest.
„Doch! Natürlich, ich höre sie doch!", widersprach Meldiriel. „Sie sind im Wald."
Till und Oskar grinsten sich an. „Er hört sie, was sonst?", flüsterte Till, wor-

auf Oskar mit den Schultern zuckte. Sie stiefelten um die Schmiede herum und standen plötzlich vor Dori und Fili Eisenbeiß. Oskar und Till schnappten nach Luft, als sie die Zwerge in ihrem Lederoutfit mit den großen, gekreuzten Äxten auf dem Rücken sahen. Meldiriel grinste sich eins. Er hatte geahnt, dass die Zwillinge wieder mit einem großen Auftritt aufwarten würden.
„*Mae govannen*", grüßte Till, wobei sich seine Nackenhärchen aufstellten, weil er an den bösen Zwerg Huckeduûster Grindelwarz denken musste. „Chrysius schickt uns!"
„Um was zu tun?", donnerte Dori forsch, während seine Bartspitzen vor verhaltenem Lachen zitterten.
„Um euch zu bitten, den Edelstein aus der Mitte der Brosche zu entfernen, ohne, dass sie Schaden nimmt."
Till reichte ihm das Kästchen und trat vorsichtshalber einen Schritt zurück. Mit ihren blitzenden Augen und den geflochtenen Bärten sahen die Zwerge echt filmreif aus. Noch dazu trugen sie verbotene Waffen im heiligen Wald. Da konnten die Eisenbeiß-Zwillinge ihre grimmige Fassade nicht länger aufrechterhalten und fingen laut und herzhaft zu lachen an.
„Entschuldigt! Es war zu verführerisch euch zu veräppeln!", feixten sie und polterten in die Schmiede hinein. „Kommt mit! Wir waren im Wald, um Holz zu hacken."
Sie hängten die Äxte an die Haken, und während Dori das Schmiedefeuer schürte, nahm Fili die Brosche und betrachtete sie von allen Seiten.
„Was denkt ihr, was das ist?", fragte er gespannt.
„Wir halten es für das Basisstück des Dreieinigen Zepters", antwortete Meldiriel. „Ihr sollt uns helfen, das zu prüfen."
„Soso, Elflein, sollen wir das?" Meldiriel überhörte die Neckerei großzügig.
„Ja, wir bitten euch darum. Farzanah hält Flora gefangen und ist wahrscheinlich in die Universität eingebrochen. Wir wissen nicht, was sie dort wollte, aber wir sind uns einig, dass Eile geboten ist."
Die Zwerge nickten ernst. Sie wussten von der Entführung und hatten auch von dem Einbruch gehört.
„Warum soll der Stein denn raus? Er passt doch gut."
Diesmal antwortete Till, der seine Bedenken allmählich verlor. „Weil Chrysius denkt, dass er die Stelle verdeckt, wo die Flöte einrasten soll."
„Oha!", brummte Fili, auf das ein „Na gut" von Dori folgte.
„Ist das Silber?", fragte Till.
„Ja, aber nicht nur." Dori drehte die Brosche, sodass der Boden nach oben zeigte. „Seht ihr diese winzigen Stempel hier? Der eine gibt Auskunft über das

verwendete Material und der andere über den Silberschmied, der es verwendet hat. Leider ist sein Zeichen so unglaublich alt, dass ich es nicht kenne. Was meinst du dazu, Fili?"

Fili, der inzwischen eine Schale mit Wasser auf den Tisch gestellt hatte, nahm das Schmuckstück und schaute sich den Stempel an.

„Ich kenne es auch nicht. Aber ich glaube das kommt nicht nur daher, dass es uralt ist, sondern weil es kein Zeichen der Zwerge ist. Es ist wohl eher den Feen zuzusprechen. Der andere Stempel sagt aus, dass das Material Silber ist, dem ein Anteil magisches Erz beigemischt wurde. Das Erz ist so rar, dass es kaum jemand kennt. Alles in allem ist es das gleiche Material, aus dem auch Alricks Flöte und die Fassung des Elfenlichts besteht. Es macht die einzelnen Teile unzerstörbar und sorgt gleichzeitig dafür, dass sich ihre verschiedenen magischen Kräfte miteinander zu einer gewaltigen Macht verbinden können. Die Macht, auf die wir beim Kampf gegen Farzanah zählen."

Inzwischen hatte Dori eine schwarze Kerze neben die Wasserschale auf den Tisch gestellt. Als er sie anzündete, begann sie so hell zu brennen, dass man nicht in die Flamme sehen konnte. Er nahm eine kleine Zange und hielt die Brosche einen Augenblick lang hinein. Allen war klar, dass es viel Fingerspitzengefühl brauchte, den Stein zu entfernen und zu viel Hitze könnte das Schmuckstück zerstören. Meldiriel und die Jungs hielten gespannt den Atem an, aber die Zwerge waren Meister ihrer Kunst. Stück für Stück löste Dori die winzigen, blätterförmigen Halterungen vom Stein, bis er in die Wasserschale fiel und die erhoffte Öffnung in der Mitte freigab. Dann bog er die Halterungen so nach außen, dass sie sich optisch in die Blüte einfügten. Fertig! Dori betrachtete sein Werk zufrieden und legte es dann mit dem Stein in das Kästchen zurück.

„Wenn's Recht ist, kommen wir mit euch mit", meinte Fili, während er die Kerze löschte. „Wir wollen auch wissen, ob die Flöte passt!"

Lilly und Alrick trafen fast gleichzeitig mit ihnen ein und waren genauso gespannt wie alle anderen. Till überreichte Chrysius das Kästchen, und Alrick legte seine Flöte dazu, während Tibana weitere Stühle herbeifliegen ließ. Als alle Platz genommen hatten, wurde die Brosche herausgeholt.

„Wie wunderbar!", lobte Gertrude die Zwerge und war insgeheim froh, dass ihr Andenken an ihre Mutter nicht zerstört worden war.

Fast feierlich zog Chrysius beide Gegenstände zu sich heran. „Also dann! Jetzt

gilt es", sagte er und nahm sein Prisma zu Hilfe, um sich die Teile genau anzusehen. Sofort manifestierte sich das Bild von Flöte und Brosche überdeutlich und vergrößert über dem Tisch. Lilly, Till und Oskar waren von der 3-D-Projektion hellauf begeistert, und die Zwerge rissen vor Staunen die Münder auf.
„Krass!", rief Oskar fasziniert und sprang auf. „So was brauch' ich unbedingt für unser nächstes Konzert! Das ist total cool."
Der Alte schaute ihn verdutzt an, aber als Gertrude ihm erklärte, worum es ging, sagte er lächelnd zu. „Wenn wir das hier geschafft haben, dann ist das kein Problem."
Dann wandten sich alle aufmerksam den Bildern zu und fanden heraus, dass sie tatsächlich zwei zusammengehörige Teile vor sich hatten. Zwischen den Ornamenten auf Alricks Flöte konnte man in der Vergrößerung vier kleine Kerben sehen, in die zweifelsohne die vier ebenso kleinen Federn einrasten würden, die man in der Mitte der Blüte entdeckt hatte.
Die Zwerge sahen sich grinsend an. Das hatten sie wirklich gut gemacht, obgleich sie die Federn mit bloßem Auge gar nicht gesehen hatten. Ein Grad Hitze zuviel und die winzigen Dinger wären wie Eis in der Sonne geschmolzen. Aber gekonnt ist gekonnt.
„Also, dann setzen wir die Teile mal zusammen", meinte Chrysius zuversichtlich. „So wie es aussieht, sollte das ja kein Problem sein."
Er legte das Prisma weg und versuchte, die Flöte in die Brosche einzusetzen, aber das funktionierte nicht. Nicht bei ihm und auch bei keinem anderen, weil es unmöglich war, die beiden Teile dafür nah genug zusammen zu bringen. Es war wie bei zwei gleichpoligen Magneten, die sich gegenseitig abstießen.
„Kacke", meinte Lilly und schlug sich anschließend selbst auf den Mund. „Die Brosche ist doch das falsche Teil!"
„Nein, Lilly, an den Teilen liegt es nicht", stellte Tibana sachlich fest.
„Und wieso geht's dann nicht?"
„Ich sehe das so: Wäre die Brosche ein magieloses Duplikat, dann gäbe es diese Abwehr nicht! Man könnte sie auf die Flöte stecken und nichts würde passieren. Was wir hier haben, ist ein magischer Schutz. Er verhindert, dass das Zepter von den falschen Personen zusammengebaut werden kann."
„Herrin, du meinst, dass dies zwar die echten Teile, wir aber die falschen Leute sind?", fragte Meldiriel skeptisch. „Dann hätten wir ja schon wieder ein gewaltiges Problem!"
Statt einer direkten Antwort las Tibana noch einmal für alle den letzten Satz der Aufzeichnungen über das Zepter, die sie und Chrysius wieder und wieder gelesen hatten:

„Sollte es dennoch gelingen, selbige Teile zu gewinnen, so kann doch allein eine mächtige Dreieinigkeit über das Wissen und die unbändige Magie bestimmen."
„Was für ein Mist!", rief Oskar und man hörte, wie enttäuscht er war. „Nur ein Hinweis auf einen Hinweis auf einen Hinweis, oder was? Und wie schalten wir Farzanah aus, wenn wir zwar das Zepter haben, aber niemanden, der es benutzen kann? Und wie bekomme ich meine kleine Schwester wieder? Ich bin erst angekommen, aber mir steht's schon bis hier!", wetterte er und zog mit der Hand eine Linie unter seiner Nase.
„Oskar!", mahnte Gertrude. „Wir machen es wie daheim. Kein Meckern ohne konstruktiven Lösungsansatz!", sagte sie gütig lächelnd.
„Schon okay, Ömchen, ich brems' mich ja schon", antwortete Oskar entschuldigend, obwohl er nicht einsah, weshalb er gerügt worden war. Seiner Meinung nach hatte er nur gesagt, was jeder am Tisch dachte. Aber da hatte er sich geirrt.
„Ich verstehe dich, Oskar! Du hast das Gefühl, dass wir nicht vorankommen, aber wir haben wirklich viel erreicht", sagte Tibana freundlich. „Wir haben jetzt alle drei Zepterteile und mit etwas Nachdenken finden wir auch heraus, wie es genutzt werden kann."
„Genau! Es heißt dreieiniges Zepter, weil es hier immer um die Zahl drei geht! Es besteht aus drei Teilen, es wurde in drei verschiedenen Welten von drei unterschiedlichen Völkern gebaut. Folglich muss es auch von drei Personen, einer Dreieinigkeit, benutzt werden!", nahm Lilly Tibanas Gedanken auf und kam bei so einer Aufgabe richtig in Fahrt. „Wir müssen nur herausfinden, wer das ist. Entschuldige, Chrysius, du gehörst offenbar nicht dazu." Lilly machte eine Pause, aber da keiner etwas sagte, fuhr sie schließlich fort. „Probieren ginge, aber es würde ewig dauern und wäre ätzend, wenn wir hier jeden mit jedem versuchen lassen, das Zepter zusammenzusetzen", seufzte sie.
„Möglichkeiten", warf Meldiriel ein und wurde großzügig ignoriert.
„Tante Tibana, gibt es denn keinen Zauber, der das beschleunigen könnte?"
Tibana freute sich, dass Lilly sie Tante nannte, aber einen Zauber kannte sie nicht.
„Dafür ist die Situation viel zu einzigartig. Wir könnten Arayn fragen, wenn er zurückkehrt, aber ich befürchte, dass er auch nicht mehr weiß als ich. Chrysius, was sagst du?"
„Tut mir leid, aber ich schließe mich dir an. In all den Aufzeichnungen haben wir nichts drüber gefunden."
„Na schön, dann muss es eben anders gehen", fuhr Lilly unbeirrt fort. „Was ist mit dem Wort? Was ist eine ‚Dreieinigkeit' in dieser Welt?"

„Jemand, der sich in drei Dingen einig ist, oder etwas, das in drei Formen auftritt?", fragte Till.
„Wir reden aber von Personen", gab Lilly zu bedenken. „Welche Person gibt es denn in drei verschiedenen Formen?"
„Vermutlich keine", warf Oskar ein. „Aber es gibt Leute, die wie aus einer Form gegossen aussehen. Drillinge zum Beispiel. Habt ihr vielleicht noch einen Bruder Eisenbeiß?"
„Nee, haben wir nicht, und ich kenne auch sonst keine Drillinge hier. Ihr vielleicht?"
„Nein, nicht, dass ich wüsste."
Till und Oskar, die nicht zurückstehen wollten, legten mit einem Brainstorming los und zählten wahllos alles auf, was sich annähernd mit Dreieinigkeit in Verbindung bringen ließ.
„In der Religion wäre es Gott Vater, Gott Sohn und der Heilige Geist!", begann Till.
„Ja, oder Körper, Bewusstsein und Seele", fuhr Oskar fort. „Oder Geburt, Leben und Tod."
„Vergangenheit, Gegenwart und Zukunft, vielleicht?", schlug Till weiter vor, ehe Lilly sie unterbrach und sich dabei mit dem Zeigefinger an die Stirn tippte.
„Personen, ihr Spinner, wir suchen Personen!", rief sie so energisch, dass Alrick grinste, weil sie sich so ins Zeug legte. Sie war nicht nur klug, sondern hatte auch Courage, und auch dafür liebte er sie.
„Wissen wir doch! Wir wollten nur Anstöße geben", beteuerten die zwei.
„Eigentlich finde ich gar nicht so dumm, was sie gesagt haben", mischte sich Meldiriel ein. „Es gibt doch für jeden, der alt genug wird, drei Lebensabschnitte: Kindheit, Erwachsen sein und Greis oder Greisin. Passt das nicht irgendwie ins Bild?"
„Aber, das wäre eine Dreieinigkeit in einer Person. Ich habe die Aufzeichnungen so verstanden, dass wir drei Personen brauchen. Drei, die irgendwie eins sind, Herrgott noch mal!"
„Nee, den Vater und den Sohn und den heiligen Geist hatten wir schon abgewählt", warf Oskar sarkastisch ein.
Da rief Tibana plötzlich: „Halt!", und alle starrten sie erwartungsvoll an. „Ihr Lieben, wenn ich kurz überdenke, was wir hier zusammengetragen haben, dann fällt mir nur eine logische Lösung ein. Von Anbeginn an geht es bei dem Zepter doch um Gemeinsamkeit, um einmütiges Handeln und, wie Lilly richtig sagte, um die Zahl Drei! Und da es um Personen geht, reden wir von den

drei Völkern! Menschen, Feen und das geheime Volk. Was haben sie gemeinsam? Was ist ihre ureigenste und stärkste Kraft? Die Familie!"
„Die Familie, das versteh' ich jetzt irgendwie nicht", warf Lilly etwas kleinlaut ein.
„Oh doch, gleich! Eine Familie steht für all das ‚Dreieinige', das wir vorhin aufgezählt haben. Für Vergangenheit, Gegenwart und Zukunft, für Vater, Sohn und Enkel, oder für Großmutter, Mutter und Tochter. Also für Geburt, das Leben und den Tod", erklärte die Fee und griff nach ihrer Pfeife. „Dieser Gedanke ist wirklich gut, und etwas Besseres fällt mir nicht ein."
Chrysius nickte und lächelte zufrieden, während er Tibanas Pfeifchen mit einem Fingerschnipsen anzündete. Sie lehnte sich zurück, paffte ein paar Ringe und sah die anderen erwartungsvoll an.
„Aber wer sind diese magischen Drei?", fragte Fili und mischte sich damit zum ersten Mal in die Unterhaltung ein. „Hier sind viele miteinander verwandt, haben Geschwister oder sind verschwägert und so."
„Ja, Fili, aber ich denke, es sollte irgendwie symbolträchtig sein, und nicht ganz so banal", bestätigte Meldiriel.
Da lachte Gertrude plötzlich hell auf und zog alle Aufmerksamkeit auf sich.
„Wie wäre es damit? Arayn ist mein Vater und ich bin eure Großmutter. Da tun sich doch ein paar Möglichkeiten auf, oder etwa nicht?"
„Beim allmächtigen Feenzauber!", rief Alrick, der es als Erster begriffen hatte. „Und darüber hinaus haben wir einen mächtigen Feër, der direkt von den Uralten abstammt, eine halbe Fee, die gewissermaßen die Welt des geheimen Volkes mit der Menschenwelt verbindet, und Oskar, Lilly oder Flora, die Menschen sind. Eine Konstellation, die alles andere als banal ist."
„Genau richtig!", brummte der alte Gelehrte. „Wieso haben wir dafür nur so lange gebraucht?"
„Waaas? Familie als Lösung für ein jahrhundertealtes Rätsel? Na, wenn ihr euch da mal nicht täuscht", meinte Till skeptisch. „Worin besteht denn da die Macht? Immerhin heißt es doch ‚mächtige Dreieinigkeit'?"
„Natürlich ist dieser Text unglaublich alt, aber ich denke schon, dass man die Liebe zwischen Familienangehörigen als mächtige Kraft ansehen kann", behauptete Tibana zuversichtlich. „Hast du es nach dem Tod deiner Eltern nicht selbst erlebt?"
„Ja, das stimmt", gab Till zu und seine Miene hellte sich auf. Er hatte bei den Rudloffs in Saalfeld ein Zuhause gefunden und würde alles für seine neue Familie tun.
„Richtig oder nicht ist in diesem Fall leicht festzustellen!", behauptete Lilly

lauter als gewollt. „Arayn und Großmutter sind eine feste Konstante in dieser Gleichung. Die Variablen sind Oskar, Flora und ich. Richtig? Und das auszuprobieren, sollte nur ein paar Minuten dauern. Ende!"
„Jawohl, genauso machen wir es, sobald Arayn zurück ist!", sagte Chrysius. Lilly hatte es auf den Punkt gebracht, kurz und präzise. „Und wir zwei sehen uns so bald wie möglich an der Universität", forderte der Alte, der das hübsche, kluge Mädchen immer mehr ins Herz schloss.
Stolz nahm Alrick Lillys Hand und gab ihr einen kleinen Kuss, worauf sie knallrot anlief. Dabei fanden alle gut, dass sie sich liebten, und Küsse gehörten nun mal dazu.

35
Die Zentauren

Nach diesem Denkspurt beschlossen Till, Oskar und Meldiriel, ihren Rundgang durch die Zeltstadt fortzusetzen. Der Elf wollte ihnen den Weltenbaum zeigen und natürlich auch den magischen See.
„Was denkt ihr? Haben wir das Rätsel wirklich gelöst, oder reden wir uns das gerade nur schön?", fragte Till leise, während sie so dahin schlenderten. „Was ist, wenn das Zepter komplett ist und eine andere Zutat fehlt? Der passende Spruch zum Beispiel, ein besonderes Ritual beim Zusammenbauen, was weiß ich. Ich finde, unsere Lage ist ziemlich unklar."
„Keine Ahnung, Bro!", antwortete Oskar. „Mir gefällt das auch nicht. Und vor allem muss ich dauernd an Flora denken."
„Wir sollten uns auf die Erfahrung der Älteren verlassen", räumte Meldiriel ein. „Sie treffen keine leichtfertigen Entscheidungen."
Gedankenversunken liefen sie durchs Gras, das ihre Schritte dämpfte, so dass nichts zu hören war, als der Gesang der Vögel. Je näher sie dem Weltenbaum kamen, umso leichter fühlten sie sich und blieben schließlich ehrfürchtig vor dem mächtigen Giganten stehen.
„Mir wird echt komisch", flüsterte Till. „Aber gar nicht mal unangenehm!"
„Mir auch, es ist irgendwie wohltuend warm und kribbelt", bestätigte Oskar leise.
„Wir spüren die Präsenz der Macht, die diesem Ort innewohnt", erwiderte Meldiriel und verneigte sich ergeben vor der Steineiche, deren einhunderttausend Blätter leise raschelten. „Wenn ihr wollt, könnt ihr ihm eure Wünsche sagen!"
„Das wäre ja dann wohl einer für uns alle, oder? Wir wollen Flora retten. Das mit Farzanah weiß er ja schon", wisperte Oskar und konnte selbst nicht glauben, dass er zu einem Baum sprach.
Sie blieben noch ein paar Minuten in der Aura des Weltenbaumes stehen. Sie fühlten Hoffnung und eine tröstliche Verbundenheit mit allen, die in seinem Schutz lagerten.
Dankbar verließen sie den Ort und liefen weiter zum See. Oskar dachte, dass er dieses Gefühl der Sicherheit gern vor seiner nächsten Klausur hätte, da brach Meldiriel neben ihm in Lachen aus.
„Spion", feixte Oskar und wollte den Elf kumpelhaft in die Seite boxen, doch

der wich geschickt aus, wobei seine eisblauen Augen vor Schalk blitzten. Oskar wollte gerade seine Taktik ändern, als ihr lustiges Geplänkel durch aufgeregte Stimmen vom Wasser her unterbrochen wurde. Sie sahen eine Gruppe Elfen und Feen, die sich dort versammelt hatten, aber sie sahen nicht warum.
„Was ist denn da los?", fragte Till, und als sie sahen, dass sogar die Zwerge zum Ufer liefen, fingen auch sie zu laufen an. Doch was sie von Weitem für Schreckensrufe gehalten hatten, stellte sich bei ihrer Ankunft als harmlos heraus.
Zuerst konnten sie nichts sehen, weil der Pulk so dicht war, aber dann traten die Schaulustigen so weit auseinander, dass sie die Ursache des Tumultes sahen. Die Zentauren waren gekommen!
Algol, Prokyon und Mirphak standen am Ufer des Sees, während Clauda sacht einen bewegungslosen Körper von seinem beachtlichen Rücken ins Gras gleiten ließ. Dann schritten sie nebeneinander auf Tibana zu, die inzwischen eingetroffen war, und verneigten sich anmutig.
„Seid gegrüßt, Herrin", sprach Clauda mit seiner tiefen Stimme. „Seid alle gegrüßt, die ihr hier im heiligen Wald versammelt seid."
„Mae govannen, Zentauren, und herzlich willkommen in unserer Mitte", erwiderte Tibana, und die anderen legten wie gewohnt respektvoll die Hand auf ihr Herz.
„Es ist noch nicht lange her, seit die Ratsfeuer brannten und wir ein Bündnis zur Rettung Arwarahs geschlossen haben", ergriff Mirphak das Wort. „Die Kunde der neuesten Ereignisse verbreitet sich schnell, und wir sind der Meinung, dass wir jetzt an eurer Seite sein sollten." Das zustimmende Gemurmel unter den Anwesenden bezeugte den Zentauren, wie erfreut man über ihre Anwesenheit war.
„Wir nahmen den Weg über Zaâmendra und sahen, welch' beachtliche Leistung ihr beim Wiederaufbau der Universität vollbracht habt", sprach Prokyon in dem sehr eigenen Dialekt der Zentauren. „Von dort haben wir dieses hübsche Geschenk für euch mitgebracht", sagte er und zeigte auf die unbewegliche Person im Gras. „Die Studenten sagten uns, er sei mit einer Fee gekommen, die Chrysius sprechen wollte, und dann heimlich mit ihm in das Gewölbe der Kostbarkeiten eingebrochen ist. Sie haben ihn dort bewusstlos vorgefunden und wissen nicht, was mit ihm geschehen ist."
Die Anwesenden betrachteten die Person, und das Gemurmel setzte wieder ein. „Wer ist das? Kennt den jemand? Wo kommt er her? Ist er ein Elf oder ein Feër?"

Da trat Alrick einen Schritt nach vorn. Er prüfte den Herzschlag des Feërs und schaute in sein schlafendes Gesicht.
„Das ist Ulion, er ist Farzanahs Sohn. Wenn mein Bruder mit dem Elfenlicht zurückkehrt, wird sich herausfinden lassen, was geschehen ist."
„Prinz Alrick und Lilly, wie schön euch wiederzusehen!", sagte Clauda erfreut.
„Dann glauben die Menschen also auch an unsere Allianz! Das ist gut. Ist Till auch da?"
„Selbstverständlich!", antwortete Till lächelnd, und war mächtig stolz darauf, dass sich der Zentaur an ihn erinnerte. „Und ich habe Oskar mitgebracht. Wir sind Cousins."
„Erfreut, dich kennenzulernen, Oskar! Nun fehlt nur doch das kleine rothaarige Mädchen. Wo ist Flora?"
„Entführt!", piepste Zack so laut es ging von Oskars Schulter herab, auf die er im allgemeinen Gedränge geklettert war. „Der da, der Böse, hat sie mitgenommen! Und ich konnte nichts dagegen tun!" Unbewusst fasste er sich an seinen Kopf, den er sich beim Kampf mit Ulion ordentlich angestoßen hatte.
„Bringt ihn ins Gästezelt!", donnerte da plötzlich König Arindals Stimme über alle hinweg, und er trat, von Arayn gefolgt, in den Kreis. „Seid uns herzlich willkommen, Zentauren. Sucht euch einen passenden Platz zum Lagern. Wir werden tafeln und euch zu Ehren heute Abend einen Reigen tanzen!"
Der König ging zu seinem Pavillon, und die Menge löste sich auf. Zack saß triumphierend auf Ulions Brust, während ihn Arayn mittels Zauberstab in den Gästepavillon transportierte.

„Uff!", entfuhr es Till, der mit den anderen am Ufer des Sees geblieben war. „Das war ja eine schöne Überraschung. Und was machen wir jetzt?"
„Wenn es nach mir geht, nichts", antwortete Meldiriel und legte sich behaglich ins Gras. „Ich warte drauf, dass das Tafeln beginnt."
„Da sagst du was!", antwortete Oskar und machte es sich ebenfalls bequem. „Ich hab einen Bärenhunger!"
„Da kann ich helfen!", kicherte Alrick. Er nahm seine Flöte und begann ein schönes Lied zu spielen, wobei seine Augen vor Schalk glitzerten. Und siehe da, es dauerte nicht lange, da kam die schöne, junge Shania mit einem Korb voller Leckerbissen. Sie lief ein bisschen wie in Trance und ihre Stimme klang fremd, als sie den Korb vor ihnen ins Gras stellte und allen einen guten Appetit wünschte.

„Alter! Das hast du jetzt aber nicht mit deiner Flöte gemacht, oder?", fragte Oskar, während er sich einen Apfel und ein Stück frisches Elfenbrot griff.
„Beim allmächtigen Feenzauber!", antwortete Alrick grinsend und tat entrüstet. „Soll ich nun mit der Flöte üben oder nicht?"
Sie brachen in schallendes Gelächter aus und machten sich zufrieden über den Imbiss her.
„Ich bin gespannt, was Arindal und Arayn zu der Sache mit dem Zepter sagen", meinte Till und steckte sich eine Elfenbeere in den Mund.
„Tibana und Großmutter werden es ihnen verklickern, und bestimmt gibt's dann später einen Versuch!", antwortete Lilly. „Ich bin gespannt, ob ich recht habe."
„Bestimmt!" Meldiriel war zuversichtlich. „Für mich ergibt das durchaus Sinn. Es wird gesagt, dass die Uralten vom Ewigen Fluss Seher hatten, die die Zukunft voraussagen konnten. Wer weiß, vielleicht haben sie all das vorhergesehen!"
„Keine Ahnung! Auf jeden Fall ist es hier wunderschön", schwärmte Lilly. „Wenn wir die blöde Kuh endlich besiegt haben, dann will ich viel öfter hier sein."
„Hm", brummten die anderen, legten sich satt und zufrieden ins Gras und ließen die Atmosphäre auf sich wirken. Lilly hatte recht. Es war schön hier unter dem grünen Blätterdach, durch das man ab und zu den blauen Himmel sehen konnte. Ein perfektes Fleckchen Natur in einem wunderbaren Land!

Mirphak

36

Die Rune am See

Der restliche Nachmittag war mit Nichtstun und Plaudern vergangen, als Ileas Horn sie zur Tafel und zum Tanzplatz rief. Sie liefen zu ihrer Unterkunft und bemerkten dabei, dass die meisten schon festlich gekleidet waren.
Dieses Mal waren die Kleider bunt. Sie sahen das satte Rot blühender Mohnblumen ebenso wie das samtige Grün von frischem Moos, das strahlende Gelb reifer Zitronen und das helle Blau des Sommerhimmels.
„Los, los!", rief Gertrude ihnen entgegen. „Es ist schon aufgetafelt, und Tibana wartet auf euch!"
Einer nach dem anderen traten sie bei der Fee ein, die sie mit ihrem Zauberstab in Festtagsgewänder hüllte, sodass sie den anderen in nichts nachstanden. Das ging so geschwind, dass sie in Nullkommanichts alle pikobello vor dem Pavillon standen und beobachteten, wie König Arindal den Reigen mit einer wunderschönen Tänzerin eröffnete.
„Ich bin seit der Grundschule nicht mehr beim Fasching gewesen", sagte Oskar grinsend. In seinem schwarz-blauen Gewand sah er echt klasse aus, ebenso wie die anderen. Meldiriel machte eine exzellente Figur in Weiß und Gletscherblau, sein dunkles Haar schimmerte, und hin und wieder hatte man den Eindruck, als würden winzige Eiskristalle das Licht darin reflektieren. Tills Tunika erinnerte sehr an das Meer, und Alrick und Lillys Gewänder waren in rotbraunen Tönen aufeinander abgestimmt.
Die Grazie und Anmut der Tänzerinnen und Tänzer machte auch auf Till und Oskar Eindruck, aber das hätten sie um nichts in der Welt zugegeben. Sie kannten viele hübsche Mädchen, doch mit der Leichtigkeit und Feinheit von Feen und Elfen konnten sie nicht verglichen werden.
„Du kannst ruhig sagen, dass ich spinne", flüsterte Till Oskar zu, „aber wir haben gerade den Tannhäuser in Literatur behandelt, und das hier erinnert mich unglaublich daran."
„Meinst du die Sage von der Feenkönigin, die im Hörselberg bei der Wartburg in Thüringen einen ausschweifenden Hof unterhält?", grinste Oskar ihn an. „In ihrem Reich ist sicher nicht nur der Tannhäuser verschwunden. Wir müssen Arindal mal fragen, was er darüber weiß. Vielleicht sind die beiden ja verwandt."
„Das würde dann aber bedeuten, dass jedes Wort davon wahr ist."

„Schau dich doch um, Alter! Wieso zweifelst du daran? Denen hat halt keiner geglaubt, so wie uns auch keiner glauben würde, wenn wir es jemandem erzählen würden! Ich kann es ja selbst kaum glauben!"
„Dagegen hilft nur eins: Ich ziehe hierher, sobald es geht", kicherte Till.
„Kein übler Gedanke", grinste Oskar. „Kommst du mit? Ich will mal nach dem ‚bösen Buben' sehen, bis das Gehopse hier zu Ende ist."
„Jupp, ich bin dabei!", erwiderte Till und stiefelte hinter Oskar her zum Gästepavillon, wo sie Ulion lang ausgestreckt auf einer Liege fanden.
„Tot ist er nicht", flüsterte Oskar, als er sich Ulion aus nächster Nähe angeschaut hatte.
„Nee, schau doch mal. Er bewegt sich doch ganz leicht. Ich glaube, der macht hier einen auf Dornröschen", feixte Till. „Den hat irgendwer verzaubert."
„Der sieht eigentlich gut aus", konstatierte Oskar. „Kein Wunder, dass Sophie auf ihn geflogen ist. Nun liegt er hier und pennt, und sie heult sich zu Hause die Augen aus, weil er abgehauen ist."
„Ja, aber die tröstet sich schon! Was meinst du, ob Farzanah ihn verzaubert hat? Vielleicht haben sie sich in die Haare gekriegt", überlegte Till. „Aber das kann uns nur recht sein! Komm, wir gehen, bevor uns noch einer sieht."

Die erste Tanzrunde war mittlerweile beendet, und die Anwesenden hatten sich am Ufer des magischen Sees um einen alten moosbewachsenen Ritualstein versammelt, der mit magischen Lichtern, Blumen und Kristallen geschmückt worden war.
Tibana stellte das strahlende Elfenlicht in die Mitte, und legte Flöte und Brosche dazu. Gertrude, Arayn und Lilly standen neben dem Stein und hatten offensichtlich nur noch auf sie gewartet.
„Da seid ihr ja, meine Lieben", sagte Tibana, der es als ältester Fee zustand, die Anrufung zu leiten. Sofort bildete sich eine Gasse in der Menge, durch die Oskar und Till nach vorn gingen und sahen, dass hier nun die Probe aufs Exempel stattfinden würde.
„Wurde ja auch Zeit! Aber wozu denn der ganze Firlefanz?", knurrte Oskar und wurde prompt durch ein kräftiges ‚Psst' von Meldiriel in seinem Kopf zur Ruhe ermahnt.
Genervt stellte er sich neben Lilly, während sich Till zu Meldiriel in die erste Reihe gesellte. Er beobachtete, wie Tibana mit gesenktem Haupt die rechte Hand auf ihr Herz legte, um alle Anwesenden zu dieser Zeremonie zu begrü-

ßen. Dann trat sie vor den Stein und erhob ihre Hände in höchster Konzentration, bis sie ganz und gar von einer strahlenden Aura umgeben war.
„Wir rufen Euch, Ihr Unvergänglichen, die ihr schon unendlich lange Zeit vor uns wart und an den Ufern des Ewigen Flusses noch immer unter uns weilt! Wir rufen euch, ihr Unvergänglichen, die ihr das mächtige Wissen Arwarahs und der Menschenwelt gesammelt und im Dreieinigen Zepter verewigt habt! Seit dem Tag, da ihr bestimmt hattet, die drei Teile des Zepters zu verbergen, soll es heute zum ersten Mal, vor den Augen des Geheimen Volkes und der Menschen, die uns im Herzen zugetan sind, wieder zusammengefügt werden. Unvergängliche, wir bitten um euren Beistand! Wir brauchen die Kraft und die Weisheit des Zepters, um den Frieden Arwarahs und der Menschen zu wahren! Farzanah muss gebannt werden!"
Nach diesen Worten ließ sie, auf eine Antwort hoffend, die Arme sinken und stand reglos vor dem Stein.
Auf einmal erhob sich ein säuselnder Wind über dem Wasser des magischen Sees, und man hörte das Rauschen eines gewaltigen Flusses, obwohl seine Oberfläche glatt wie ein Spiegel war. Die Kristalle auf dem Ritualstein begannen zu leuchten und zu vibrieren. Sie erhoben sich und schwebten bis zur Mitte des Sees, wo sie in die Tiefe sanken und zum Staunen aller ein großes, flammendes Symbol auf die Wasseroberfläche projizierten.
„Das ist Algiz! Eine Rune von meinem Volk", rief Meldiriel so überwältigt, dass er den Anstand vergaß. „Die Hörner des Elchs versprechen Schutz vor dem Feind und sagen ein glückliches Gelingen voraus!"
Nach seinen Worten ging ein erstauntes Raunen durch die Menge. Tibana kreuzte demütig die Arme über der Brust, bevor sie ein lautes „Danke" ins Universum hinausrief, in das alle Anwesenden jubelnd einstimmten.
Als die flammende Rune erloschen war, forderte Tibana Arayn auf, das Elfenlicht zu nehmen, während sie Gertrude die Flöte reichte.
„Da du der Älteste von euch Geschwistern bist, sollst du mit der Brosche beginnen", bat sie Oskar.
Arayn nahm das Elfenlicht in beide Hände und hob es so empor, dass Gertrude die Flöte bequem in die dafür vorhandene Öffnung stecken konnte. Das Ganze war nun gar nicht mehr so feierlich, sondern glich eher einem Knobelwettbewerb. Aber während Arayn und Gertrude ihre beiden Teile problemlos zusammensetzen konnten, gelang es Oskar nicht, die Brosche mit der Flöte zu verbinden.
Oskar reichte sie an Lilly weiter, aber sie war genauso erfolglos wie er.
Einen Augenblick lang standen alle mit hängenden Schultern da. Dann ergriff

Tibana wieder das Wort: „Wie ihr seht, sind wir leider nur zwei Schritte weitergekommen, statt drei! Doch mit dem Versprechen der Unvergänglichen, uns unter ihren Schutz zu nehmen, wollen wir trotzdem auf eine Lösung hoffen. Wir werden jetzt tafeln, bevor sich der König mit seinen Getreuen berät. Kommt, der Tisch ist für alle gedeckt."
„Was für ein Bullshit!", entfuhr es Oskar enttäuscht. „Als ob ich jetzt Lust zum Tafeln hätte!"
Er sah sich um, aber außer seiner Familie hatte es niemand gehört und so mutlos, wie sie aussahen, waren sie wohl der gleichen Meinung.
„Sei nicht so enttäuscht, mein Großer!", sagte Gertrude und nahm ihn in den Arm. „Wir sind dennoch auf dem richtigen Weg!"
„Ach ja? Woher wisst ihr das denn? Das Zepter lässt sich nicht zusammenfügen! So weit waren wir vor Stunden auch schon, und die Einzige, die noch zu eurer Theorie passt, ist Farzanahs Geisel. Aber selbst, wenn wir sie hierher zaubern könnten, wüssten wir nicht, ob das Zepter durch sie dann funktioniert! Wir sollten uns von diesem Gedanken verabschieden, denn es kann genauso gut sein, dass Flora so verzaubert wie Ulion ist. Oder, dass die dunkle Fee gleich hier auftaucht und uns einen Handel anbietet, oder dass sie mit ihrer Schlange über das Lager herfällt! Also, auf welchem guten Weg sind wir? Ohne Mist, Ömchen, Enttäuschung ist schamlos untertrieben!"
Oskar löste sich sanft aus ihrer Umarmung und lief so schnell es ging davon. Er wusste nicht wohin, also ging er zum Wehr beim Bachzulauf, dem Platz, der am weitesten von allem entfernt war. Er setzte sich wütend ins Gras und hielt die Füße ins Wasser. Aber selbst das hatte keine beruhigende Wirkung auf ihn.
Er versuchte, klar zu denken und erschuf stattdessen ein verfilztes Gedankenknäuel. Was würde als nächstes geschehen? War Farzanahs Macht wirklich groß genug, um die Allianz zwischen den Völkern Arwarahs zu zerstören und alles an sich zu reißen? Konnte sich eine einzige dunkle Fee tatsächlich gegen sie alle behaupten?
Die anderen schienen dieser Meinung zu sein, und plötzlich begriff er, dass er das Ausmaß der Gefahr gar nicht einschätzen konnte. Er wusste nur eins: Ohne Flora konnten sie nicht nach Hause zurück. Wie sollte er denn Mutter und Vater erklären, dass seine Schwester das Opfer einer Entführung war? „Verdammt, verdammt, verdammt!", rief er über das Wasser und wollte gerade eine Handvoll Steine hineinwerfen, als sich eine winzige Hand auf seine Schulter legte.
„Bist du traurig, Oskar?", fragte Zack mitfühlend und kletterte auf seine Knie.

„Nee, eher wütend, weil nichts klappt und ich mir Sorgen um Flora mache!"
„Also, ich vermisse meine liebe Flora auch ganz sehr furchtbar. Und darum will ich sie holen."
„Was soll denn das heißen?"
„Das heißt, dass ich sie doll liebhabe."
„Nein, das andere. Dass du sie holen willst."
„Na, abholen von dort, wo sie ist."
„Und wie willst du das anstellen? Es dauert ja schon drei Tage, bis du zum Waldrand getippelt bist."
„Flora sagt manchmal, dass große Brüder doof sind! Stimmt scheinbar! Ich laufe doch nicht! Ich werde fliegen", piepste Zack sehr selbstbewusst. „Da bist du platt! Aber nun verrate ich dir nix mehr."
Oskar musste unwillkürlich grinsen, weil ihn Flora, die kleine Nervensäge, tatsächlich bei jeder passenden Gelegenheit doof nannte. Aber so ist das halt mit Kindern, die erst sechs Jahre sind.
„Willst du kleiner Wicht etwa eine von Arindals Krähen stibitzen?"
„Wichtel, nicht Wicht", verbesserte ihn Zack empört und kletterte vom Knie auf Oskars Schulter, wo er ihm seine winzigen Hände ums Ohr legte.
„Ich werde den fliegenden Teppich nehmen. Das ist ganz einfach. Und er kennt den Weg, weil er mit Papa und Mama die Flöte ausgetauscht hat", flüsterte er und setzte ein spitzbübisches Grinsen auf. „Aber du darfst mich nicht verraten, weil du ihr großer Bruder bist."
Oskar schnappte Zack und setzte ihn zurück auf sein Knie. Seine Gedanken rasten und er erkannte die Gelegenheit. Sie war zwar gefährlich und unerhört, dafür aber auch einmalig.
„Pass mal auf, Zack! Ich werde nicht nur die Klappe halten, ich werde dich begleiten."
„Nö, wirst du nicht! Ich rette sie allein! Ich weiß nicht mal, ob der Luftgeist, der im Teppich wohnt, uns alle drei tragen kann."
„Dann frag' ihn halt. Mich wirst du nicht mehr los! Ich muss was tun, sonst werde ich verrückt."
Der Wichtel sah ihn zornig an. Das kam überhaupt nicht in Frage! Er drehte seine Kappe auf unsichtbar und ließ Oskar allein.
„Dussliger Wichtel!", brummte Oskar und stand auf, um zurückzugehen. Aber der Gedanke an den Teppich ließ ihn nicht mehr los. Fliegen war das Zauberwort: lautlos und bestimmt sogar bequem.
‚Da der Teppich Tibana gehört, wird er sich wohl in ihrem Abteil des Pavillons befinden. Aber wie komm ich da ungesehen ran', grübelte er und bemerkte

erst beim Näherkommen, dass es auf der Lichtung sehr ruhig geworden war. Offensichtlich hatten sich alle nach dem Misserfolg zurückgezogen. Nur vor Arindals Pavillon brannten die Beratungsfeuer noch und er erkannte die Stimmen der Elfenritter und anderer Gefolgsleute.

37
Eine waghalsige Aktion

Oskar hatte sich in der Nähe des Pavillons ins Gras gesetzt und überlegte, wie er unbemerkt an den Teppich gelangen könnte, um ihn zu befragen. Es war ja immerhin möglich, dass der neunmalkluge Wichtel recht hatte und der Luftgeist nur eine Person tragen konnte.

Während er so vor sich hin grübelte, bemerkte er plötzlich, wie ein Tuch des Pavillons langsam nach oben geschoben wurde. Gerade so viel, dass ein Teppich mit einem bäuchlings darauf liegenden Wichtel darunter hindurch gleiten konnte. Oskar hielt den Atem an, stand auf und machte sich sprungbereit. Wie es aussah, würde der Teppich so nah an ihm vorbei schweben, dass er ihn mit einem gut gezielten Hechtsprung entern konnte.

Die Entfernung war gut kalkuliert, aber trotzdem landete Oskar im Gras, weil der Teppich einen Haken geschlagen hatte. Zack saß obenauf und hielt sich vor Lachen den kleinen Bauch.

„Du kleiner Stinker!", zischte Oskar und bekam echt miese Laune. Es war Zacks Glück, dass er außer Reichweite war.

‚Lass ihn! Das nutzt nichts', hörte er da Meldiriels Stimme im Kopf und sah den Elfen plötzlich neben dem Teppich schweben.

„Luftgeist, bitte breite dich aus! Wir müssen Zack begleiten. Er kann Flora nicht allein retten", bat Meldiriel den Teppich, der sich daraufhin gehorsam nach allen vier Seiten streckte und so niedrig flog, dass beide aufsteigen konnten. Sie setzten Zack in die Mitte und der Elf legte seinen Bogen griffbereit auf seine Knie, während der Luftgeist an Höhe gewann und Fahrt aufnahm.

„Woher wusstest du, was wir vorhaben?", fragte Oskar. „Hab ich etwa wieder zu laut gedacht?"

„Und ob!", sagte Meldiriel lächelnd. „Ich kann euch doch nicht allein gehen lassen! Noch dazu ohne eine einzige Waffe!"

„Verdammt! Da bin ich ausnahmsweise froh, dass du es gehört hast."

„Danke, und keine Angst wegen des Gewichts. Der Luftgeist kann Notfalls auch ein Mammut tragen." Als der Teppich das hörte, ruckelte er ein wenig hin und her, was wohl seine Art zu lachen war.

„Sei nicht böse, kleiner Zack", bat Meldiriel nachsichtig. „Wenn wir mit Flora zurückkommen, sagen wir allen, dass ihre Rettung allein deine Idee war."

Ydraca hatte Hunger. Sie lag in ihrem Nest und züngelte heftig, wobei ihr der Sabber aus dem Maul lief. Seit ihrer Rückkehr von Zaâmendra hatte die Böse ihr das Jagen nicht mehr erlaubt, sondern verlangt, dass sie das Mädchen bewachte, während sie selbst sehr beschäftigt war.

‚Sie wird gar nicht merken, wenn ich die Kleine jetzt fresse', dachte Ydraca. ‚Auch, wenn es langweilig ist, vorher nicht mit der Beute zu spielen. Aber ich habe Hunger, und meine Tochter muss gerächt werden!'

Vorsichtig glitt sie hinter Farzanahs Rücken auf Flora zu, die, wie hypnotisiert von den gelben, rachsüchtigen Augen des Untiers, auf ihrem Hocker saß. Die Schlange war sich ihrer Beute schon sicher, als sie urplötzlich von einem faustgroßen Eiskristall zwischen den Augen getroffen wurde.

„Wehe dir!", drohte Farzanah und Ydraca wich zurück. „Hör auf zu zischen und zu sabbern! Morgen wirst du reiche Beute erhalten. So reich, dass du heimwärts nicht mehr fliegen kannst!" Die Dunkle lachte teuflisch. „Doch jetzt muss ich mich konzentrieren, sonst geht es mir wie meinem Sohn. Ach, Ulion, du dummer Kerl!", seufzte die Fee und wandte sich wieder ihrer Arbeit zu.

Die Schlange glitt ins Nest zurück und zischte noch gefährlicher. ‚Morgen also! Endlich, aber auch dafür brauche ich Kraft', dachte sie und drehte sich der Kiste mit den Wichteln zu, doch die Kleinen ließen ihr gefasst eine große Schale Ziegenmilch und zwei ganze Brote vors Maul fliegen, die sie umgehend verschlang.

„Gut gemacht! Wenn sie satt ist, schläft sie fest", flüsterte Flora und drehte ihren Hocker so, dass sie sehen konnte, was Farzanah tat.

Die Fee hatte etwas aus einem Buch abgeschrieben und murmelte den Text nun ständig wiederholend leise vor sich hin. So als ob sie ein Gedicht lernen würde, aber das konnte unmöglich sein.

‚Egal! Wenn ich verhindern will, dass die Schlange morgen meine Freunde frisst, muss ich heute Nacht weglaufen! Ich renne, so weit ich kann, und wenn ich jemanden treffe, bitte ich um Hilfe', grübelte Flora, als sie jäh unterbrochen wurde.

„Geschafft! So ist der Spruch richtig und stark!", jubelte die Dunkle zufrieden. „Los, bring mir ein Jadekästchen, Eins, du nichtsnutziger Kerl!"

„Welches wünscht ihr denn genau, Herrin?", fragte Eins höflich und zeigte auf drei Kästchen, die im Regal nebeneinanderstanden.

„Gib mir das rechte, du törichter Wicht. Die sind doch alle völlig gleich!"

‚Nein, sind sie nicht!', dachte Eins und grinste verschmitzt in sich hinein. ‚Das rechte hat einen winzigen Riss! Aber mir soll das egal sein.'
Er ließ das Kästchen sanft auf den Tisch fliegen, während Farzanah den Beutel mit dem Schlafsand holte.
„Wenn ich den Sand hier hineintue, kann er schneller und besser verteilt werden", sagte sie zu sich selbst und band sich ein dünnes Tuch über Augen, Nase und Mund, bevor sie den kostbaren Schlafsand umfüllte und das Kästchen verschloss.
„Ist das wirklich Sand?", fragte Flora, die alles beobachtet hatte, Eins ganz leise, aber der Wichtel zuckte nur mit den Achseln und verschwand in der Küche.
Die Wichtel wussten, dass die Fee nach getaner Arbeit stets essen wollte, und servierten ihr ein köstliches Mahl. Farzanah ließ es sich schmecken! Sie war bester Laune und gewiss, dass ihrem Sieg nun nichts mehr im Wege stand!
Nach dem Essen kontrollierte sie Harnisch und Hörnerhelm und legte das Jadekästchen griffbereit dazu.
„Schlaf jetzt, Menschenkind!", forderte sie Flora zynisch auf, während sie sich selbst niederlegte. „Morgen wird ein Tag, den du niemals vergisst!"
Doch Flora war gar nicht müde. Sie saß still auf ihrem Hocker und wartete bis die Fee eingeschlafen war. Dann krabbelte sie so weit nach vorn, dass sie einen Blick auf Ydraca werfen konnte. Ihre Augen waren geschlossen und das Züngeln hatte aufgehört. Satt und voller Hoffnung auf Rache war sie eingeschlafen, während in ihren Mundwinkeln noch kleine Tropfen Ziegenmilch klebten.
Flora war zufrieden. Wenn sie jetzt ginge, hätte sie bis zum Morgen einen kleinen Vorsprung. Vorsichtig kroch sie an die Außenwand des Pavillons und versuchte den Stoff hochzuheben. Aber der war wie aus Stein und es gab nicht den kleinsten Spalt, um darunter hindurchzukriechen. Da half alles nichts! Sie musste an der Schlange vorbei zum Eingang krabbeln. Flora hielt vor Angst den Atem an, aber als sie ihn endlich erreichte, war es ihr schier unmöglich hindurchzugehen.
„Verzaubert!", flüsterte sie enttäuscht und kniete sich hin, um nachzudenken. ‚Ich muss aber hier weg, sonst sehe ich Papa und Mama, Oma, meine Geschwister und Alrick nie mehr wieder', dachte sie und kämpfte mit den Tränen, als der Schutzstein auf ihrem Armband plötzlich sanft zu leuchten begann. Nicht rot und brennend, wie bei einer Gefahr, sondern hellblau und weiß wie ein Gletscher mit Schnee. Sie spitzte die Ohren. War da nicht ein leises Geräusch? Flora stierte auf die Stelle, von der das Rascheln kam. ‚Das

ist bestimmt Ulion, der nun doch zurückkommt', dachte sie und versuchte, sich ganz klein und unsichtbar zu machen, während sie den Eingang nicht aus den Augen ließ. Plötzlich begann der Stoff an einer Stelle zu glitzern und zu funkeln und wurde ganz durchlässig. Zuerst kam eine Hand hindurch, dann eine zweite und schließlich blickte Flora mit weit aufgerissenen Augen direkt in Meldiriels lächelndes Gesicht. Der Elf legte einen Finger auf seine Lippen und bedeutete ihr, ihm leise zu folgen, was sie auch sofort tat. Als sie draußen war, fiel sie ihm dennoch leise jubelnd um den Hals.
„Ich wusste, dass ihr mich finden würdet! Wo ist Alrick? Wie hast du das mit der Tür gemacht? Feenstaub? Ach, wie schön!", plapperte sie ohne Unterlass, obwohl der Elf sie mehrmals mahnte, still zu sein. Doch die Anspannung, die in Flora steckte, wollte heraus und ließ sich nicht stoppen. Der Elf nahm sie schließlich auf den Arm und glitt mit ihr dorthin, wo die anderen auf dem Teppich warteten. Er warf sie förmlich in Oskars Arme, schwang sich selbst hinauf und bat den Teppich abzuheben. Das geschah keine Sekunde zu früh, denn schon versengte Ydracas Feuerstoß das Gras dort, wo der fliegende Teppich gerade noch gewartet hatte.
„Du wärst besser still gewesen!", rügte Meldiriel Flora, die schuldbewusst den Kopf hängen ließ. „Nun kleben sie uns an den Fersen!"
„Es tut mir leid! Was soll ich jetzt tun?"
„Flach hinlegen und festhalten!", war die knappe Anweisung, der jeder nachkam, während der Teppich sein Bestes gab.
„Du verruchtes Vieh! Warum hast du nicht besser aufgepasst?", fluchte Farzanah, als sie erwachte und die Flucht bemerkte. „Aber, bei allen Dämonen, das wird euch auch nicht retten!"
Sie zog sich an, warf Harnisch und Helm über, steckte das Jadekästchen ein und rannte mit dem Zaumzeug hinaus, wo die Schlange bereits wartete und sofort steil nach oben flog, als Farzanah aufgestiegen war. Das Untier wusste, je schneller sie flog, umso schneller würde sich ihre Rache erfüllen. Sie schlängelte und ruderte mit aller Kraft und kam dem weit entfernten Teppich Meter um Meter näher. Ein Erfolg, den sie mit heftigen Feuerstößen zelebrierte.
Der Teppich war unglaublich! Er reagierte mit raffinierten Ausweichmanövern, schlug Haken, stieg steil an oder stürzte sich förmlich in die Tiefe. So gelang es ihm, sich und seine Fluggäste vor Verbrennungen zu bewahren, aber der ständige Richtungswechsel kostete nicht nur Geschwindigkeit, sondern verlangte auch den Mägen der Kinder so einiges ab. Lediglich Meldiriel ging es gut, während sich die anderen an den Teppichrand klammerten und ein Bild des Jammerns boten. Das war schlimmer, als Achterbahn zu fahren.

„Kotz nicht auf den lieben Teppich!", forderte Flora Oskar auf und fingerte mühevoll ein klebriges Pfefferminzbonbon aus ihrer Hosentasche. „Lutsch das! Es hilft vielleicht!"
Normalerweise hätte der Große das Angebot aus hygienischen Gründen abgelehnt, aber dieser besondere Fall erforderte besondere Maßnahmen. Er steckte den Drops in den Mund, und tatsächlich stellte sich Besserung ein.
„Danke!", stammelte er und krallte sich fest, als der Teppich rasant zur Seite auswich.
Ydraca war inzwischen so nah, dass sie die Hitze ihrer Feuerstöße spürten.
Da kniete sich Meldiriel hin und legte einen Pfeil in den Bogen. Er wusste, dass er die Schlange nicht lebensgefährlich verletzten konnte, aber vielleicht konnte er sie flugunfähig machen, indem er sie ins Maul oder in die Augen traf.
Er konzentrierte sich und schoss. Daneben! Minimal nur, aber eben daneben. Er legte schnell nach und zielte akribisch, aber diesmal kam der Pfeil noch nicht einmal an. Ydraca verbrannte ihn schon in der Luft.
Meldiriel biss sich wütend auf die Lippe und sandte ruhig Pfeil um Pfeil. Farzanah musste ihnen ausweichen und dies erschwerte ihren Flug.
„Flieg ruhiger, du Drache, und wackle nicht so", keifte sie aufgebracht und schleuderte einen unerwarteten Eishagel auf die Flüchtenden.
Meldiriel wurde von tennisballgroßen Eisstücken an der Schulter verletzt. Er ließ den Bogen fallen und sank stöhnend neben Oskar nieder, wo er, genau wie die anderen, kein gutes Ziel mehr für Farzanah abgab.

Den guten Mächten sei Dank, zeigte sich der Teppich von alldem völlig unbeeindruckt. Er flog, was seine Fransen hergaben, und ließ sich weder von Feuer noch von Hagel ablenken. Mit wahnsinniger Geschwindigkeit flog er seine riskanten Manöver und war immer darauf bedacht, seine Fracht nicht zu verlieren. Ihm allein war es zu verdanken, dass sie ihr Leben nicht verloren und der Heilige Wald endlich vor ihnen lag.
„Du musst jetzt die anderen alarmieren, Oskar!", gebot der Elf stöhnend, während er seine Hand auf die stark blutende Wunde presste.
„Ich? Gerne doch, wenn ich ein Handy hätte!"
„Keine Zeit für Sprüche! Rufe Tibana und Arayn!"
„Verdammt! Ich mach ja schon", schrie Oskar und bekam Angst, dass alle auf der Lichtung verloren wären, wenn er sie jetzt nicht telepathisch vorwarnen

würde. „Was haben wir uns nur dabei gedacht?", flüsterte er und schloss die Augen. ‚Hallo, kann mich irgendjemand hören? Biiiitte!', flehte er. ‚Bitte! Alarm!'

Die Sturmschwestern

38
Das Dreieinige Zepter

Kurz nachdem die drei waghalsigen Helden zu Floras Rettung aufgebrochen waren, suchten Mirla und Tuck ihre Sprösslinge zusammen und konnten Zack nirgends finden. Sie suchten überall, und es dauerte nicht lange, da bemerkten sie auch das Fehlen des Teppichs.
„Denkst du, was ich denke, lieber Tuck?", fragte Mirla ihren Mann und stemmte dabei ihre Arme in die Hüften.
„Wenn du denkst, dass Zack eine Dummheit aushecht, dann hast du recht", antwortete der wütend und besorgt zugleich. „Er ist mit dem Teppich los, um Flora zu holen, weil wir das mit der Flöte so gemacht haben."
„Wir müssen es Tibana sagen!", entschied Mirla und setzte den Vorschlag sofort in die Tat um.
„Das ist nicht euer Ernst!", erwiderte die alte Fee besorgt. „Ich glaube, ich muss mal ein ernstes Wörtchen mit ihm und dem Teppich reden!"
„Mit Oskar und Meldiriel auch", warf Till ein, der die beiden überall gesucht hatte, bevor er zu den anderen ging. „Die konnte ich auch nirgends finden!"
„Dann müssen wir davon ausgehen, dass sie zu dritt unterwegs sind!", stellte Arayn ärgerlich fest.
„Denkt ihr wirklich, sie wollen Flora retten?", fragte Lilly.
„Was denn sonst? Es ist gewagt und unüberlegt! Wenn sie ertappt werden, hat die Dunkle vier Geiseln. Wenn sie erfolgreich sind, sollten wir uns vorsichtshalber auf den Angriff einer rasenden Fee und einer feuerspeienden Schlange vorbereiten. Till und Lilly, lauft und sagt Ilea, dass er das Horn blasen soll. Da wir keine Waffen tragen dürfen, sollten sich wenigstens alle vor Feuer und Eis schützen. Ich habe so eine Ahnung, dass die heutige Nacht über das Schicksal Arwarahs entscheidet!"
Till und Lilly stoben davon, während Arayn und Tibana in ihre Pavillons gingen, um schützende Kleidung anzulegen. Tibana zauberte dick gefütterte Jacken für sich und jeden, der es nicht selbst konnte, während Arayn, der König und die Elfenritter Lederzeug und die Harnische anlegten.
Obwohl sie ihr Vorgehen im Falle eines Angriffs wieder und wieder besprochen hatten, war die Stimmung auf der Lichtung jetzt mehr als angespannt. Trotzdem versammelte sich das Geheime Volk beim Ertönen des Horns, wie vereinbart, beim Ritualstein am Ufer des magischen Sees. Als der König kam,

bildete sich eine Gasse, damit er in ihre Mitte treten konnte.

„Meine Freunde!", sprach er. „Wir haben Grund zu der Annahme, dass Oskar, Meldiriel und Zack mit dem fliegenden Teppich unterwegs sind, um Flora aus Farzanahs Gewalt zu befreien. Wir wissen nicht, welche Reaktion diese eigenmächtige Handlung hervorrufen wird und müssen auf alles gefasst sein! Um sicherzugehen, werde ich auf Erkundung fliegen. Ich muss wissen …"

Weiter konnte er nicht sprechen, denn Arayn fasste ihn am Arm und tippte sich selbst mit dem Zeigefinger an den Kopf, um Arindal zu bedeuten, dass er telepathisch kontaktiert wurde.

„Das war Oskar, mein König!", sagte Arayn hastig, als der Kontakt abgebrochen war. „Sie haben das Kind und sind mit dem Teppich auf dem Weg zu uns. Farzanah reitet die fliegende Schlange und folgt ihnen auf dem Fuß. Es gibt keine Orks und keine Dunkelelfen. Sie kommt allein!"

„Gut zu wissen! Volk von Arwarah, versammelt euch im Schutze des Weltenbaums, doch bitte gebt acht, dass eine Gasse frei bleibt, durch die wir die Dunkle zu ihm bringen können! Die Ritter und ich erwarten sie und die Schlange am magischen See! Tibana, Gertrude und Arayn, ihr haltet euch am Ritualstein bereit, um das Zepter zusammenzusetzen, sobald Flora eintrifft. Alrick, du bleibst bei ihnen und spielst die Flöte, solange es geht und es hilfreich ist. Ilea, gleite auf den höchsten Baum und blase das Horn, sobald du ihrer ansichtig wirst!", befahl Arindal gut überlegt. Dann machte er eine Pause und fuhr mit feierlicher Stimme fort: „Volk von Arwarah, steht zueinander! Bündelt eure magischen Kräfte mit dem Weltenbaum und dem magischen See! Die entscheidende Stunde ist da. Tut, was nötig ist!"

Der König hatte kaum ausgesprochen, da wurden seine Anweisungen schon erfüllt. Die Zentauren schlossen sich den Elfenrittern an, während sich Dori und Fili Eisenbeiß die Ärmel hochkrempelten, um die Gruppe am Ritualstein zu verstärken und die bereitliegenden Zepterteile zu bewachen.

Es dauerte nicht lange, da ertönte das Signal. Alle blickten zum Himmel über den Bäumen, wo der Teppich in Sicht kam und mit hoher Geschwindigkeit hakenschlagend näherkam. Die gefiederte Schlange war dicht hinter ihm, aber da sie weniger wendig war, trafen ihre Feuerstöße zum Glück ins Leere.

Je näher sie kamen, umso deutlicher konnte man die Gesichter der Besatzung erkennen, die bäuchlings auf dem Teppich lag und sich mit aller Kraft festhielt. Meldiriel nur mit einer Hand, das Gesicht von Schmerz verzogen, während er Oskar, Flora und Zack so gut es ging mit seinem Körper schützte. Farzanah auf der Schlange sah gar nicht mitgenommen aus, ganz im Gegenteil! Die schöne Reiterin saß stolz und gerade auf der Schlange und hielt die

Zügel straff, während sie ihren Anflug mit einem boshaften Lachen begleitete. „Ihr Armseligen! Ihr seid also alle zusammengekommen, um mich zu empfangen! Wie überaus freundlich von euch!", rief sie schallend und verneigte sich spöttisch.

Sie verspürte keine Angst, weil sie sich sicher war, dass das Zepter nicht funktionieren würde. Darüber hinaus hatte sie genügend Schlafsand bei sich, um den Kampf um die Krone Arwarahs kurz und schmerzlos zu ihren Gunsten zu beenden. Sie musste lediglich schnell genug sein.

Je näher die Schlange dem Teppich kam, desto häufiger und heftiger wurden ihre Feuerstöße. Und jedes Mal, wenn der Teppich durch ein wahnwitziges Ausweichmanöver entkam, stießen die Zuschauer unten einen Ruf der Erleichterung aus. Bei seinem Anflug auf die Lichtung, hatte er zwischen den Bäumen aber viel weniger Platz. Dort half nur noch die Flucht nach vorn. Der Teppich mobilisierte seine letzten Kräfte und beschleunigte so sehr, dass er den magischen See mit einem Schub überquerte und am gegenüberliegenden Ufer auf die Lichtung glitt, wo er reglos liegen blieb.

Ydraca nutzte diese Gelegenheit. Sie feuerte noch einmal auf ihre Beute, und sie traf! Obwohl Meldiriel den Teppich geistesgegenwärtig nach oben riss, wurde Oskar an den Beinen getroffen. Meldiriels Haare, Nase und Augenbrauen wurden versengt und der Teppich bekam ein großes Brandloch. Flora und Zack blieben zum Glück unverletzt.

Triumphierend flog die Schlange mit weit aufgerissenem Maul über die Köpfe der Geflohenen hinweg. Sie versuchte zuzubeißen, konnte die Beute aber nicht erreichen, weil Farzanah landen wollte und darum heftig an den Zügeln zog. Vor Wut holte sie stattdessen mit dem Schwanz zu einem gewaltigen Schlag aus. Ydraca traf nicht, weil sich der Teppich blitzschnell zusammenrollte, aber dort, wo er aufschlug, hinterließ er einen tiefen Abdruck im Boden. Nicht auszudenken, was geschehen wäre, wenn sie getroffen hätte!

Einen Moment lang waren die Flüchtenden so erschrocken, dass sie sich nicht rühren konnten. Meldiriel rappelte sich als erster auf. Er rollte den Teppich auf und rief Oskar und Zack etwas zu, während er sich Flora kurzerhand über die gesunde Schulter warf. Ungeachtet der Gefahr glitt er an Schlange und Reiterin vorbei quer über den See, zu den helfenden Händen, die sich ihnen dort entgegenstreckten.

Oskar wollte Meldiriel folgen, aber seine verbrannten Füße schmerzten so sehr, dass er nicht aufstehen konnte.

„Bleib unsichtbar, kleiner Zack, und lauf zu deinen Eltern!", flüsterte er dem Wichtel zu, bevor er selbst, so gut es ging, auf allen vieren aus Ydracas Reichweite kroch. Vor Schmerz und Scham traten ihm die Tränen in die Augen und er fühlte sich jämmerlich. Anstatt sich im Kampf zu beweisen, krabbelte er vor aller Augen davon wie ein Kind, während Ydraca ihn bereits wieder ins Visier nahm! Da ertönte plötzlich eine leise, flotte Weise. Alrick hatte Oskars Not erkannt. Er drehte Farzanah den Rücken zu und beschwor ganz unbemerkt den Wind herauf, um ihn sicher über den See zu tragen. Er stellte sich dessen Rettung so bildlich vor, dass Oskar schließlich von einer Böe erfasst und zu Tibana getragen wurde.

„Gütige Mächte, mein Junge, was ist mit dir?", fragte sie bestürzt.

„Ydraca! Meine Füße! Hab' was abbekommen, kann nicht laufen!", stöhnte er und blieb einfach sitzen, während Tibana sich seine Verletzungen ansah. Das ging ganz schnell, denn Oskars Chucks mitsamt den Strümpfen und dem unteren Teil seiner Jeans waren einfach verglüht und abgefallen. Immerhin hatten sie so viel Schutz geboten, dass er zwar Brandblasen, aber keine tieferen Verletzungen hatte.

„Ich werde jetzt warten, bis du deine Rache gestillt hast, elender Lindwurm", sprach Farzanah zu Ydraca und stieg ab. „Doch rate ich dir, mach schnell, sonst werde ich dich auch mit schlafen legen!"

Das war Ydraca mehr als recht. Sie hatte viel zu lange auf die Erfüllung ihre Rache gewartet. Nun sah sie ihre Erzfeinde am gegenüberliegenden Ufer stehen. Tibana und die vier Menschenkinder konnten das Leben ihrer siebenköpfigen Tochter zwar nicht aufwiegen, aber sie zu töten war das Einzige, was sie noch für sie tun konnte. Fünf Leben für ein Leben! Ein einziger langer Feuerstoß würde genügen. Sie drehte sich so, dass sie alle, die am Ritualstein standen fest im Blick hatte. Dann stellte sie das Nackenschild bedrohlich auf und ließ ihre Giftzähne blitzen, während sie ihren schwefligen Atem mit einem genussvollen Fauchen über den See blies! Mit Schrecken erkannte sie, dass der Strahl nicht bis hinüber reichte. Sie hatte während der Verfolgungsjagd so viel Feuer gespuckt, dass ihre Schwefeldrüsen jetzt nicht genügend Druck aufbauen konnten. Sie musste näher an ihr Ziel heran. ‚Der beste Platz zum Feuern wäre aus der Mitte des Sees heraus', dachte sie. ‚Dort bin ich wendiger und habe eine höhere Treffsicherheit.'

Vor Gier nach Blut und Fleisch troff ihr der Speichel aus dem Maul, während sie ins Wasser glitt und mit zwei kräftigen Schwanzschlägen in die Mitte des Sees gelangte.

Die Feen und Elfen hätten es nicht zu hoffen gewagt, aber Ydraca ging ohne ihr Mitwirken, von selbst in die Falle, die sie ihr mit Hilfe der Herrin der Quellen gestellt hatten! Sie fassten sich schnell an den Händen und begannen, den Licht-Mondzauber wirksam werden zu lassen. Ein tiefer, summender Ton aus ihren Kehlen bündelte die starke Energie, bis der Boden des magischen Sees zu leuchten begann. Die Myriaden von Lichttröpfchen, die beim Mondzauber aus dem Stern in den See gefallen waren, stiegen nun als feinster, leuchtender Nebel wieder auf.

Die Schlange witterte die Gefahr. Jetzt half es nur noch, schnell zu sein. Sie schlängelte heftig mit dem Schwanz und reckte ihren gehörnten Kopf drohend aufgerichtet wie eine riesige Kobra aus dem Wasser. Dann öffnete sie ihr Maul, doch bevor sie ihren todbringenden Atem ausstoßen konnte, erschallte Tibanas Stimme über den See: „Höre mich, Licht! Höre mich, Wasser! Wir stehen am Ufer des magischen Sees, dessen klares Wasser die Herrin der Quellen zu unserem Schutz mit dem reinen Mondlicht verbunden hat. Erhört meinen Ruf, ihr hohen Mächte, und lasst diese Kraft, wie vorherbestimmt, alles auslöschen, was uns durch Feuer und Hitze bedroht! Tilge den tödlichen Atem der Schlange! Vernichte sie und ihre Glut! So ist es gesprochen!"

Ihre Worte waren kaum verklungen, da umschloss der magische Nebel den Leib der Schlange und lähmte sie mehr und mehr.

Ydraca riss wütend ihr Maul auf und schüttelte den Kopf mit dem aufgestellten Schild, bis sie nur noch als leuchtende Skulptur aus dem See herausragte.

Das Geheime Volk beobachtete den Zauber fasziniert und konnte nur ahnen, welche enorme magische Kraft hier am Wirken war.

Als sich der Nebel allmählich lichtete, war Ydraca zu Eis geworden! Glasklar und schimmernd, jede Feder ihres Nackenschildes und jede Schuppe ihrer Haut! Unwiderruflich verwandelt, wie bei jedem Spruch einer mächtigen Fee! Die Anwesenden atmeten hörbar aus, doch die Gefahr war noch längst nicht vorbei.

Farzanah stand noch immer unweit der Stelle, wo sie von Ydraca abgestiegen war. Sie war enttäuscht, weil das Untier keinen einzigen Feind getötet hatte, und beobachtete gleichgültig ihren Untergang. Wahrscheinlich wäre dies

ohnehin ihr letzter gemeinsamer Flug gewesen, denn sie fand, dass die Nebelkrähen Arindals wesentlich angemessener für eine Feenkönigin wären.
„Nicht schlecht, liebste Feindin", murmelte sie mit einem hasserfüllten Blick auf Tibana.
Als sie sah, dass alle Augen nun auf sie gerichtet waren, holte sie das Jadekästchen aus ihrer Schultertasche heraus. Sie setzte ein Lächeln auf, das zweifelsohne jeden Menschenmann in ihren Bann gezogen hätte, und trug es mit ausgestreckten Armen würdevoll vor sich her.
„Volk von Arwarah! Es wird Zeit, sich zu versöhnen, und darum bringe ich euch dieses erlesene Geschenk!", rief sie laut und blieb in gebührender Entfernung vom Ritualstein stehen, als ob sie auf eine Einladung zum Nähertreten wartete. Doch die Anwesenden reagierten nicht. Einen Augenblick lang waren sie sprachlos über diese sonderbare Wendung. Selbst Alrick wurde in ihren Bann gezogen und vergaß dabei das Flötenspiel. Er hielt Lillys Hand, die beim Anblick der Fee am ganzen Körper zitterte und wortlos auf den alarmierenden Schutzstein zeigte. Ihren Geschwistern und vielen aus dem Volk erging es ebenso.
„Wie es scheint, hat hier keiner mit Diplomatie gerechnet. Nicht einmal du, Arindal?", sagte sie an den König gewandt. „Dabei ist die liebe Farzanah doch immer für eine Überraschung gut. Seht und genießt, was ich euch mitgebracht habe!"
Sie schloss das Visier an ihrem Helm und hielt das geöffnete Kästchen hoch über ihren Kopf, während sie mit hasserfüllter Stimme einen schwarzen Zauberspruch sprach:
„Hurikaâni sisareth nouse ylos ..."
„Bei allen Mächten! Sie ruft die Orkanschwestern um Hilfe an", flüsterte Tibana entsetzt und griff nach ihrem Zauberstab, der ihr jedoch sofort auf magische Weise entrissen wurde, während Farzanah weitersprach.
„... Orkanschwestern erhebet euch! Verlasst eure stürmischen Gefilde! Ich brauche die Kraft eurer starken, weitreichenden Schwingen, um das Verderben über meine Feinde auszubreiten!
Ich rufe dich Nordtrun, wild und gewaltig,
Ich rufe dich Ostritt, schön und eiskalt,
Ich rufe dich Südrun, stolz und glühend heiß,
Ich rufe dich Westlind, zart und sehnsuchtsvoll!
Folgt meinem Wort und meinem Willen und tragt den ewigen, unauslöschlichen Schlaf mit stürmischem Atem in jeden Winkel dieser Welt!"
Schon während sie sprach, erhob sich der Wind aus jeder Himmelsrichtung.

Man hörte es so gewaltig pfeifen und heulen, dass man die letzten Worte Farzanahs kaum noch verstand. Bald stürmte es so heftig, dass die zarten Stoffbahnen der Pavillons abgerissen wurden und wie Segel davonflogen. Blätter und Kiesel, Kleidung, Geschirr und andere Gegenstände wurden zum Spielzeug der Orkanschwestern und wirbelten und tanzten wie wild auf der Lichtung umher. Die Wichtel wurden umgerissen, und die Zwerge konnten sich nur deshalb aufrecht halten, weil sie ihre Äxte in den Boden rammten. Die Zentauren suchten Schutz zwischen den Bäumen, während sich Elfen und Feen um den Ritualstein herum niederduckten. Arayn war in ihrer Mitte und schirmte die drei Zepterteile mit einem Zauber ab. An ein Zusammensetzen war nicht zu denken, weil Flora und Gertrude in der Menge steckten und damit beschäftigt waren, sich auf den Beinen zu halten.
Nachdem die Orkanschwestern ihren Spaß gehabt hatten, trafen sie sich über Farzanahs Kästchen. Sie waren durchsichtig wie Luft, aber wer genau hinsah, konnte ihre langen, wirbelnden Locken und ihre wehenden Kleider schemenhaft gegen den Himmel sehen. Sie tanzten einen wilden Reigen und bliesen dabei abwechselnd in das Jadekästchen hinein.
Farzanah stand stolz und fest da, wie eine Kriegerin. Siegessicher hielt sie das Kästchen erhoben und wartete auf das Einsetzen des ewigen Schlafs. Aber es passierte nichts! Die Orkanschwestern sausten lachend davon und ließen den Ort völlig verwüstet zurück. Auf der Lichtung herrschte minutenlang völlige Stille, durch die plötzlich ein nicht enden wollender Wutschrei gellte.

Das Geheime Volk gewann langsam seine Fassung zurück, aber keiner von ihnen kannte den Grund für die gewaltige Enttäuschung der dunklen Fee. Keiner, außer ihr selbst begriff, dass der alles entscheidende Zauber misslungen war, weil der kostbare Schlafsand durch den Riss im Jadestein gesickert und verloren gegangen war.
„Neuer Plan", fauchte Farzanah und fasste sich wieder. Sie drehte sich wie ein Kreisel und war plötzlich von einem Eissturm umgeben. Glitzernde, messerscharfe Eiskristalle wirbelten rasend schnell um sie herum und drohten, jeden zu verletzen. So kam sie den Anwesenden immer näher, was diese endlich aus ihrer Erstarrung riss.
Alrick riss seine Flöte an sich, und während Farzanah ihnen gefährlich nahekam, spielte er so, wie er noch nie zuvor in seinem Leben gespielt hatte. Es war, als würde die Magie aus seinem Körper in die Flöte fließen und als Zau-

bermelodie wieder herausströmen. Sie umschloss die dunkle Fee und verwandelte die Eiskristalle in bunte Blumen an einer langen Liane, die sich enger und enger um Farzanah wand, bis sie sich nicht mehr bewegen konnte.

Unter dem Jubel der Menge führte Gertrude Flora zum Ritualstein und Alrick beendete sein Spiel. Er reichte Gertrude die Zauberflöte und drückte Flora kurz an sein Herz, bevor er ihr das Basisstück in die Hände legte. Flora wusste nicht, was sie tun sollte, und blickte Gertrude, die ihr sonderbar verändert vorkam, hilfesuchend an.

„Liebling!" sagte Gertrude sanft. „Ich bin es, Omi. Wir müssen das Zepter zusammensetzen. Geschwind! Halte die Brosche schön fest, während ich die Flöte einfüge."

„Omi", flüsterte Flora erleichtert. „Mach schnell, die Böse zappelt sich frei!"

Vor Aufregung zitterten Gertrudes Hände, als sie die Flöte in die vorgesehene Öffnung einsetzte, wo sie durch eine leichte Drehung mühelos einrastete.

„Yippieee!", entfuhr es Till, während Gertrude und Flora die beiden Teile auf den Ritualstein stellten und Arayn das Elfenlicht mit feierlicher Mine obenauf setzte.

Die kleine Flora war tatsächlich der Schlüssel zum Erfolg gewesen, und obwohl niemand einen Spruch gefunden hatte, um es in Gang zu setzen, stand das Dreieinige Zepter nun in seiner ganzen Pracht vor ihnen!

„Seht doch!", rief Flora und zeigte aufgeregt auf das Zepter, dessen drei Teile zu einer Einheit verschmolzen, wobei die Energie dafür aus dem blütengeschmückten Basisteil kam. Auf einmal schien es viel größer und mächtiger zu sein. Das Elfenlicht strahlte und leuchtete heller denn je. Es tauchte die Lichtung in zauberhaftes Licht, während die Flöte auf magische Weise von selbst zu spielen begann. Eine wunderbare Melodie, die an das helle Plätschern eines Baches an einem sonnigen Frühlingstag erinnerte. Alrick hielt den Atem an und versuchte sich die Melodie zu merken, als sie sich plötzlich änderte und sehr bedrohlich klang. Das Elfenlicht verlor seinen herrlichen Glanz und färbte sich giftig grün. Der Grund dafür war schnell gefunden. Farzanah hatte sich von den Lianen befreit und stand Arayn kampfbereit mit gezücktem Zauberstab gegenüber.

„Arayn! Du bist also auch zurückgekehrt", sagte sie mit bitterer Stimme, denn von der Ankunft des Feenfürsten hatte sie keine Ahnung gehabt.

„Jawohl, und ich bin betrübt über deinen Frevel, denn ich habe nur Schlechtes von dir gehört! Kaum zu glauben, dass du einmal eine von uns warst. Was ist nur aus dir geworden?"

„Das fragst ausgerechnet du? Du hast ein elendes Menschenweib zur Frau genommen und jahrelang unter diesen Unwürdigen gelebt. Verräter der Macht! Was hättest du dort nicht alles erreichen können, bei deiner Stärke und deinem Verstand! Aber du hast sie als Freunde betrachtet, anstatt sie zu unterwerfen! Nun ist es an mir, das zu tun, wenn ich mit euch allen fertig bin", drohte sie mit einem diabolischen Lachen.

„Nein, das wirst du nicht!"

„Doch, denn ihr hofft vergebens auf die Magie dieses Zepters. Es ist ziemlich unwirksam. Keine Ahnung, woher ihr diese Flöte habt, sie ist nur eine Attrappe. Ulion und ich haben das Original längst zerstört!", fauchte sie böse und erhob ihren Zauberstab, während König Arindal an Arayns Seite trat.

„Da irrst du dich! Die zerstörte Flöte war nur ein Duplikat, das die kunstfertigen Zwerge hergestellt hatten. Die mutigen Wichtel sind zu dir geflogen und haben sie gegeneinander ausgetauscht. Du siehst, wir haben Alricks Flöte schon lange zurück!", sagte er.

„Genug der Worte!", befahl Arayn und hob das Dreieinige Zepter auf, sodass es jeder sehen konnte. Er ging auf Farzanah zu, während er es wie einen Schild vor sich hielt und Farzanah unwillkürlich davor zurückwich.

„Ihr lügt! Das glaube ich nicht! Wie wäre es denn mit einem magischen Duell auf Leben und Tod?", fragte sie angriffslustig, während sie der Steineiche unbeabsichtigt immer näherkam. „Dann könntest du selbst oder ein anderer aus dieser jämmerlichen Gesellschaft, die lieber tanzt als kämpft, gegen mich antreten. Nur zu, wer wagt es?", forderte sie die Anwesenden auf und drohte Arindal und den Elfenrittern mit der Faust.

„Nein, einen Kampf wird es nicht geben!", sprach König Arindal bestimmt. „Aber wir werden dich richten!"

„Mich richten? Ach, und wer von euch Verlierern will sich zum Richter erheben? Du vielleicht, oder Arayn, oder noch besser, Tibana, meine Lieblingsfeindin? Ich verrate euch was! Ihr könnt mich nur richten, wenn ihr mich habt, und deshalb verschwinde ich jetzt", rief sie und wollte sich wieder mit einem schützenden Eissturm umgeben, aber das gelang ihr nicht. Stattdessen spielte das Zepter eine neue Weise, die nach und nach alle Lichter löschte, bis die Lichtung in völliger Dunkelheit und Stille lag. Es war nichts zu hören, als die Zaubersprüche der rasenden Fee, die dem Dreieinigen Zepter durch eigenen Zauber trotzen wollte. Doch sie versagten alle, und so blieb Farzanah bebend vor Wut in einer Dunkelheit gefangen, die so schwarz und undurch-

dringlich war wie sie selbst.
Plötzlich erhob sich ein Rauschen in den mächtigen Ästen und Zweigen des Weltenbaumes und ein brennendes Tor, das von seinen Wurzeln bis zur Krone reichte, erschien auf der rissigen Rinde seines uralten Stammes. Obwohl es keiner der Anwesenden je zuvor erlebt hatte, wusste jeder, dass der Augenblick der Gerechtigkeit gekommen war. Die höhere Macht des Weltenbaumes, die diesem Wald innewohnte, hatte sich eingeschaltet. Sie, und nicht das Geheime Volk, würde nun über Farzanah Recht sprechen.

Die Anwesenden verharrten regungslos und schauten ehrfürchtig auf das brennende Tor. Da zuckte jäh die gleißende Gabel eines Blitzes über den Himmel, dem ein gewaltiger Donner folgte. Das Licht des Tores färbte sich grün. Der Weltenbaum richtete sich auf und streckte seine Äste in doppelter Größe gen Himmel, sodass sie die Lichtung überdachten wie die gewölbte Decke einer Kathedrale. Das Rauschen nahm zu, und plötzlich sprach eine kraftvolle Stimme daraus: „Ich, der ich so alt bin wie Welt, grüße Euch! Ich verbinde das Leben unter der Erde mit dem Leben über der Erde und mit dem Göttlichen! Dies ist ein spiritueller Ort, an dem sich Arwarahs Kraftlinien kreuzen. Hier ist die Heimstatt der Geister dieses heiligen Waldes! Tretet vor, König des Geheimen Volkes, und sprecht mir Euer Begehren aus!"
„*Mea govannen*, ehrwürdiger Weltenbaum!", sprach der König und trat einen Schritt nach vorn. Er verneigte sich tief, legte die Hand zum Gruß auf sein Herz und alle anderen taten es ihm gleich. „Ihr selbst habt uns ausrichten lassen, dass dies der Ort ist, an dem die erhabenen Mächte dieses heiligen Waldes Gerechtigkeit walten lassen."
„So ist es, und es ist auch der Platz, an dem das Urteil vollstreckt werden wird!"
„Dann bitte ich die Mächte im Namen meines Volkes ein gerechtes Urteil über die Fee Farzanah zu sprechen, die hier in unserer Mitte weilt", sagte der König schlicht.
„Wie ich sehe, habt ihr die Teile des Zepters und die Dreieinige Macht gefunden, die es zusammensetzen und nutzen kann! Sie sollen jetzt vortreten und es zu mir bringen!", verlangte der Weltenbaum, und Gertrude, Flora und Arayn erfüllten seinen Wunsch. Als der Feër es vor dem Weltenbaum ins Gras stellen wollte, erhob es sich wie von Geisterhand getragen und schwebte vor das brennende Tor, wo es in der Luft verharrte.

Farzanah erbleichte und betrachtete es mit zusammengekniffen Mund. Scheinbar hatte Arindal die Wahrheit gesagt.

Da begann das Dreieinige Zepter seinen Zauber zu entfalten. Es wurde durchsichtig wie ein reiner Kristall und fing überall zu leuchten an. In seinem Inneren entstand ein Wirbel aus Zahlen, Buchstaben, Bildern, Zeichen und Formeln, die in rasender Folge auftauchten und wieder verschwanden, sodass man ihre Bedeutung nur ahnen konnte.

„Geheimes Volk, beugt eure Knie vor dieser uralten Macht!", forderte der Weltenbaum, und sogleich kam jeder seiner Aufforderung nach. Nur Oskar blieb sitzen und drückte die schmerzenden Beine in das kühle Gras. Ein paar mitleidige Elfen hatten ihn vom See vor den Weltenbaum getragen, aber knien konnte er nicht. Die vorangegangenen Ereignisse hatten leider dazu geführt, dass er bis jetzt nur notdürftig versorgt worden war.

„Tritt vor, Farzanah aus Arwarah! Die hier Anwesenden bitten darum, dich im Namen des Geheimen Volkes zu richten!"

„Dazu haben sie kein Recht!", fauchte die Fee furchtlos und stellte sich hocherhobenen Hauptes vor das Zepter und den Weltenbaum.

„Sprich, König von Arwarah! Wessen klagt ihr sie an?"

„Wir klagen sie an, den Menschen und dem Geheimen Volk mutwillig geschadet zu haben, um die Krone Arwarahs an sich zu reißen! Dabei schreckte sie vor nichts zurück! Nicht vor Krieg und nicht vor dem Missbrauch ihrer Macht!

Wir klagen sie an, Prinz Alrick seinerzeit verzaubert und zum Hohn auf eine silberne Dose gebannt zu haben, damit die Flöte nicht gespielt und das Boot zur Menschenwelt nicht gerufen werden konnte.

Wir klagen sie an, das Elfenlicht von Arwarah mit einem dunklen Zauber belegt zu haben. Das führte zu einer verheerenden Zwietracht zwischen den Elfen und den anderen Stämmen des Landes, der ich lange Zeit nicht abhelfen konnte, da sie mich auf Darwylaân gefangen hielt.

Wir klagen sie an, das Volk der Zwerge bestohlen und einige Schmiede versklavt zu haben! Wir klagen sie an, dieses kleine Menschenmädchen entführt und gefangen gehalten zu haben!", antwortete der König mit einer Stimme, die kalt war wie Eis. „Zu guter Letzt klagen wir sie an, mit ihrem Sohn Ulion in die Universität von Zaâmendra eingebrochen zu sein, wo sie großen Schaden anrichtete. Von Flora wissen wir, dass sie dort Schlafsand gestohlen hat, um so viele wie möglich von uns in einen todesähnlichen Schlaf zu schicken. Edle Mächte, wir sind der Meinung, dass sie machtbesessen und uneinsichtig ist, und wollen sie darum aus unserer Gemeinschaft ausschließen!"

„König Arindal, sprecht Ihr für alle?"

„Ja, das tue ich!", antwortete der König aufrichtig und ein Raunen, das durch die Menge ging, bekräftigte seine Worte.

„Bringt mich doch einfach um, ihr Kleindenker! Ich kann euer lächerliches Gejammer nicht länger ertragen!", kreischte Farzanah, als sie die Anklage vernommen hatte.

„Das forderst du nur, weil du weißt, dass wir einander nicht töten!", donnerte der Weltenbaum.

„Wir töten einander nicht!", äffte sie ihn nach. „Für das Geheime Volk mag es ansatzweise stimmen, aber für die unwürdigen Menschen stimmt es mit Sicherheit nicht!"

„Farzanah aus Arwarah! Du solltest jetzt etwas zu deiner Verteidigung vorbringen, anstatt andere zu beleidigen!"

„Wozu?! Meiner Ansicht nach habe ich nichts Unrechtes getan!"

„Du bist eine ausgebildete Fee und weißt, dass der Kodex der magischen Geschöpfe verlangt, jeglichen Missbrauch zu ahnden. Stimmst du dem zu?", fragte der Weltenbaum, aber Farzanah schwieg. „Die Zentauren haben deinen Sohn Ulion auf diese Lichtung gebracht. Er ist in den ewigen Schlaf gesunken, ist das auch dein Werk? Wieviel Schuld hat er auf sich geladen?"

„Keine! Er ist lediglich ein Sohn, der das Wort seiner Mutter schätzt", rief Farzanah. „Lasst ihn in Ruhe! Arayn, ich bitte dich! Sorge mit deinen Feen dafür, dass er an einen sicheren Ort kommt, dann nehme ich mein Schicksal an!", sagte sie und hoffte insgeheim, dass Ulion irgendwann erweckt werden könnte.

Sie erwartete nicht, eine Antwort zu erhalten, und war auch selbst nicht mehr gewillt, ein weiteres Wort zu sagen.

„Möchte sonst noch jemand gehört werden?", donnerte der Weltenbaum. „Dann bringe er sein Anliegen jetzt vor oder schweige für immer!"

Und da es keine Wortmeldungen mehr gab, war die Verhandlung zu Ende.

Das flammend grüne Tor wurde blass und das Dreieinige Zepter hörte auf zu arbeiten. Auf der Lichtung war es still, nicht einmal im Wald hörte man die üblichen nächtlichen Geräusche. Alle warteten auf den Richterspruch!

Till und Lilly schauten sich verunsichert an. Alrick zog die Augenbrauen hoch, und Meldiriel atmete tief ein, weil ihn seine blessierte Schulter heftig plagte. Flora lehnte müde an Gertrudes Seite, während Oskar mit schmerz-

verzerrtem Gesicht dasaß und versuchte, nicht zu klagen.
Farzanah dachte kurz an Flucht, aber die Kraft des Zepters hielt sie fest, und selbst wenn sie gekonnt hätte, die Eisenbeiß-Zwillinge hätten es verhindert. Mit verbissenen Gesichtern knieten sie so dicht hinter ihr, dass ihre starken Arme den Saum ihres Mantels fast berührten. Insgeheim bedauerten sie, nicht selbst Hand anlegen zu können, aber es war ihnen durchaus klar, dass man magischen Frevel auch auf magische Weise bestrafen musste.
Da blitzte es wieder, und der folgende Donner war so gewaltig, dass die Wartenden erschrocken zusammenzuckten. Das giftgrüne Tor loderte auf, und die Stimme aus den Blättern sprach:
„Höret! Die Mächte des heiligen Waldes haben ihr Urteil gefällt! Sie sprechen im Namen all derer, die jemals in Arwarah gelebt haben und jetzt leben. Farzanah aus Arwarah! Deine aufgezeigten Missetaten sind allesamt wahr! Du hast dich an der Gemeinschaft des Geheimen Volkes und der Menschen schuldig gemacht. Du hast das dir anvertraute Wissen und deine große Macht missbraucht. Von dieser Stunde an darfst du keine Fee mehr sein, und deinen Wohnsitz auch nicht mehr unter ihnen haben. Das alte Wissen wird in deinem Gedächtnis getilgt, und du verlässt diesen Ort ohne deine magischen Fähigkeiten! In meinem und im Namen der Mächte dieses heiligen Waldes, so soll es sein!"
Er hatte kaum ausgesprochen, als das Zepter wieder zu arbeiten begann. Es wurde durchsichtig und schwebte zurück in Arayns Hände, sodass Farzanah nun zwischen dem Weltenbaum und dem Zepter stand. Die Steineiche forderte Gertrude und Flora auf, es ebenfalls mit einer Hand zu berühren. Als sie es taten, strahlte das Elfenlicht plötzlich hell und rein auf. Es verband sein Licht so mit dem flammenden Tor, dass Farzanahs reglose Gestalt rundum von einer leuchtenden, magischen Aura umgeben war, die sie noch schöner aussehen ließ.
„So schön und so böse!", flüsterte Lilly Alrick kaum hörbar zu und war gegen ihren Willen fasziniert. „Und übersetzt du mir bitte, was der Weltenbaum in der alten Sprache sagt?"
„Farzanah aus Arwarah!", donnerte der Weltenbaum. „Durch die Spiritualität des Göttlichen, die dich umgibt, und die Energie der Kraftlinien Arwarahs unter dir,
kehre dein erlerntes Wissen und deine magische Kraft zu den Mächten zurück, die sie dir einst zur Verfügung stellten!
Wissen zu Wissen!
Magie zu Magie!

So ist es gesagt und so soll es geschehen!"
Als er zu Ende gesprochen hatte, begann die Flöte eine kraftvolle Melodie zu spielen. Die leuchtende Aura um Farzanah füllte sich mit Worten und Zahlen, Zeichen, Bildern und Formeln, die gegen ihren Willen aus ihrem Kopf strömten. Vieles davon gehörte einer fast vergessenen Sprache an, aber das Dreieinige Zepter saugte alles so schnell auf, dass man nur ahnen konnte, dass die Fee gerade ihr erworbenes altes Wissen verlor. Es kehrte dorthin zurück, wo es für alle Zeit gespeichert sein würde.
Wer aber genau hinsah, entdeckte zwischen den Zeichen und Buchstaben noch etwas anderes! Es waren die kleinen, hellblauen magischen Sterne, die beim Zaubern an der Spitze eines Zauberstabes erscheinen. Sie lösten sich überall von Farzanah ab und flossen wie ein funkelnder Strom in das flammende Tor auf dem Stamm des Weltenbaumes hinein. Es war Farzanahs magische Kraft, die ihr entzogen wurde und zum Mysterium ihres Ursprunges zurückkehrte.
Äußerlich veränderte sich Farzanah nicht. Sie wurde nicht alt und gebrechlich, aber trotzdem wirkte sie durch den Verlust irgendwie kleiner und unscheinbarer. Sie hielt die Arme fest über ihrer Brust verschränkt, gerade so, als ob sie das Wissen und die Magie damit festhalten könnte.
Als das Zepter ihr alles genommen hatte, stieß sie einen langen, durchdringenden Schrei aus.
„Heute triumphiert ihr über mich!", rief sie, wobei sich ihr Gesicht vor Hass verzog. „Doch schon morgen werde ich danach streben, meine Kraft und mein Wissen zurückzuerlangen!"
Dass sie der Gemeinschaft des Geheimen Volkes und der Menschen nicht mit grausamer Rache drohte, lag einzig daran, dass sie Ulion nicht gefährden wollte.

Im Nachhinein konnte niemand sagen, wie lange Farzanahs Entmachtung dauerte, aber plötzlich war die Aura um sie herum leer. Das brennende Tor auf dem rissigen Stamm wurde blass und verschwand. Die Flöte verstummte und das Elfenlicht auf dem Zepter erlosch.
Einen Moment lang wurde es stockdunkel, doch dann, als würde die Sonne zu einem neuen Tag aufgehen, leuchtete das Elfenlicht wieder in seinem warmen, heilsamen Glanz.
Das Dreieinige Zepter hatte sich in seine Einzelteile zerlegt, die in Gertrudes,

Floras und Arayns Händen lagen.
Doch nicht nur das brennende Tor und das Dreieinige Zepter waren verschwunden! Nein, auch Farzanah war weg! Da, wo sie eben noch gestanden hatte, lag lediglich ihr gehörnter Helm.
Dori kickte so hart dagegen, dass er in den magischen See flog, wo er sich auflöste und verschwand. Nun gab es keine Spur mehr von der dunklen Fee. Man konnte fast meinen, dass es sie niemals gegeben hatte.
Plötzlich brachen alle in lauten Jubel aus. Man fiel sich in die Arme oder klopfte sich genseitig erleichtert auf die Schultern. Gertrude, Flora und Arayn trugen die drei kostbaren Teile zum Ritualstein zurück. Als Arayn sah, dass sich Flora vor Müdigkeit kaum mehr auf den Beinen halten konnte, nahm er sie auf seinen Arm. „Ich bin dein Urgroßvater", flüsterte er ihr beim Einschlafen zu, und sandte ihr die allerschönsten Träume, wie es nur ein mächtiger Feër kann.
Alrick steckte seine Flöte ein und gab Lilly einen verheißungsvollen Kuss. Till wollte dabei nicht stören und blickte sich suchend nach Oskar um. Er fand ihn mit hängendem Kopf dort am Boden kauernd, wo ihn die Elfen abgesetzt hatten.
„Alter, was ist denn mit dir?", fragte Till, der den Anflug des Teppichs nur von weitem gesehen hatte und nichts von der Verbrennung durch Ydraca wusste. Als er es sah, rief er sofort Gertrude herbei.
„Kannst du ihm helfen, Omi? Oskar ist echt schwer verletzt!"
„Meldiriel hat's auch erwischt", flüsterte Oskar, während sich Gertrude bestürzt seine Beine ansah, auf denen sich große Brandblasen gebildet hatten. Doch da eilte schon Tibana herbei. Sie hatte weder Meldiriel noch Oskar vergessen und brachte Rinal und Alarion mit. Sie trugen Oskar zum Ufer des magischen Sees, wohin ihnen Meldiriel und die anderen folgten.
„Ich hoffe, du hast eine Wundersalbe, die diese schrecklichen Wunden heilt! Wie soll ich denn Lucie und Phillip erklären, dass ihm eine feuerspuckende Schlange die Beine verbrannt hat?", fragte Gertrude verzweifelt, während Oskar beim Gedanken an die Reaktion seiner Eltern trotz Schmerzen grinste.
„Schlangenfeuer ist genauso heimtückisch wie Drachenfeuer! Eine Salbe hilft da nicht, aber wir haben ja unseren magischen See", erwiderte die alte Fee vielversprechend.
Als Mirla und Tuck dann auch noch den durchlöcherten fliegenden Teppich heranschleppten, wurden mehr und mehr der Anwesenden auf sie aufmerksam.
„Entledigt euch eurer Oberkleider und steigt in den See!", forderte Tibana die

beiden auf.

Alarion stützte Oskar, während Rinal den Teppich mit dem verletzten Luftgeist auf der Wasseroberfläche schwimmen ließ.

Sie gingen so weit hinein, bis sie nur noch auf ihren Zehenspitzen stehen konnten. ‚Oh, das tut gut! Aber ich kann ja nicht ewig hier drin hocken bleiben. Gerade jetzt, wo die Gefahr vorüber ist und es hier interessant werden könnte', sagte Oskar telepathisch zu Meldiriel und zwinkerte dabei einem hübschen Elfenmädchen zu, das ihn nicht aus den Augen ließ.

Tibana, die seine Gedanken ungewollt aufgefangen hatte, lächelte. „Tauch einmal unter, Meldiriel, und benetze dein Haar und dein Gesicht", gebot sie, während sie die Augen in höchster Konzentration schloss und die Arme mit geöffneten Handflächen über dem Wasser ausstreckte.

„Höre mich, kühlendes Wasser! Höre mich, heilendes Licht! Die Herrin der Quellen hat euch für uns zu einer magischen Kraft miteinander verbunden. Möge uns diese Kraft noch einmal gnädig sein und die Wunden heilen, die Oskar, Meldiriel und dem Luftgeist durch den feurigen Atem Ydracas und das magische Eis von Farzanah zugefügt wurden! So ist es gesprochen!", bat sie ehrfürchtig.

Da begann das Wasser um die Verletzten herum zu leuchten und zu sprudeln. Feine, glitzernde Bläschen legten sich auf ihre Blessuren und stiegen dann sacht an die Oberfläche auf. Es war ganz so, als ob sie die Verwundung mit sich nahmen. Der Schmerz ließ von Minute zu Minute nach und Oskar und Meldiriel entspannten sich, während alles, was Ydraca und Farzanah verletzt hatten, heil wurde. Sogar die Fransen am Teppich wuchsen nach! Er startete vom Wasser aus und hängte sich zum Trocknen über einen Ast.

„Danke, Tibana, danke, ihr Mächte dieses magischen Sees", rief Meldiriel, tauchte noch einmal unter und stieg dann völlig geheilt aus dem Wasser heraus.

„Da schließe ich mich an!", sagte Oskar eher schlicht und folgte ihm ebenso heil. Die unvoreingenommenen Mächte nahmen seinen Dank an und alles war gut.

Auf einmal ertönte vom Himmel aus ein lautes „Krah, Krah!". Imion und Emetiel waren von Arindal zu Farzanahs Lager geschickt worden und kehrten nun auf die Lichtung zurück. Aber, zur Verwunderung aller, waren sie nicht allein.

Drei schüchterne Wichtel in schäbigen Kleidern kauerten vor ihnen im Gefieder der Nebelkrähen.

„Eins, Zwei und Drei!", jauchzte Flora, die bei dem ganzen Trubel wieder aufgewacht war.

„Wer sind Eins, Zwei und Drei?", fragten die anderen und erfuhren nun endlich von Flora, was sich während ihrer Entführung alles in Farzanahs Pavillon zugetragen hatte.

Als das Geheime Volk hörte, dass Eins das Jadekästchen mit dem Riss absichtlich ausgesucht und sie so vor dem ewigen Schlaf gerettet hatte, ließen sie die drei Neuankömmlinge hochleben und nahmen sie in ihre Gemeinschaft auf.

„Sie müssen richtige Namen und neue Kleider bekommen", sagte Flora zu ihrem Urgroßvater, der mit ihr und den anderen zu den ziemlich ramponierten Pavillons zurückkehrte.

König Arindal blieb im Zentrum der Lichtung stehen und wartete geduldig, bis sich alle um ihn geschart hatten.

„Meine Freunde!", sagte er bewegt und musste hart schlucken, bevor er weitersprechen konnte. „Emetiel und Imion haben mir bestätigt, dass uns keine Gefahr mehr droht. Die Dunkelelfen wurden von den Orks vertrieben und sind wohl zu ihren Familien heimgekehrt. Die Meute der Orks siedelt in einer weit entfernten Ruine in den Niederungen der Drachenberge. Ihre Zahl ist verschwindend gering, sodass wir Zeit genug haben, um uns später um sie zu kümmern.

Die heutige Nacht ist eine legendäre Nacht, die in die Geschichtsbücher der Universität eingehen wird. Auch wenn es noch vieles zu tun, zu planen und zu besprechen gibt, finde ich, dass eines vor allem Vorrang haben muss! Lasst uns nun zum Beginn des Friedens und des neuen Tages einen Reigen tanzen und tafeln, wie man es in Arwarah noch nicht gesehen hat!"

„So ist es gesprochen und so soll es sein!", fügte Tibana zufrieden hinzu und zündete sich ihr Pfeifchen an.

Selbst das schönste Fest mit dem herrlichsten Reigen geht einmal zu Ende und die Normalität des Alltags kehrt wieder ein. In Arwarah freute man sich darauf, den friedlichen Aufbau des Landes fortzuführen. Bevor es Zeit für den Abschied wurde, hatten in Arindals Zelt viele konstruktive Gespräche zur Gestaltung der gemeinschaftlichen Zukunft stattgefunden. Maßnahmen bezüglich Farzanah wurden als überflüssig erachtet. Denn trotz ihrer letzten Drohung war allen klar, dass sie niemals zurückkehren konnte. Bezüglich des schlafenden Ulion hatte man beschlossen, seine Beaufsichtigung in die Hände der Feen zu legen. Die verschärften Vorschläge der Eisenbeiß-Zwillinge, ihn in Ketten zu schmieden, wurden einheitlich abgelehnt.

Davon abgesehen waren sich alle Anwesenden einig, dass die Bewohner Arwarahs von den Beschlüssen profitieren würden. Die Meisten des Geheimen Volkes waren als Verbündete gekommen und verabschiedeten sich nun als gute Freunde.

Gertrude, Lilly, Till, Oskar und Flora mussten auch gehen. Schließlich kamen die Eltern bald zurück und die Schule würde beginnen. Als der Abschiedsschmerz unerträglich erschien, machte ihnen König Arindal ein unglaubliches Geschenk! Mit Tibanas und Arayns Hilfe, öffnete er in Gertrudes Garten ein kleines magisches Tor, damit der familiäre Kontakt zueinander aufrecht erhalten blieb, und die Liebe zwischen Lilly und Alrick weiter gedeihen konnte. Er erlaubte, Meldiriel das Schuljahr mit Oskar zusammen zu beenden und stattete ihn dafür mit allem Nötigen aus. Im Gegenzug versprach er, jeden der Rudloffs bei einem Studium an der Universität in Zaâmendra zu unterstützen, sobald die Zeit reif dafür war.

Tief bewegt bedankte er sich bei allen für ihre Hilfe und bat Flora mit Gertrudes Einverständnis und einem Augenzwinkern, sich um Eins, Zwei und Drei zu kümmern, die ein neues, liebevolles Zuhause bräuchten. Strahlendere Kinderaugen hatte man niemals zuvor gesehen, und auch die Wichtel waren froh. Alrick, Tibana und Arayn begleiteten sie zu dem neuen Tor und versprachen, bald zu Besuch zu kommen.

So aufs Herzlichste getröstet, gingen sie hindurch, wobei von Fern der vertraute Gruß an ihre Ohren klang: „Mae ..."

Mae govannen und Adhaweé mellyn nín!

– Ende –

Danke!

Wenn man ein Buch verfasst, ist es mittlerweile eine schöne Tradition geworden, sich bei allen zu bedanken, die dabei geholfen haben, dass es entstand.

Also, ich bedanke mich:
- Bei meiner Schwester und fleißigen Mitautorin für ihre zahlreichen guten Ideen und das Mut machen.
- bei Großmutter Gertrude, für ihre exorbitante, exquisite Himbeerlimonade und die gemeinsamen Stunden im schönsten Garten der Welt, für ihre Sagen, Geschichten und Märchen.
- bei Oskar, Till, Lilly und dem Nesthäkchen Flora, dass sie immer bereit sind, für Arwarah einzustehen, obwohl sie ja mit gar keinem darüber sprechen dürfen.
- bei Lucie und Philipp, dass sie einverstanden waren, Meldiriel aufzunehmen und außerdem noch rechtzeitig in den Urlaub zu fahren.
- bei den mutigsten Elfen, Feen, Zwergen und Wichteln von Arwarah, besonders bei Alrick, Meldiriel, Arindal, Tibanna, Arayn, Chrysius, Frau Holle, Dori und Fili Eisenbeiß, bei Mirla, Tuck und ihren Kindern und bei Eins, Zwei und Drei! Ihr habt Arwarah gerettet!
- bei Zack, dem kleinen Witzbold, weil er stets hilfsbereit und optimistisch ist. Puffing for ever!
- sogar bei Farzanah und Ulion, die beide eine Menge Zündstoff für die Geschichte geliefert haben!

Ihr alle hattet stets euren eigenen Kopf und habt euch nichts von mir gefallen lassen. Ohne euch würde es dieses Buch nicht geben und es zu schreiben, hat wirklich Spaß gemacht!

… und weil sie nicht gestorben sind, so leben sie noch heute …

Elisabeth Schieferdecker, Jahrgang 1959, ist gelernte Lithographin und Fremdsprachensekretärin.
Das Beste aus beiden Berufen vereint sie seit vielen Jahren beim Zeichnen und Schreiben von Gedichten, Kinder- und Jugendbüchern. Die Mutter von zwei erwachsenen Söhnen und Oma eines Enkelsohns lebt in Thüringen. Bei Biber & Butzemann hat sie bereits vier erfolgreiche Feriengeschichten, einen Kinderkrimi und einen Fantasy-Roman veröffentlicht. Sie ist Mitglied im Friedrich-Bödecker-Kreis für Thüringen e. V. Lesungen unter:
https://schmoeker-eiland.jimdofree.com/

Die Autorin

Regionale Fantasy und Jugendkrimis bei Biber & Butzemann